收获

60周年
纪念文存 珍藏版

散文卷（2005—2016） 《收获》编辑部 主编

我的轮椅
舞台旋转

史铁生　李　辉等　著

人民文学出版社
PEOPLE'S LITERATURE PUBLISHING HOUSE

图书在版编目(CIP)数据

我的轮椅 舞台旋转/史铁生等著;《收获》编辑部
主编.—北京:人民文学出版社,2017
(《收获》60周年纪念文存:珍藏版.散文卷.
2005—2016)
ISBN 978-7-02-013014-6

Ⅰ.①我… Ⅱ.①史… ②收… Ⅲ.①散文集-中国
-当代 Ⅳ.①I267

中国版本图书馆 CIP 数据核字(2017)第 157844 号

总 策 划	黄育海 程永新
责任编辑	朱卫净 潘丽萍
装帧设计	汪佳诗

出版发行	人民文学出版社
社　　址	北京市朝内大街 166 号
邮政编码	100705
网　　址	http://www.rw-cn.com
印　　刷	上海利丰雅高印刷有限公司
经　　销	全国新华书店等
开　　本	720 毫米×1000 毫米 1/16
印　　张	21.5
字　　数	288 千字
版　　次	2017 年 8 月北京第 1 版
印　　次	2017 年 8 月第 1 次印刷
书　　号	978-7-02-013014-6
定　　价	99.00 元

如有印装质量问题,请与本社图书销售中心调换。电话:010-65233595

| 编者的话 |

巴金和靳以先生创办的《收获》杂志诞生于一九五七年七月，那是一个"事情正在起变化"的特殊时刻，一份大型文学期刊的出现，俨然于现世纷扰之中带来心灵诉求。创刊号首次发表鲁迅的《中国小说的历史的变迁》，好像不只是缅怀与纪念一位文化巨匠，亦将眼前局蹐的语境廓然引入历史行进的大视野。那一期刊发了老舍、冰心、艾芜、柯灵、严文井、康濯等人的作品，仅是老舍的剧本《茶馆》就足以显示办刊人超卓的眼光。随后几年间，《收获》向读者奉献了那个年代最重要的长篇小说和其他作品，如《大波》（李劼人）、《上海的早晨》（周而复）、《创业史》（柳青）、《山乡巨变》（周立波）、《蔡文姬》（郭沫若），等等。而今，这份刊物已走过六十个年头，回视开辟者之筚路蓝缕，不由让人感慨系之。

《收获》的六十年历程并非一帆风顺，最初十年间她曾两度停刊。先是称之为"三年自然灾害"的困难时期，于一九六〇年五月停刊。一九六四年一月复刊后，又于一九六六年五月被迫停刊，其时"文革"初兴，整个国家开始陷入内乱。直至粉碎"四人帮"以后，才于一九七九年一月再度复刊。艰难困顿，玉汝于成，一份文学期刊的命运，亦折射着国家与民族之逆境周折与奋起。

浴火重生的《收获》经历了拨乱反正和改革开放的洗礼，由此进入令人瞩目的黄金时期。以后的三十八年间可谓佳作迭出，硕果累累，呈现老中青几代作家交相辉映的繁盛局面。可惜早已谢世的靳以先生未能亲睹后来的辉煌。复刊后依然长期担任主编的巴金先生，以其光辉人格、非凡的睿智与气度，为这份刊物注入了兼容并包和自由阔放的探索精神。巴老对年轻作者尤寄予厚望，他用质朴的语言告诉大家，"《收获》是向青年作家开放的，已经发表过一些青年作家的作品，还要发表青年作家的处女作。"因而，一代又一代富于才华的年轻作者将《收获》视为自己的家园，或是从这里起步，或将自己最好的作品发表在这份刊物，如今其中许多作品业已成为新时期文学经典。

　　作为国内创办时间最久的大型文学期刊,《收获》杂志六十年间引领文坛风流,本身已成为中国当代文学的一个缩影,亦时时将大众阅读和文学研究的目光聚焦于此。现在出版这套纪念文存,既是回望《收获》杂志的六十年,更是为了回应各方人士的热忱关注。

　　这套纪念文存选收《收获》杂志历年发表的优秀作品,遴选范围自一九五七年创刊号至二〇一七年第二期。全书共列二十九卷(册),分别按不同体裁编纂,其中长篇小说十一卷、中篇小说九卷、短篇小说四卷、散文四卷、人生访谈一卷。除长篇各卷之外,其余均以刊出时间分卷或编排目次。由于剧本仅编入老舍《茶馆》一部,姑与同时期周而复的长篇小说《上海的早晨》合为一卷。

　　为尊重历史,尊重作品作为文学史和文学行为之存在,保存作品的原初文本,亦是本书编纂工作的一项意愿。所以,收入本书的作品均按《收获》发表时的原貌出版,除个别文字错讹之外,一概不作增删改易(包括某些词语用字的非标准书写形式亦一仍其旧,例如"拚命"的"拚"字和"惟有""惟恐"的"惟"字)。

　　特别需要说明的是,收入文存的篇目,仅占《收获》杂志历年刊载作品中很小的一部分。对于编纂工作来说,篇目遴选是一个不小的难题,由于作者众多(六十年来各个时期最具影响力的作家几乎都曾在这份刊物上亮相),而作品之高低优劣更是不易判定,取舍之间往往令人斟酌不定。编纂者只能定出一个粗略的原则:首先是考虑各个不同时期的代表性作品,其次尽可能顾及读者和研究者的阅读兴味,还有就是适当平衡不同年龄段的作家作品。

　　毫无疑问,《收获》六十年来刊出的作品绝大多数庶乎优秀之列,本丛书不可能以有限的篇幅涵纳所有的佳作,作为选本只能是尝鼎一脔,难免有遗珠之憾。另外,由于版权或其他一些原因,若干众所周知的名家名作未能编入这套文存,自是令人十分惋惜。

这套纪念文存收入一百八十余位作者不同体裁的作品，详情见于各卷目录。这里，出版方要衷心感谢这些作家、学者或是他们的版权持有人的慷慨授权。书中有少量短篇小说和散文作品暂未能联系到版权（毕竟六十年时间跨度实在不小，加之种种变故，给这方面的工作带来诸多不便），考虑到那些作品本身具有不可或缺的代表性，还是冒昧地收入书中。敬请作者或版权持有人见书后即与责任编辑联系，以便及时奉上样书与薄酬，并敬请见谅。

感谢关心和支持这套文存编纂与出版的各方人士。

最后要说一句：感谢读者。无论六十年的《收获》杂志，还是眼前这套文存，归根结底以读者为存在。

《收获》杂志编辑部
上海九久读书人文化实业有限公司
人民文学出版社
二〇一七年七月二十四日

| 目 录 |

于　坚	温泉	1
宋　琳	布宜诺斯艾利斯手记	17
苏　炜	母语的诸天——耶鲁长短章	40
杨志军	灵魂依偎的雪山草原	66
格　非	乡村电影	88
王　樽　贾樟柯	贾樟柯：电影改变人生	106
袁　敏	我所经历的1976	140
陈东东	杂志80年代	173
张贤亮	一切从人的解放开始	195
史铁生	我的轮椅	226

格 非	师大忆旧	232
熊育群	路上的祖先	244
陈东东	亲爱的张枣	259
李 辉	舞台旋转	279
孙 郁	汪曾祺的昆明	306
傅 雷	傅雷致刘抗	332

温　泉

于　坚

　　神说，云南大地上有三万个温泉。这是我模仿神的口气说的一句话。我以为这句话肯定是神说过的，只是没有文字记录而已。中国之神隐匿在自然中，它不是彼岸的，不是生活在别处，是此在的。中国之神隐匿在一个温泉里。神在大地上说话的时候，不是说，要有光！而是说，啊。就像一个孩子，一切都在他之前存在着了，他只是喜悦地说着"啊""啊"。孔子获得神启，所以他对着一条河说，流逝的就是这样啊。

　　你在云南大地上漫游，山花烂漫，阳光出没无常，忽然某个绿茵茵的山坳里白汽蒸腾，春意蒙眬，下面隐约可见涌泉滚滚，你伸手一摸，烫得缩回来。恐惧、神秘，周围安静，一头豹子在睡觉，一只鸟扶着树叶修理它的凉鞋。

　　开始时代的那些土著是否想到了要利用温泉沐浴？没有。他发现有的地方水不是那么冷，他进去了，感觉到周身舒服。这是另一个女人或母亲那样的东西，比女人更无私地拥抱着他，不问出身地爱怜着他，纯粹的母性，那么柔软，那么天衣无缝般的体贴，环绕着，抚摩着，温暖着，像返回诞生的时刻。这种体验令土著人感受到神明的存在。神明通过大地上的各种事物呈现着，并不隐匿起来，一个温泉是神明，一只鸟是神明，一棵大树是神明，一座山是神明。云南高原上没有不被视为神明的山，每座山峰都是某个民族、某座村庄、某个人心目中的神明。我青年时代曾经在一个彝族村子中听人们回忆一头豹子，那口气完全是在谈论神明。它整夜围着村庄小跑号叫，像六十年代的美国诗人金斯堡，眼球突出喷着火焰，如果能够把它的号叫翻译成语言，那绝对是世界上最愤怒的诗。村里有邪恶之人捕捉了它的孩子，这个得罪了神的村庄整夜缩在被窝里面瑟瑟发抖。后来他们释放了小豹子，神才息怒。

在云南，神绝不是虚无的，绝不是某种对着虚空祈祷的想象中的东西，它就是一个温泉。人们进入温泉，并不是要去清除污垢，而是体验神明的存在。多么奇妙的体验，大地上有这个，像最柔软的手臂环绕着你，像舌头舔着你的肌肤，永不停止，永不冷却，而它并不是手，不是舌头，也不是柔软，不是所谓的情欲，它只是水，却有着只有母亲、女人和情人才有的动作。语言开始以后，我们越来越不知道水是什么。某些化学公式？如果我们有过爱情的体验，用柔情命名温泉也许更为合适，所以有个词叫柔情似水，但这个水决不是冰水也不是自来水、开水，而是温泉。过去的大地之上没有干净这种概念，文明的干净一词是相对于大地的，大地是带来污秽的东西，藏污纳垢。"土得掉渣"，在普通话里面，不仅有不开化、文盲之类的意思，也是脏的意思，它经常用来形容那些与大地距离最近的人们。土著人进入温泉，不是要洗干净，而是体验神明，干净之人还没有来到他们的世界，使用化妆品和肥皂的人是后来随着普通话进入云南的。就是在今天，云南某些遥远的角落依然生活着某些所谓"不干净"的人们，他们从生下来就没有洗过澡，也不刷牙。我记得在哥布家的时候，早晨起来刷牙，村庄的哈尼孩子一排地蹲在我旁边看着我，他们牙齿洁白，从未刷过，他们以为我是一个病人。我满嘴泡沫，流出鲜血，他们吓得跑开了。哥布家的温泉在一处山坡上，像大地的一只乳头，忽然流出泉水来，土著们在那里冲洗身体，一千年也没有想到要把它改造成浴室。那温泉下面有一个土坑，孩子顺着温泉流下去滚到坑里，他们把这个温泉当作一个玩具。哥布家的床铺上有一万个土跳蚤，我作为一个血肉之躯才睡上去就被它们欢呼雀跃地攻克了。我浑身是红色的铆钉，奇痒难耐，只好去温泉洗澡，我周身涂上肥皂，孩子们围着我，哈哈大笑，有一个笑得滚下坡去，他们从来没有见过谁这样站在温泉里，身上涂抹着奇怪的泡沫。那温泉有强烈的硫磺味道，洗澡之后，红疙瘩逐渐消退了。其实村庄早就知道这个秘密，他们把温泉看作神灵。诗人哥布那个夜晚站在星空下赤身裸体，让温润的水流经过他的身体，温泉是一条神灵的舌头，他是在与神说话。我不知道是哪一个夜晚令他成为诗人，但我知道那是在他学会汉语之前。哥布，十二岁的时候去县城的学校学习汉语，学会了在公共浴室洗澡，他第一次发现他很不卫生，是个脏人，这主要是因为他的皮肤是暗褐色的。不仅仅是教材和考试的卷子，这个世界暴力无所不在，包括肥皂和香水。它们使原始的世界在标准面前自惭形秽。哥布终其一生也洗不干净了，他的皮肤由于在南方的烈日下毫无遮挡地日复一日地晒，从不使用任何防晒霜，永远地黑掉了。他祖先就是黑色的，与太阳和南方无关，那些黑色的精子是上帝造物的秘方之一。文明规定标准化的皮肤，最正确的颜色是欧洲人的颜色，一切的化妆广告、电视节目都这么宣传，因此土著人一旦进入文明世界，无不感到自卑，这种自卑依据皮肤的深浅有所增强或者减弱，在云南，暗中自豪的是从北方南下的内地人士，他们在肤色、普通话方面都有某种天然的沾沾自喜，他们怜惜地看看正在苦苦学习汉语的黑诗人哥布，经常会突然说一句，你怎么那么黑啊。他们带来了卫生的思想，把温泉改造成浴室和澡盆。他们表面上使温泉现代化了，其实是把它归类为一种药物，云南许多有温泉的地方被改造成疗养院。我是汉族，在少数民族的南方出生，一到夏天，皮肤就黑掉，冬天又白起来，我的皮肤像是驻扎着一群春去冬来的候鸟。我经常在夏天被文化人质问，你是不是少数民族，我回答不是的时候，他们的眼神里总是掠过一点失望。我永远无法像哥布那样黑得纯正，黑得朴素，黑得自然，黑得永不褪色，哥布的肤色距离非洲的黑夜还非常遥远，那是黑暗将临之前的土地。

有一日我在巴黎的地铁里见到一个黑人，那黑得叫作高贵，那黑得没有一丝白色的杂质，像是用最上等的黑丝绸织出来的。黑色总是与深沉、悲哀、诚实、单纯之类的品质有关，黑色精致典雅起来，那是最高贵的，最高贵的金子放射的是黑色的光芒。黑色的终结。但他一看就是个穷人，因为他没有温泉，没有那种一拧开龙头就流出热水的浴缸。世界已经造成这种普遍的意识：看到黑人，你绝对不会立即联想到富翁、国王、大学教授。你想到的是乌干达的饥荒，多么可怕的谎言！云南也一样，世界关于云南的想象决不是工业、豪华、财富、浴缸、标准答案这些东西，而是神奇和落后！神奇永远不是时髦。神奇来自最古老的世界。人们其实对"神奇"不以为然，因为神奇是落后的，所以他们把本地的一切神奇都改造成现代化的大众浴室，并以浴室为标准，改造那些温泉的神奇之处。就像他们一直企图用美容工业来改造黑人，改造第三世界的扁平胸脯。哥布假期回家的时候从不提起这些，他依旧在夜深人静的时候站在故乡的温泉里，让神的舌头舔他的身体。他父亲因为哥布对外面的事情缄口不言就以为汉人的世界与哈尼族的世界是一样的。有一年，哥布的父亲跟着儿子来到昆明，到我家找我，我问他对昆明是什么印象，他用哈尼语告诉哥布，哥布再告诉我。他父亲说，这是一个鬼盖的地方。后来，哥布的父亲走进我的浴室，用手摸摸白色的浴缸，他问这是干什么用的，我说，这是温泉。

裸体的女人在世间难得遇见，但在云南的山冈中，借着温泉，裸体经常会突然地、正大光明地冒出来，你突然看见几个土著人在热气蒸腾中裸体而歌，恍如来到伊甸园。文明今天非常忌讳裸体，似乎裸体只是与生殖和下流的情欲有关。人们为了裸体要付出与法律对抗的代价。温泉使裸体成为除了生殖之外另一件自然而然的事情，在温泉里，不裸体要干什么呢？而它又不事关交媾，温泉令凡夫俗子上升了一层，成为裸体的神。云南怒江有一个地方一年要举行一次澡堂会，当地人一年中只在那一日沐浴，这肯定不是为了卫生。这是一个节日，进入温泉是一种仪式，沐浴是一个洗礼，人们与神灵的联系不是《周易》上的抽象字眼，而是亲身体验，他们一定知道那水与神的关系，他们说不出来，他们只是在进入温泉的时候体验着着力于周身的神奇。怒江边的这个沐浴仪式已经延续了四百多年。每年正月初二开始，傈僳人就走出山林，牵着马匹，驮着食物，拎着酒瓶，哼着山歌，狗跑在前面，他们扶老携幼来到怒江边。怒江是一条冰凉的江，但它的某些部分却热流滚滚，仿佛这河流含着的是热泪。这里才是怒江的心，那些地带温泉成群，清澈碧绿如宝石排列于怒江之岸。走近了，那是一口口热汤滚滚的锅，人们在泉畔住下来，一住就是几天。如果仅仅是来洗澡，褪去鏖糟（古汉语，污垢的意思，云南还在使用），抹抹肥皂就可以离开，但他们并不离开，而是在这里一连几日地唱歌，跳舞，玩耍，多次出入温泉，成双成对地相视一笑，眨眨眼睛，消失于夜晚。温泉令人们成为歌手、情人、朋友、诗人、艺术家和巫师。神秘的事情经常出现，开始的神秘是有些较烫的水可以把鸡蛋煮熟，由此开始，后来的事情就更神秘了，傈僳族在某些节日中可以光着脚板爬刀刃绑成的楼梯或者在火堆上跳舞。许多人在进入温泉之前还是哑巴，当他一跃而起的时候，却唱起歌来。在俄罗斯他们是茨冈人，在西班牙他们可能是吉卜赛人，在六十年代他们看起来像是"垮掉的一代"的某个部落。或者伍德斯托克音乐节排除了思想、观念、暴力、疯狂、淫乱的圣洁部分。在高更的作品中，它就是那个塔希提岛，但人们并不问："我们是谁？我们从哪里来？我们到哪里去？"他们就在这里，这里就是开始和结束。这个圣洁的群浴仪式像是二十世纪时髦的先锋派生活的一个源头，但它并不是先锋派，它是云南怒江地区的日常生活，四百年来一直如此。与云南的澡堂会比起来，先锋派的天体展览太做作了，希腊式的健美被视为天体的唯一标准，为另一个希特勒的崛起埋下了伏笔。要知道，云南怒江的温泉仪式的基本部分在过去的四百年中，一直是裸体的，一丝不挂。裸体就是裸体，没有任何标准。温泉就是温泉，温泉的存在就是裸体的自由天堂。只是在大众浴室普及之后，它才穿起汗衫汗裤，如今你可以看到的是，昔日那些丰满的山林女神，屈原诗歌中描写的山鬼戴着尼龙乳罩，一边搓着鏖糟一边惊惶四顾，担心着哪个摄影鬼子伸出头来，咔嚓！多么理直气壮，他们以为抬着个相机就有资格拍下一切。就像六十年代的美国大兵，对着越南丛林举起卡宾枪。有些旅行社的广告如此招徕"怒江激情旅游"，其项目之一是，凌晨四点起床出发，"这样就可以看到他们洗澡"。这些把自己的浴室作为隐私深藏于室内的内地游客，把看别人洗澡作为娱乐项目之一，而且深为遗憾那些土著为什么不完全脱光。有个摄影家因为偷拍沐浴场面而获得世界摄影的大奖，他功成名就，得以调离那个穷乡僻壤的肮脏澡盆，实现了暗藏在镜头后面的人生理想，在夜深人静时，放一盆水温适当的自来水在他的白色搪瓷的温泉里，静静地泡半个小时，他当然不希望有人"咔嚓"。

我小时候不知道温泉是大地的产物。昆明附近最著名的温泉是安宁县的温泉，距离行政中心最近，也是云南最早被标准化的温泉。青少年时期，我对保养身体什么的不感兴趣。只觉得那就是一个气味难闻的大众浴室。但温泉附近的山冈给我留下了深刻的印象。我记得有个春天，我工作的工厂派我们到那里去干活，焊接一些东西。工作完毕，我们去山上漫步，成千上万的野山茶花自由地盛开着，我们自然而然地成了茶花女。下山的时候，每个人的怀中都燃烧着一把鲜花。小仲马的小说《茶花女》中的那种激情也在我们心里涌动，同去的女工里面有几个正含苞欲放，脸蛋发红，声音响亮，眼睛发射着神秘莫测的光芒。她们举着鲜花沿着山坡奔跑，为发现巨大的花丛而尖叫起来。后来我们坐下来唱歌，唱七十年代的革命歌曲，歌词是革命内容的，但歌声传递的却是内心对革命而言可谓反动的激情。我身体中有一个滚烫的温泉在寻找出口，渴望着与少女们中的一人分享，但我只是让它在我肉体的岩穴之间慢慢地冷却，非常痛苦，那是七十年代，我的一生还没有开始，我还有大事要做，那时候我是一个傻子，我不认为身体上的事情是大事，我拒绝为我青春的温泉找一个出口。这个春天位于一个温泉，可惜那温泉被关在光线阴暗的水泥密室内，分成"男部""女部"。如果这个温泉像古代那样，敞开在大地上，为春天的阳光照耀，鲜花簇拥着，我的生命就是另一回事情了。

我对温泉没有什么感觉，洗澡的地方，就是这样。那年在德宏州教育学院教电大的语文课，学生陈立永有一天带我去温泉洗澡。我们骑着自行车穿过甘蔗地、傣族人的寨子和溪流，一路听着鸡叫、鸟鸣、狗咬，白鹭害羞地站在田坝里，像是偷吃了庄稼不好意思似的。就是经过了这样的地区，温泉出现的时候还是令我失望：一所水泥房子盖着它，热气从几个窗子里冒出来。所谓温泉，就是一个水泥池子，人们把温泉理解为就是里面含着某些矿物质的药。能够治疗是它唯一的用处。德宏地处亚热带，天气酷热，在闷热的水泥房子里洗温泉，进去的时候一身是汗，出来还是一身的热汗。我闷闷不乐，并没有由于矿物质什么之类的熏陶而心旷神怡。低头原路返回的时候，忽然瞥见浴室不远处的甘蔗地边上有一个水坑，里面泡着许多皮肤被落日照得金光闪闪的傣族女人。就往那边走，走得稍近些，够看，就站住了，女人们远远地笑起来，说，过来嘛过来嘛，一起洗喽，热水呢。我这才悟道，这才是原本的温泉。水坑边放着一溜五颜六色的拖鞋。坑里水是黄色的泥巴水，微微冒着热气，女人们泡在水里，黑发像睡莲般一朵朵散开，有人歪着头梳理头发，有人仰头看着天空的白云，有人把手在水下面摸来摸去；有人在往另一个女人的肩膀上浇水，就像一群美丽的河马。一个个丰腻的肩膀露在夕阳下，这些肩膀是亚热带的产物，古铜色，结实而富有弹性，乳房在温泉女神的保护下时隐时现，水声和人声混在一起，这场景就像高更画过的塔希提岛。我有些情意迷乱，赶紧走开了。

我在学校接受的教育，以为温泉就是医院的一种高级形式。我觉悟到它与某个蒸汽腾腾的神灵的关系，是我从大学毕业以后。某年的春天，我全身赤裸，躺在云南高黎贡山中的一处温泉里，脚掌放在沙上，感觉到热流从大地的一个个毛孔里冒出来，那真是神奇的经验，一股股小钻头那样的热流冲击着脚掌，大地是皮肤那样的东西，它活着，血管通到它的深处，它的血是透明的。我一边接受着它的抚摸，一边想象着大地的内部，一个巨大的温暖的胎盘。我感觉自己漂到了某个边缘，身体就要化解，灵魂升入天堂。这个温泉暗藏在公路不通的森林中，我们在晴朗的冬天的下午穿过阴暗的植物隧道，腐叶和昨夜集聚起来的新落叶在路上铺了一层垫子。高起来的地方是石头，覆盖着苔藓。鸟在高处神出鬼没地做窝喂孩子什么的，从一个枝蹦到另一个枝上，踩着树叶，滑一下，脚爪腾空挣扎，扇着翅膀稳住身子。松鼠坐着，张望食物所在，瞅准了，一跃而去。许多老树枝断下来。横在路上，时时要跨过去。道路非常模糊，如果不是当地人带路，外地人是找不到的。走约莫一小时，忽然出现了一片林间空地，群山伸出一掌，一潭碧色的温泉被它捧着。一行人，就欢呼起来，个个脱得一丝不挂，好像挂一丝都是对神明的亵渎。泉水的温度恰到好处，只是脚掌下冒泡的地方比较烫些。水塘是多年冲刷自然形成的，潭底是石子和泥巴，动得厉害，水就浑起来，稍静，又澄明了。许多古藤子垂在水边，蓝天中飘着白云，那是另一个温泉，树林深处偶尔飘出花的气味，从来没有闻过，一阵微醉般的眩晕，把世界给忘了。当地人说，猴子也来这里面洗澡，有时候，人在里面泡，猴子蹲在树上看呢。当地人说，有一年，还来过两个外国人，男女两个，黄头发，男人是大胡子，女人是长头发，一到这里，马上脱光跳下去，就不动了，好半天，以为昏过去了，却看见光着屁股爬出来，石头戳脚都不管，钻进树林里去，都不顾我们啦。欧洲已经没有这样的温泉，那两人幸运，在云南当了一回亚当夏娃，够他们回到浴室里去回味一生的。到夜晚，那温泉依然敞开在星空下，麂子、马鹿、猴子、老熊、豹子、山狐狸偶尔都会进去泡一泡，温泉是属于大家的，在大地上，大家不只是人类。我的散文有时候会虚构，但这个温泉不是虚构的，也不是回忆中产生的错觉，我确实去过，云南过去时代的温泉全是这样。但我不会告诉你们它在哪里，以免你们杀害它，用它的尸体建造浴室，藏污纳垢。

另一处温泉我可以告诉你们。从昆明向西，越过金沙江向小凉山方向，在丽江地区和玉龙雪山的后面，经过泸沽湖和狮子山，经过摩梭人的村庄，当最低等级的国家公路消失之后，还要顺着土路走很久，这条土路的尽头是一个温泉。那年我是和一群云南作家前往泸沽湖地区进行采风活动的，汽车从天亮开到天黑，坐得人心灰意懒。有个作家的笔名叫黎泉，很好的名字，听不出是本名还是笔名，我以为是黎明之泉的意思。黎泉解释道，这个名字是因为崇拜铁人王进喜，黎，本来是黧，石油不是黑的么。黎泉，就是黑色的石油如泉涌出。

我们抵达泸沽湖边的时候已经是深夜，那时候还没修建水泥公路，道路是沙石的，一路上时时有在暴风雨之夜倒塌的大树横在路中间，汽车轮子经常悬空于原始森林的峡谷边沿，表演杂技。我们的汽车恐怕还是进入这个地区的可以记录的车辆之一，后来水泥路修通后，就无法记录了。千辛万苦之后，惊魂稍定，终于下到地面上。泸沽湖黑茫茫的，如黧黑的石油。晚餐是从里面刚刚打上来的鱼，摩梭人只是用湖水随便煮煮，就用铜脸盆盛上来了，那个鲜美哇！那滋味已经进入我的生命，我无法回忆了，鲜美什么的形容完全是庸俗。那时候当地没有旅馆，我们被带进生产队的一间大房子横七竖八地和衣睡下，闻着地板上的松脂味酣然睡去。那是我平生睡得最深的觉之一，我梦见我自己变成鱼，在群山之间漂浮。黎明，我走到湖边，大叫一声，是发自灵魂的惨叫，我看见了一个天堂。我过去经验过的世界风景与这个天堂比起来，可以说都是地狱的郊区了。用蓝色、蔚蓝、碧蓝说这个湖的颜色是无效的，我曾经说它是高原群山忽然睁开的一只眼。二十年过去，我还是只能这么说。我被这湖，这湖畔的村庄，那土地，那黑芝麻般洒在大地上的山羊和摩梭民族所迷惑。这民族的生活，完全是天堂式的。白天劳动，播种或收获，打鱼。一年中有无数的歌舞活动、节日。夜晚走婚，男女根据爱情的指引，自由地与心爱的人约会，男人只管干活和做爱，孩子由女性为主的大家庭集体抚养，永远没有婚姻生活必然的麻木、无聊和约束。我曾经看过一张过去时代村庄中最美丽的女人晚年的照片，她因为美丽结交太多的男子而患梅毒，鼻子塌陷，但她的样子那么安详尊严，就像女神之一。比起人类普遍的婚姻方式来，泸沽湖地区的婚姻方式真是前卫，但它也是最古老的。阿注婚姻被邪念的汉人仅仅从滥交方面去理解，真是侮辱了这些神灵之子啊，他们完全不知道，阿注是建立在爱情基础上的，与大众浴室附近按摩室的性交易完全不同，天上地下。一生也没有交到一次阿注的摩梭人在泸沽湖有的是。我计划着在此地漫游几日，湖畔有世界最美丽的漫游之地，湖水、独木舟、岛屿、土路、舒缓的山冈，森林之冠正在秋天中升起黄金的光辉，摩梭村庄的矮土墙后面，马匹露出头来，善良地看着我。有一家人要请我去他们家晚餐……我忽然听到，那些睡眼惺忪的作家们在集合上车，我的天，他们要回城洗澡去了！所谓决裂并不像某些作家的文学宣言那么悲壮，不过是拒绝登上一辆日本进口大巴车罢了（听说日本也是一个温泉之国。我看过川端康成的小说，似乎表现的是温泉的色情形式）。也没有什么深刻的理论，就是对生命的感受不同罢了，我的天堂，对他们永远只是一个待两小时就可以离去的公园。我独自一人弃车而去，完全没有考虑回去的事情，似乎此地除了我们乘坐的这个有着二十个玻璃眼睛的怪物以外没有另一辆汽车。我被当作不顾集体、浪漫狂妄的自由主义分子抛弃了，大巴士掉头回去，开了一截，又停下，跳下来两个诗人，是大理州的朱洪东和刘克。我们像傻子般哈哈大笑，汽车消失了，黄土的乡村土路上只剩下我们三个，就像三个中世纪的茨冈人。我们顺着土路向泸沽湖的后面走去。地老天荒，在车上的时候，以为已经来到世界的尽头，一切都消失了，汽车、公路、警察、单位、霓虹灯、围墙、烟囱、纸张……但当你在这土地上开始漫游，另一个世界悄然出现：马匹、木犁、喇嘛寺、土筑的村庄、大树、牛靠着墙、孩子们在我们出现的时候结束游戏，默默地注视我们，然后跟在我们后面跑起来。土，但并不掉渣，一切都结实得足以抵抗最可怕的暴风雨。那时候泸沽湖地区还保持着古代的生活基本样式，不含丝毫的塑料、农药，安全、充实、缓慢、宁静，安详而知足，庄稼产量不高，但足以令人们保持内心的平静，虔诚地向神献上白色的哈达。那时候他们还不知道，将有一台牛逼哄哄的电视机携带着另一个世界的生活图像、尺子、指标前来宣布他们自古以来的自然生活为落后、无效，判处死刑。从此他们将永远陷入对故乡世界的严重自卑中，他们的日子将变成对故乡世界的永不停止的逃亡。我们像入侵者那样惊动了一个又一个村庄，一些正在干活的人停下来，注视我们。这种无害的入侵在未来将变成汽车或者火车撕裂般地扬尘而过。黄昏的时候我们到达泸沽湖地区行政中心永宁。唯一有砖房的地方，其中一排青色的砖房居然是一家国营旅店。现代的触须显然已经进入泸沽湖地区，现代主义是自上而下的运动，它首先由行政机构开始。但那触须还是试探性的，毁灭性的打击还没有到来，猪们大摇大摆地在行政机关的门前拉屎。喝醉酒的汉子当街而卧。疯人唱着乱七八糟的歌昂首而过。小卖部的门前躺着五六条大狗。

  现代在这个地区就像乡村医院的一个注射器。第二天，朱洪东发起了高烧，我们立即想到的是去医院，谢天谢地，这里有一家医院，我们根据指点，走过畜粪狼藉的泥泞之地，绕过一群大树，在乌鸦的胯下进入一个没有大门的院子，那里与其说是医院不如说是村庄的某个部分，鸡列成一排跳着啄食之舞，狗站起来，没有叫。有一个房间。我们进去看见里面有简单的医疗设备，医务室的样子，但一切都是发黄的。一些装针水的纸盒胡乱地扔在一个架子上。没有人，又出去叫，医生！医生！在村庄的某处来一个浑身是土的男子，很热情，他说这个医院就他一个医生，没事情的时候就在地里干活，他种着些土豆什么的，还有一匹马。这里的病人很少，大家几乎不生病。他说，他决定为朱洪东注射一针链霉素。他打开一个盒子，我们立即看见那里面有一小堆生锈的针头，他拣出锈迹斑斑的一只，拧到颜色不透明的玻璃针管上，朱洪东安静地接受了注射。凭经验，他根本无法信任那个针头，但我们无法不信任这个乡村医生，他的诚实明白无蔽地呈现在他的一切动作中，朱洪东安然无恙，很快退烧。当我们到达温泉的时候，他已经昂首高歌了。

  从永宁走到那个温泉还有十多公里。就像一处神迹，当地人都知道那个温泉。条条道路不是通罗马，而是通向温泉，那里是一个圣地，当地人没有圣地这个说法，我从他们说起温泉的口气中，听出来那是在说一个神。我们在早晨穿过大地向那个温泉走去，那是秋天之末，田里的稻子刚刚收割，稻根还留着，大地上站着一群一群的乌鸦，羽毛钢硬，像是刚刚从中世纪的黑铁上切削下来的骑士。我们离开乡村土路，在田野上走，大声呼喊着，我们边走边把乌鸦一片一片地惊飞起来，它们黑压压地飞起来的时候，就像我们身上长出了披风。

　　我们在中午走到了温泉，那是两个露天的热水塘。过去云南无数的温泉都叫作热水塘，温泉这个叫法是后来出现的。温泉在摩梭话里面叫做"窝坷"，窝是一个与水有关的动作，坷是洞洞的意思。这个温泉在八十年代以前是男女同浴的，后来行政文件命令把一个水塘分成男女两个。两个水流相通的热水塘中间隔着一堵矮的土墙，男的在一边，女的在另一边，但只要站起来，彼此是看得见的。天空湛蓝，大地不动，那温泉像一对乳房，敞开着。我们脱衣入水，隔壁已经有几个女子。她们咯咯地笑，肥厚的肩膀和乳房在墙边晃着，我们穿着短裤泡在水里，心潮起伏，血液向下汇集。后来她们开始唱歌，我们也唱歌。她们唱的歌我们从来没有听过，歌声像是一群群荷花在泉水上漂，非常动听，我们也唱起歌来，朱洪东是个男高音，他的歌声很有魅力，她们安静了，水哗啦响两声，听得出是一只手在往身上浇水。后来都不唱了，泉眼在她们那边，水流到我们这边再顺着土地流走，温泉在流出地面时是热的，之后就慢慢冷却，重返大地。在云南的大河中，经常可以看到某个山坳里出来一股泉水，它们一开始的时候，完全可能是热的。那一日，我体会到孔子的"温故而知新"的另一个意思，温泉是故，我的身体在它的浸泡中重新被感觉到，每次洗罢温泉，我总是有周身焕然一新的感觉。世事碌碌，令我们在各种标准、理念、习惯中麻木，戴着各种面具，完全忘记了身体的存在，我们一生中干了多少对得起路线、立场、主义、面子而令身体受难的事情啊，为了升华，身体永远被禁锢在电梯间的小铁笼中，我们像教堂里的偶像那样永远被绑在十字架上。温泉令身体解放！女人们开始穿衣服，说摩梭话，我们听不来。她们的话随着温泉流走，在远处又变成了歌声。朱洪东昨天打了一针，今天泡了温泉，身体放松了，感冒就完全好了。这个温泉平常来的人不多，也没有人管理，夜晚就敞开在星空底下，在里面沐浴过的生物肯定不只是人。我已经想不起来那些摩梭姑娘那一日唱的是什么歌，我对那一阵吹过我的生命之风的记忆已经散失了。最近我在大理遇见了老朋友尹明举，他一生的业余活动就是收集云南各民族的歌谣。二十年前他是大理州的文化局长，二十年后，他的头发已经积雪如苍山一峰，老人默默地递给我一本小册子，是他在上世纪六十年代收集的滇西北地区的民歌，这些民歌如今已经在黑暗中隐匿了，它们在卡拉OK和电视机面前感到自卑，自动沉默。这些黑暗的歌子中的一首唱道："美好啊，你们是高高的雪山，一个坡的那边。美好啊，我们是雪山上的狮子，一个坡的这边。一个山坡的这边和那边，去年就盼望着见面，今年幸运地相见了，我们要一起跳舞，我们要一起唱歌。"我忽然觉得，就是那些摩梭女儿从前唱过的。

　　云南最著名的温泉在腾冲。温泉往往就是经岩浆增热以后涌出的。腾冲多火山，所以也多温泉。在此地，无数的温泉被以"澡堂""滚锅"命名。"澡堂坡""105澡堂""胆扎澡堂""蚂蚁窝澡堂""魁甸澡堂""仙人澡堂""中寨澡堂""坝竹澡堂""盈河澡堂寨"……徐霞客曾描述过他对腾冲的感受，"如有炉橐鼓风煽焰于下"。据资料说，在腾冲五千六百九十三平方公里的地面上，共有五十八个水热活动区，平均一百平方公里一个。云南的水热活动区居全国之冠，又以腾冲为首。在五十八个水热活动区中，水温高于四十五摄氏度的热泉区有二十四个。热海是腾冲最著名的温泉区，距县城十一公里。面积十平方公里，海拔一千四百六十米。据一七九〇年成书的《腾越州志》记载："热水塘温泉在阿辛，其出水甚异。坞中本有小水自峡而来，为冷泉。小水左右，泉孔随地而喷，其大如管，作鼓沸状，滔滔有声，跃出水面二三寸，其热如沸。……土人就其下流凿一圆池而露浴之……"清末腾冲廪生尹家令说："热海在……半个山疙瘩山下凹中，巨石四围成海，沸水注之，昼夜涛翻，时刻震响。如巨火丛烧于地下……离热海三丈余，有巨墩似甑。

甑遍生小隙，常热气氤氲，如在釜中，……甑内蒸饭蒸肉皆可熟透。"从这些资料可以看到，早期温泉的浴者是土著，他们沐浴时是完全裸露的，到十九世纪，温泉已经被视为天然的医院了。"热水自海流出分为二沟，一为男浴池，一为女浴池……每年冬春之际，凡疾病疮癫医之不能治者，往浴无不愈……拥挤之时，恒有三五百人。地有寄宿庐舍。由一人收取浴人房金……"这是清末。再过一百年，事情又如何呢？我去这个温泉是一九九九年。老林约我去的。白天我们去看火山，发现其中一座已经被开膛破肚，修了豪华的水泥阶梯直达火山顶，走上去的时候犹如走在一个巨大的陵墓上。到了山顶，非常空虚，火山的顶与平常的山顶没什么不同，野草，碎石，就是一个山顶，火山的神秘感完全被破坏了。幸好其他几座还完好如初，像金字塔般地散落在平原上。看了徐霞客的文字，我感觉热海温泉不是一般的小温泉，心里害怕着那个大滚锅。我们到的时候已经是晚上。汽车穿过一个度假区，途中我看见霓虹灯、宾馆大楼、卡拉OK歌厅和欧式的每天要用割草机剃头的草坪。我当然不会幼稚到希望这地方与三百年前一模一样，但这地方完全无法令人想到徐霞客。刚进总台，就有服务员来说，你们的房间已经预备好了。我们还一头雾水，已经不由分说，被领到一个标准间里去，只言片语听出，她们把我们当成了"组织部新来的"了。老林懒得解释，他住这里，也是打个电话的事情，也就省了电话和人情。服务员热情地告诉我们，这里的温泉水是直接通过水管引到房间里的。我看了看那个温泉，搪瓷的，两个水龙头余沥未尽，已经在盆底上形成了一圈锈迹。盆边摆着沐浴露、洗发露，上面挂着些有可疑斑块的白毛巾，某种就要被传染得病的念头油然而起，心里不快，打发服务员赶紧走，别啰嗦。老林是个急性人，放下东西就要去"自然的那个温泉"泡，他说外面还有一个露天的，我满脑子还是徐霞客描述的那个大滚锅，害怕，不想去。老林坚持要去，好吧。我们走出宾馆，出门的时候，被某种崭新贼亮的东西滑了一下。顺着一个指示牌去那个叫作热海的地方，有些路灯，走了一阵，瓷砖路到边了，开始土路，这使我感到那热腾腾的野兽就在附近了，身上热起来，心里发毛，脚踏实了许多，但还是担心着踩空了滚进大滚锅里去。但走了几步，水泥阶梯又出现了，原来刚才那段土路只是宾馆装修工程的最后一小段。我们顺着楼梯向下走去，感觉是走向一个巨大的坑的底部。到了坑底，暗绿色灯光出现，房子出现，瓷砖出现，卫生间出现了，卖游泳衣和救生圈的小卖部出现，关系暧昧的红男绿女出现，门票价格表出现，有干蒸的价格、按摩的价格、游泳的价格……我们买票，进入了一个温泉游泳池，我闻见某种大众浴室特有的混杂着尿骚味、人体气味、洗发液的"集体主义"味道。这种温泉游泳池我家附近就有一个，我因为经常去里面游泳，很熟悉。这一个是椭圆形的，因为从前的大滚锅是椭圆的，无法改变大地的形状，只好随物赋形。腾冲以温泉著名，徐霞客看见，秋毫不动，用充满诗意的文言文记载了它，为天地立心，使它为世所知，获得不朽。我们从徐霞客美妙的文字出发，进入大地，颠簸八百公里，最后到了一个大众游泳池。

这种事情在云南如火如荼，今天人们一发现温泉，马上推土机、水管、浴缸就跟着来了。神如果再次到云南大地漫游，它看见的是三万只浴缸。二〇〇一年我再去永宁，发现"窝坷"已经被建造成一个室内的瓷砖浴室。这是世界上最可怕的大众浴室了。从前的热水塘现在要收十元的门票。浴室是全球标准，收费是地方标准。当地人没有养成清洁温泉的习惯，温泉怎么清洁呢？流水自然来，自然去，从来没有留下什么污垢，只有明月清风，"山光悦鸟性，潭影空人心"。现在用瓷砖砌起来，当地人不知道每天要用洗洁精清洗，或者用过，嫌气味难闻，或者从未闻过洗洁精味的"摩梭女生"打开一个塑料瓶，立即被毒得昏倒，就再也不用了。温泉几百年也就是这样流的，谁洗它呢，只有它洗我们呢，就不洗了，因此那瓷砖上糊着巨厚发黑的鏖糟，尿骚味、阴暗、潮湿、滑腻，可怕如地狱。我进去一看，马上捂着鼻子退了出来，这个遥远的浴室令我做了一个我在泸沽湖地区从未有过的动作，掩鼻而过，一个文明人的动作。

比利时有个作家图森，他的著名小说集叫作《浴室　先生　照相机》。中国有些年轻作家对他趋之若鹜，他的小说在十六页上写道："十、我坐在浴缸的边缘，向爱德蒙松解释道。在二十七岁（马上就要二十九岁）的年纪上，整天封闭在浴缸里的生活大概是不健康的。我低下眼睛，抚摸着浴缸上的搪瓷说，我得冒一种风险，一种破坏我平静的抽象的生活的风险，目的是，我没有把话说完。十一、第二天，我走出了浴室。"

我相信他就是在云南高黎贡山某地森林里出现的两个外国游客之一。这个小说的中国翻译者评论说："这使我们联想起法国上一代现代主义作家萨特的《恶心》和加缪的《局外人》里的主角，他们之间是一脉相承的，他们对外部世界的缺乏参与，对当今世界的不附和，与他们所处的社会从本体上的异化，是否表达了作者的内心世界以及对社会现实的一种反抗？"他显然认定这小说表现的是一个要办护照和签证才能进入的遥远世界里的事情。而这本书的编者则说："能从图森这里看到新小说的一种新的发展，享受他带给我们的那种叙事作品中前所未有的静止效果，的确很受感动。"他的口气很像一位刚刚进入浴缸设计公司的向往和憧憬着新浴室的见习生，他大约是躺在浴缸里用手提电脑写的这些话，喏，就是这个样子："我躺着，浑身放松，双目闭拢，我想到那位身穿白衣的女人，想到甜品，还想到香草冰激凌，上面浇着一道滚烫的巧克力，几个星期以来，我一直想着这道点心，从科学的观点出发，（我并非贪吃的人）我在这种混合物中见到一种完美。"（《浴室　先生　照相机》，湖南美术出版社，1996年11月第1版14页）

我是一九八五年的秋天到达泸沽湖后面的"窝坷"的。同年，图森的小说《浴室》在巴黎拉丁区由午夜出版社出版。十一年后，这本书在中国出版。

二〇〇四年四月五日起草
二〇〇五年六月一日改定

（原刊于《收获》2005年第5期）

布宜诺斯艾利斯手记

宋 琳

贝尔格拉诺时间

在电影《反观布宜诺斯艾利斯》中有一个短暂的镜头，火车从两堵高墙之间开来，既荒凉又充满回忆的瞬间，被孤零零嵌在其他镜头之间。我认得那个画面，那辆火车是自北朝南向贝尔格拉诺 C 线火车站开来的。我差不多每月一次去贝尔格拉诺的阿姆贝尼奥斯街采购中国货。这条街在与胡拉蒙多街交叉处也与通向河汊纵横的美丽风景区提格瑞的铁轨交叉。下火车后过了扳道口，就是所谓的中国城 Barrio Chino：一小段街面上的几家中国饭店、超市、杂货铺而已。左边，即火车所停靠的月台上的大挂钟停了。每一次都显示着同一时间，八点四十五分。因此给我一种错觉，似乎无论早晚抵达都是在同一时间，贝尔格拉诺时间：一个不动点。时针就像射中靶心的箭，那支与火车同步的箭，从铸铁火车站出发，穿过跑马场、一片片网球场地、废弃的库房和车厢、天桥、游泳池、花园，穿过贫民窟、在两条铁轨间滚动的足球、风中的衰草、尖叫，也穿过广告牌、大片树丛、奔跑的狗的影子、铁栅栏、亲吻以及坐在车上的那个我，在火车停靠的瞬间射中靶心。一个终止在某一刻度的时间，反而提醒了对流逝的时间的注意。它促使我回忆上回和上回的上回来到这里是什么日子。但根据"贝尔格拉诺时间"（而不是我的手表所示的时间），我的每一次到来不过是一种重复，几乎在跨出车门的瞬间，我就读出了挂钟上的时刻，那个随意的、逸出时间之流的时刻。事实是：某年某月某日，贝尔格拉诺C线火车站西月台上的挂钟，走至八点四十五分时停止了。它以逸出时间的方式，让我注意到，或毋宁说主观地确认，挂钟由于不再走动，但又继续挂在那里而从一个有用的物件变成了一件雕塑作品。可能由于月台内侧的墙壁上有一个小神龛的缘故，它多少还带上了宗教色彩。但那儿为什么有一个小神龛呢？挂钟在一个瞬间停止了，停止使这个瞬间变成了永恒。

舞　鞋

　　法国姑娘，我和妻子共同的朋友克里斯黛，从马赛找到一个工作兼旅行的机会来看我们。抵达布宜诺斯艾利斯的第二天，下着雨。她睡在我的书房里，起床，喝过咖啡后，时差还未调整过来，第一件想做的事情就是去买一双探戈舞鞋。她不会跳探戈，至少不会跳标准的探戈，买舞鞋当然是为了学习。不知道她从哪里搞到了那家专卖店的地址，她告诉过我，可惜我把它忘记了。总之，她穿着单薄的衣服，冒着雨找到了那条街。老板是一个典型的阿根廷人，祖籍意大利，知道怎样对女顾客才够殷勤。他为她介绍了店中所有款式的探戈舞鞋，每一种都很别致，只要尺寸对，似乎对于她都一样合适。老实巴交的克里斯黛，不知道被舞鞋还是被老板的炫目方式弄糊涂了，随便选了一双准备试穿。她坐下来，露出修长而白皙的"玉足"。但就在这个间歇，她得到了跳舞的邀请。音乐声起，老板欠身做出邀舞的动作。于是，在加岱尔忧郁的歌声伴奏下，她赤足在鞋店里翩翩舞蹈起来。

那双舞鞋在地板上，鞋跟像凯旋柱一般高高立起，比圣诞节的巧克力还要精美。

葡萄酒俱乐部

因为认识露茜拉的缘故，老巴勒莫的葡萄酒俱乐部成为我们常去的地方。她是俱乐部创办人的遗孀。第一次是她请我们去，接下来没有她，我们也会自己去，或陪着从法国来作短期讲学的教授、度假的亲戚、朋友一道去。俱乐部内有饭店、葡萄酒工艺展室和探戈小剧场。门厅的玻璃天花板上绘着酒神和采摘葡萄的农妇及少女图案，庭院内有喷泉与青藤垂挂的回廊。你可以坐在喷泉边的露天席间吃饭，也可以到小剧场内点菜，或边喝酒边看演出。里面有吧台，服务员随时会到你的桌边来服务。

每逢礼拜六，老钢琴家萨尔冈和他的乐队"En Vivo"固定来俱乐部演奏探戈、米隆加和华尔兹乐曲。乐队除钢琴外，由吉他、簧风琴（Bandoneon）、小提琴、低音提琴组成。墙上就贴着演出招贴画和许多照片，从照片上看那时他们还多么年轻！他们在此演出至少已有二三十年了。观众中上了年纪的票友，常常会随着音乐兴奋地哼唱起来，换曲目时就隔着舞台向演奏者抛去几句开心的玩笑话，那种气氛的亲切随和在南美实在很常见。当地人总喜欢说"muy familial"（非常家庭式的）。

萨尔冈已经七十多岁，风度翩翩，戴着圆形眼镜，留着小胡子，干练而清瘦（钢琴家多数都清瘦）。他一弹出《维多利亚旅馆》的第一乐句，听众的情绪就骚动起来；他的老搭档、吉他手德里奥身穿扎着花领带的白色西装套服，足蹬白皮鞋，身材肥胖，一副花花公子派头，但指法相当细腻；簧风琴手马尔库尼额头高高的，拉起琴来颇像失意的贵族。

弹到得意处，他们会扭头相视一笑，为一个配合达到了天衣无缝的效果。

露茜拉的儿子圣狄亚哥也有自己的乐队——"蓝桥"，音乐类型则属于新人类主义范畴，融合了安第斯音乐、非洲音乐和印度音乐。演奏方式也很特别，一种印度的弹拨乐器被像中国古琴一样平放着弹奏，创造出古琴那种强弱变化的颤音效果；长短不一的笛子则表现了印第安音乐特有的流动节奏活力。我感觉到他们正在挖掘一种更开阔的表达空间，那是与传统探戈不同的声音。探戈在当今的布宜诺斯艾利斯似乎正逐渐成为"旧时代的风流韵事"（柏桦语）。我听过的探戈歌曲演唱者大都是上一代的人，起初以为是偶然所见，后来听得多了，方知人们对这种艺术的喜爱带有明显的怀旧情绪。尽管跳探戈舞的年轻人依然不少，参加米隆加晚会的几乎全都是中老年了。

西方老妇歌

一座花园等在小径的转角处，门边有一面凸面镜，一条可以拉动里面门铃的铜链子。M夫人的客人大部分都已先我们而到，她站在住宅的门廊下迎候我们。作为为亚洲艺术博物馆工作多年的退休人员，M夫人去过亚洲，也可能是这一缘分使她把同我们的认识和交往看作是那次遥远旅行的继续。

我被邀请在一个晚会上朗诵诗歌，在蒙德维得亚街的一个宽敞、通风的地下室里（我记得一九九三年在布拉格的一次朗诵也是在地下室，点着蜡烛，有一种演出神秘剧的效果）。来了六七十人，大都是退休的老人，女士居多。每个人都请我在分发给他（她）们的诗页上面签字，我受宠若惊，尽管我知道在此作为明星的是汉字而不是我。

M夫人想必足有九十岁了，雍容华贵，不久前摔伤的一条腿还未痊愈，由她的秘书搀扶着站到麦克风前，颤颤巍巍地做了演讲。主题是她的亚洲之旅。那是发生在几十年前的事，但她热情洋溢的叙述很快把人们带到了遥远的恒河或湄公河流域的东南亚地区。明净的水田、茶树、大象背上的轿子、丛林里的老虎和天堂鸟。种种当时显得破碎，在记忆中却变得完整的东方事物。还有人，蚁群般的人，肤色幽暗，因为上帝以另外的方式看顾他们，所以与西方人相反，他们更加热爱宿命。

她见过圣雄甘地，这无疑是那次旅行最富传奇色彩的部分。

我们（我和妻子）还荣幸地去过她城里的公寓。什么样的老人，独自生活在伴随她多年的那些老式家具之间，身上却没有任何在她的年龄上通常都有的腐朽气息。给我们斟上葡萄酒时，她说："Ily a du vin, tout va bien."我们听她谈漫长人生中遇到的种种奇闻逸事，谈欲望和性。她把阿根廷的现状归结为西方的没落，那时正值"9·11"事件和阿根廷经济危机发生后不久，她毫不掩饰谈吐中流露出的隐忧。我想这样一个见过世面的老人必定高瞻远瞩。

话题转到了诗歌。她说她喜欢我的那首《水壶》，理由是从中感受到一种不同的东西，一种东方人看事物的方式。顺便说一下，我的包括《水壶》在内的三首诗就是 M 夫人请 L 夫人从法语译成西班牙语的。令我惊讶的是，她说她本人最近写了一首诗，是平生所写第一首诗，灵感来得不迟也不早，所以题目就叫《西方老妇歌》。说实话，这个题目引起了我浓厚的阅读兴趣。

花园位于北郊小镇的瓦拉斯街 11 号，房子遮蔽在潮湿的浓荫中，茂密的树木挡住了围墙。沿着甬道漫步，不时会发现一些有浮雕的石头屏风、椅子、一个神龛或一眼竖立着铁支架的古井。浮雕表现庄园生活的景观：一个男人正用肩膀费力推动一个高过他的马车轮，他身后站着奶牛、怀里抱着婴儿的妇女和手提圆桶的男人，有一个水罐摆在地上。我想象当 M 夫人一个人在这巨大的花园里回忆她的先祖时，那马车轮、圆桶、水罐都会发出声音，那些人中的一个会走向她，把一只手轻轻放在她的披肩上。

这是圣诞节前的最后一个周末，正当初夏，无花果树散发出淡淡的乳香味，高大的金合欢的叶子在午后的微风中柔软地下垂。从花园深处散步回来后，我们在棚顶边缘绕着一圈橙色帷幔的凉亭下喝茶。M 夫人戴着一顶草帽，坐在客人们中间。因为新朋友身份，也因为 M 夫人，客人们的话题就主要围绕着我们个人的家世和有关中国的一切。

在落日将要以它的金黄涂抹树梢之际，也许是为了满足我的期待，也许告别的时候到了，M 夫人用沙哑的嗓门缓缓诵读了那首《西方老妇歌》。我粗陋的翻译尽量保留了她诗中那剔除了悲怆的乐观的调子。

总有一天，香水和梳子都要弃我而去
一个在博物馆中我经常端详的中国花瓶
那令人愉悦的靛青图案
会成为我最后视线中的乐园
在穿越仁慈的上帝的死亡深谷之后
我仍将是同一个阿根廷女人
燃烧着，像火鹤一样
点缀在明媚的山水之间

杂　耍

在一个陌生的城市里散步，漫无目的，走到哪儿就算哪儿，满足于走马看花式的闲逛，也满足于通过视觉接受的种种印象，这种流动的方式是我理想的写作状态。行走着，却并不到哪里去，正如写，并没有一个先在的主题，杨朱伤心哭泣的可南可北的道路正可迷失，正可自我放逐。抵达生活的表层——佩索阿如是说——完全是在无意之间。例如，在某大路口，正当行人为了赶在红灯亮起之前穿过街面，油然产生被催促的匆忙流逝之感，一排排汽车也紧凑地相挨着等待通过，这时，一些男孩或女孩就突然从路边树下窜出，站到斑马线上表演起双手循环抛球的杂技，有的还爬到另一个的肩上，颤颤巍巍地戏耍起来；车重新开动前拥向前去朝车窗里伸手，个个都是那么敏捷。因为假如动作不够快，就将来不及拿到赏钱。这类惊险游戏在很多路口都能见到。若是年纪稍大的，就在头上扎一块漂亮的头巾，玩的是抛沙锤或火棍，难度自然也就更大了。这些停留在生活表层上的瞬间，有时我们不能与之欣然邂逅，难道不是因为感觉有太多的东西在催促，而内心日趋紧张的缘故吗？

马黛茶

一只手握着墨水瓶大小的圆形茶壶，壶中斜插着金属吸管，就到嘴边慢慢啜饮。坐着、躺着或站着喝，还可以一边走路一边喝。在星期天的公园、在橡树或回廊下、在摸三张的牌桌上，甚至在自由市场的货摊前，男男女女一律陶醉于这种神秘的巴拉圭植物的香醇中。我见过一张切·格瓦拉的照片，他就是斜倚着、肘支在床上喝茶的。而户外品茗，实在是布宜诺斯艾利斯的一大景观，街头摆的茶摊也都备有热水瓶，跟在国内所见几无不同。

作为南方人，我虽不精于茶道，然从事茗饮，未尝有一日稍停，忝列茶之瘾君子大概亦不为过。此间人士热衷的马黛茶，精妙何在？与中国茶有什么差别？自然颇感好奇。一日偶翻《植物地理学》，知其含有咖啡碱，所以有提精神、清头目之功效，愈发急欲一试为快了。于是买了茶叶和茶具，回到家中立马操作起来。马黛茶看起来不似中国茶精致，叶如干草，且含细末，盖焙法不同耳。煮茶其实很简单，撮茶叶一把，砂糖若干置壶中，倒入热开水，稍加搅拌即可。果然味道苦而酽香浓郁，口感比云南普洱茶约略重些。国人饮茶并无加糖习惯，但在我闽东家乡，人家待客至今仍以冰糖佐之，所以马黛茶的风味我多少能够品出。饮罢，不禁吟哦起《诗经》中"谁谓荼苦，其甘如荠"的诗句来。

在阿根廷人中间，若某某把自己正在喝的茶壶递给你，证明你已经算作他的朋友了，茶壶在众人手里传递，喝得脸红耳热，气氛也渐渐热烈起来。饮料你也许不习惯，但那些羊角、白银、皮革、葫芦等各种质地的马黛茶壶的精美，不可能不诱惑你想要拥有一个。每在周末露天市场闲逛，我总是四处寻找，有中意的，必欲倾囊，正如见风景佳处便幻想造屋其间一样，常令内子讥笑。葫芦制的茶壶是我所最爱，表面花花绿绿，若遇刻工精良的，摆在书架上，与斜出其上的银质吸管真可谓相映成趣，斗室乾坤里于是平添了些异国情调。

废墟和记忆

我读过一本回忆录（书名和作者的名字我都已经忘记了），讲述一个由以色列特工人员和被迫害的普通犹太人组成的别动队，秘密潜入阿根廷，活捉纳粹主犯之一艾希曼的真实故事，时间大概在五十年代末或六十年代初。书以第一人称叙述，作者本人即别动队的负责人，并亲自参加了那次行动的全过程。读这本书时的惊心动魄至今记忆犹新。艾希曼，那个屠杀犹太人的罪魁祸首，"二战"结束后潜逃至阿根廷，他埋名隐姓，通过连续搬家、不让子女与任何人接近的方式避免走漏风声。似乎预感到末日已近，当他被几个汉子忽然从身后架住并按倒在车内时，竟然非常识时务地连挣扎都没有挣扎一下。他马上被押解到耶路撒冷。在公开审判以前，阿根廷情报部门始终蒙在鼓里，根本不知道那架前来参加国际盛会的飞机上坐着的是清一色的不速之客、焚尸炉的幸存者和自愿复仇者。

位于 Arroyo 街的以色列驻阿根廷大使馆一九九〇年被炸毁，现在，原先建筑所在的位置已经变成一个小广场，隔壁建筑的墙上有一个圆柱柱头的花饰印痕，看起来像一件浮雕作品，但更加突显了废墟的荒凉，它包含着残酷意味的消逝之美。尤其在夕阳之下，当几个放学的男孩在那儿玩着追逐的游戏，笼子似的铁栅栏里，小树几乎没有长出几片叶子来，某人留在一段墙基上的报纸被风吹得哗哗作响，你会发现，废墟犹如镜子的碎片，它的叙述是断续的、零散的。而记忆是另一种废墟，同样作为时间作用下的废墟。在事物的关联性中，记忆以不可靠的方式对遗忘的殿堂作出补偿性的说明，这种欲言又止留下的符迹或许就是文学。我从下榻的苏伊巴恰旅馆出来，沿门前斜街往下走几步，对面教堂墙上那个铜铸的纪念性铭文很快就吸引住了我的目光。

浓　荫

我在自由街 1236 号那家旧书店寻找初版博尔赫斯的《阿特拉斯》未遇大感失望时，偶然发现维多利亚·奥坎波的几本书，其中一本照片与文字合辑的书取名《布宜诺斯艾利斯的奇花异木》，意外地弥补了我的缺憾，因要价奇昂，我买不起，就站在书架前浏览起来。为一座城市的花木撰写一本书，无异于给一个前去参加弥撒的姑娘着上盛装。抵达布宜诺斯艾利斯前夕，我做过一个梦：一个连着缓坡的广场，一些我从未见过的树木撑开巨大的树冠。之后来到圣马丁广场，我立即认出了那些梦中的可爱树木。从一家照片洗印店出来，我坐在长椅上，为了能把它们细细观看。

布宜诺斯艾利斯的气候是如此适合于植物，几乎每个广场、每条街道都覆盖在细菌般快速繁殖的浓荫之下。来自澳大利亚的高大的蓝桉在拉普拉塔河滨公园随处可见，触摸一下它的叶子，余香在手指上经久不散；南美花梨木、金合欢、广玉兰或法国梧桐把盛夏的街道变成了绿色拱廊，任何方向都吸引游人朝它的幽深处走去；蓝花楹的黑枝干开花时节不太被注意，因为满树的花早已喧宾夺主，它们在冬天叶子落尽时看起来才最美；另一种醉树（Palo borracho）的主茎像上下细、中间粗的酒瓶形状，比印第安人祭祀用的大坛子还要粗大，与属于木棉科的纺锤树颇相似，带刺，花红白两色，且春秋二度开放，那花只需一瞥就会使人感觉微醺，避开不去看是不可能的。《梁书》记载南亚的顿逊国："有酒树，似安石榴，采其花汁，停瓮中数日成酒。"因未亲验，不能肯定二者是否同属一种，但据说醉树只生长于南美洲，至少在布宜诺斯艾利斯它受人宠爱，声名赫赫。

声音的细浪

起初我不知道那笛声的意义，它从下面街道的转角传来，竟然是悠扬的，在冬天听起来更显得几分凄清。它升上来，飘忽不定，总是那几个重复的音节，像空气的印章，像细浪。一生中某些时刻，借助于声音，我们会回到另一个时刻，回到从前。在七步，小巷石阶下阉猪人的笛声，现在被这另外的曲调唤起了。他步履如风，甚至有点英雄气概。我离开桌子到窗前去，想看到那个串街走巷的人，那个自行车摆上固定着磨刀石的磨刀人。有时，笛声被抑扬有致的吆喝所取代，只听见唱道："Afilador，Afilador……"

某种程度上，我在异乡的写作仿佛是对必定消逝之物所做的挽留，时日，年华，正在到来的此刻，滔滔而逝，没有什么留下，连一点痕迹都没有，这种徒劳无益的努力之所以还在继续，完全是一种惯性作用，而我自己却就像一个空虚的场域，任什么东西从中穿过，一如那笛声穿过整个街区。

为了从事某种精神操练，过一段自愿的闭关生活是有必要的，"间数日出游"实乃消息盈虚之道，而懒惰如我既依赖它，又怀疑起它。有时，我会对霍桑笔下的怪人韦克菲尔德会心一笑。可能正是这种与心跳保持的距离磨砺了我的视听之区。内院里一根断电线被风吹动的沙沙声总是有我不了解的意味吧？它为何悬在那儿？令我想起电影《玻利维亚》中那些随便搭在公共电线上的私人电线；如果我调动想象，邻居的门发出的声音，就会展示另一个室内风景，另一个人的命运；早晨七点，喀刺喀刺的转轴声响起，准是街对面约瑟芬娜咖啡店在开铁门。生活，永远在重复中重新开始。摇铁门的女店主穿上了绿围裙，又要在门外一张一张地摆放桌椅了。稍后一点，遛狗人费劲地牵着一群大小不同、热气蒸腾的宠物，拥拥挤挤地出现在街角，吠叫，引起更多宠物的兴奋，终于响成一片。

早餐后那段时间算是白天里最安静的，如果未熬夜，我将喝着香喷喷的巴西咖啡，等待今天的灵感的惠顾。寂静不也是一种声音吗？在写作的寂静中，太阳的影子移过桌面，而文字是另一种听不见的细浪。偶尔传来的公共汽车刹车的金属声响，并不引起我的反感；内院窗口里某几个公司职员的谈话，听起来那么近，也不会影响我的专注。不知位于哪条街的学校的铃声，适时地提醒我正午已经临近，然后，从洪卡街那边，一群放学的女中学生拖着无所谓的懒散步子，用奶声奶气的歌惊飞广场上的鸽子，翅膀碰撞犹如一串爆竹升空。

幽静的深夜，纵使在美丽的布宜诺斯艾利斯，对我这个异乡人而言，仍然难以排遣卧听的寂寥。街头偶尔响起一对从剧院走回家去的情侣的清越的脚步声，女人把手握在男人手中，口哨是令人愉悦的，像在码头上吹的那种口哨。逢到周末或节庆之夜，晚会的伴奏音乐有时会通宵达旦，有时晚会干脆搬到广场上继续进行。啤酒瓶和易拉罐。摇晃的肩膀。手提式收录机。我们没有被邀请，但实际上已经参加了那不情愿的狂欢。

帕瑞拉街3号

窗外，街心小花园。洪卡街与基多街斜向交叉，形成一个船头形无名广场，我的女神就伫立在由一圈低矮的等边三角形铁栅栏围起的高高的基座上，令我想到希腊人饰在船头的保护神像。可能是在卢浮宫，我见过一些通过想象恢复完整的《米洛的维纳斯》草图，但没有一幅像断臂维纳斯那样投射出残缺之美（这或许也是罗丹砍去巴尔扎克塑像一只手的原因）。布宜诺斯艾利斯的这一尊躯体完整的维纳斯塑像不知出自谁之手，我倚窗时，目光总是先被她所吸引。她指尖几乎触到裙袍的皱褶。这个姿势留给我们广阔的想象余地，提示我们一种还原到女神的生活场景中的可能性。比利时画家德尔沃画过一幅《睡着的维纳斯》，女神那光辉的床榻被置于神庙与宫殿之间的广场，引人遐思。一些无眠之夜，我站在窗前望着下面，想象我的女神从石头之身里走出，像梦游者那样，加入路灯下的街头游荡。

　　租下这间位于五层的寓所，不仅因为它是一幢老建筑，有我喜欢的老式电梯、橡木地板、壁炉，还因为窗外的视野可以拥有三条街。这实在是太奢侈了！内子考虑到我大部分时间在家面壁，除了孩子们各自的房间外，我至少应拥有一间书房，最终是我成全了她的美意。打开客厅的落地窗，外面是一个弧形的、带黑漆铁栏杆的阳台，小广场周围每户人家的阳台几乎都有盆景，与街树一道形成一个绿谷。大城市的主要魅力在于居民区的街道，而不是商业街，生活的秘密是由居民区的窗口展示的。布宜诺斯艾利斯由于此一需要而从东面的拉普拉塔河岸与南面的小河岸开始向西北无边无际地蔓延。希腊诗人塞菲里斯把亚历山大港比喻成一件斗篷，我觉得这个比喻也完全适用于布宜诺斯艾利斯。在斗篷下生活，是的，每一个港口人都披着这样一件共同的、看不见的斗篷。

　　我们对生活的理解常取决于注意力的方式，如果你注意到意识对外界的知觉事实上有着蜗牛般的敏感，那么随意的一瞥，就是对街道的透视。38路公共汽车站在基多街这边，车经过圣马丁广场，正好是内子去法国大使馆文化处上班的路线。我写作或阅读的间隙，或在窗边吸烟冥想的片刻，下面露天座位的白桌椅和绿色遮阳伞尽收眼底，读报人小口喝着咖啡，把脚放在无人坐的空椅子上，悠闲自在。有人能够一字不漏地把一张报纸读完，我从来没有做到，如今足以吸引我读完的好书似乎也越来越少了。书，马拉美意义上的书，只存在于片断中。

　　为了放上一张音乐光碟，或为了让眼睛休息一下，我又回到我常逗留的那扇窗前，点燃一支烟。这时，斜对面的公寓里一个穿工装裤的大汉正抱着一个大花盆出来，门外有两个人站着聊天，其中一个像门卫，另一个穿着红外套的他的熟人，动作夸张地把拉链扯到下巴上方，怕冷似地俯仰着身体；站牌下有几个人在等车，头发秃得只剩下一圈的那个老人右手拿着一本书在读，忽然把头深深低了下去，像腹部剧烈疼痛似的；露天咖啡座上，有人坐着看报，桌上的咖啡杯和小匙迟迟未动，狗就拴在桌下。他们或她们似乎一直就这么坐着，似乎来到后就不再想离开，要无限地坐下去。稍远些，沿着洪卡街，一个扛着一块木板的人正昂头走他自己的路。

我的目光最后落在常见的那位老太太身上，她不知何时又出现了，坐在长凳上，看人们鱼贯上下车，热天里穿着那身厚厚的黑冬装，老重复着一个动作：把头巾缠上又解下，或脱下鞋子拿在手上往里瞧。她坐在那里仿佛有一个世纪了，仿佛在等人，但等的是谁呢？离家出走的儿子或某个早年的情人？我是永远不得而知了。有一点，即她对街上来往的行人车辆毫无兴趣是肯定无疑的。如此说来她分明不在等任何人，倘若有什么人可等，情况或许就会好些。

洪卡街上的"北方"超市送货员推着垒着高高的货筐的矮平板车走过，是每天都可见到的。还有摇摆着穿过闹市的、送面包的自行车头上那种大篮子，本地人习以为常，对于我却格外赏心悦目。没有导演，没有主角，每个人都是仪式的一部分，交叉而过，互相为道具，这街头上演的戏剧常常只有我一个观众。忽然我心烦意乱起来，似乎看见自己走在人群中间，情绪恶劣，但谁都不曾注意到我。

花　店

花之于城市生活的意义正如空气和水，不可想象一座没有花的城市。

布宜诺斯艾利斯市中心的花店喜欢设在街边人行道上，像书报亭那样，挂在亭外的小塑料桶里插满了各种时鲜花卉，那是名副其实的花亭，所谓争奇斗妍者，为市容增色不少。看着卖花人坐在小桌旁，专心致志地修剪花枝，这城市生活的日常一幕是很动人的。玫瑰、菊、黄菖蒲、天堂鸟花、紫罗兰、百合……甚至还有鸡冠花。这种花实在是很富贵。有人送过一束，插在威尼斯花瓶里，那几天我的目光总是被吸引过去，观赏之余不禁为花名之俗感到可惜。查李渔《闲情偶寄》，发现他亦有同感，其文曰："鸡冠虽肖，然而贱视花容矣，请易其字，曰'一朵云'。"但"一朵云"毕竟又缺少了一些质感，不如改成"凤冠花"。我和儿子一起出去散步，转入金塔纳街（走过好几家花店）后，在街角那一家买了一束桂竹香，花色白，暗香袭人，它的西班牙语名字是 alheli。回家后，儿子把花献给他母亲时说："a lily！"他利用谐音玩了一则语言游戏，而 lily 也就是百合。

有些花店甚至通宵营业。有一次我从一个晚会出来已经是凌晨四点了，和几个来自魁北克的加拿大年轻人在里科莱塔墓园附近告别后，我步行回寓所。报亭还未开业，但当天的报纸已经抵达，一摞摞报纸堆在人行道上，业主正在清点，我买了一份《民族报》夹在腋下。稍往前数步，发现近旁的一家花店居然亮着灯，出于好奇，我隔着矮门往里探视，一个老人正坐在椅子上睡觉呢。我无意惊动他，但恰在此时他醒了（或许本来只是假寐吧），见到我精神为之一振，忙问："先生，买花吗？"有谁这么早买花呢？可能是我酒喝多了，要么就是他的花太诱人，我挑了几枝绣球花。这时天下起了蒙蒙细雨，街灯照着雨中的花束，显得愈加幻美了。

另一种街头卖花的人，抱着大捧鲜花，或等在酒吧、夜总会门外，或站在街角，有的则沿林阴大道逡巡，可称为流动花店。布宜诺斯艾利斯是名副其实的不夜城，过了午夜以后才热闹起来，对于很多人来说，此时一天的生活才真正开始，无需等到周末，每天都应是节日。也许这才是拉丁民族的生活态度？享乐主义？南方的颓废？随便你怎么解释。

凌晨两点左右，一个看上去不到十岁的小女孩，无望地瞧着灯火通明的过往汽车，用一只手遮住嘴打哈欠，累得在人行道上坐下来。那个钟点对她来说绝对没有什么好玩的，但她不能去睡觉，至少得等到一个顾客吧？这头发微鬈的卖花姑娘，使我的耳畔响起多年前看过的一部朝鲜电影里那首凄凉的《卖花歌》。

哥伦布剧院

圣母升天节之后不久的一周，人们到哥伦布剧院去，完全是为了玛尔塔·阿尔泽利许，去听她弹钢琴，去看她，想要知道她气色可好，头发还像当年一样浓密且富有光泽吗？作为阿根廷人，他们或她们的同胞，这些年里是怎样过来的？在哪里？经常旅行、授课、参加各种颁奖仪式吗？是否祖国发生的一切令她悲愤，并多少感觉在外人面前抬不起头？节令是乍暖还寒的初春，将近夜间九点钟，剧院侧门前的广场上云集着黑压压的人群，有的手里持有入场券，有的却在排队等待售票。人们当然是去听音乐，希望音乐能够驱散心头的愁云，但是，在目前阶段，以亲爱的玛尔塔·阿尔泽利许的名字命名的音乐节似乎另有意味，人们几乎是带着去教堂领圣餐的庄重神情坐在剧院里的。一个中年妇女递给我一张传单，上面赫然写着："一分钟沉默——艺术家重申他们的要求。"果然，乐队开始演奏以前在台上沉默着站立了一分钟，抗议剧院的预算被剥夺，抗议市政府没有将门票收入的相应数额归还剧院。我重新掏出那张揉皱的传单，有一些标语实在令人惊讶："不要给企业家机会！""反对私人企业侵吞人民的钱！"落款是哥伦布剧院全体艺术家。

我坐在位于剧院第六层的观众席上，不知道玛尔塔对此有何看法，不知道除了钢琴和音乐以外，她思考些什么。乐队演奏了一些曲目后，她出现了，拖着略微滞重的脚步走向钢琴，有点疲惫地向观众挥挥手，观众则对她报以热烈的掌声。在他们的感情中不排除礼节性的敬意。然而，她的手指一接触琴键，空气的性质就发生了变化。音乐——普罗科菲耶夫的《第一钢琴协奏曲》，从她手指下涌出的那股激流，很快就使人陷入迷狂，似乎敲在琴键上的每一下，也都敲在我们的心跳上。音乐就是有那种拯救的力量，像宗教，像爱情。玛尔塔·阿尔泽利许，阿根廷的女儿，音乐的女儿，你所向披靡！在那些致命的、喘不过气来的时刻，每个人的心跳都汇入了同一节律之中。

看门人

　　看门人尼古拉满头银发，背微驼，每次见到我，总是向我跷起大拇指——起初我不太习惯，不久就对这种阿根廷式的问候方式感到亲切起来。有一次，当我用刚学会的几句粗陋的西班牙语跟他交换对时势的看法时，他却同时伸出了拇指与食指，做了开枪的手势。意思我清楚，翻译过来应是：您该知道祸从口出吧？恐惧，我所熟悉的恐惧，在这个美丽的民主国家依然占据着人心。军人统治时期，数千年轻人失踪了，有些人死后，尸体被扔到拉普拉塔河中。至今，游人还可在五月广场看到定期在总统府玫瑰宫前示威的失踪者母亲们，尽管知识分子和媒体已开始公开讨论这个历史事件，警察在一般民众心中尚未建立其亲和力。

　　尼古拉和他的妻子住在底层，因为她常年卧床不起，我们从未照过面。肯定是贫困所致，一天，有人看见尼古拉在无人进出大门时，悄悄把垃圾袋提回家去。这是他的私事，他没有必要披露给谁。下一回见我从电梯出来，他照例很快离开上面摆着一盏漂亮台灯的桌子，驼着背去为我开大门。他站在门边，说着问候的话，照例向我跷起了右手的大拇指。那种我在布宜诺斯艾利斯常见到的优雅体面，当地人或许反而是习而不察的。

西班牙大使馆

晚九点，沿基多街散步。西班牙大使馆就在这条街上。我记得洛尔加说过："诗歌是某种漫步街头的东西。"他的《诗人在纽约》正是此一观念的产物，然而这并非他的发明。布莱克写伦敦的诗、波德莱尔写巴黎的诗不也是散步的产物吗？波德莱尔通过他的写作甚至把散步变成了一条现代主义的原则。现代诗人必须成为闲荡者，因为正如本雅明评价波德莱尔时所指出的那样，只有闲荡者懂得凝神式或浏览式观看。经验告诉我，如果不收集印象，并忠实于对那些外部印象的感觉，有再好的诗歌理念，写作也无从开始。每座城市都有自己的街道史，每条街道亦有着自己的诗学。

每次经过西班牙大使馆门前，总有申请签证的人排着长队候在那儿，将近一年来，每次都是这样，没有变化。这些港口人或他们的祖先来自西班牙和欧洲其他国家，沿着胡安·迪亚斯·德索利斯一五一六年发现的河口到达白银之国的首都，一座明媚、富足的草原城市，有过自己的黄金梦想，神话与历史，曾经令欧洲也为之向往。今天，是什么使一个国家濒临破产？使抵达之港再度蜕变成出发之港？排队的人中，有的甚至带来躺椅，准备通宵达旦待在街上，这景象使我不止一次地想到了逃难。

空　气

写作，欲展现一座城市的魅力，最困难的是气氛的传达。布宜诺斯艾利斯冬日晴天的空气是如此纯净透明，同我在别处所感受如此微妙的不同，我一直希望找到一个词来描述——然而它或许就在 Buenos Aires（布宜诺斯艾利斯，直译成汉语意为"好空气"）这几个音节中，命名它的人若无所发现，这个名称就不可能存在。同样，皮肤的感觉不会骗人，一如接触香水瓶喷起的雾气。那是一种无所不在的蓝，与蓝楹花、羽扇豆、百子莲相一致的蓝，提香或普桑画中的蓝，阿根廷国旗和博卡足球队运动衫选择了那种基调。

　　穿过七月九日大道时，斜阳照在街道南侧的建筑物和国旗纪念碑的上端，阴影中的街树透出丝绸般的柔和气息。朝东远远地望见港口那边的红色起吊机，那些巨臂正在拉普拉塔河岸上低垂着。近处的人行道上，一个怀里抱着婴儿的年轻母亲，把一只脚踩在街灯柱约半米高的底座上，在跟人聊天，她那种大大咧咧简直是另一幅《无产者肖像》。在自由街，我还看见一个围着绿条纹围裙的侍应生，手里举着一个放着咖啡杯的托盘斜穿过街道到对面去。那边有人点了咖啡，他给他（或她）送过去。可能是一个业已动弹不得的老人，一个病魔缠身的人，在孤独的黄昏思念起咖啡的浓香，于是就拨了电话，于是他就给他（或她）送过去。那张隐藏起来的脸我们是看不见的。而在街上，在斑驳的光线中，我注意到有些老妇人的脸上总是显得很刚硬，仿佛那些生活磨砺出来的线条不刚硬就不足以保护尚未彻底毁损的容颜似的。博尔赫斯接近五十岁写过一首诗，我记得最后一行是：

　　不停地折磨着我啊，死神

里科莱塔

　　里科莱塔墓园一带，除了有全城最古老的救援圣母教堂——坚韧的石头百合，还有树，布宜诺斯艾利斯的树，令人心醉，还有像伦敦的电话亭一样漆成红色的老电话亭，红砖砌的墓墙，而且连邮筒也是红色的（不是作为邮电象征的那种普遍的绿色）。博尔赫斯在《勃朗宁决定当诗人》那首诗里把伦敦描写成"红色的迷宫"，而红色也正是里科莱塔区的基调，当然还有圣特尔莫。

同一棵树的树阴下，一边是长眠的人，
另一边是准备背井离乡者。一个女人
在电话亭里流泪。我无所适从，
剥开金合欢树上落下的豆荚状的果实，
种子显露了出来，它们会不会生根？
我感到抱歉。今天是星期天。
"聪明人应该诞生"，他诞生了吗？

公墓外广场上那棵美洲橡皮树撑开巨大的树冠，覆盖面比我故乡福建的榕树还要大，虽然有许多支架帮忙，树枝还是几乎垂到了地面。这棵树是僧侣瑞科里多斯兄弟于一八〇〇年间种下的，坐在 La Biela 咖啡馆的露天茶座上，伸手即可触及枝叶。它真是无比壮硕，超级茂盛，像一座绿色大喷泉。它的存在，对于面朝里科莱塔墓园方向喝茶的人，在黄昏悄然到来时不免产生的感伤是一种慰藉。越过围墙上方看得见墓园中镀金的天使塑像和十字架，沿围墙走一小段，就能感受到死亡那边渗出的清凉气息。如果一个夜间的散步者就着灯光识读一则墙上的告示，他读到的可能是"我们必须相爱否则死亡"这样的警句。这座城中之城的街道与外面的街道一样整整齐齐，黑色大理石就像足以摄入人之魂魄的魔镜一样光亮，并且，许多棺柩并不是埋在地下而是摆在门洞里的，透过有花饰的格子看得见它们仿佛临时摆在那儿展览似的，仿佛航海史上一艘艘大帆船的模型，令我想起张枣的一句诗："死亡也只是衔接了另一场漂泊。"对于无信仰依托的灵魂而言，死亡或许是一场更大的漂泊。尽管如此，死亡也被视为荣耀，布宜诺斯艾利斯的名门望族，哪一个不想在此占有一席之地呢？我听说庇隆夫人死后，遗体曾经躲躲藏藏，最终还是葬入园中。一些人为了体面的需要，竟然先租下一块墓地举行葬礼，然后再把死者悄悄安置在别处。不知道博尔赫斯选择身后流亡有何用意？但据说他在日内瓦的墓地上仅极端朴素地插着一块木板。

墓地附近通常都是较冷清之地，此处却是个例外。围墙外面的胡宁街曾经是红灯区，如今则罗列着一排飘散烤肉香味的饭店，年轻小姐穿着短裙站在门外招徕顾客；教堂左边是里科莱塔文化中心，经常有大型艺术展览。天气晴朗的夏日，草地上总有人躺着晒日光浴，恋人们在拥抱接吻，人体雕塑表演者以各种扮相逗引孩子们。缓坡向着自由大道一侧倾斜，销售各种手工艺品的集市摊点沿坡透至大道边，直达法兰西广场。彩绘玻璃杯、木偶、马黛茶壶、印第安人的泥塑国际象棋、首饰、邦乔式印花布连衣裙、大蜡烛、纪念章……摊主悠闲地喝着马黛茶，看游人挑三拣四，有中意者则买去，概无议价之说。我喜欢看秋日黄昏时分在墓园的高墙下跳的探戈。男舞者戴着黑礼帽，围着白围巾，鬓角留到腮边，面色苍白；女舞者穿着袒胸露背的丝裙，足蹬高跟舞鞋，目不旁视，起舞时身体始终略向前倾，脚尖触着地面，随着旋转的舞步脚下偶尔踢起落叶，橙色的大腿因舞步的跌宕而抬起，压向男舞伴僵直的、略向后退的身躯，裙子撩起，像火焰在地平线上腾跃。几步之外，录音机播放的探戈歌曲，与 V.罗佩斯街角那边从楼梯上方倾泻到街上的夜总会的音乐响成一片，它们甚至要传到墓园内，去吵醒死者。

国立图书馆

国立图书馆原先在墨西哥街。有一次我和妻子一道在圣特尔莫散步，特意到这条街上去，就为了看看博尔赫斯工作过的所在。我还记得博尔赫斯的一件轶事。当庇隆政权垮台后，他即将被新的政府任命为国家图书馆馆长，消息已经传出，他当然很高兴。因为这意味着"家禽稽查员"的耻辱历史永远不会再有了，而且馆长之职实在是一个崇高的荣誉。在母亲的陪同下，他来到未来的琅福地，他并没有进去，而只是在门口站了一站。博尔赫斯后来回忆时解释说，因为迷信，他不敢在正式任命前跨进那个门槛。我觉得这几乎是一个但丁式寓言的翻版。经过了漫长的地狱和炼狱（庇隆统治长达十年之久），现在终于来到天堂的门口，不免诚惶诚恐。博尔赫斯的热情读者们都知道，他在诗中喜欢把天堂作为图书馆的一个隐喻来使用。

  我，总是在想象着天堂
  是一座图书馆的类型。

——《天赋之诗》

  也许鲜有人知，原国立图书馆的大楼是为国家彩票总行而设计和建造的。最近，在参观国立图书馆新址时，又听说那幢位于解放者大道附近的造型奇特的建筑，原先的目的也不是为了成为图书馆，富有讽刺意味的是，它甚至是庇隆被允许出国前最后的藏身之所。"庇隆躲了起来。"博尔赫斯曾经写道。他支配过的九十万册书籍浩浩荡荡地进驻了独裁者的避难所，这种变化谁能料到？

  历史学家奥拉修·冈萨雷斯先生是现任副馆长，我在一次晚会上认识他，不久又荣幸地和妻子一道应邀到他家里做客，那天他的夫人到罗莎利奥演出去了（她是探戈演唱家，到过中国）。客中除了我们以外还有几位来自法国的教授。他家的客厅正对着院内的花园，窗前垂下挂着串串小果实的盆栽植物的柔蔓。在弥漫着阳光和书香的午后，大家很随便地边喝酒边闲聊。我向他询问马塞多尼奥·费尔南德斯这位阿根廷怪杰，因为他在思想史著作《修辞与疯狂》中用很多篇幅谈到他，还因为他曾是青年博尔赫斯的引导者。我想，这位不相信有死亡的人或许仍然以某种方式活着。我没有读过马塞多尼奥·费尔南德斯的书，只知道他是《不朽长篇小说博物馆》一书的作者，博尔赫斯为他的遗作所作的热情洋溢的序言为我们勾画了一幅绝妙的肖像。有时候，透过只言片语，我们就能触摸到一个人的性格，费尔南德斯正是这一类型的思想和怪僻的发明者。奥拉修建议我，闲时可到国立图书馆去找他，如果想看费尔南德斯的书，也有馆藏。而我心里想的，主要是为了实现前面提到的愿望。

一个春日的午后，我拿着奥拉修的"手谕"，由一个年轻的馆员引导着，参观了图书馆。阅览厅里的长条书桌属于旧馆，倾斜的红色皮桌面，天平形状的台灯架两端配着绿玻璃灯罩，不多的几个读者在安静地阅读。中心位置的一面墙上，装饰着一张反映旧馆阅览厅内景的巨大照片——上下两层的回廊环绕着中央大厅，颇像博尔赫斯在短篇小说《巴别图书馆》中的描写，只不过结构并非六角形。新阅览厅的玻璃长窗是向外开放的，一面对着开阔的拉普拉塔河，所以采光很好。而楼梯是不带阶级的缓坡式走道，我们走在上面时，年轻的馆员告诉我，这样便于搬运书籍，我却觉得与我想象中的巴别塔通道相似。

我被带到珍本藏室，它的别名是格鲁萨克室。一位优雅的中年女馆员接待了我们。进门左边墙上一溜悬挂着历任国立图书馆馆长的肖像画，博尔赫斯在倒数第二位，他的前任之一格鲁萨克在倒数第四位。玻璃柜里陈列着大开本拉丁语彩印书籍，每一页都有宽边的植物纹饰。沿另一面墙立着高高的书架，上面的皮面精装书每一本都是无价之宝。我在书架前静立了一会儿。想着这些书中必定有一本，博尔赫斯生前来不及阅读，而成为他幻想宇宙的阿基米德点。珍本藏室内还有两张书桌，一张是格鲁萨克的，上面摆着他使用过的老式打字机；我猜墙角处的另一张应该是博尔赫斯的，得到了肯定的回答。这么说他的一些书就是在这张书桌上写成的。我注意到椅子后面还有一个空的旋转式书架，那上面必定曾经摆满他特别心爱的书吧？某一天，当发现自己几乎完全成为一个盲人时，他感到沮丧，于是缓缓转动书架，不禁感叹："上帝同时给了我书籍与黑暗。"

博卡的船

也许纯属巧合，阿根廷最有竞争力的两支足球队的命名都与河流有关：河床与博卡（即河口），那个地区不仅是布宜诺斯艾利斯城的发祥地,也是竞争探戈的发祥地。然而,多姿多彩的博卡区为全世界所熟知还是因为足球。那里的体育馆外墙上绘着巨幅壁画,给我的印象仿佛里面是一个超级天体实验室似的。

自从一五三五年八月,西班牙人佩德罗·德·门多萨率领船队在拉普拉塔河西岸登陆以来,已经有不计其数的船造访。卡洛斯,一位自称无根者的先生向我描述过从布宜诺斯艾利斯到巴塞罗那的漫长航程,使我想起博尔赫斯在一首诗中曾以五个月亮丈量过那片大水的宽度。往昔称霸海上的雄武的西班牙大帆船,如今在一些博物馆可能还保存着龙骨和碎片,到处可见的是那张疲惫的蒸汽船抵港的照片。时间是二十世纪一〇年代的某一天,不是来自西班牙或意大利,而是一艘法国船。乘客站在舷梯上用新移民的眼神望向这边,前面的另外两个舷梯正在卸货。皮箱或木箱都用绳子绑着,一些可能装着邮件的麻袋已经在码头的遮棚下堆起。人群中可以注意到,除了忙碌的码头工、海关人员,甚至还有一个年轻的水兵。

布宜诺斯艾利斯命定面水的地理,使得初来乍到者一开始就染上了浓重的乡愁,阿根廷人的性格深处至今还保留着这种早期移民的乡愁记忆。布城人自称港口人,这个称谓显然含有临时的意味。一艘退役的大船泊在码头上,供人冶游,它也充当了阿根廷历史教科书之移民篇章的角色。博卡是布宜诺斯艾利斯的格林威治村或蒙巴那斯,很多艺术家云集在这里。

画家 Vicdor Cúnsolo 一直在画码头和各种体积的船。那些游弋在里亚切洛河上的彩船仿佛从遥远的星球驶来。在《码头》这幅画中,一条蓝色小划船就泊在一户人家后门的木梯子下方。船是空的,除了承载我们的目光以外,就是空虚无有,也没有画上能够弄出水声的船桨。

(原刊于《收获》2005 年第 4 期)

母语的诸天
——耶鲁长短章

苏 炜

微 尘

　　人在时间里的不同感受,是一个很有意思的话题。比方,当知青的年代,我曾在海南岛待过十年(1968—1978)。——真的吗?我的"知青生涯"真有那么长吗?每次在简历、简介一类文字里记下这段"纪年"我都暗自吃惊。"好漫长,好可怕啊……"比我小辈的朋友,听了都会这样感慨。——是漫长。从十五岁到二十五岁,人生最宝贵、最"牛"的一段光阴,就这样打发了。无论在当时和现下,想起来都觉得"路漫漫其修远兮",虽然,倒并不可怕。可是,为了写这篇文字,掐指头一算,我待在耶鲁的时日,竟然也将近十年了!(今年是第九年)这就真正把我自己吓得要跳起脚来。——怎么可能?!这么快?!而昨天的一切,仍旧鲜活得捏一把就能滴出水来。然而，每回踏上故土——天，竟然要叫"故土"了！站在大街上，却又觉得自己确实是如假包换的、除了一身北美土气就只剩下了"隔世之思"的"出土文物"了！埋在"漫长"得没了边儿的隔洋深土里好像物事如昔，一出土，见了光，吸了氧，就立即苍老了几百岁。——要命吧，十年！鄙人的"耶鲁岁月"竟然也都快十年了！……类似的"时空惊诧录"还可以举出许多、许多。这究竟是爱因斯坦的"相对论"在作怪呢，还是我们中国人自身的经验世界在作怪？

这就逼出了本文的题目。

文题，源自家中厅堂挂的一副康有为的对子："众香国土薰历劫，微尘世界游诸天。"当初，就是因为这句子里浸润的佛家意蕴"电"着了我，脑子一热，在纽约一个有官家背景的"千禧年中国书画展销会"上，花"重金"把它买下来的。用的是清府"内宫虎纹纸"，字是碑味十足的康体。这些年日日时时与它相对，这"微尘世界游诸天"，总要触动我的许多心事。譬如提笔的此时，我就在寻思：几近"漫长"的耶鲁岁月，该从何落笔呢？怎么觉得"快"而"短"的纽黑文时光，却又分明像是历过了十世三生九重天似的层峦叠嶂，墨色繁复，"浓得化不开"呢？记忆，只是一个暗色的底座，我应该举起什么样的烛光，才能把时光雕镂在上面的塑像主体照亮呢？

——我想到了母语。是的，无论从哪一个层面上说，是母语，带给了我在耶鲁的"诸天"。

"雅 礼"

按说，这里是最道地的美国——作为美国发源地的新英格兰的腹地康涅狄格州，据说是全美中产阶级发育最早、最成熟、人均收入最高的地区，每每是当代西方各种最新思潮的制造厂、也包括专门制造美国总统的耶鲁大学校园,正是它的精神象征。但是,说起来我也时时会暗自吃惊:此地——耶鲁,却是自己几十年横跨东西南北的人生流旅中,充盈着最多"原乡"符码,与自己的母语、文化、乡土、历史等发生着最多联系,几乎一举手一投足都要碰撞上"中国"的一个奇异地方。

比方,我每天都要上下、出进的东亚系红砖小楼,只是一步之遥,紧邻的另一座小红楼,当街就挂着一块写着中文字的醒目招牌——"雅礼协会"。因为中文字在这个进入纽黑文小城的繁忙十字路口上非常扎眼,以致每一个到访者都会忽略了旁边的英文"Yale-China",径直问:"雅礼协会是什么意思?"可要解说起这"什么意思"来,一开口,就非得给你讲出个一二百年不可。原来"雅礼协会"至今已有超过一百年的历史。"雅礼"是"耶鲁"的汉译旧称,借的当然是"雅而好礼"的古义,按英文直译,则可称为"耶鲁中国学社"。——这可是西方大学中最早建立的"涉华"机构,它比鼎鼎大名的"哈佛燕京学社"的历史还要悠久。(哈佛燕京成立于一九二三年。虽然就财务核算而言,与哈佛燕京不同,"雅礼协会"属于独立于大学建制之外的非营利性组织。)而"雅礼协会"的历史,最早可以上溯至中国近代第一位留学生、以《西学东渐记》名世的容闳(Yung Wing,1827—1912)。容闳当年(1847)作为"近代中国走向世界的第一人"负笈留洋,其落脚的地点就是耶鲁大学;而容闳"学成归国"后,在曾国藩直接支持下促成的中国近代史上第一波的留学潮——于一八七二年起步而于一八八一年急急落幕(因为害怕"精神污染")的著名的"晚清留美学童"事件,耶鲁,正是其中心舞台。"雅礼协会",当时的英文名字叫"Yale in China"——"耶鲁在中国",正是在这样浓墨重彩的"中国背景"中,诞生于一九〇二年。而且,远在百年以前,耶鲁及其"雅礼协会"与中国发生的联系,就并不仅仅止于传教(此乃当时西人的"涉华"主业),而首先着眼于教育、文化的交流和服务。其足迹,也不仅仅停留在京、津、沪、穗等沿海中心大城市,而是深入到内陆的贫穷、落后地区。今天湖南长沙最老品牌的"雅礼中学"和"湘雅医学院"——这是现代中国最早建立的医学院之一,其中的"雅",就是"雅礼协会"的雅,是由耶鲁大学当年直接帮助建立的。今天浙江宁波、湖北汉口等城市,都留下了"雅礼协会"百年来的许多踪迹。你猜,历史上和"雅礼协会"发生过联系的最显赫的中国人的名字,是谁?——毛泽东。一九一九年前后,毛泽东及其领导的"新民学会"曾设在长沙"雅礼协会"的房产内,并在该地出版过《新湖南》等报刊,发起过驱逐湖南省长张敬尧的抗议运动(见 Nancy Chapman《雅礼协会百年史》)。几十年来,除了上个世纪五十年代到七十年代间的中断以外,一批又一批的耶鲁学生通过"雅礼协会"的介绍安排,自愿到中国的内地城乡任教、服务。一直到今天,我每年教的学生里,总有那么几位学生会自动提出申请,被"雅礼协会"送到边远的中国城镇去学习、工作。几年前,我就曾收到过一桢寄自华北油田的中文明信片,那是一位在当地教授英文的美国学生给我的来信。写到这里,忽然想起我教过的一位看上去完全是洋人面孔的美国学生李班明。他的曾祖父就是"晚清留美学童"里日后史上留名的一位——用英文出版过回忆录的 Richard Lee。李班明曾长期担任"雅礼协会"的对外联络工作,中央电视台曾围绕他的故事拍出了一个精彩的关于"晚清留美学童"的系列文献纪录片。他和妻子高竹立是我们夫妇俩至今仍保持着联系的好朋友。那一年他们双双从研究院毕业,在南方找到教书工作离开耶鲁,还是我亲自开车把他们送到机场的。

你想,这样每天每日与"雅礼协会"相伴,"一脚踩过去,就是个百年中国"。时光之桨,可不就要时时划载着你,去追溯那个诗人余光中说的"蓝墨水的上游"——那个"耶鲁—中国"的血脉源头吗?

又比方,今天在耶鲁校园里走,来访者都会为那些高低错落爬满常青藤的、古色古香的建筑群所迷醉——据说,这是全美大学校园里格局最大、气象最恢宏的一个哥特式建筑群。可是,就是在这么"西方"、这么"哥特"的建筑群中,说来难以置信,这里那里,你却可以随处发现跟自己"原乡"相关的印迹。不必说,在耶鲁十二个住宿学院之一的伯克莱学院，就把"耶鲁"的旧译"雅礼"，用汉字直接浮雕镶刻在门墙上。也不必说，耶鲁校园中心最大的图书馆——那座仿若中世纪大教堂似的、用各种浮雕言说着耶鲁故事的斯特灵纪念图书馆（Sterling Memorial Library），每一个造访者踏脚进门之前，都会注意到当头的一排古文字浮雕：世界上八种最古老的文字书写，搭配着各自的文化图像，在列阵向每一位爱书者致敬。头顶右侧的入门显眼处，就是一幅中国汉字的清晰碑刻，旁边侧立着一个长须飘冉、捧卷举笔的中国古代读书人的半身头像，细读之下，上面是一篇颜体柳格的皇帝表彰战场功臣的诏书："卿兄以人臣大节独制横流或俘其谋主或斩其元恶当以救兵悬绝身陷贼庭傍若无人历数其罪手足寄予锋刃忠义形于颜色古所未有朕甚嘉之"……

这边，刚走出斯特灵图书馆，只见门前广场上，立着一座现代的艺术装置——"女人桌"（The Women's Table），椭圆的青石桌面上一圈一圈刻着纪年和阿拉伯数字，上面流淌着源源不断的清水。那是为纪念耶鲁一九六九年作为常青藤大学中第一个接受女性本科生入学的大学，同时缅怀女性对于耶鲁的贡献，而于一九九三年建造的永久性装置雕塑。作者署名是：Maya Lin——林璎，就是创作被称为二十世纪最重要的建筑艺术作品之一的华盛顿越战纪念碑的耶鲁华裔毕业生。这位当今举世闻名的华裔建筑师，还有一个不太为人所知的特殊身份：原来，林璎，正是民国著名的"才女"——梁启超的儿媳妇、著名建筑家梁思成的夫人、"中华人民共和国国徽"设计者之一的林徽因的亲侄女。——却原来，我们耶鲁校园里闻名遐迩的"女人桌"，拐了一个弯儿，又跟中国的现、当代历史的人事沧桑，有着这么"手心手背"的血脉关联！

更让我生奇的是，就在不久前，我在一本海外杂志上，读到了一段林徽因与耶鲁直接相关的佚文："我记得在耶鲁大学戏院的时候我帮（弄）布景，一幕美国中部一个老式家庭的客厅，有一个'三脚架'，我和另一个朋友足足走了三天，足迹遍纽黑文全程，走问每家木器铺的老板，但是每次他都笑了半天说，现在哪里还有地方找这样一件东西……"

（见《明报月刊》2004年第5期，这是最新发现的一篇林徽因佚文《设计和幕后困难问题》，发表于一九三一年八月二日《北平晨报》。）

——耶鲁校园，"雅礼"处处，宁不"中国"？

"人五人六"

有两件事，"奠定了"我对耶鲁的基本印象。

那一年，刚接到耶鲁的聘书，新来乍到，为新学年的任教课程匆匆准备了一套教案，自己凑合着新编了一套教材，便等着开学前夕，提交给某个上级方面审定、通过，然后——有点临深履薄的战战兢兢——给学生开讲。

——没有动静。开学了，问遍了身边的同事，系里的头脑，都说不需要给谁审定，开讲就是。"教研组的审定都不需要？""不需要。""教什么和怎么教，也不要开会讨论讨论？""没有必要。"问多了，反而被同事白眼："怎么，你是被人管惯了，一下子觉得没有审查、管束就不舒服，是不是？"——正是。当初到美国留学，我头一个不习惯的，就是从选课到选保险、选住地、选室友，什么都得自己去"踹"（Try）。我没有想到，踏上耶鲁这样的讲台，对于自己这样的教坛新丁，竟会是这样的"自由放任"。坦白地说，第一次登台，"人五人六"地给学生开讲，心虚得很。"自由"得一下子如此没了边儿，台下坐着的，可都是从美国包括世界各地千挑万拣而来的一堆聪明脑袋，自己这副"人来疯"又慌不择言的蠢样子，可不要露大怯了吧？渐渐我明白，在耶鲁，你不必害怕表现自己的"人五人六"。重视教学、研究个体的自主及其个性的自由发挥，正如重视学校作为社会个体的自主权利一样，正是所谓"耶鲁精神"的重要组成部分之一。"最终一般社会上的人士将会了解：只有在学校拥有全部的自治权利、每个教师及学者皆有研究自由的条件下，整个社会才会有完全的自由与平等；而这正是耶鲁的真正完整精神所在。"这是主导耶鲁历史上最著名的"抗命"事件之一的耶鲁老校长金曼·布鲁斯特（Kingman Brewster）当年说过的一段广被传扬的话（引自孙康宜《耶鲁，性别与文化》）。——越战期间，耶鲁漠视政府对反战学生不得给予奖学金的规定，坚决遵循以申请者的学术成绩为评估唯一标准的原则，最后不惜以丢掉联邦政府一大笔资助而陷入经济困境为代价。当时哈佛、普林斯顿等大学都不敢违命，唯独耶鲁逆流而上、特立独行，布鲁斯特校长因而被全美知识分子和大学校长们视为"英雄"。

其实，对教学的"放任自由"，并不等于耶鲁忽视对教学质量的掌控。这种掌控，实际上从教职员遴选的一刻就开始了。日后的教学观摩、学生评估、年度审核等自然也是教学管理的重要一环，但其中最最重要的，还是这个——对每一个教学、研究个体的充分信任和尊重。即便是我们这样职位不高的语言教师，和很多大学不同，在耶鲁，特别是在孙康宜担任系主任时的坚持下，每个人拥有宽敞的独立办公室，被视为不可或缺。我们中文项目的主持人，拥有康奈尔大学博士学位的牟岭，多年来更是坚持课型独立、教学自主、充分放手的领导方略，使耶鲁中文项目成为独树一帜、成果斐然的中文教育重镇。后来受聘到耶鲁任教的年轻老师就曾这样惊呼：耶鲁把一门课交给你，就是真真正正、实实在在地交给你了！耶鲁对语言教师的重视和尊重，真正让我们受宠若惊……

耶鲁最重视本科生教学。任何名家大师，都必须首先给本科生开课并建立教学口碑，方能找到自己在学校的位置。于是，这样效果殊异的课堂画面，常常在耶鲁校园出现：解构学派名教授布鲁姆（Harold Bloom）的《西方文学经典》课程在校园里最叫座，一开课就成校园盛事，这不算惊奇；史景迁（Jonathan Spence）教授的"明清中国史"课、"现代中国史"课，本属"非主流"学科，一门课每年选修的学生却动辄四五百人，最高达到过六七百人，每每要动用全校最大的阶梯课室，一门课的助教队伍往往比普通一个系的教员都多，则就成为耶鲁校园里众口交誉的一道教学景观了！另外呢，据说在某个斯拉夫语系，一位学有专精却缺乏教学口碑的老教授，每年选课的学生寥寥无几，有时对着空无一人的课室,他也照样哇啦哇啦地开讲……

鼓励学术个性的张扬极致同时也包容可能的千奇百怪,这是耶鲁。

一位老友送儿子入学,离开前的感慨让我大吃一惊:原来,每年耶鲁新生入学的传统程序有一个小高潮——新生及其家长三千多人,全被邀请到校长的家里做客。听来让人匪夷所思。"一点不假,有酒水供应,有毕恭毕敬的招待服务,当然是排了不同的时间段,但校长和夫人真的就一直站在那里,和每一个学生、家长都握了手,说了话。唉,我服了,你们耶鲁……"

这确是我闻所未闻的新鲜事。向同事打听,他们并不诧异,告诉我,重视校园生活里的个人化接触、个人性的互动,正是耶鲁的老校风、老传统。我心里一惊:我本来以为,如此强调教学个体及其个性,此地的校园生活,应该是人际疏冷,很有点"各人自扫门前雪"味道的。在我后来成为学校的十二所寄宿学院之一、塞布鲁克(Saybrook)学院的"教师会员"(Fellow)之后,我才发现,不然也,此大不然也!

耶鲁的寄宿学院之所以称之为"College"(学院),与其校园规划及其校园氛围的开放性刚好相反,反而是相对封闭、自成体系的一个小团队、小社会。每一个学院以上锁的高高院墙相区隔,各自有自己的徽标旗帜、饭厅、图书馆,自己的活动社团也包括自治的管理组织——学生会、乐团、歌队、读书会、演剧社,等等,更有各自的传统节日,包括胡闹节目。住宿学院形成一种相对独立、自足的学习、生活环境,其学生与学生之间、学生与教员之间的个人联系,是极其紧密的。每一个学院除了有舍监(Dean)等管理人员外,还有一个"主人"(Master)——由一位现职教授的家庭长住在学院内,他(她)的家居生活几乎是半开放的,学生和教师会员的各种活动,都在这个"主人"家庭的客厅举行。比如每周一次的"主人下午茶"活动,每月一次的"教师会员"活动,常常围绕一个特定的专题,请当时该领域最负有盛名的专家、人物前来演讲,然后在喝茶、聚餐之余举行沙龙式的讨论。确实,这种家居式、沙龙化的学术氛围和联谊方式，人际间那种温馨互动，正是我参与塞布鲁克学院的"会员"活动以后，留下的最深印象。对我们这些有幸被选聘为"会员"的教师，学院会提供免费餐票到学生餐厅吃饭，鼓励多跟学生作个人化的接触，并随时参与到学生各种即兴的"餐厅讨论"和活动里去。据说，餐厅里各种学生的即兴活动，正是耶鲁校园的特色之一。

头几年，为着珍惜这种参与校园生活的机会，几乎每接到塞布鲁克学院"主人"教授发来的各种"下午茶""会员聚会"通知，我都尽力安排时间，"人五人六"地整装出席——场合是随意的，但大家一般都穿得很正式。团团围坐在学院"主人"的客厅里，品着茶和咖啡，吃着小点心，我听过墨西哥前总统（现任耶鲁"全球化研究项目"主任）对伊拉克战争和布什总统提出的严厉批评；听过一位学生以吉他弹唱方式向所有教师会员朗读她新写的音乐剧剧本（耶鲁有全美一流的戏剧学院）；参与过"耶鲁—南非—中国河南艾滋病防治计划"的课题讨论；还听过法文系一位老教授朗读他新译的一位法国新锐作家的最新作品……后来我发现，校园里这种活动实在是太多太多了，光是塞布鲁克学院的节目，就让我有无以暇及之感。今年诸事纷忙，便缺席了几次"会员聚会"。在校园里好几次碰见塞布鲁克的"会员"同事，都问我："怎么老不见你来？我们等着你加入'中国话题'呢！"

我赧然抱愧。确实，每次塞布鲁克学院的"会员聚会"，鄙人常常需要——"代表中国"。在与社会、文化相关的各种讨论话题中，相熟的会员免不了都会捅捅我："中国怎么样？""中国怎么看？"

——嗬，可不真要"人五人六"嘛！

"Utopia"

好多年前，当时我人在普林斯顿，孙康宜老师说过这样一句玩笑话：

"如果你也能来耶鲁，我们这里，可就要变成一个'中文乌托邦'啦！"她用的是"Utopia"这个英文词。我确是在孙教授当系主任的任上，因缘际会，也经历了整个约谈、试教、评估的全过程，应聘到耶鲁任教的。命运的这番厚待我至今心存感激，但我最是感念的，真的就是孙老师话里的那番深意——在这片红尘万丈的洋风洋水之中，耶鲁，确是我辈漂流人打着灯笼、踏破铁鞋、穿越两洋水土云烟，寻觅经年而难得一见的一片人文世界的香格里拉——我的"母语乌托邦"。

说起客居异域的生活——无论是留学、移民或是逃难、流亡，人们可以用各种字眼来形容："失根""截肢""离土的移植""永远的边缘人"，等等。英文里，则喜欢用本来专门形容失国失土的犹太人的字眼——"Diaspora"，直译乃"离散无家"，有华裔汉学家更直接把它译为富有感情色彩的中文成语——"花果飘零"。这些字眼里共有的悲情，说的其实都是同一件事情：失根，就是失语；反之一样，失语，就是失根。只要想想，任何一个思想成熟、出口成章的成年人，忽然要用三岁孩童牙牙学语的稚嫩腔调，去和那个"红须绿眼、叽里咕噜"的世界打交道——这是当年初出国门的康有为、梁启超们笔下早就描写过的尴尬，就可以明了其中的难堪了。所谓"寄人篱下"，首先，就是硬要缩起自己母语高扬的脑袋，把那个被截掉舌头的身躯，塞进那道"叽里咕噜"的洋文篱笆的孔眼之下啊！"二战"中流亡巴西的名作家茨威格，在当地受到"国宾"式的礼遇最后却以自杀身亡，史家分析其真实原因，大都聚焦于这个话题——母语。母语国度的沦丧和母语环境的失落。他在绝命书中如此叹息："我在自己的语言所通行的世界对我来说业已沦亡，我精神上的故乡欧洲已经自我毁灭……"在铺陈了这么一大番失语苦痛以后，你忽然发现，自己在此地的职业——在美国最顶尖的大学里教授中文，你是在用自己一种与生俱来的优势，去面对那个"失语失根者"的先天劣势；母语，不但不是你融入"主流"的障碍，反而成了你在此间"主流"中安身立命的最大资本，同时，即便在一个占据着最优位置的一流学府那些聪睿透顶的学生面前，你都可以照样昂起母语的骄傲头颅，用母语去传道，授业，解惑……——"Utopia"。理想化的人间乐土。——有什么乐土，比能让自己的母语在异国的职业疆域里尽情驰骋，是更大的人间乐土呢？因此，我的老诗人同事郑愁予先生，曾一再对我们说过这样的话："我知道，有人是看不起语言教学的。可是，在此地，对于我辈，我以为没有什么，比教会美国孩子说中文、用中文、热爱中国文化，是更有成就感、更值得你交付心血与生命的职业了！"我的个性很"酷"的同事康正果，则为此说过一番很动感情的话："我从来没有感到我与母语如此亲近过，从来没有从母语中得到如此强烈的自我认同感。"（见《生命的嫁接》）

　　自然，我知道康宜老师说的"Utopia"，并不仅仅指的这个"母语优势"。我想，她要说的，首先就是我上面提到的、耶鲁的这个中文的同事圈子。——噢噢，这是一个什么样的同事圈子呢？

　　虽然同在一个系里做事，平日各忙各的，其实很少机会聚头。我们之间互通信息，常常就靠着系办公室门口那个对外张开大嘴的方格子信箱。有相当长一段时间，早晨上班，我常常会在自己的格子里收到刚刚打印出来的中文稿子，康正果的格子里也会有同样的一份，那是孙康宜老师送来的她新写的中文稿——有散文，也有学术论文。她想请我们先帮她看看，提提修改建议。孙康宜，都知道她是西方人文学界中少数几位贡献卓越、备受尊崇的华裔汉学家。她在中国古典文学研究领域中的众多英文著述，是今天任何一个修读相关专业的研究生的必读教本。几年前由她主编出版的皇皇大著《中国古代女诗人选集及评述》，最近由她主编的《剑桥中国史·古典文学卷》，都是在整个国际汉学界引起广泛瞩目的大事。"孙康宜请你改文章？"这一定是"我的朋友胡适之"之类的自我夸炫故事吧？坦白说来，开始我真的感到很吃惊，也有点不太习惯。因为我自己多年来早就养成了"初稿从不示人"的毛病。但是，这确是真实的孙康宜。从认识伊始，康宜老师就恳切地要求我们帮助"敲打"她的中文。她告诉我们，因为在美国大学校园里用英文教了几十年书，英文写作很顺溜，中文则快忘光了。她是从一九九四年前后才重新开始中文的写作的，所以，她由衷地把自己当作初学者，诚恳向我们求助。由康宜领开了头，这方格子信箱，从此真的就成为我们几个写作者随时传递彼此的文字初稿，并常常刀来剑往的加以切磋敲打的好处所。有时候，我们性格犟直的"关西大汉"康正果，一句话就能呛人一个大筋斗，但"翻过筋斗"以后，虚怀若谷的孙康宜，下一回准能给你拿出更亮眼的稿子来。有一回，康正果看过我的稿子，不客气地说：至少要删掉两千字，这稿子才能成型。我吭吭哧哧地"瘦身"，那稿子，果真就变得神清气爽哩！——"Utopia"。这方格子信箱，可不就成了我们这个"母语乌托邦"里一片栽种文字的好秧田吗！

"达达的马蹄，是我美丽的错误。"这个现代汉语诗坛里的经典句子，已经成了在耶鲁任教超过三十年、刚刚荣誉退休的老诗人郑愁予的招牌标记。——和这样的"经典作家"一起共事，是一种什么滋味呢？常常，有台、港学生这样问我。我自己，大学时代就偷偷为郑愁予的诗集着过迷（"偷偷"，是因为那时候国门初开，我仅有的"港台书刊"，都是香港学生给我偷带进来的），当年作为加州大学的研究生，我还专程前往耶鲁，拜见过这位台湾来的"诗坛祭酒"。如今，一下子成为同事，而且按照系里的安排，我俩同教四年级高级中文课，他开"现代中国小说选读"，我开的则是"当代中国小说选读"——两门课如此单列并置，结构上就形成一种相互打擂台的竞争关系。我，作为小辈新人，何以自处与相处呢？想到关于各种大学中文项目里诸多人事纠纷的轶事传闻，连身边的朋友都为我暗暗捏上一把汗了。——可是，月明星朗，云淡风轻，什么也没有发生。或者说，各呈异质异态，本身就是耶鲁校园的常态。用愁予老师日后的说法："我从来没有想过，这会成为一个问题。"而且不是一般的"相安无事"，竟是"相得益彰"之后更熔铸出了一个绵长有序、丰沛滋润的话语环境：喝过了鲁迅、胡适之的苦酒清酒的学生，再到莫言的"红高粱"里和韩少功的"马桥"里打打滚，撒撒野；想在王安忆绮丽繁复的"王琦瑶"以后喘一口气的，就不妨到沈从文的"翠翠"渡口上，尽情享受湘西沅水的疏淡清冽……"中文156""157"两个相连的课号，连结起了耶鲁校园内最有悟性、最敢标新立异的一批好学生——非能人即异人，此乃大学里学中文的洋学生的共有特征；愁予老师（包括几位年长的老师）的诚挚与胸襟，给我们这些后辈立起了楷模，使得耶鲁东亚系的中文部，多年来成为以"地利人和"享誉"江湖"的好团队、好处所。"我在国内的任何单位还从未遇到过这样和睦的一个集体。这里只有工作和学问上的合作，从无复杂的人事纠纷，在互相配合的中文教学中，母语的纽带极大地净化了我们的同事关系。"（康正果《母语之根》）而我和愁予、正果——我们三位负责高年级教学，更在共同的话题、共同的面对之中，成为好学生们的好朋友，同时彼此成为有好学生共同引介、有好朋友来访共同迎送、有好酒好茶共同分享的知己莫逆了。

说起好酒好茶，正果兄是愁予的酒友，我不嗜酒，却时时可以成为他们一位浅尝辄止的"酒伴"。有我这么一个资浅酒伴的最大好处，就是出门在外，他们俩尽可以放歌纵酒、一醉方休，而不必担心惹上"醉酒开车"的麻烦。那一年美国独立节，愁予拽上正果和我上他的美国亲家的庄园去喝酒——那个美国家庭每年此日都在家中大摆烧烤筵席，广邀各方亲友一起在牧场边上放焰火狂欢。二位资深酒徒，那晚喝了洋酒喝白酒，喝了冒烟儿的再喝点着火的，趁着酒劲把彼此一生的好话歹话、秘密私隐全都说了个够，末了还说："没醉没醉，小意思小意思。"愁予摇甩着钥匙坚持要开车，谁说他醉就骂谁。钥匙总算被他的孝顺儿子一把夺了过来。那晚，鄙人开车把两位酒徒送回家，康正果据说进了家门就趴在光地板上睡到了天亮；愁予更绝，第二天见到他，"喝醉酒？我昨晚压根儿没喝过酒，醉什么？"——全忘光啦！自此成了通例，每年独立节，总是我们三家结伴出行，他们俩必定要敬怀豪饮，大醉而归。愁予亲家的聚会筵席于是成了我们自家的酒会雅集，哪年缺了谁还都有个惦记。我的女儿甚至从此就和她每回必带的好朋友凯丽有了约定：每年七月四日，"一定要跟爸爸的叔叔们去看马！"

自然，我这个车把式也不是白当的。某日，居心叵测发现，酒龄和诗龄同岁的愁予先生，爱喝酒却不好茶，可家里，又偏偏多的是台湾友人送的上好乌龙茶！乘虚而入，莫以此甚也！从此向愁予讨茶叶，准是一讨一个准，并且绝对是一等一的上品好冻顶。愁予夫妇呢，倒也从未把我当外人。那年夏天，我拿出当过十年知青的能耐，只花了两天工夫，帮他们在后院挖了一个奇大无比的鱼池，还搭配好了小桥流水、青石护栏。愁予为此惊呼："毛泽东真厉害，能把你这样的文弱书生，改造成这样能干的'蓝领'！"

"蓝皮书"的上游

有一回，系主任向我提出，因为学生要求者众，要我开设一门广东话的"独立辅导课"（Independent Study）。后来，因为每年的"独立辅导课"修读的学生竟也有八九名之多，系里就决定，把这门广东话课变成耶鲁课程表"蓝皮书"上的一门正式课程。按照惯例，每个"蓝皮书"上新开的课目，都要先行向校方提出一套包括学术缘由、教学目的、教学要求之类的正式申请。广东话——我的母语，在耶鲁校园开设的五十多种外语课程中，实在是一个边缘而又边缘的方言语种。我可以向校方提出一个什么样的开课申请呢？

那个夏天没有教暑期班，便显得特别漫长。酷热里读着杂书，在这座被称作"榆城"（Elm-City）的古楼古街之间游荡，留心着要为"蓝皮书"准备开新课"缘由"，便稍稍涉猎了一点关于耶鲁汉语教学的书籍。这一"涉猎"不打紧，这门不起眼的"广东话课"，竟然牵出了一整页与耶鲁关系密切的海外汉语教学史和传播史，并且，首先就与我们现代汉语学的奠基人——赵元任相关。

赵元任（1892—1982），稍稍知道点现代文化史的人会知道，他曾是与梁启超、王国维、陈寅恪齐名的民初"清华国学四大导师"之一，现代汉语的拼音系统、语法系统，包括台湾现在还在使用的汉语注音符号等的具体创建者和设计人；也是现代中国音乐的奠基者之一，他创作的艺术歌曲《教我如何不想她》《卖布谣》等，至今仍是各种华语音乐会上的保留曲目。据《赵元任年谱》记载，赵元任曾在一九三九年九月至一九四一年六月，应聘在耶鲁教授中文两年。"到耶鲁后元任的精神一天一天地好起来了，因为这里的人事和讨论的兴趣使得他有意思。"（见赵夫人杨步伟《杂记赵家》）赵元任在耶鲁开设了两门课程：高级中文阅读课和中国音韵学课。在中国音韵学课程中，赵元任在"国语的古音和今音的区别"题目内，突出了对广东话的研讨，"十月以后，开始讲授广东话。"（《赵元任年谱》249页）两年后，赵元任转赴哈佛任教，更利用哈佛的暑期学校开设强化型的粤语课程，"集中十二周开设了六百小时的课"，并"亲自灌录粤语学习唱片，请留学生中的广东人谭小麟和邬劲旅等做发音人。课程结束后曾带学生到广东人开的中国饭馆，用粤语会话……"（见《年谱》265页）在以后漫长的伯克莱加州大学任教生涯中，"粤语课"更是和"国语课""音韵学课"一起，是赵元任终生常设的三个主要任教课程之一。

赵元任为清代"乾隆三大家"之一、写"江山代有才人出，各领风骚数百年"的赵翼的后人。祖籍江苏常州，生于天津。本非粤人，却以对语言的惊人敏感和聪睿，利用方言调查的过程掌握了几十种方言，尤对粤语的运用得心应手。粤语号称"最难学的方言"，光是音调就有八个（也有"七调说"和"九调说"）。据赵元任《我的语言自传》记，"我到广州两个星期后就能用广东话演说了"。不独此也，他连广东话语系的三水话和中山话都能分别掌握，在赴耶鲁任教前夕顺路出席旧金山的"太平洋科学会议"时，在海船上完成的提交论文，题目就是《中山方言》（见《年谱》242页）。据我目前查阅到的材料，在美国大学校园开设专门的粤语课程，赵元任绝对是史上第一人。在那以后，接续赵元任的耶鲁粤语教学业绩的，则是耶鲁汉语教学史上的另一位重头人物——黄伯飞（Porke Wung）。

"黄伯飞"何许人也？今天一般读者也许会对这个名字很陌生。这位出版过《诗与道》《抒情短诗精选》等著作的老诗人和老教育家，从上世纪四十年代一直到八十年代，曾主导耶鲁中文项目长达四十年之久。据沈从文《记胡也频》一文的介绍，黄伯飞曾是二三十年代北京文学青年聚居的"汉园公寓"的主人的儿子，是直接在新文学熏陶中成年的"小弟弟辈"。当时在那所公寓出入的，除了沈从文以外，还有戴望舒、王鲁彦、朱湘、焦菊隐等现代文学史上熠熠闪光的名字。八十年代初沈从文访美，惊喜万分地在耶鲁遇见黄伯飞，才续上了这一段"隔代之缘"。原来，从一九四二年"珍珠港事变"之后，美国军方为了培训派往东亚和中国作战的官兵，国防部曾一度出资，在耶鲁大学设立大型中文教学项目，黄伯飞因此应聘参与其事。于是，相当长的一段时间内，耶鲁成为当时西方世界最大规模的中文教学基地，接受中文特训的学生最多达四五百人，任教的老师则多达三四十位之众。这恐怕是今天任何一个汉语教学项目（包括国内）都不可能有的规模了。如今，楼下的东亚系办公室里还挂着一张一九五三年拍摄的、耶鲁中文项目（当时叫"远东研究所"）教职员在战后合影的黑白照片——可能是此一中文教学基地完成历史使命的"毕业照"。二十六位风华正茂的华、洋教员，脸上带着一种战后似乎略带疲惫的安逸气息。我知道站在后排中间那位高挑个子、戴黑边眼镜、满脸书卷气的英俊男士，正是黄伯飞；而站在他旁边的，还有另一位华文世界的知名人物——四十年代末与萧乾、陆铿等齐名的中央社战地名记者赵浩生。顺及，已退休多年的赵浩生夫妇（妻子是日本人），同样是耶鲁东亚系中、日文部的元老级人物，同样在此地任教超过三十年。今天，耶鲁东亚研究中心有专门设立的"黄伯飞奖学金"，而海外世界多年来通行的粤语教本和《广东话词典》，正是黄伯飞当年在耶鲁开设广东话课所使用的讲义，并最终由耶鲁大学出版社出版的。

　　我知道，我的"蓝皮书"新课申请，已经拥有足够多的"缘由"了。在视传统如命的耶鲁，还有什么，比延续现代汉语一代宗师赵元任及其后继者黄伯飞在耶鲁早已开设的历史性课程——一门富有古音韵学意义的方言课程，更有分量的理由呢？

但是，差一点，我就犯上了"数典忘祖"的大错误。

因为查出了"典"——赵元任及其中文课、粤语课在耶鲁的历史出处，粤语课开课顺利，自不待说。自此，我在以后的说话、为文中，便理所当然地把赵元任视作"教美国佬吃中文螃蟹、包括吃粤语螃蟹的第一人"。事实上，这也是汉语教学界多年来"约定俗成"的说法。可不是嘛，现在许多西方院校还在采用的低年级中文入门的教本，其中的发音、语法规范及其例句，大都基于赵元任在一九二一年前后在哈佛编写完成、一九二二年由上海商务印书馆出版而由纽约哥伦比亚公司录制的《国语留声片课本》。这个教本里最有名的例句，是赵元任把中文声调的"阴阳赏（上）去入"，以各种谐谑好玩的"五声五字"的例句，让学生练习：比如，"荤油炒菜吃""偷尝两块肉"（现代汉语的普通话实际上已经消失了入声字，所以讲"四声"，一般人对第五音已无法辨识）。——这是现代汉语教学史上第一本被广泛认可的、为"国语"正音、定调的有声教材。连当时为教本作序的胡适也说过类似的"中国第一人""不作他人想"之类的话。我的"赵元任第一人说"有什么错处吗？

"你老兄，一个不小心，可就要把耶鲁的'汉教'历史，"他说的是行话，"——大大矮化啦！"友人崔君，为了完成他的"海外汉语教学史"的研究论文，正一头扎在耶鲁档案馆的故纸堆里，某天，有根有据地浇了我一瓢冷水。

原来，话题，还得追溯到容闳当初在耶鲁引发的第一波"中国热"上。一位名叫特韦契耳（Joseph H. Twichell）的牧师——他是当初最早向容闳伸出援手的美国人，一八七八年四月十日在耶鲁肯特俱乐部的一次演讲中，对容闳当年在耶鲁所引起的广泛关注，有极生动的描述："一八五四年容闳的毕业是那年（耶鲁）毕业典礼上的大事件。至少许多人是这么看的。而有些人来参加毕业典礼，主要就是为了看一看这位中国毕业生。……"（参见容闳《西学东渐记》附录，引自钟叔河编《走向世界》丛书）正是有感于此，耶鲁校方在一八七二年由容闳主导的"晚清留美学童"抵达耶鲁五年之后，由校董会通过，于一八七七年，正式设立中国语文历史方面的教席。耶鲁由此也成为全美国第一个拥有中国研究方面的专设教授的大学。

据崔君查阅到的历史档案材料，第一位在耶鲁开班教授中文并成为美国第一位"中国学"全职教授的，是美国人 Samuel Wells Williams。他的中文名字叫"卫三畏"，显然与他英文名字中的"W"谐音相关，文义则取自孔子《论语》中言："君子有三畏：畏天命，畏大人，畏圣人之言。"卫三畏早年作为传教士到过中国，开始学习中文，后参与美国第一次远征军到日本作过半官方的访问，以后长期在东亚生活。他曾经担任过美国政府驻中国的外交官员，在中国完成《中央王国》("Central Kingdom")一书，并编写出版过至今还在不断修订、流行使用的英汉字典。崔君还从耶鲁档案中查阅到，当年耶鲁学院校董会投票决定设立中文教席，并一致推举卫三畏为"中文专职教授"的聘书——一张巴掌大的小纸，后面就附有卫三畏接受聘约的亲笔回复文字。卫三畏于一八七七年至一八八四年间，正式在耶鲁开设中文课。开始只为研究生开课，教席隶属"哲学系"。卫三畏当时编写的中文教本已失传，但耶鲁档案中，至今仍保留着大量卫三畏以中文正楷毛笔字书写的教案和通信。据崔君的研究，也许是受耶鲁的影响，或者也是当时美国政府的需要（哈佛比较有"官学"色彩），哈佛大学校董会于一八七九年决定设立中文教席，但花了两年时间寻找物色，才于一八八一年找到中国宁波人戈鲲化担任正式的中文教职。但是，也许是南方人不适应波士顿的酷寒天气，戈鲲化只在哈佛任教三年，便因病死于任上。另一个海外汉语教学的拓荒者——哥伦比亚大学的中文教学，则要延至一九〇二年才正式开始。第一位担任哥大中文教职的，则是美国人 Hirth。

——原来，第一个在美国大学开班教授中文，第一个教美国人吃"中文螃蟹"的，是美国人卫三畏。他在耶鲁校园踏出的汉语足迹，比哈佛、耶鲁年代的赵元任，早了四五十年！

我承认，我至今还是一个"人来疯"型的、一上讲台就喜欢把自己的过剩卡路里统统倾泻到课堂上去的傻用劲的教师；我也不想讳言，将近十年来，我担任的课程始终在耶鲁校园里维持着它的"火"——每每要担心人满为患，而语言课程却偏偏是必须维持"小班制"的。（顺及，为了这个原因，也为了学中文的学生人数增长迅猛，必须不断给高年级课程扩开新班，从今秋开始，只好忍痛割舍粤语课了！）都知道语言教师在大学里"人微言轻"，但我从来不敢轻慢自己的工作。在这个卫三畏、赵元任、黄伯飞、赵浩生以及郑愁予站过的讲台上，我学会了谦卑。我知道，在纽黑文海滨这座调子灰黑的古老校园里，母语的晖光不但照临着我，也照临在青石壁上、常青藤上、哈克尼斯钟楼的尖塔上、旧校园中心的"嘉马地校长环形石椅"上。也许你并不自觉，自己其实同样站在历史的队列里；历史，就在校园的某个转角处与你交会，颜色照人。

香　椿

在海外生活，很多日常琐细都可以勾动你的乡思——一瓶泡菜、一包茶叶、一丛竹子、一枝牡丹，等等。但是，几乎没有什么东西，比香椿更带乡土气息而更显得弥足珍贵的了。我本南方人，香椿的滋味是到了北方做事时才开始品尝领略。那时候就知道，此乃掐着时辰节气而稍纵即逝的希罕美味。美国本土只长"臭椿"（被视为常见有毒庭院植物），不长香椿。这些年客居北美，看着妻子时时为香椿魂牵梦绕的，不惜托京中老父用盐腌渍了再塞进行李箱越洋带过来；身边的朋友，为养活一株万里迢迢从航机上"非法偷带入境"的香椿种苗而殚精竭思的样子，我这个"北方女婿"真是"心有戚戚焉"——少一种嗜味就少一种牵挂，都说：香椿之香味，植于深土深根，得之日月精华，闻之尝之可以令嗜者"不知肉味"，我就无论如何体会不出来。——可是，神了吧？那天，顺路看望完张充和先生，正要出门，老人招招手："你等等，刚下过雨，送一点新鲜芽头给你尝尝。""什么新鲜丫头呀?"我故意调侃着她的安徽口音,待她笑盈盈递过来一个塑料袋子装着的"丫头",打开一瞧,人都傻了——天哪,那是一大捧的香椿芽苗!嫩红的芽根还滴着汁液,水嫩的芽尖尖袅散着阵阵香气,抖散开来,简直就是一大怀抱!——这不是做梦吧?这可是在此地寸芽尺金、千珍万贵的香椿哪,老太太顺手送你的,就是一座山!看我这一副像是饿汉不敢捡拾天上掉下来的大馅饼的古怪表情,张先生笑笑,把我引到后院,手一指,又把我惊了一个跟跄:阳光下的草坪边角,茂盛长着一小片齐人高的香椿林!"这可是从中山陵来的香椿种苗呢!"老人说,"我弟弟弄植物园,负责管中山陵的花木,这是他给我带过来的种苗,没太费心,这些年它就长成了这么一片小树林。"

不经意,就撞进了一座金山银山。这段香椿奇遇引发的惊诧感觉,其实,就是我每一回面对张充和先生的感觉;同样,也是我的"耶鲁岁月"里,内心里常常升起的一种日日置身名山宝山中,惟恐自己耽误了好风景、好人事、好时光的感觉。

张充和,出于敬重,大家都唤她"张先生"。稍稍熟悉民国掌故的人都会知道,这是一个连缀着许多雅致、浪漫、歌哭故事的名字,在许多仰慕者听来,更仿佛是一个从古画绫缎上走下来的名字。她是已故耶鲁东亚系名教授傅汉斯(Hans H. Frankel)的夫人,当今世界硕果仅存的书法、昆曲、诗词大家。自张爱玲、冰心相继凋零、宋美龄随之辞世以后,人们最常冠于她头上的称谓是——"民国最后一位才女"。因为大作家沈从文的夫人张兆和是她的亲姐姐,她的名字常常会跟沈从文联系在一起——今天湘西凤凰沈从文墓地的墓志题铭,就是出自她的手笔。她是民国时代重庆、昆明著名的"张家四姐妹"之一,集聪慧、秀美、才识于一身,是陈寅恪、金岳霖、胡适之、张大千、沈尹默、章士钊、卞之琳等一代宗师的同时代好友兼诗友。她在书法、昆曲、诗词方面的造诣,早在三十年代就曾在北大开班讲授,享誉一时。她的书法各体皆备,一笔娟秀端凝的小楷,结体沉熟,骨力深蕴,尤为世人所重,被誉为"当代小楷第一人"。在各种当今出版的昆曲图录里,她的名字是和俞振飞、梅兰芳这些一代大师的名字连在一起的。一九四三年在重庆粉墨登台的一出昆曲《游园惊梦》,曾轰动大后方的杏坛文苑,章士钊、沈尹默等人纷纷赋诗唱和,成为抗战年间一件文化盛事。这两天翻阅孙康宜老师的《耶鲁潜学集》,里面详记了一段当年同样轰动海外的雅集盛事:一九八一年四月十三日,纽约大都会博物馆中国部在即将落成的仿苏州园林"明轩",举行盛大的《金瓶梅》唱曲会——雅集缘起于普林斯顿大学的《金瓶梅》课程,邀请张充和根据古谱,以笛子伴奏的南曲方式,演唱《金瓶梅》各回里的曲辞小令。张充和时在盛年,一袭暗色旗袍,"素雅玲珑,并无半点浓妆,说笑自如",以九十六回的《懒画眉》开篇,《双令江儿水》《朝元令》《梁州新郎》,一直唱到《罗江怨》的《四梦八空》而欲罢不能,最后以一曲昆曲《孽海记》中的《山坡羊》收篇。映着泉亭曲径、回廊庭榭,张充和在宫羽之间的珠圆玉润,不必说,听者是如何的如痴如醉,掌声是如何的如雷如潮。著名学者夏志清、高友工、牟复礼(Frederick W. Mote)、浦安迪(Andrew Plaks)、舞蹈家江清等都是当时的座上宾。文中还记述了张充和的一段回忆:一九三五年前后,她坐在苏州拙政园荷花丛中的兰舟上,群贤毕至,夜夜演唱昆曲的盛况——真是好不俊逸风流、艳声盖世的流金岁月!(见孙康宜《耶鲁潜学集·在美国听明朝时代曲》)

——你想,这样一位本应在书卷里、画轴里着墨留痕的人物,如今年过九旬却依旧耳聪目明、端庄隽秀的,时时还可以和你在明窗下、书案边低低絮语、吟吟谈笑,这可不就是人生最大的奇缘和福报吗?

我不敢冒称是张先生的忘年小友。只是因为住得近,日日开车总要顺路经过,年前汉斯先生久病离世以后,惦念着老人家的年迈独处,我便时时会当"不速之客",探访问安。于是,时时,我便仿佛走进一部民国事典里,走进时光悠长的隧道回廊里,让曾经镶缀在历史册页中的那些人物故事,重新活现在老人和我的日常言谈中,让胡适之或者张大千,陈寅恪或者沈尹默,不敲门就走进来,拉把椅子就坐下来。窗外长街寂寂，夏日浓荫蔽天；远处碧山如画，残霞若碧，嚣扰的车声、市声都被推到了细雨轻尘般的絮语深处。我时时就这样和老人对坐着，喝着淡茶，随手翻着茶几上的字帖，听着老人家顺口叙说着什么陈年旧事。那是让一坛老酒打开了盖子的感觉，不必搅动——我几乎甚少插话，就让老人的悠思顺着话题随意洒漫开去，让岁月沉酣的馨香，慢慢在屋里弥散开来……

"……牡丹和芍药，一种是木本，一种是草本，在英文里都是Peony，花的样子也差不多，所以美国人永远分不清，什么是中国人说的芍药和牡丹的区别。"有一回，谈起后院的花事，就说到了牡丹和芍药。"张大千喜欢画芍药。喜欢她的热闹，开起花来成群结队的。他那几幅很有名的芍药图，就是在我这里画的，喏——"她往窗外一指，窗下长着一片茂密如小灌木般的刚刚开谢了的芍药丛，"他画的，就是我家院子这丛正在开花的芍药。画得兴起，一画就画了好几张。又忘记了带印章在身，他留给我的一张，题了咏，没盖印，印子还是下一回过来再撳上的……"我本来就知道，这座娴静的庭院里，到处都是张大千的印迹——书法题咏，泼墨小图，以及敦煌月牙泉边与大雁的留影……没想到，眼前的苍苔、花树，就是画坛一代宗师亲抚亲描过的。

说着牡丹、芍药，老人的话题又转到了梅花上。"……这地方，牡丹、芍药好种，梅花却不好种，种了也很难伺候它开花。那一回，耶鲁博物馆要搞一个以梅花为主题的中国历代书画展，央我去帮忙，"老人眼瞳里闪着莹莹的笑意，"这种时节，上哪儿去找梅花呀？为了布置展厅，我们就在当门处立了一棵假梅花。梅花虽假，我留了个心眼，开展以前，就在假梅树下撒上一片薄薄的小花瓣。一下子落英缤纷的，果然可以以假乱真了呢！你猜怎么着？第二天开幕式，大家愣住了：那假梅树下的落英花瓣，全没啦！一问，原来是馆里的黑人清洁工，怕失职，连夜把它打扫干净了！"老人嘀嘀地笑了起来。"我跟她们解释，不要扫不要扫，都留着，她们无论如何不明白，你再撒上花瓣，没一会儿，她就给你扫干净啦！——你说多扫兴呀？"老人顿了顿，忽然敛住笑意，"可是细细一想哪，你扫什么兴？这些清洁工，才真是把这梅花当真了呢！你是假心态，人家是真心态，可是你想以假乱真，不就恰恰让这清洁工帮你实现心愿了吗？你还扫什么兴？……"

看着老人脸上飞起的虹彩，我心里一动：就这么一个随意的掌故，这九句老人的话里，可是有思辨、有哲理的哩！老人呷了一口茶："周策纵听说了——周策纵你记得吧，就是那个研究'五四'的白头发大高个儿，那一年他还专门请我到威斯康星开了半年昆曲课——就为这事写了一首诗，题目就叫《假梅真扫》，我还记得其中的两句……"老人顺口就念出了句子，"假梅真扫，你说有意思不？……"

这是在我和张先生的谈天说地中，随便拈出来的一个例子。只要提起一个什么话头，你等着吧，老人准可以给你洒洒漫漫——连枝带叶、铺锦敷彩的，说出一段有史迹、有人物、有氛围，每每要听得你瞪眼咂舌头的久远传奇来。在今天这个记忆迅速褪色消逝的世界，我珍视老人每一点涓涓滴滴的记忆。只要天色好，心情好，每回踏进这道门槛，就像是踏进一道花季的河流，我觉得自己像是一个撑着小船溯流而上的采薇少年，（在董桥称的"充老"面前，可不就成了少年！）首先得把脑袋瓜子腾腾空，好留出空间，记住左岸上哪儿是菱花，哪儿是荠菜，右岸上哪里有木槿，哪里有灵芝……

有一回，带故世多年的老作家章靳以的女儿章小东夫妇造访张充和——他们上耶鲁看儿子，她的先生孔海立教授，是老评论家孔罗荪的公子。老人搂住小东，亲了又亲，看了又看，搬出了黄裳文集言说着当年对靳以的"践约"旧事，给我们点着工尺谱唱昆曲，由靳以又讲到巴金、万家宝（曹禺）、老舍……恨不得把那段重庆的锦绣日子，一丝丝一缕缕地全给揪扯回来。自此登门，老人便常常会跟我念叨——"老巴金"。"……老朋友都走光啦，也不等等我，只有老巴金，还在海那边陪着我。"老人说得轻松，却听得我心酸。确实，环望尘世，看着往日那些跌宕、倜傥的身影就此一个个凋零远去，自己孑然一身的独立苍茫，日日时时，缠绕着这位世纪老人的，会是怎样一种废墟样的荒凉心情呢？"十分冷淡存知己，一曲微茫度此生。"那天，张先生向我轻轻吟出她新近为友人书写的她的旧诗句子，似乎隐隐透露出老人内心里这种淡淡的哀伤。——可是不。你感觉不到这种"荒凉"和"哀伤"。老人虽然独处，日子却过得娴静有序。有沈家侄女介绍来的朋友小吴一家帮着照应，张先生除了照样每天读书、习字，没事就在后院的瓜棚、豆架之间忙活。"……老巴金好玩呀，"那一回，张先生要送我几盆栽剩的黄瓜秧子，边点算她的宝贝，边给我说着旧事，"……那时候陈蕴珍正在追巴金——她还没叫萧珊，我从来都是蕴珍蕴珍地唤她。蕴珍还是个中学生呢，就要请巴金到中学来演讲。巴金那时候已经是名作家了，人害羞，不善言辞，就死活不肯。蕴珍她们把布告都贴出去了，演讲却办不成，蕴珍气得，就找我来哭呀……"老人笑着弯起了月牙眼儿，像是眼前流过的依旧是鲜活的画面，"嘿，我们这边一劝，巴金赶紧带几个人到学校去，他只说了几句，李健吾作的演讲，后来这恋爱，就谈成喽！"

阳光，好像就在那些短促的音节间闪跳："抗战那一年，我弟弟和巴金一家子逃难到了柳州，就住在一座荒弃的学堂里。晚上睡觉，巴金弟弟李采臣在枕头前点了蚊香，睡着了把枕头睡到蚊香上烧起来，满房都是烟，拿鞋底也压不灭。巴金说：'我们每人吐口水，浇熄它！'哈，吐口水管什么用呀！后来还是巴金把枕头丢到街心才免去这场火灾，但地板上烧焦了一大块。"老人笑得响脆："嗬，那年回上海，跟巴金提起这件事，他还记得，笑笑说：'我可没那么聪明，是我弟弟的主意。'你看巴金多幽默——他说他没那么聪明！"

搭好棚架的瓜秧、豆秧，满眼生绿，衬着探头探脑的青竹林、香椿林，托出了老人生命里依旧勃勃的生机。

那一回，就因为念叨"老巴金"说得忘情，几天后见着先生，她连声笑道："错了错了！我上回给你的瓜秧子，给错了！"我问怎么错了，她说："说是给你两棵黄瓜秧，却给了你两棵葫芦秧，我自己倒只剩下一棵了，你看，是能结出这么大的葫芦瓢的好秧子哪！"

厨房墙上挂着的，果然是一个橙黄色的风干了的大葫芦。

"不怪我吧？那天你忙着说巴金……"

"——怪巴金！"老人口气很坚决，却悠悠笑起来，"嗨，那就怪我们老巴金吧……"

……

都说，每一段人生，都是一点微尘。我最近常想，那么，浮托着这点微尘的时光，又是什么呢？这些天赶稿子，写累了，会听听钢琴曲。听着琴音如水如泉的在空无里琮琤，我便瞎想：时光，其实也很像弹奏钢琴的左右手——大多时候，记忆是它的左手，现实是它的右手。左手，用记忆的对位、和弦，托领着右手的主体旋律——现实；有时候，记忆又是它的右手，现实反而是它的左手——记忆成了旋律主体，现实反而退到对位、和弦的背景上了。"那么，未来呢？"我问自己。——"未来"，大概就是那个需要左右手一同协奏的发展动机，往日，今日，呈现，再现，不断引领着流走的黑白琴键，直到把主体旋律推向了最辉煌的声部……

面对张充和，我就时时有一种面对一架不断交替弹奏着的大钢琴的感觉——老人纤细玲珑的身影，或许更像是一把提琴？——她是一位时光的代言者，她的故事就是这乐音乐言的本身。也许，今天，对于她，弹奏华彩乐段的右手，已经换成了左手——记忆成了生活的主体，现实反而成了记忆的衬托？其实，人生，在不同的阶段，记忆和现实，黑键和白键，就是这样互相引领着，互相交替、互为因果地叠写着，滚动着，流淌着——有高潮，有低回，有快板、中板，也有慢板和停顿……所以，生命这点微尘，才会一如音乐的织体一样，在急管繁弦中透现生机生意，在山重水复间见出天地豁朗，又在空疏素淡中，味尽恒常的坚韧、寂寞的丰富，以及沉潜慎独的绵远悠长啊。

是的，我的"耶鲁时光"也是一架左右手不停轮奏着的大钢琴。我在想，自己怎样才能成为黑白键上那双酣畅流走的左右手？……

午后下过一场新雨，我给老人捎去了一把刚上市的荔枝。听说我马上要开车到北部去看望在那里教中文暑校的妻子，充和先生便把我领到后院，让我掐了一大把新冒芽头的香椿。

二〇〇五年六月二十日至七月六日
于美国康州衮雪庐—青山州明德大学

（此文的写作，曾参阅孙康宜《耶鲁潜学集》《耶鲁，性别与文化》，康正果《生命的嫁接》，赵新那、黄培云编《赵元任年谱》，Nancy Chapman《雅礼协会百年史》，及钟叔河编《走向世界丛书》等著述，谨谢！）

（原刊于《收获》2005 年第 5 期）

灵魂依偎的雪山草原

杨志军

我梦恋的老家冈日波钦

第一次听到冈日波钦这个名字是在一九七五年。那个时候还是"文革",报纸上登出一条振奋人心的消息:"五月二十七日北京时间十四时三十七分,中国登山队再次(第一次是一九六〇年五月)从被称为'死亡之路'的北坡登上世界最高峰珠穆朗玛峰。"这次登顶的队员一共九名,由三十七岁的中国登山队副队长潘多率领,潘多因此成为我国唯一一个征服世界最高峰的女运动员,也是世界上第一个从北坡登上地球顶点的妇女。那时候的中国,为自己人长脸的事情很少,只要有那么一点点,大家都是要欢呼雀跃、上街游行的。游行的这天,正好我从陕西兵营回到青海,去看望我的小学老师卫东多杰。卫东多杰老师领着学生刚从街上游行回来,满面红光,兴致勃勃地对我说:"你知道吗?

潘多是个藏民。"我说："知道，报纸上登了。"卫东多杰老师嘿嘿笑着说："牧区的藏民别的本事没有，爬山的本事有哩，再高的山也跟走平地一样，从不气喘。"他也是个藏民，是一个虽然连名字都已经汉化、都已经打上了"文革"的烙印、但言语之间仍然情不自禁地流露着一股民族自豪感的藏民。他把潘多使劲赞美了一番，又把珠穆朗玛峰使劲赞美了一番，突然遗憾地叹口气说："我要是潘多，就带着人去攀登冈日波钦。"我问道："冈冈冈……波钦是什么山？"卫东多杰老师无比自豪地说："冈日波钦是西藏的山，珠穆朗玛峰跟它比起来，是这个。"他说着翘起小指头在我面前晃了晃。我纳闷地说："珠穆朗玛峰是世界最高峰，我上一年级的时候就知道，怎么是这个？冈冈冈什么波钦我连听都没听说过。"卫东多杰老师说："你不是藏民你不懂。"回到家里，我把卫东多杰老师的话学给父亲听，作为一个曾经多次进藏采访的老记者，父亲说："冈日波钦是冈底斯山的主峰，在靠近尼泊尔的地方，是藏民的神山。"我问道："它难道比珠穆朗玛峰还高？"父亲用了一句《陋室铭》里的话回答我："山不在高，有仙则名。"

　　第二次听说冈日波钦是在七年之后，我们一行五人来到藏北高原朝拜纳木错的时候。那一天，我们站在湖边，眺望着远处临水而峙的念青唐古拉山，看到以海拔7 117米的念青唐古拉峰为中心，雪山序列此起彼伏，十万座大山冰浪滚滚，让我不得不承认我从来没有见识过如此"浩茫连广宇"的山与雪的堆积。一起来的人中，我算是对青藏高原比较熟悉的，就把听来和读来的一些关于念青唐古拉山的事情说给他们听："念"字在藏语中表示凶猛和威严，又是本教对羊神的称呼，繁殖崇拜的仪式里念神往往处在主祭神的位置上。古人所谓"多事羝之神"中的"羝"指的就是藏地的大角公羊即念神。念神是暴烈与福祉的合体，西藏的许多神祇都是善恶一身、凶吉同体的。"念青"是大念之神，"唐古拉"是高原之山。作为雄霸一方的山神，他原本属于本教，曾经向佛教密宗大师莲花生施展威风。古藏书上说，他变成了一条大蛇，蛇头伸到青海湖，蛇尾扫到康巴地区，拦住了莲花生的去路。莲花生口中念念有词，随手捡起一根树棍打败了他。他逃往唐古拉山,缩成一条冰蛇躲藏在雪宫里。莲花生入定三日,施以金刚乘瑜伽密咒,只见绵延数百公里的山脉冰雪消融,洪水滔滔,一座座山峰轰然崩塌。念青唐古拉山神惊恐万状,赶紧现了原身,跑出来向莲花生行了大礼献了供养,并发愿要遵从莲花生上师的教导改邪归正,一生不舍清源净界的佛道,协助上师消除人世间的一切障碍。莲花生封它为北方山神,起密宗法号为"金刚最胜"。从此念青唐古拉山神就变成了一个头戴锦盔、身穿水晶护胸甲、手持一支白银长矛、骑着一匹白色神马并且有多种应化身相的佛教护法神。这位护法神有一位美丽的妻子,她就是纳木错。纳木错意为"天湖",蒙古人又称她为腾格里海,是西藏的第一大湖,也是世界上最高的湖,面积1 920平方公里,湖面海拔4 718米。她属羊,每逢藏历羊年,信徒们簇拥而来,点起煨桑,朝拜神湖;更有手持嘛呢轮步行绕湖一周(需要大约半个月)和磕着等身长头朝转一圈的(需要近四个月)……

就在我如此这般地讲述念青唐古拉山和纳木错的时候,一辆"巡洋舰"从远处飞驰而来,停在了离我们不远的地方。几个头上缠着粗大辫子和红色丝穗的康巴汉子从车上跳下来,跑步来到一堆刻着六字真言的嘛呢石前,给几个朝湖的藏民说了几句什么,然后抬起一个一直卧倒在嘛呢石旁边的中年人,又跑步回到了车上。"巡洋舰"很快开走了,是奔西而去的。四周那些朝湖的藏民顿时簇拥到嘛呢石前,互相打听着议论纷纷。我们走过去,想知道发生了什么事情,结果什么也听不懂,他们说的是藏话,只有一个词我是听懂了的,那就是被他们屡次提到的冈日波钦。我壮着胆子大声问道:"怎么了,冈日波钦?"突然大家不说话了,都瞪眼望着我。片刻,有个戴眼镜的藏民用汉话问道:"你们是干什么的?"我说:"我们是来朝拜神山神湖的。"戴眼镜的藏民说:"马县长是汉民,你们不认识吗?"我摇了摇头。戴眼镜的藏民靠近了我,用半生不熟的汉话非常吃力地给我们解释了足足半个小时。原来事情是这样的:刚才一直卧倒在嘛呢石旁边的那个中年人就是马县长,马县长得了"重重的病",县里的人认为只有念青唐古拉山神和纳木错女神才能救他的命，所以就把他拉到了这里，由几十个藏民替他念经祈祷。但是刚才县里又来了几个人，说是寺里的活佛说了，马县长的灵魂已经被风吹走了，念青唐古拉山神救不了他的命，只有冈日波钦山神或许能够让他死里逃生。那辆"巡洋舰"就是拉着马县长奔向冈日波钦的。

冈日波钦，青藏高原上的冈日波钦，比珠穆朗玛峰伟大，比念青唐古拉山神奇的冈日波钦，就这样又一次闯入了我的视野。我和一起来的几个人商量："干脆，我们不要去林芝了（我们原定的目标），改去冈日波钦怎么样？"他们都在犹豫。我给司机使了个眼色，司机说："我同意。"长途旅行中，司机的意志就是一切。大家都说："好吧，那就去冈日波钦吧。"我马上向戴眼镜的藏民打听去冈日波钦怎么走。他指着一条以车辙为标记的往西的路说："就照着它走，它到哪里你们就到哪里，遇到第一个湖，你们不要停下来，遇到第二个湖，你们不要停下来，遇到第六个湖，你们停下来问一问湖边的牧民，冈日波钦就在离湖不远的地方。"

我们在纳木错边的收费帐篷里住了一夜，第二天一早，开着那辆老式的北京吉普上路了。走了差不多两个小时，太阳才从远方的山豁里露出了脸。金光斜射而来，汽车里装满了灿烂，暖烘烘、烫乎乎的。我们兴奋地聊着冈日波钦，兴奋地望着窗外没有人烟的荒原，路过了一个湖，又路过了一个湖。下午，我们路过了第三个湖。司机累了，停下来，趴在方向盘上扯起了鼾。我们从车座下面拿出锅盔和水壶，下车吃喝了一通，继续上路的时候，天已经黑了。一夜都在走，颠颠簸簸，昏昏沉沉。我打着哈欠不断地提醒司机："你看着路，别走错了。还有湖，路过了几个？"司机说："你放心好了，坐我的车，绝对不会走错地方。"

天亮了，路过了一片有水的地方。我问道："这是第几个湖？"司机说："昨天半夜两点和三点连续路过了两个，这应该是第六个。"我们赶紧下车，一看，哪里是什么湖，是一条河，一条似曾相识的河。看看四周没有人，我们又往前走去。大约走了一个小时，司机一脚踩住了刹车，长喘一口气说："他妈的。"我们说："怎么不走了？"司机说："公路到了。"我们看到一线漆黑的公路就在几百米以外的地方，汽车鸟儿一样在公路上飞翔；接着又看到，路的一头连接着一片灰色低矮的房屋，好像是我们来时路过的那曲镇的模样。我们很快开上了公路，开到了有房屋的地方，一看商店门口的牌子，沮丧得差点晕过去——果然是那曲镇。我冲着司机吼起来："你是怎么搞的？"司机苦笑着："他妈的，见鬼了，我从来没有这样开过车。"沮丧完了又是大笑，不知是戴眼镜的藏民有意指错了路还是我们迷失了方向，这一天一夜我们居然颠簸在返回青海的路上。看来这一次进藏，别说是冈日波钦，就连原定的林芝也去不成了。

有了这次经历之后，我对冈日波钦就格外地关注起来，只要是有关它的文字，我都会认真地读，认真地记，认真地联想。

冈日波钦是一处世界上少有的超越了宗教门派的存在，是印度教、耆那教、藏族本教、藏传佛教共同的圣地。当印度教的教徒对它遥远的姿影五体投地时，总是把它想象成湿婆大神的天堂、日月星辰的轴心、千水万河的缔造者、世间万物的恩育之地；当耆那教的教徒称它为"阿什塔婆达"时，那就意味着他们把它看成了平面宇宙的制高点，而他们的教主瑞斯哈巴正是在那里获得新生并施展法术战胜一切的；当藏族本教徒千里迢迢前来朝拜它时，在他们的意念里，它就是天上的祖师敦巴辛饶的人间落脚地和本教所有神灵的修行处；当藏传佛教的信徒们亲切地呼唤它的名字时，那意思就是："我的雪山宝贝啊。"冈日波钦——雪山宝贝，坐落在西藏阿里高原普兰县境内，海拔6 714米，在它冰盖雪罩的山体上，留下了释迦牟尼示现真身弘化度生的行踪，药师琉璃光如来消灾延寿的大法洪音，阿弥陀佛发愿解除婆娑世界轮回生死万般痛苦的无敌经声，文殊菩萨骑着狮子举着宝剑斩断一切众生烦恼的圣迹，观世音菩萨循声救苦普度众生的法门，以及弥勒佛的无量智慧、白度母的优美之形……总之藏传佛教里的众多佛尊神汉、高僧大德都曾经来到冈日波钦纯洁虚净的怀抱里修炼真法磨砺正信，跌坐在山顶之上，向着尘间人世播撒甘露。难怪它被佛教信徒们看成是万灵之山、众神之巅。

在古老的佛教典籍里，冈日波钦又是妙高光明、金银琉璃的须弥山。

冈日波钦虽然不是地球之上最高的山，却连接着十万亿佛土之外的极乐世界，极乐世界的教主阿弥陀佛每天从宝瓶里取一滴水滴向冈日波钦，人间就有了河流和海水，就有了受用无穷利益无限的幸福时光。据说，围绕冈日波钦转一圈，可以洗清此次轮回中的全部罪孽；转十圈，可以避免五百轮回的苦难；转一百圈，就可以升天成佛了。有人说，佛境自然是高不可攀的，但一个智者如果能够站在这雪山冰壁之前独自沉思一分钟，哪怕是在不远万里的路途上经历世界上所有的艰辛也是值得的。当所有的烦恼和苦痛因为我们的独立和沉思而被来自山顶的清凉之风一吹而尽的时候，觉悟也将随之而生，奇迹也将随之而显了。

在口述艺术非常发达的广袤的藏区农村和草原，对于神圣的冈日波钦和他的妻子玛法木错，你问一百个人就会听到一百种故事，人们按照自己的想象和听闻创造着符合内心需要的人物和事件，并且试图让听故事的人相信他说的便是正宗的历史，是唯一的真实。有时候，两个人甚至会为了说服对方接受自己的故事而争吵起来，不可开交的情况下，还会请出第三者来调停。但调停者往往会说出第三种故事来，并声明自己讲的才是符合实际的。于是他们又和调停者嚷嚷起来。冈日波钦的膜拜者，就是如此的具有孩童般的纯真和可爱。这样的情形让我受到鼓舞也让我惭愧，毕竟我还没有一次站在冈日波钦的雪山冰壁之前独自沉思，毕竟我还没有因为达到它而在不远万里的路途上经历世界上所有的艰辛。我期待着这样一次朝圣，期待着来自冈日波钦的清凉之风吹尽我的全部烦恼和苦痛，期待着觉悟的产生、奇迹的显现。

再一次奔向冈日波钦的日子是一九八五年夏天。我和两个朋友来到位于柴达木冷湖镇的青海石油管理局，又通过朋友关系，以采访石油人的名义，敲定了前往冈日波钦的专车——一辆红色的"沙漠王"。我们的路线是从冷湖到西部油田，再到盛产石棉的茫崖，从这里进入新疆，沿着塔克拉玛干大沙漠的南部边缘一路向西，过若羌，过且末，过民丰，过于田，过和田，到达叶城，然后往南往东，沿着新藏公路穿越昆仑山，从铁隆滩进入西藏阿里，过日土，到达狮泉河。我们听说从狮泉河往东走向冈日波钦,就只有不到一天的路程了。遗憾的是,我们的壮行正应了那句说烂了的俗话:计划没有变化快。变化是在若羌县加油站出现的——那时候的汽油供应没有现在这么方便,跨省必须要有全国统一油票,否则汽车就别想加油,花钱也不行。我们出发时在西宁搞到几百公斤可以代替全国统一油票的军用油票,以为是万无一失的。到了冷湖油田,朋友要帮我们到石油管理局局长那里特批五百公斤全国统一油票,我们谢绝了:"带的有,带的有,派了车就已经感激不尽了,还能让你们再出汽油?"不成想一到新疆若羌县,加油站的人就告诉我们:"军用油票我们不收。""为什么?"回答是:"新规定的。""是新疆的规定,还是你们县上的规定?""不知道。"不知道就好,就说明很可能是若羌县的土政策。我们继续走下去,第二天到了且末加油站,加了油,给他们军用油票,他们二话没说,收下了。我们庆幸地喘口气,兴高采烈地往前赶,赶了几百公里,到了民丰后,唯一的一家加油站又有了跟若羌加油站一样的口径:"新规定的,地方加油站不收军用油票。""是你们县上的规定?""这种事情县上怎么能规定?全新疆的规定。"红色"沙漠王"的司机说:"完蛋了,离开青海已经将近两千公里了,到达西藏的狮泉河可能还有三千多公里。"怎么办?几个人商量的结果是,再往前走一走,走到于田,要是于田加油站跟民丰一个样,那就只有打道回府了,车上还有一桶自带的汽油,看能不能凑合着跑到青海境内。我们奔向于田。真是让人愤怒而又无奈,于田的加油政策和民丰完全一样。我们愣怔在加油站的窗口前,半晌无语。这一刻,我的感觉就像死去活来,活来又要死去一样难受,想喊,想哭,想骂,但最终什么也没做,只是乏力地沉默着。司机说:"走吧,又不是不能再来了。下次吧,下次你们准备充分一点,各种困难都考虑到,长途跋涉不容易。"

冈日波钦,遥遥远远的冈日波钦,就这样,又一次成了我寒凉无声的梦寐,成了我虚旷无影的思念。

还是司机说得对,又不是不能再来了,下次吧,下次一定把油票的事情解决好。返回的路上,我一再地说:"明年,明年我一定要达到目的。"司机也说："要是明年你们还让石油局派车，我一定争取再跟你们出来。"我们几个人都说："那就一言为定。"

这个世界上最大的遗憾大概就是人说话往往是不算数的，算数的总是一些不以人的意志为转移的东西。到了第二年，我们的"一言为定"就不知不觉被风吹散了。大家都忙啊忙啊，也不知都忙些什么，忙得都把冈日波钦忘掉了。直到四年以后的那个夏天，我去北京办事，事情没办成又匆匆赶回来，突然就觉得该是放弃一切杂事、蠢事、无聊之事的时候了，突然意识到了城市的糟糕，也再次意识到了冈日波钦对我的重要，突然就行动起来，到处打电话，到处找人："去不去？去西藏，去冈日波钦？"那一年不知怎么了，居然没有一个人愿意和我共同行动，也找不到愿意为我派车的单位和愿意给我开车的司机，甚至连我自己的行动也受到了约束，单位上有人对我说："今年的主要任务就是开会学习，上面要求一个也不能落下，这个阶段你可千万不要离开。"我说："不。"可是我毫无办法，我还得听从命运的安排，老老实实待着。直到有一天，在西藏拉萨武警交通支队工作的大学同学打来电话问候我的情况，我才像抓住救命稻草一样一把抓住了一个摆脱约束的机会——我给同学苦涩地说起我想离开城市，想去冈日波钦的事。他说："那有什么难的，你来就是了，只要是在青藏高原，多远我都给你派车，或者我陪你去。"我激动地说："真的？"于是我开始请假，一次一次地请，执着得让人讨厌地请，执着了半个月，才批准了半个月。我心急意切地上路了，这一次我是先坐火车到达了格尔木，再坐公共汽车前往西藏，八天以后才到达拉萨。拉萨正在下雨。

下雨的拉萨烟霭蒙蒙，走在街上，甚至都看不到布达拉宫辉煌的金顶，哲蚌寺躲藏在山怀的衣襟里仿佛消失了，大昭寺门前冒雨磕头的人影如同风中起伏的树，罗布林卡从围墙里伸出头来吃惊地望着雨色，满街都是湿淋淋的人和湿淋淋的狗，拉萨河的水正在高涨，正在狂哮。我的同学病了。他抱歉地说："实在对不起，迟不病早不病，你一来我就病了。"他陪我在拉萨转了一天，说好一旦雨停马上出发前往冈日波钦。但就在雨停的这天晚上，他突然不行了，肚子疼得满头大汗，腰都直不起来了。送到医院一检查，急性阑尾炎，马上就做了手术。手术后医生说："一个月之内不能坐汽车跑长途。"医生是对的，西藏的路大都很颠，颠开了刀口怎么办？同学抱歉地说："那就只好你一个人去了。"同学的家人不在拉萨，我陪护了几天，正准备出发的时候，来探望我的同学的武警交通支队的支队长带来了一个不幸的消息："拉孜一带出现大面积泥石流，前往阿里的路已经堵死一个星期了，你们幸亏没有走，走了还得回来。"我紧问道："什么时候能通车？"支队长说："很快，半个月就通了。"老天爷，半个月还算是快的。我的假期已经到了，如果再等半个月出发，加上来回路途上的时间，至少得超假一个月。行不行呢？我给单位领导打电话，领导几乎是哀求着说："回来吧，大家都在学习，就你一个人这么长时间在外头，我给上面怎么交代？这样吧，明年，明年我给你两个月的假，你想去哪儿就去哪儿。"又是一个明年，这样的明年以及所有计划中许诺中的明年对我都是毫无意义的。我不想回去，实在是不想回去，但最后我还是坐着同学派的车闷闷不乐地回去了，毕竟我已是一个依靠单位生存了几十年的人，毕竟我还得考虑领导给上面如何交代的问题，毕竟我不是一个干脆利落得只剩下了勇敢和无畏的叛客，不是一个自由自在、啸傲林泉的江湖隐者。

　　两千公里的青藏公路转眼消失了。西宁撞入我眼帘的一瞬间，我突然感到我的故乡不是这里，不是，我的故乡在远方，在冈底斯山的怀抱里，在冈日波钦的皑皑白冠上；突然感到自己非常孤独，恰如一片被冬天抛弃的雪花、一轮从冰山滚落的雪浪。我不停地叩问着自己：难道冈日波钦对我来说就是如此的不可企及？难道我对一座旷世神山的渴慕会因为我没有吃尽苦中苦而无法得到满足？难道在我和冈日波钦的缘分里就只能是永远的久怀慕蔺、永远的难得一见？我突然变得非常后悔：我回来错了，真的回来错了。为了矗立心中越来越沉的冈日波钦，我为什么不能再等半个月？为什么不能超假一个月？为什么要顾及一些绝对不能使人的生命增光增值的无谓的约束？这约束和冈日波钦比起来又算得了什么？一粒米和一个世界比起来又算得了什么？一种速朽的现实需要和一种永恒的精神追求比起来又算得了什么？

什么时候才能回去呢——冈日波钦，我的梦恋，我的灵魂的老家？

澜沧江童话——一九七七年的杂多草原

这里是扎曲的上游，是澜沧江的源头，是一九七七年的杂多草原，是一个牧草如潮、秀色无涯的地方。到了这里我才知道世界上还有不知道人的厉害的野生动物。不知道人的厉害的表现就是见了人发呆，见了人不跑，直到你朝它们走去，离它们只有六七米的时候，它们才会有所警觉地竖起耳朵，扬起前蹄扭转身去。还是不跑，而是走，一边走一边好奇地望着你，尤其是藏野驴和藏羚羊，它们研究人类的神情就像孩子研究大人的神情，天真、无邪、羞怯、腼腆。

不知道人的厉害，自然也就不知道人开动的汽车的厉害了。就在我来杂多草原的第一天，伴随着送我来后马上又返回的汽车，几百头藏野驴（俗称野马）在距离汽车十多米的地方和汽车赛跑，汽车慢，它们慢；汽车快，它们快；汽车停下了，它们也不跑了，真逗。

作为一个外来的记者，我大惊小怪地看到，从我面前走过的藏羚羊群至少有五百只，从我面前跑过的藏野驴群差不多也是这个数。由于几乎没有遭到过人类的袭扰，藏羚羊很少有群体惊奔的时候，尽管是野羊，其温顺却跟家羊差不多。藏野驴就不同了，是一惊一乍的性格，动不动就会一群群地狂跑起来，轰隆隆的，声若打雷，气势磅礴，弥扬起漫天的尘土，几个小时都落不下去。藏野驴的狂跑并不意味着遇到了什么危险，而是兴高采烈的表现。我的朋友杂多县小学的老师那日达娃告诉我，它们不跑蹄子就痒痒，浑身就不舒服，胃里的东西就消化不掉。后来我从杂多县兽医站的兽医那里了解到，藏羚羊和藏野驴的肺功能特别精密发达，对氧气的利用差不多是举一反三的，或者说具有再生氧气的本领，只需吸进一点点氧气就足以使它们欢天喜地,活蹦乱跳。杂多草原的海拔在 4 700 米左右,氧气不到海平面的一半,这样的环境让人类尤其是像我这样在多氧的低地上生活惯了的人类备感生存的艰难,而对野生动物来说,即便是原来生活在低地上,其艰难的感觉最多也只会持续三代,三代以后身体内优良的完善系统和快捷的适应机制就会使它们获得如鱼得水的生存本能。

至于野牦牛,我在杂多草原的那些日子里从来没有接近过,只是远远地观望着。野牦牛是动物中定力最好的,它会连续几个小时纹丝不动地看着你,直到你离开它的视线,才会一步三回头地走到你也看不见它的地方去。听我的朋友那日达娃说,野牦牛对人类有着与生俱来的戒备,胆子特别小,猜忌心很重,有点神经质,见人总是远远地躲开,一旦发现人在偷偷摸摸地向它靠近,马上就会变得神经过敏,先发制人地扑过来以角相顶。这种扑顶多数情况下是由于害怕和紧张,是为了保护自己和试探对方的力量,而不是出于强悍和凶暴。野牦牛的本性是善良温顺的,从来不会毫无因由地主动进攻人类,它的勇敢和猛恶往往是在受到惊吓或者被人类打伤之后。杂多草原上曾有过一头见人就扑就顶的野牦牛,人们害怕它,给它起了个名字叫"容杂木知",意思是"忿怒的野牦牛"。后来它突然死在了离县城很近的草原上,人们才发现它的脖子上和屁股上各有一个枪眼,也不知道是什么人什么时候打进去的。

在一九七七年的杂多草原,藏羚羊是我见过的最善良、最安静、最密集的动物,藏野驴是我见过的最健美、最优雅、最好动的动物,野牦牛是我见过的最庞大、最多疑、最怕人的动物。它们构成了澜沧江源头童话的一部分,是那个时候神秘的牧区、美丽的草原、苍茫的山群带给我的真正的感动。

对我来说真正的感动还有冬天,当大雪覆盖了枯草,饥饿的阴云笼罩荒原的时候,藏羚羊和藏野驴甚至还有野牦牛都会本能地靠近人类,它们密密麻麻围绕着人居住的帐房,期待着救星的出现。救星就是人,在它们的头脑里,这种能够直立着行走的人,具有神的能耐,是可以赐给它们食物或者领它们走出雪灾之界的。每当这个时候，杂多草原的牧民就会显出"神"的伟力来，他们把所剩不多的糌粑撒给它们，把刚刚得到的自己还没有来得及吃一口的救济粮撒给它们，把飞机空投的救命饼干撒给它们，因为在他们眼里，野生动物才是真正的神，是古老的传说中那个把大部分草原让给了猴子（人祖）的山神（藏羚羊）和把水源分出一半让给了人类的司水之神（藏野驴）。杂多草原，一个野生动物和人互为神灵的地方，一个野生动物和人都是主人的地方。

有一天我在牧民嘎嘎果罗家的帐房里做客，突然听到一阵马蹄的声响，帐房前的狗顿时叫了起来，嘎嘎果罗立马起身迎了出去。我听到有人声音洪亮地说了一长串话，嘎嘎果罗不停地回答着："呀呀呀呀。"坐在我身边的那日达娃给我翻译道："这是一个远来的客人，他们至少有半年没见面了。他的话全是问候——你的阿爸好吗？你的阿妈好吗？你的儿子好吗？你的女儿好吗？孩子们的舅舅好吗？孩子们的叔叔好吗？马好吗？牛好吗？羊好吗？狗好吗？帐房好吗？糌粑好吗？酸奶子好吗？草场好吗？草场上的羚羊好吗？野驴好吗？野牦牛好吗？白唇鹿好吗？山上的豹子好吗？"我奇怪地问道："他的问候怎么这么多？问马牛羊，问帐房酸奶草场好吗，这我能理解，毕竟它们是牧人生活的一部分，可他怎么连藏羚羊、藏野驴、野牦牛甚至山上的豹子都问上了？好像这些野生动物都是嘎嘎果罗家里的。"那日达娃说："你说对了，嘎嘎果罗住在这片草场上，草场上的藏羚羊、藏野驴、野牦牛就都应该是他们的家庭成员，他有责任看护好它们。他到了人家的草场上，也会问人家草场上的羚羊好吗，野驴好吗，野牦牛好吗，白唇鹿好吗，山上的豹子好吗。牧人们在一起，常说的一句话就是'松加仁德'，意思就是保护动物。"对那日达娃的话我这个迟钝的人当时并没有太多的感触，只是到了后来，当三江源（长江、黄河、澜沧江的源头）的野生动物惨遭灭绝、生态危机情见势屈的消息频频传来时，我才意识到了嘎嘎果罗这一类牧人存在的伟大。为什么那个时候澜沧江源头杂多草原的野生动物那么密集，就是因为那里的牧人天生就是绿色和平的捍卫者，是野生动物的福星和家里人。人与自然的关系是密不可分的亲情关系，即使偶尔出现驯养的牛羊和野生动物争持草场的矛盾，那也是家庭内部的事儿，是勺子碰锅碗、牙齿碰嘴唇的问题，过不了一两天自然就解决了。

在杂多草原，我还听说了这样一件事情，县医院有个专治女人月经不调的藏医，他的治疗办法是让患者猛喝用脱落的藏羚羊角熬成的汤，而且要求喝羊角汤的日子里（一般是七天）女人必须睡在雪线之上藏羚羊和藏野驴群聚的地方。据说是屡治不爽的，据说是治一次终身不犯病的。我问过县医院的院长："真的就有那么灵？"院长说："藏民怎么会骗人呢，就是灵，科学道理说不上，反正就是灵。"后来我把这件事告诉了我的母亲，母亲是一位很棒的妇产科专家，经常带着人在牧区巡回医疗。她说她也听说过这样的治疗方法，并且做过一些调查，发现在很多偏远的牧区妇女的经期和月亮的圆缺是一致的，月亮圆满的日子也就是月经来潮的时候，一旦来月经的日子和月亮圆满的日子错开了，她们就认为自己有病了，就要到山上积雪终年不化的地方去睡觉，很多人睡几天就能纠正过来。我问母亲这是为什么，母亲不假思索地说："自然疗法。"我说我还是不明白。母亲说："你读了那么多书，连这个道理都不明白啊。"我说："书上怎么会有这种事情。"母亲说："怎么没有？你没好好看就是了。《素问·宝命全性论》里说：'夫人生于地，悬命于天，天地合气，命之曰人。'意思就是人得靠天靠地才能活。纯粹靠天靠地的人是原始人，原始人的经期和月亮圆满很可能是统一的，所以越偏远的地方，越原始的人群，和自然的关系就越密切，也就越会发生经期和月圆相一致的现象。"母亲又说："这种现象在城市里是不可能的，城市人的生命不靠天地自然，靠的是生物化学，屁大一点病就要吃药，吃几次抗生素就能造成内分泌紊乱，致使月经该来不来，不该来乱来；再加上饮食污染和空气污染，加上不劳动、不走路的生活习惯，加上许多不利于健康的恶劣情绪，怎么还能把妇女的经期和月亮的圆缺统一起来呢？"听了母亲的这一番话，我以为我是长了知识的，我更深、更远地懂得了杂多草原，懂得了屡治不爽的"自然疗法"不过是天人合一的哲学实践——藏医让患者猛喝用脱落的藏羚羊角熬成的汤，是为了驱除寒冷，因为她们必须一连七天睡在寒风料峭的高山雪线之上，那儿是最没有污染的地方，那儿离天最近，那儿有原始的土壤和植被，那儿充满了野生动物的气息，那儿是走向人类童年生态的平台，那儿的原始磁场能够调理出人体内周期性子宫出血的原始秩序，那儿体现了回归自然的好处，那儿是杂多草原神居仙在的山阳。

也是在杂多草原，我第一次知道了"醉氧"这个词，也第一次听到，对有些人来说，氧气是最最有害的物质，过剩的氧气会导致死亡。是那日达娃的姐姐，她在地处西宁的青海民族学院少语系读书，突然得了什么病，发烧头痛，上吐下泻，送到医院里又是输氧又是打吊瓶，一个星期以后下了病危通知。那时候杂多不通电话，学校只能把电话打给玉树州。州上的人说，让杂多草原上的牧民去西宁看望病人，路远不说，西宁的门在哪里都找不到，根本就不可能；藏民的病还是要藏医治哩，你们能不能派个车把病人送回来。学校说，派个车是可以的，但去玉树是越走越高，就怕路上出事。州上的人说，藏民还怕高吗？藏民就怕低。路上出了事我们负责，不用你们负责，你们还是派车送来吧。当天下午，一辆面包车拉着那日达娃的姐姐从西宁东方红医院出发了。第二天到达了海南州的大河坝，病人说我要喝水；第三天到达了果洛州的黄河沿，病人说我想吃糌粑；第四天到达了玉树州的结古镇，病人说我想喝奶茶吃手抓羊肉了；第六天到达了海拔 4 700 米的杂多草原，就在医疗条件十分简陋的县医院里，那日达娃的姐姐很快好起来，十天以后就已经是一个神清气爽、浑身是劲的人了。我问道，她怎么就好起来了呢？那日达娃说，完全是因为氧气。西宁的海拔只有 2 300 米，氧气太多，她是神经性醉氧；她得了醉氧症医院还要给她输氧，那不是雪上加霜要了她的命吗？而在空气稀薄的杂多草原，在这个浑身的细胞早就适应了少氧运动的地方，在祖祖辈辈遗传着抗缺氧基因的故乡，她一下子就卸掉了沉重的氧气包袱，摆脱了置人于死地的外部因素；她和野生动物一样，在环境的帮助下，身体内优良的自我完善系统发挥了作用，很快就恢复了如鱼得水的生存本能。

高海拔的美丽、大江源的壮阔、缺氧的幸福、寒冷的温柔——杂多草原，是自然和人类完美统一的草原，是动物和人类和睦相处的草原，是我的朋友那日达娃一家（那日达娃曾经当过副县长，因为热爱自由，不喜欢别人管，也不喜欢管别人，从而辞了副县长做了一名小学老师）世代为牧故土难离的草原。那日达娃虽然仅仅是个小学老师，但他在历史地理、人文风土方面的学识我敢说不亚于那些专家。是他第一次让我知道了青藏高原的形成以及关于杂多草原的神话，第一次让我知道了"沧海桑田"的变化不仅仅是一种想象、一种形容，它是一段真实的历史，就发生在我们的脚下、我们的眼前。我在以后的写作中多次涉猎这方面的知识，大都是因为受了那日达娃的启发，或者直接就是对他言谈的有限发挥。

——一九一二年，德国地球物理学家魏格纳提出了板块构造学说，也就是大陆漂移学说，在这个理论指导下，地质学家们发现，在古生代以前，今天的非洲、南美洲、印度半岛、澳大利亚和南极洲，是一个联合在一起的大陆，位于南半球，称作冈瓦纳古陆。和冈瓦纳古陆遥遥相对的是，位于北半球的芬亚古陆也就是欧亚古陆。两大古陆之间，隔着一片海，这片海从现在的地中海到中东、高加索、伊朗和喜马拉雅山地区，称作古地中海或者特提斯海。到了中生代，由于地壳运动，冈瓦纳古陆破裂，印度大陆开始向北漂移，古地中海受到压迫而逐渐缩小，到了第三纪早期，古地中海在喜马拉雅地区仅仅是一个东西走向的狭长海湾了。随后便是海湾消失，印度大陆和欧亚古陆发生碰撞，就像一块平整的纸板，在强烈的挤压下，出现了弯曲、褶皱、凹凸，喜马拉雅山隆升而起，世界屋脊——青藏高原由此形成了。这是古大海海底的崛起，在这样一种缓慢的崛起中，一部分海洋生物死去了，一部分海洋生物慢慢地适应着水退、水少、水枯的变化，进化成了两栖动物，以后又进化成了陆地动物，再后来就成了猴子、猿、人类、我们。

一说到"我们"，那日达娃就显得格外兴奋，一兴奋就把科学演绎成了神话：我们——杂多草原的藏民，原本并不是生活在这个地方的，而是生活在喜马拉雅山脉渝玉日本峰的冰天雪地里。渝玉日本峰的主人是个男神，他想要娶妻生子，便相中了翠颜仙女峰的主人翠颜仙女，后来又相中了福寿仙女峰的主人福寿仙女，接着又相中了贞慧仙女峰的主人贞慧仙女，下来又相中了冠咏仙女峰的主人冠咏仙女，最后又相中了施仁仙女峰的主人施仁仙女。如此变来变去，自然引起了五大仙女的不快，她们聚起来一商量，便合力施展法术融化了渝玉日本峰的万年冰雪。渝玉日本山神热得受不了，只好逃离喜马拉雅山界，顺便把渝玉日本峰也搬到了寒凉的澜沧江源头。那日达娃说，这是真的，老一代的牧人都把杂多草原称作渝玉日本，而且杂多的山原在地质构造上和珠穆朗玛峰（翠颜仙女峰）是基本相似的，主要由砂岩、页岩、石灰岩、火山岩组成，同时两地还有相同的石英和云母。那日达娃给了我一块巴掌大的锥形水晶，说这就是石英，是杂多山上出产的"喜马拉雅石英"。我看着手中透明的水晶，贪心不足地说，哪儿还有？我得多带几块回去送人。那日达娃说，前面山上多的是，明天我带你去挖。我迫不及待地说，我们今天就去。

　　我是以省报记者的身份来到杂多草原的，那时候的记者没有任务，可以几个月不写稿子，所以与其说我是记者，不如说我是一个民俗和自然的考察者。我待了两个半月，什么也没有写，每天就是玩，就是到处走动，就是和牧人们一起生活。杂多草原很大，大概有两三万平方公里，从这个帐圈骑马走到那个帐圈，往往需要半天或一天。一天摇摇晃晃走下来，见了帐房下马就往里进，主人先是吃惊，然后就是热情接待，吃肉喝奶，偶尔也有酒，是自酿的稠糊糊的青稞酒，也叫藏酒。藏酒酸甜可口，不容易醉，但我却常常喝醉，因为我每次都喝得太多太多。

　　两个半月以后，州上来车接我，我不得不走了。天天陪着我的那日达娃先是送我上了汽车，然后是追着汽车送我。草原上的路坎坎坷坷，汽车走得很别扭，快一阵慢一阵，那日达娃骑马跟在后面，跑一阵走一阵，从早晨到中午，整整一个半天都是这样。突然路好起来，司机加大了油门，汽车飞驰而去，渐渐看不见那日达娃的骑影了。我回头望着后面，眼泪夺眶而出，暗暗地说：我会再来的，一定会再来的。再见了杂多，再见了杂多草原的那日达娃——你这颗黑黝黝的月亮（"那日"为黑黝黝；"达娃"为月亮）。

然而，我再也没有机会回到杂多草原。我只听说那儿已经变了，二十七年以后，当我打算写写杂多草原的时候，我听说那儿已是黄风白日、沙地连片了，那儿已经没有了藏羚羊、藏野驴和野牦牛的踪迹，那儿充满了野生动物被击毙后的死亡气息，那儿早就不是人和动物互为神灵、人和动物都是主人的地方，那儿的植被惨遭人祸与鼠害的破坏，那儿的天空黯郁昏沉常常是"云也手拉手"，那儿丢失了原始的磁场，那儿的无雪之山告诉人们回归自然就意味着死亡，那儿的山阳已是神不居仙不在的鬼谷魔冈，那儿的牧民很多已经离开了故乡。

我不知道为什么会有这样的变化，我不知道。和我有过通信联系的博学的那日达娃，你知道吗？你一定是知道的，可你没有告诉我，你为什么不告诉我呢？是怕我伤心，还是你已经伤心得无话可说了？

在澜沧江源头的杂多草原，在那曾经的童话里，悬挂着一颗黑黝黝的月亮，一颗已经无话可说、无光可照了的月亮。

草原的声音引领我们悲悯

想起贵南县的森多草原了：一片旷达的山塬之上，有一条河在静静地流，好像多少年都没有人畜惊扰过那里的清澈了；有一些草在青青地长，好像那是永远的秀挺，是草原夏天永远的证明。我这样说是因为在我经过的山塬北坡，在方圆二十公里的夏窝子（夏季牧场）里，已经看不到水的清澈和青草的踪迹了，牛羊过处，绿色席卷而去，褐土翻滚而出，只留下无数牛羊的蹄印和无数同样是褐色的羊粪蛋、牛粪饼，在枯干中等待着明年牧草的复苏。外地人以为草原上的牛羊跟别处的牛羊一样是不辨东南插花吃草的，不，是拥作一片，挤作一团，朝着一个方向一路吃过去，直吃得草原寸草不留，漆染了似的变成黑褐色。牛羊太多，草场太少，这种扫地以尽的畜牧方式已经不是一年两年了。

一天早晨，我正在队长巴桑家的帐篷里喝茶，一个放牧员进来质问队长说："为什么不让我去河东草场？"队长说："南山草场还能放牧，去河东干什么？"放牧员说："南山草场能不能放牧草原知道。"队长说："草原的事情我比你清楚，你赶紧去吧。"放牧员说："倒霉的时候在后头哩。"放牧员走了以后队长对我说："放牧员说得对，南山草场能不能放牧草原知道，但是公社不听草原的话，我也没办法。"我的疑问是："草原怎么能知道，难道它会说话？"巴桑队长苦苦一笑说："草原的话是狼毒说出来的。"

这是一九八四年夏天，我第一次知道那种被大家称为馒头花、也就是狼毒的植物原来是草原关于自身健康的表达。狼毒是一种草本植物，植物学的名字叫"瑞香狼毒"，马耳似的阔叶，馒头形的花朵，白中透紫的颜色，不时有一股浓香随风而出，因为是单性花（雄花五瓣对生，雌花六瓣对生），便把黄色的花蕊突挺出来，等待着授精或者受粉，根茎可以入药，有清热解毒、化淤止痛的功效，可治疗瘟疫、溃疡、疥疮、顽癣、炎肿等。狼毒是有毒的，就跟它的名字一样，对牲畜来说，狼有多可怕它就有多可怕，如同俗话说的："今儿吃狼毒，明儿吃马肉"——说的是马吃了狼毒就会立刻毙命；"骆驼见狼毒，唐僧遇白骨"——说的是妖艳的狼毒之于骆驼好比白骨精觊觎着唐僧。但对草原来说，重要的并不是它的药用价值和它含有的毒素，而是它生长的地方。巴桑队长告诉我："只要草原一退化，狼毒就会长出来对牲畜说，你别吃了，你别吃了，再吃草原就死了。"

我惊异于狼毒的作用，知道正是通过它对牲畜的毒害，草原拒绝了对自己的过分掠食，赢得了一个歇地再生的机会。它是草原保护自己的有效行为，是防止草场迅速沙化的警示标志。等到草场喘息已定，又是芳草萋萋、绿茵如坪的时候，妖艳的狼毒之花也就瘦了，败了，不再长了。

我更惊异于巴桑队长和那个放牧员的表达，他们在谈论一件有关牧业生产的枯燥事情时，居然跟讲童话一样有趣，完全是拟人化的手法。不，岂止是手法，是他们的意识和草原以及狼毒的意识在维护生存关系时的对话和交流，是人和土地、牲畜和牧草互相理解、互相依赖又互相制约的表现形式。首先，在牧人们看来，作为生命的草原以及狼毒和人一样是有思想有灵魂的，草原完全懂得人的意思，人也完全懂得草原的意思，所不同的仅仅是表达的方式：草原用狼毒来讲理，人通过牲畜来说话。其次，在人和草原的对话中，正确的一方往往是作为弱者、作为被践踏者的草原，而人虽然是错误的却有权利"不听草原的话"，一意孤行的结果是草原会用寸草不生来表示自己的悲哀，来惩罚人类的霸道，就像那个放牧员说的："倒霉的时候在后头哩。"这当然不仅是放牧员的警告，更是草原的警告，巴桑队长已经告诉我们了："草原的话是狼毒说出来的。"

和狼毒一样作为草原预警语言的还有牛粪。牛粪是牧民的燃料，是吉祥的天赐神物，有了它，茶炊就是滚烫的，食物就是喷香的，帐房就是温暖的；它使人类在高寒带的生存有了可能，使牧民迁流而牧的生活有了保证。草养牛，牛出粪，粪暖人，人可牧，牧有草——如此密切的生态链条，如此圆满的良性循环，人类生存必不可少的能源以取之不难、用之不尽的牛粪的形式暖热了广袤的草原。如果你让一个牧民对活着的条件作出排序，他们一定会说第一是牛羊，第二是糌粑，第三便是牛粪。但是牛粪对人来说并不仅仅意味着燃烧，在它温良的性格里也常有闪电般的一击，足以让人明白在这个世界上没有绝对驯服的东西。我在森多草原的时候就曾经遭受过这样的一击，一击之后我的右手肿胀成了馒头，接着整条胳膊就抬不起来了，赶紧找寺院的藏医喇嘛治疗，他让我喝了一个星期的马尿脬（也叫白葭莶，草药）汤，才算把肿消下去。藏医喇嘛告诉我，你是被瘴气打了，拾牛粪的时候要小心啊，你是城里来的，最好戴双手套，湿牛粪不要动，半干的牛粪先用脚踢翻，等瘴气跑散了你再拾。我这才知道草原上遍地都是的牛粪并不是俯可拾、仰可取的，牛粪下面有瘴气，瘴气是见肉疯的，活蹦乱跳地到处钻，碰到哪儿哪儿肿。

但是牛粪和狼毒一样，对草原来说，重要的并不是它能产生瘴气，而是我在森多草原了解到的这样一种事实：越是退化的草场，牛粪下面的瘴毒就越大，手拿手肿，脚踢脚肿，有时候连牛腿也会熏出肿胀来。巴桑队长告诉我："这是牛粪代表草场给人说话哩，意思是说别在这儿放牧了，这儿已经不行了。"这是牛粪的劝说，是关于草场已经过牧的信号，它往往也会成为绿海变荒漠的前奏，过不了多久，人们就会发现，草原荒了，夜以继日地荒凉成不毛之地了，真可谓一毒成谶。后来我仔细比较过草地上的牛粪和秃地上的牛粪，发现其中的道理大概是这样的：在没有退化的草场上，牛粪下面一般都有蓬蓬松松的草枝草叶作为支撑，是通风透光的；而在退化了的草场上，牛粪直接贴在潮湿的黏土上，没有走风漏气的缝隙，瘴气自然就越聚越浓、越浓越猛了。其实道理的明白与否并不重要，重要的是牧人们通过牛粪听懂了草原的声音，又把这种声音变换成了人的语言来说服自己不要违拗草原的意志，不管他们是否真正做到了这一点，但人对自然之声的掌握和传达足以证明人原本是属于自然的，只要人在必要的时候尊重一下自然的请求，就不会成为自然的弃儿而终生无所依归。事实上，就草原来说，只有到它老迈、疲倦、无力照顾人类的时候它才会抛弃人类，才会拒绝它从来没有厌倦过的付出而以贫瘠和荒凉冷眼相向。而人在这种时候，往往已经做绝了和自然势不两立的事情，虽然愧悔得要死，厚着脸皮想恢复关系，但已经来不及了，老去的不能再青，失去的不能再回，费力劳心地去做种种修好如初的事情，往往是人有意而事无情，君不见担雪塞井空用力，炊沙作饭岂堪食？不如当初就听了牛粪的话：行不得也哥哥。

对牧人来说，听懂草原的话并不折不扣地按照草原的盼咐去做，这是他们自己对自己的基本要求，是独特的生产方式给予他们的贴近自然和顺从自然的自由。但实现这种自由的前提必须是他们有支配草场的权利，不能牛羊是自己的，草场还是公有的。小规模的自给自足的自然经济依然是唯一最有生命力和最适合草原生态的畜牧业经营方式。这种方式虽然并不能使牧民的生活超越温饱，绰有余裕，却不至于使他们丢弃家园，颠沛流离在海拔更高的地方抢夺野生动物的草地。我因此想道，牧民们尽管比任何人都更有权利追求一种丰衣美食的高质量的生活，但途径只应该是得到必要的生活补贴和获取一定的环保经费，只应该是发展畜产品的细加工，而决不应该是盲目增加牲畜的存栏数。还是巴桑队长说得好，连马都知道保护草原，何况我们是人呢。

不错，我们是人。巴桑队长说了，我们是人，我们应该比马知道得多一点。但实际上似乎并非如此，至少在我这里是这样，因为首先我不知道马是怎样保护草原的。我疑惑地追问巴桑队长，他笑了笑，带我来到他的坐骑跟前说："你看我的马，我的马在干什么？在吃草，你看它是怎么吃草的？它只吃两寸以上的大草，两寸以下的小草它决不吃一口。为什么，因为小草根浅，稍微一拽，就会连根拔起。马知道，连根拔起的吃法是断子绝孙的吃法。"说实在的，对巴桑队长的这番话我当时并不以为然。我觉得马不吃小草的原因是它的嘴唇太厚，吃草时垫在地上，牙齿根本就够不着草叶。但是后来，在我接触了更多的马以后我发现我错了，巴桑队长是对的。如果别无选择，马完全可以把嘴唇挤上去，露出牙齿来啃掉一寸以下的小草，或者说它更爱吃鲜嫩多汁的小草。它还可以把坑窝里的草用蹄子连根带茎刨出来吃掉，可以龇牙咧嘴地把贴在地皮上的地衣啃干舔净，甚至可以用舌头化开河滩里的冰雪吃掉冻在里面的青草。然而，如果不是饥饿难忍或者危及生命，马决不会用这种极端的方法采食牧草，决不会吃掉小草。因为马知道，小草还要长大，小草是草原的未来。

马是有智慧的，更是向善的，在保护它的衣食父母——草原的时候，往往会有一些出人意料的举动，让我们这些牧马、驭马的人类嗟叹不已，汗颜不已。我曾经不止一次地想，要是我有资格题词并以此号召天下，我一定要题："向马同志学习"，还要题："向狼毒致敬"，还要题："向牛粪鞠躬"，还要题："做一个巴桑队长那样的好牧人"——尽管我知道，巴桑队长已经是过去时了,能听懂草原的话的巴桑队长已经死了。

"有的人死了他却活着,有的人活着他却死了。"巴桑队长自然是属于死了还活着的那一类人,至少在我心里是这样的,因为他教我听懂了草原的声音,使我在以后的日子里只要面对草原就觉得它正在注视着我,正在和我亲切交谈,风、雨、土、石、花、草、虫、兽,都是它的语言,是它的思想,是它对我的自然启蒙。而所有的自然启蒙都意味着对我的提升,意味着我可以用草原的眼光来看待我们的青藏高原了。

——草场一片片消失了,草原一天天缩小了,沙化已经出现,新生的沙漠正在形成,牛群和羊群已经没有吃的了。我想起了贵南县的森多草原:有一条河在静静地流,有一些草在青青地长……

(原刊于《收获》2005 年第 6 期)

乡村电影

格 非

网上的水滴

瓦尔特·本雅明的著名比喻。我记得他是在谈论普鲁斯特的《追忆似水年华》时使用这个概念的。一张巨大的网撒入水中，拉起来却什么鱼都没有，惟有水滴在阳光下闪闪发亮。普鲁斯特正是这些水滴的收藏者，它是记忆中不可磨灭的一个个瞬间，来如春梦几多时，去如朝云无觅处。晚年的英玛·伯格曼在解释拍摄《芬妮与亚历山大》的动机时，只是轻描淡写地说道，正是童年的一部幻灯机，打通了重返记忆的幽暗之路。

小时候，常听母亲说，只要一闭上眼睛，她所经历的往事就会像演电影一样清晰地呈现在眼前。"演电影"正是记忆的另一个绝妙的比喻。的确，对于我们这代人来说，没有什么比电影更适合成为通往记忆之路的通道了。它是我们全部童年生活的核心和枢纽。只要打开它的阀门，那个湮灭的年代的所有气息就会扑面而来。

那是炒熟的葵花籽、南瓜籽特有的焦煳味；是尘土和雨水的气味；是女人们香浓而迷人的雪花膏的芬芳；是哒哒作响的发电机散在空气中的汽油味；是月亮、星星高远而神秘的夜晚的气息……

消　息

常常有这样的情景：清晨的时候，我们背着书包去上学。当我们走到大队部门前的大晒场边，在薄薄的晨雾中，我们隐约看见一个名叫牛高的人正在刨坑。我们的心一下子就提到了嗓子眼：他在挖坑，难道说今晚村子里要放电影？

通常，我们会立即上前将他团团围住，甚至会去帮助他将那两根巨大的毛竹埋入坑中，将四周的土踩平。牛高总是不耐烦地将我们推开。我们问他今晚是不是有电影，是什么片子。牛高从来都不屑于回答。他的沉默和傲慢不仅不会让我们生气，相反，更加激起了我们对他的崇敬。

每逢有电影的日子，我们根本无心上课。好不容易熬到第二节课下课（二三节课之间差不多有二十五分钟的休息和广播体操时间），我们像子弹一样地冲出教室，从村东一直跑到村西。电影的消息终于被确证：那两根毛竹矗立在晒场靠近池塘的一端，上面暂时还没有银幕，那是因为电影放映队还未抵达。晒场上早已放上了一张小方桌，那是电影放映机所在的位置。围绕着这张小方桌，密密麻麻地挤满了各色各样的板凳和椅子。一些老人和还未到上学年龄的儿童在那里守护。但是我们的心里仍然不踏实。即将到来的快乐看似不可阻挡，按照我们的经验来说，依旧十分脆弱。

天气是其中最重要的因素。南方本来就多雨，尤其是在春夏两季。有时白天阳光明媚，到了晚上却突然大雨倾盆，把我们整整一天的期待冲刷得干干净净。如果雨下得不大，放映员还会用一把雨伞罩住放映机，勉强支撑一段时间。若是雨量增大或一直下个不停，他们便会终止放映，让大家回家睡觉。下雪则没什么问题，反而会给观众增添某种别致的情趣。在我的记忆中，似乎很少出现因下雪而终止电影放映的事。除了天气之外，电影是否会如期上映，还有其他让人提心吊胆的拦路虎，它是潜在的威胁，却时常发生。我们后面会专门谈到它。

  一般来说，邻村的电影消息，往往是通过那些走村串乡的商贩——比如说卖豆腐的、卖麦芽糖的、卖酒糟的、卖针线或渔网的带来。假如他们带来了电影消息，喜悦洋溢在每个人的脸上，他们的货就会销得比平常快一些，特别是当我们得知晚上放映的是一部战争片或双片（同一个晚上放映两部电影）时，情况更是如此。这些商人大多较为诚信，通过散布假消息来销货的事从未出现过。如果他们的情报不准，让我们白跑了几公里的夜路，那一定是有什么非同寻常的事件发生，最常见的就是放映机故障、停电，再有就是某位国家领导人突然逝世，我们被告知停止一切娱乐活动，等等。当然，住在邻村的亲戚有时也会专门派人赶到我们村送信。

  如果没有任何电影消息，我们有时也会得到意外的收获。村中那些电影迷们（主要是一帮十七八岁的男女青年，我们是他们的跟屁虫）站在漆黑的村头高地，放眼向四周一望，看看远处的地平线上是否会出现微暗的红光。通过这种方式来判断邻村是否有电影，仅具有某种参考价值，"扑空"的可能性极大。如果我们看到了红光，又碰上节假日，漫漫长夜令人难挨，父母也会同意我们跟随他们冒险去试一试。于是，我们朝着那片微暗的红光猛扑过去。有时，我们还没有到达目的地，熟悉的电影对白就已在寂静的旷野里隐隐约约地传来。毫无疑问，那就是来自天堂的声音。

  比如：

  "你们的炮是怎么保养的？炮弹离炮位太远了嘛！麻痹！太麻痹

啦!"(《侦察兵》)

比如：

> 甲：你再往前看——
> 乙：是龙江的巴掌山。
> 甲：你再往前看——
> 乙：看不见了。(《龙江颂》)

再比如：

"苏维埃俄国被敌人包围了，反革命叛乱像火焰一样从这一端烧到那一端。摆在我们工人阶级面前的只有两条路：一条是胜利，还有一条路，那就是死亡，而死亡是不属于工人阶级的——"(《列宁在十月》)

不过，在很多情况下，那片红光不能说明任何问题：当我们兴致勃勃地赶到邻村才沮丧地发现，原来那儿死了人，正在开追悼会，有时则是办喜事，或者发生了火灾。

放映员

我们县到底有多少个乡村巡回放映队，谁都说不清楚。从放映队每隔三四个月或更长的时间才来一次我们村这个频率来看，放映队的数量想必十分有限。由于不通公路，电影器材（包括放映机、银幕、喇叭、胶片和发动机等）被装在一辆独轮手推车上，放映员们要推着如此沉重的器械在丘陵地带来回穿越，并不是一件容易的事。因此，一般来说，放映队都要配备三个人。

如果得到事先的电话通知，大队里必会派出专人早早前去迎接。放映队的负责人是一个大胡子，姓名不详，嘴里还镶着一颗金牙，听口音像是苏北人。大队里没有旅馆，放映队下榻的地方通常是我们村的知青点。为了接待从上海来的知识青年，大队专门给他们盖了五间大瓦房，可最后只来了两个知青，总有房子空着，放映队就在那儿歇脚。吃饭呢，一般就安排在大队书记、妇女主任或其他较为富裕的家庭。大胡子人挺随和，酒量却大得惊人。大队干部中间还找不出一个可以与大胡子斗酒的人来，革委会主任最后只得请牛高出马。

牛高原是放牛的，除了喝酒之外没有别的本事。平时，村子里有人家办大事，来了难缠而又善饮的亲戚或重要客人，一般也是牛高出面摆平。一来二去，牛高就和大胡子成了莫逆之交。后来，大队就干脆将接待放映队的艰巨任务交给他去负责，那两根竖银幕的大毛竹就搁在他的牛棚里。因为电影的神奇力量，牛高从一个放牛的一跃而成为我们心目中首屈一指的英雄。鉴于他和大胡子的特殊关系，我们往往提前两三天就从他口中知道电影放映队要来的消息。有时，他竟然能够说服大胡子在我们村多待一天，多放一场。孩子们有事没事都爱跟着他。我们崇拜牛高，连他的闺女都跟着沾光。他的闺女和我们同班，每当村子里放电影，她的头上就会笼罩上一层神奇的光环，我们总是一天到晚围着她，打探关于放映队、大胡子以及电影的各种细枝末节。

牛高虽然为电影的事忙前忙后，却从来不看电影。据他女儿说，牛高陪大胡子喝完酒之后往往直接回家睡觉，让他的大儿子在现场照应。要是碰上停电，牛高就不敢怠慢，他得一个人蹲在池塘边的大柳树底下，照看那台珍贵的发电机。保证电影放映过程中不出任何问题是他的职责，但所有这些事都是义务性的，除了一顿丰盛的晚餐之外，他得不到任何报酬。

因为要和牛高斗酒，大胡子就将放电影的事交给那两个副手去处理。在放电影时，放映机遇到故障是常有的事。最常见的故障是卡片（胶片在通过镜头时被卡住）和烧片（胶片由于温度太高被烧了一个焦洞）。遇到烧片，放映员需要用一把小剪刀将烧坏的胶片剪掉，然后再用橡皮膏重新粘上。两名副手手忙脚乱，汗如雨下，怎么也无法排除故障的时候，他们就会派人去叫大胡子。等到大胡子满身酒气地赶来，所有的人都把目光投向他。别看他满脸络腮胡子，长得高大粗笨，那双手却特别的白皙细长。只见他用一把小刷子这里刷刷，那里掸掸，变魔术似地随便摆弄了几下，放映机便很快恢复了正常。拥挤的人群自动让开一条缝，放大胡子回去继续喝酒。

小时候，我最大的愿望就是长大后做一名电影放映员。中学时有一年，我们公社要送两名文艺生去县城工作，一名是去县锡剧团拉二胡，还有一名就是去学习放电影。我也是参加面试者之一。最后获准进入县放映队的是一个瘦高个儿，我不知道他叫什么名字、哪所中学的，只记得面试那天他穿着一条西装短裤，大腿上还写着一行钢笔字：这边风景独好。

断　路

拦路抢劫的同义语。在我们当地，所有父母为阻止孩子夜间外出，总会吓唬我们说，要是碰上断路的，你就惨了。据我的祖父说，在解放前，强人剪径的事常有发生，设伏的地点通常是荒无人烟的山沟峻谷，或如《水浒传》里所描述的某个静僻的"猛恶林子"里。在农村，一个人走夜路是免不了的。不过在我的记忆中，这些凶恶的剪径大盗仅仅生活在传说中，从未真正露面。那个时代的社会治安好得出奇，路不拾遗或许并不尽然，夜不闭户倒是千真万确。那个年代的"断路"行径大多发生在光天化日之下，是一种有组织的集体行为，带有相当程度的喜剧色彩。拦截的主要对象是新婚的迎亲队伍或乡村巡回放映队。"拦亲"的礼俗在我们乡村十分普遍，几乎是冗长结婚仪式中必不可少的组成部分。

具体的细节和过程十分复杂，这里姑且不谈。拦截放映队则是另一回事。

县放映队从一个地点前往另一个地点的漫漫旅途中，中间要经过许许多多的自然村落。从理论上来说，任何一个村庄都可以实施拦截行为。而从实际发生的行为本身来考察，其实，很多的"断路"事件都是即兴的。他们只消派两个精壮的小伙子在放映队必经之地等候，就能轻易地将他们一举俘获。放映队员们早已见惯了这样的阵势，他们很乐意"变节"。只要有人拦截，他们就不作任何反抗，乖乖地跟人家走了。反正都是社会主义大家庭，在哪个村庄放都一样，好酒好肉一样不会少，只是害苦了我们这帮望眼欲穿的电影迷们。我们在晒场边一直等到日落西山，还是不见放映队出现，牛高也急得团团转。问题是，在很多情况下，我们并不知道他们在哪个村庄遭到拦截。一般情况下，遇到这样的事，大队领导们也会听之任之，很少出面干涉。

我们村地处几个县和公社的交界处，村庄与村庄之间互不隶属，也没有任何电影放映方面的规章可依，行政命令或谈判交涉根本不起作用。再说，我们村亦经常拦截邻县（公社）的放映队，其剽悍和蛮横程度让邻村人望而生畏。有时，邻县的放映队为了顺利地通过我们村，不得不乔装打扮或绕道而行，必要时还会派出手扶拖拉机和基干民兵押送。

有一年秋天，为了庆祝罕见的大丰收，大队革委会经过开会研究，联络上了在镇江市电影发行部门的一位"内线"，从市电影局专门包租了一台放映机，来我们村放映新片《火红的年代》。这部电影我们此前连名字都不曾听说过，可见其神秘程度非同一般。到了中午，不幸的消息终于传来，我们的放映队被马祠人拦截了。由于事先付出了高昂的费用，按照和电影局的约定，这部电影的拷贝只能在我们村庄停留一天。革委会的头头们不敢含糊，立即派出了以牛高同志为首席代表的谈判小组赶往马祠。最后的谈判结果，放映队同一个晚上在两村各放映一场，包租费两村均摊。从表面上看，我们村不吃亏，但因为是后放，等到放映队在马祠放完推着独轮车来到我们村的时候，已经是后半夜了。大家都认为牛高无能，订立了一个屈辱的协议。为了安抚大家的情绪，革委会主任当即决定，第二天上午放假半天，让社员同志们在家补觉。我记得电影散场的时候，已经是第二天的黎明，几乎每个人的头顶上都结了一层白花花的薄霜。

夜袭队

放映队遭到邻村拦截，对于有一类人来说，不仅不会感到失望，相反还会喜上眉梢。我猜测，他们内心暗暗希望这样的事发生。这类人就是夜袭队的队员们，因为他们拥有人人都羡慕的自行车。如果电影被拦截，他们可以骑自行车去邻村看第一遍，第二天回到本村再看第二遍。这些二十来岁的青年人大都家境富裕，备受父母宠爱。由于时常骑自行车在夜色中出没，他们自称"武工队"。可村里的人只叫他们夜袭队。他们将大号手电筒绑在自行车的龙头上作探照灯，看上去还挺像那么回事。大人们说，他们都是一些精力严重过剩而又内心空虚的人。每当夜深人静，咣咣的自行车引发了狗叫，将我们从梦中惊醒，一束束光柱依次扫过我们家的窗户，父亲就会说，夜袭队进村了。由于这伙人中不乏女青年，村里不免会有些风言风语，说他们以看电影作掩护，实际上是在搞对象。但流言只不过是某种习惯性的联想而已，并不说明什么问题。如果说夜袭队的成员们在为人方面有什么瑕疵，那倒不是因为他们不纯洁，而是过于纯洁了。

武松，快跑

有时候，两个村子或两个村子以上的放映队同时共用一个电影拷贝，那就需要跑片——在电影放映的过程中及时地把胶片从一个地方送往另一个地方。负责跑片的人必须擅长奔跑并且有足够的耐力。我们村的跑片任务通常由一个被人叫做武松的人来担任。

他原来姓什么、叫什么，我们都已记不清了，只知道大伙儿都叫他武松。此人个子不高，身材敦实，平时专门在砖窑上给人拉板车。这个人除了跑片之外，还承担了大队不少的信使工作。比如需要派人往公社送一封急信，或者村里发生火灾，必须敲锣往邻村报信，武松都是当仁不让的首选。村里的那些妇女常开玩笑地说，武松的卵子（睾丸）是铜做的。因此，村里也有人叫他铜卵子的，他听多了，竟然也会答应。因为跑片，平常根本不爱看电影的武松也和电影沾了光，和牛高一样，他也是我们孩子心目中绝对的英雄好汉。

跑片的方式通常有两种。第一种方式，就是等邻村的电影全部放映完之后，跑片人把所有的胶片一股脑儿地送过来完事。这样一来，我们在等待的两到三个小时中，一般是大队在电影现场召开社员大会。社员大会的内容照例是春耕秋收，照例是中央某号文件的照本宣科，大人们都在安静地听着，小孩子则满场疯跑。

忽然间人群中出现骚动。随着嘈杂声渐大，大家都把目光同时投向村子西边高高的坡道。我们忽然看见，一团火光跳跃着，从高高的坡道上跌跌滚滚直奔下来。眼尖的孩子很早就欢快地叫了起来：快看，武松，武松，武松来了……

既然武松来了，大队革委会主任也就识趣地长话短说，短话不说，最后蹦出一句话：大会到此结束，下面请同志们看电影。于是，大家热烈鼓掌。这个时候，我们看见有铜卵子之称的武松，打着赤膊的武松，脖子上缠着一条毛巾的武松，呼哧呼哧冒着热气的武松早已跑到了近前。人群自动让开一条道，让高高举着胶片的武松过去。

在等待的过程中，有时也会放映一些非正式的电影（我们一般称为"加演"）：新闻简报或者科教片。新闻简报的内容大多是有关中央领导人出访，或者重要外国元首访华，要不然就是东风轮下水等一类新闻事件。而科教片则和农民生活息息相关，有水稻纹枯病的防治、棉铃虫的危害、沼气池的制作工序及应用，等等。我记得我们看得最多的科教片就是《保护青蛙》。这类"加演"犹如饭前的小点心，我们因为知道正式的大餐在后头，所以这些小点心尽管不怎么可口，总也吃得津津有味。再枯燥的新闻简报也是电影啊。

第二种跑片的方式更为多见。因为三至四个，最多的时候有五个村庄同时享用一个拷贝，第一种方式显然不行，那就必须每放映一盘胶片，几个村庄依次传送。一部九十分钟的故事片至少要有四盘胶片组成，每一盘胶片的放映时间是二十多分钟。在短短的二十多分钟里，靠一个人折返跑上四五公里甚至更远的距离显然是不现实的。因此，在这样的情况下，大队部会给武松安排一个副手。这个副手，我只记得他的长相，是一个胖胖的年轻人，大家都叫他小武松。从这个名称即可看出，艰巨的跑片任务是由两个人共同完成的，但人们只把荣誉记在武松一个人的头上。

有时候，一盘胶片放完了，第二盘还没有到来。小嘎子和胖墩的决斗胜负如何（其实，我们对答案早已烂熟于心，可还是假装不明白）？刘阿太断腿里是否藏有向蒋介石发报的神秘发报机（《海霞》）？龙梅和玉蓉在漫天飞舞的大雪中是否会冻死（《草原英雄小姐妹》）？所有的观众都在跺脚、咂嘴、摇头、叹息。他们一边叹息，一边唠叨："真是把人急死了。"这时候，人群中就会有人嚷嚷武松的名字。

老人们会说："武松啊，饭没吃饱还是怎么着？怎么搞的？"

男人们会说："这小子他娘的遇见鬼了吧，怎么这么磨磨蹭蹭的！"

女人们就说："没准还真是遇见鬼了，是女鬼吧？"

于是大家哄笑，笑完之后，大家又着急得大骂："日你娘的武松，死人的武松，短命的武松，没用的武松，泥卵子武松……"

孩子们虽然心里更着急，但他们根本舍不得怀疑、侮辱他们心目中的英雄，他的奔跑能力举世无双。他们只在心里暗暗给武松鼓劲儿：

武松，快跑！

没命地跑！

骂着骂着，武松就来了。照例是手电筒的光亮飘飘忽忽，照例是脚不沾地的飞跑，照例是汗流浃背的喘息。武松一出现，人们早就把愤懑、不满丢到了九霄云外，于是，武松又成了大家心目中的大英雄；于是，大家又热烈鼓掌。

前年冬天，我回丹徒老家探亲，说起武松这个人，我母亲说："他呀，两年前就死掉了。"我当时心里一愣。算起来武松也就五六十岁的年纪，身体那么结实，怎么忽然就死了呢？不知为什么，一想起他那敦实而又快疾如风的身影，就泪不能禁。我问母亲，武松是怎么死的。母亲似乎对我的提问颇感奇怪，她说："嗨，就这么死了呗。"

我的弟弟告诉我，改革开放以后，武松仗着一身蛮力，靠给人出死力干重活艰难度日。后来，他年纪大了，人家瞧不上他了，没人找他干活了。家里穷得叮当响。世道变了，力气又能值几个钱呢？为了显示自己还不老，腿脚还利索，他每天早上一口气跑到邻村北角，又从北角跑回到村里，天天如此。他是在为自己做广告。他要告诉那些"狗日的"有钱的雇主们，我武松还没老！老子还能跑！终于有一天，武松跑不动了。别说跑，就是原地挪动一下腿也比登天还难。他生了一种奇怪的病。他全身的骨头都发了黑。

重　复

我的一个学生曾经问我，在你们那个年代，一部电影翻来覆去地看上十几遍，难道不腻味吗？言谈之间，似乎对我们那个年代的精神生活充满同情。我反过来问他，那么，你们在网络上将周星驰的《大话西游》看上二十遍，难道不腻味吗？他不语。

在今天的年轻人的心目中，上个世纪六七十年代很显然与一些特殊的词语联系在一起，比如政治一元化、匮乏、集体主义、公式化的文学艺术，诸如此类。这种描述本身似乎并没有错。问题在于，在所谓的"市场化"大行其道的今天，在所谓的"历史翻开新的一页"的文化错觉和洋洋自得中,这两个时代的精神生活果真像一些人理解的那样判若云泥吗?

在今天,政治一元化伦理已经让位于无孔不入的市场经济逻辑,这种逻辑表面上温文尔雅,披着自由主义的外衣,而其"强制"性的"规训"手段则要隐秘得多。在过去的年代,重复观看同一部电影,往往被解释为精神生活的"匮乏",而今天,我们是在重复观看不同的"新"电影,则是"过剩的"产物。在加西亚·马尔克斯看来,死于营养不良和死于糖尿病实际上是一回事,而在阿多诺和本雅明的视野里,在资本主义文化市场中,"复制"传播和繁殖能力几乎是无限的。流行电影、流行音乐与汽车装配线的流水生产线并无太大的不同。一部新的电影与一部新的汽车的问世则有完全相似或相同的机制:品牌、商业噱头、外包装、全新的广告,令人眼花缭乱,可发动机是一样的。我们依然是在重复。

将《小兵张嘎》看上二十遍,与没完没了地纠缠于《007》系列、康熙乾隆系列、金庸系列、反腐倡廉系列、奥特曼系列、樱桃小丸子系列……两者之间,究竟有多大不同?

女特务

小时候,我看过不下二十遍的电影,除了《小兵张嘎》之外,也许还有《铁道卫士》。不过,我们对《铁道卫士》的结尾极感失望。我堂堂铁路公安高科长,竟然打不过区区一个台湾潜伏特务马小飞:高科长被人家掐住脖子按在铁轨上,直翻白眼,最后竟然昏死了过去。这太过分了。我们根本无法接受。对此,我们的班主任解释说,高科长原是打得过马小飞的,但那天他没有吃饱饭,加上长途追击过于疲劳,才会不幸落败。他那么振振有词,就像高科长是他们家的亲戚似的。

还有更让我们失望的事呢。村里的一位女裁缝竟然认为马小飞长得比高科长英俊,这下可把我们的肺都气炸了。下了课,我们就到裁缝铺去与她理论,裁缝笑嘻嘻的,一点也不生气,她说,马小飞那双眼睛,多有神采啊!多勾人啊!你们这帮小赤佬哪懂这个?我的婶子正好在那儿做衣裳,我们就请她来评理。她说,要我说呀,那高科长虽然是正面人物,但一口大龅牙,个子又矮,实在说不上英俊。言下之意,一个人是不是英俊,与他是不是正面人物关系不大。这怎么可能呢?

　　后来,我们看到一部叫做《英雄虎胆》的电影,才觉得女裁缝和我婶子的话也有几分道理。扮演国民党女特务的王晓棠天生丽质,嫣然百媚。当她穿着国民党军服,尤其是那条皮裤子时(小时候,我们看见女人穿皮裤子,仅此一回),其风流婉转的身姿让我们的感情变得十分暧昧。我们在内心偷偷地喜欢她,同时也为自己竟然会喜欢一个国民党女特务而感到深深的不安。每次看这部电影,我们内心的羞耻感都会让我们的精神濒于崩溃的边缘。特别是到了最后,这样一个妙人儿竟然被我们的解放军战士乱枪击毙,令我们五内俱焚,心痛不已。

　　到了上中学的时候,我们惊讶地发现,我们班居然有个女生和《英雄虎胆》里的王晓棠长得一模一样。于是我们就骂她女特务。我们毫无缘由、坚持不懈地骂她女特务,她就伏在桌上痛哭。家长告到学校,我们的班主任找全班的男生谈话。他启发我们说:"人家长得像《英雄虎胆》里的女特务,我看还真有点像。不过,准确地说,应当说她长得像演员王晓棠。可王晓棠并不只演过这么一部电影啊,比如说《野火春风斗古城》里的双胞胎姐妹,你们为什么不叫她金环或银环呢?"

　　可我们依然叫她女特务。

　　她是一个文静、胆子很小的女孩子,我们觉得如果不想尽办法折磨折磨她,实在有点对不起自己。我们一骂她,她立刻就哭。她一哭,我们心里就乐开了花。后来我们都入了团。当班上要推选一位团支书的时候,所有的男生都不要脸地偷偷写下了她的名字。于是,"女特务"就这样变成了我们的团支部书记。

倩　影

　　正式放映电影之时，一般会有一段不到两分钟的幻灯片。或是毛主席语录（最高指示），或是应景切时的宣传口号。有时是正规的印刷字体，有时则是用毛笔临时写就。考究一点的，每张幻灯片的左下角或右下角，常装饰有一束鲜花和红旗之类的漫画图案。每张幻灯片在银幕上停留的时间为一至两秒，幻灯片的色彩大多是红色。但最后一张幻灯片总是蓝色的，它是静场的提示图案：蓝色的背景代表着寂静的夜空，上面点缀着几颗金黄色的星星，左下方有一个斗大的"静"字。在有风的晚上，银幕在风中吹出一波波的涟漪，那个"静"字或星星图案就会微微浮动，仿佛是倒映在湛蓝的水中似的。这个图案在银幕上停留的时间相对较长，其目的是为了让喧闹嘈杂的人群安静下来。现在回想起来，这个图案虽然千篇一律，却有一种迷人而恬静的美。

　　每盘胶片快要放映完的时候，银幕上会出现一段较为短暂的片尾图案，背景有点类似于下雨或闪电，这些图像与故事片的内容完全无关。

　　考虑到电影放映机的工作流程——胶片是卷在一个镂空的金属转盘上的，为保证故事片内容放映的完整，每盘胶片大概都必须有一段废带。就像照相机胶卷前面一段空白一样。问题是这段废带并不是空白的。据我们猜测，这段废带是从其他的废弃胶片上剪下来接上去的，胶片的生产部门大概是为了节约成本。但这种猜测显然是站不住脚的，因为每次出现的图案中都有一个美丽的年轻姑娘。这个姑娘面带笑容，仪表端庄，健康而迷人，还经常穿着花格子衬衫。这究竟是怎么回事呢？幻想和猜测持续了我们整个的童年时代，至今我们也没有获得确切的答案。

　　我们一般把片尾出现的这个倩影画面称为"片花"。这个美丽的倩影在银幕上滞留的时间不过一秒，甚至不到二分之一秒，她的美丽由于时间短暂而被无限夸大，却在我的童年记忆中占据着一个重要的位置。每次当我们要忘记她的时候，电影会一次次使她"复活"。为了看清她的面目，每盘胶片快要放完的时候，我们就会调整坐姿，屏住呼吸，睁大眼睛，期待着这个倩影的昙花一现，就像年幼的普鲁斯特在黑暗的床边调整好姿态，将自己的注意力完全集中到脸颊上，以便接受妈妈那令人心醉的一吻。可是这个倩影一闪而过，不知所终，留给我们长时间的怅惘和落寞。

这个姑娘是谁？每次在"片花"出现的美人是否同一个人？无数次电影整合、拼凑的影像在我们脑海中扎下了根。我曾一度以为这仅仅是我个人儿童记忆中的一段"隐秘"，但到上海读书的时候，与全国各地的同学聊起这个细节，几乎所有的男生都对这个"神秘的倩影"铭心刻骨。当时，我还以此为题材构思过一个小说。小说以乡村电影为背景，写的是电影快放完的时候，由于卡片或放映机故障，这个姑娘的倩影被固定在了银幕上。所有的公社社员都大吃一惊，因为这个姑娘，竟然是我们村里的女赤脚医生。这当然是不可能的。一看这个开头，就知道它或许是一个超现实主义作品，不过，我并未写完。这个在黑暗中向我们展示甜蜜笑容的姑娘，这个由幻想滋养的美丽泡影，也许早已超越了肉体和性别的界限，成了寂寞童年的一个忧伤的象征。

《红楼梦》

一九七六年九月，毛泽东主席逝世。在日复一日的哀乐声中，一个全新的娱乐和传播工具——电视，突然切入了农民们的日常生活。"乡村电影"这样一个高度仪式化的集体娱乐形式也走到了它的尽头。不过，这种更替并非在一夜之间完成。当时，农民们对于飘着"雪花"、有着巨大噪声、常受信号故障困扰的电视机，暂时还没有表现出什么热情和兴趣。似乎一直要等到《加里森敢死队》的问世，电视才有能力与电影真正分庭抗礼。

随着国家体制的转轨、意识形态的悄然变更，《洪湖赤卫队》《早春二月》等一批曾经被禁止上映的电影开始进入了公众的视线。但是，让旧的"毒草"重见天日，并未阻止新的毒草的疯狂滋长。《春苗》《欢腾的小凉河》《决裂》等影片上映不久就被宣布为问题电影而遭到禁止。那个时候的政治气候阴晴不定，令缺乏政治敏锐性的农民一时难以适从。不久之后，日本电影《望乡》的公开放映很快就成为我们当地爆炸性的新闻。赤裸裸的性爱镜头公然出现在银幕上，农民们显然不敢相信自己的眼睛。在电影主管部门彻底查禁这部影片之前，各个乡村为了不让他们子弟纯洁的心灵受到玷污，开始了自发的抵制。而在我们的邻村北角，《望乡》被安排在了一个破庙里小范围放映，所有的儿童和青少年都被拒绝入内。我记得我和几个同伴围着那个破庙逡巡了大半个晚上，始终不得其门而入。

在"世道要变"的种种不安的猜测和议论中，戏曲片《红楼梦》重新获准上映，成了"乡村电影"充满魅惑力的编年史中最后一个重大事件。

我们当地的许多村民都是天生的戏曲迷。大部分南方戏曲，无论是扬剧、锡剧、淮剧，还是越剧和昆曲，都能使他们心醉神迷。而北方剧种则没有什么市场，除了京剧，特别是样板戏之外，他们大多不屑一顾。第一次放映《红楼梦》是在黄庄。很多远在十里、几十里之外的人都闻风而去。电影放到一半了，可许多观众还在途中一路打听黄庄的准确位置。最后，站在银幕反面的观众有许多人被挤入了池塘和粪坑。村与村之间发生的械斗令电影一度中止。后来，黄庄的大队书记通过话筒向观众喊话，他们决定第二天再放一场，这才平息了骚乱。不料第二天人更多。天还没有黑，远道而来的观众像蚂蚁搬家似地分批通过我们的村庄，田埂上，河道边，到处都是。其中不乏小脚老太和耄耋长者。黄庄人担心出事，不得不临时决定，将放映地点从大晒场改到稻田里。

那时是秋末，晚稻刚刚割完，田野里看上去一望无垠。我和母亲就是坐在堆满稻子的田埂上看完《红楼梦》的。由于距离实在太远，我们根本就看不清银幕上到底发生了什么事，同样，我也不是很清楚，周围的那些妇女为何什么也看不清却一刻不停地擦眼泪。

男人们普遍不太喜欢林黛玉。他们对扮演薛宝钗的演员金彩凤情有独钟。一位三十多岁还没有娶上媳妇的木匠一直对着银幕上的薛宝钗长吁短叹：贾宝玉不要你么，你就不要缠着人家了嘎，蛮好把我做老婆，我要你的哇——弄得我身边的那些女人又是哭又是笑。

关于这部电影，我们村的一位生产队长曾说过一段很有名的话。他说，《红楼梦》这部影片当年的确应该被禁止。随着这部电影的恢复公映，村里的那些地富反坏右，那些不齿于人类的资产阶级牛鬼蛇神纷纷出笼，蠢蠢欲动，简直就他妈的像过节一样。就连我们村的头号反革命分子，当年号称能够双手打枪的国民党团副，竟然也成天哼唱着《宝玉哭灵》。资产阶级高兴之时，就是劳苦大众倒霉之日……

这位生产队长所不知道的是，几乎在同一时间，上海越剧团的《红楼梦》在资产阶级更为集中的香港，竟能连演十八场。由此可见，《红楼梦》所复活的不仅是一个尘封的时代，而是整个中国似断若连的民族文化记忆。

如果要我从曾经看过的无数乡村电影中挑选一部最令人难忘的影片，我也会毫不犹豫地选择越剧《红楼梦》，它堪称真正的脍炙人口，百看不厌。直到现在，我每隔一段时间，就会从DVD架上将它翻出来，独自一个人看上一遍，对我来说，这是唯一一部可以没完没了地看下去的电影。

仪式的终极

莫言曾经提到，他小时候看朝鲜电影《卖花姑娘》，每次看都会流泪。可他万万没想到，事隔三十多年后，他在家中重新看《卖花姑娘》时，竟然还会莫名其妙地流泪。由此，他得出一个结论：一部电影的好坏，与它会不会使人感动没有太大的关系。换句话说，我们不能以观看一部电影或小说是否会流泪为依据，来评价一部艺术品的优劣。他的话无疑是对的。不过，我却想到了另外一个问题。莫言事隔三十年后看《卖花姑娘》仍会流泪，除了电影本身的煽情和悲剧性情节之外，还有一个不可忽略的因素，那就是他曾经为它流过泪。记忆在这里所扮演的角色，其功能比我们所想象的还要复杂得多。假如我们给今天的年轻人放映《卖花姑娘》，他们会流泪吗？

转眼间，我的儿子已经到了我们当年痴迷《小兵张嘎》的年龄了。妻子从同事那儿借了一盘DVD，一厢情愿地希望给他带来一个快乐的周末。小家伙毫不领情，当他怏怏地看到小嘎子点燃衣服烧鬼子炮楼的时候，终于伏在沙发上睡着了。我妻子并不甘心于自己的失败，她后来又找来了《地雷战》和《鸡毛信》，强迫他观看，其结果也颇令人伤感。她一边陪儿子看，一边吃力不讨好地还担任讲解：

"你猜猜看，鸡毛信藏在哪儿。我告诉你，就藏在大绵羊的屁股底下——"

或者：

"快看，快看，马上就要出来一个房子一样大的地雷。其实那是鬼子的幻觉，鬼子用刀一劈，地雷'轰'的一声就炸了——"

我儿子挣扎着抬起头，朝电视机瞥了一眼，随即一头栽倒在沙发上，依旧沉沉睡去。

一个时代结束了，混杂在其中的历史记忆、文化氛围和生活气息亦随之变得僵滞而呆顿。不管什么人的童年都是神圣的，但我们已不能返回。如今，按照我们那一带的乡村习俗，电影往往与死亡的消息结伴而行。只有在村子里死了人的时候，人们才会放一场电影来冲冲晦气，观看的人也寥寥无几。

有时候回到家乡，还能看到牛高。

他已经病得不行了，坐在通往大晒场的巷子口晒太阳。这个平淡无奇的人物，借着电影的光辉，一度耀眼夺目。随着乡村电影的终结，他的生命亦变得黯淡无光。牛高静静地坐在阳光之中，三三两两的孩子从他身边走过，没有人会停下来看他一眼。

（原刊于《收获》2006年第1期）

贾樟柯：电影改变人生

王　樽　贾樟柯

认识贾樟柯

　　对于包括我在内的众多中国影迷来说，贾樟柯的名字已不仅仅是一个导演的符号，他是新时期某种电影文化的一个缩影。他的四部剧情长片展示了当代中国电影十分罕见的真实品质，他对当下社会的直面记录、对底层人物细腻而贴切的描绘，以及平静从容的叙事，给我们带来的不只是抚慰，还有心灵的震撼和精神的共鸣。

　　大约是一九九八年夏天，我在深圳何香凝美术馆的地下报告厅第一次看到贾樟柯的电影。那是深圳"缘影会"组织的一次观映活动，我去时电影已开始，确切地说放的是录像投影。小小的银幕上就见一个形容萎靡的小镇青年在街上荡来荡去，这就是电影江湖上名闻遐迩的《小武》。录像实在是粗糙，且时有断续，小小的报告厅黑压压地挤满了人，空调未开，燥热而憋闷。但那电影仍然令人惊讶和欣喜。一个名叫小武的戴着黑框眼镜的小偷，留着长长的头发，穿着大大的西装，身子似乎总在摇晃，头也总是歪斜着，这个枯燥无趣的人喜欢在澡堂里练习卡拉OK，还百无聊赖地陪三陪女压马路，最后他被警察抓住了，在押送他时，因为要回复传呼，警察就把小武顺手铐在路边的电线杆上，观众在看电影，电影中的小偷在看围观的人们，在围观的人们和小武以及电影观众彼此的打量中电影戛然而止。影片对中国社会现实的不动声色的诠释如此的细致准确，在当时和现在都是罕见甚至是空前的。在饱受那些粉饰现实、矫揉造作的伪真诚电影的磨难之后，《小武》堪称非同凡响。

电影中有一个细节，小武去看望生病的歌舞女梅梅，在梅梅的宿舍两人并肩坐在床上。小武让她唱歌，梅梅就为他唱起王菲的《天空》，当唱到"我的天空为何总灰着脸……"时，梅梅垂下头有些哽咽，唱不下去了。看到这里，我的眼里盈满了泪水。

《小武》让我想到意大利名导德西卡的《偷自行车的人》，同样是直面人生，同样关注底层，同样是极其从容、朴素的写实。但《小武》又绝对很中国，很乡土，甚至很残酷。

二〇〇〇年的早春时节，我在北京采访首届独立映像节，在那个被迫草草结束的傍晚，主办者私下通知了部分记者去某个很隐蔽的放映场所，去看贾樟柯的第二部剧情长片《站台》，我因事没在通知现场，错过了难得的观看机会，据说那天的放映效果极差，片中人物全说一口山西话，而字幕却是法文，贾樟柯只得在现场充当同期声的普通话翻译，贾樟柯自己说他很后悔那次放映。我想自己失去那次看片也许是件好事，后来，我在深圳家中看了法国出版的该片DVD，应该说，这是我所见过最优秀的中国影片之一，它以一种暗喻的方式复活了一代人成长的迷惘。"站台"的意象来自上世纪八十年代的一首流行歌曲的名字，小县城的一群年轻的文工团员走穴的漂流青春，影片本身也颇似一个站台，一个上世纪八十年代流行文化的站台。可以说那个时代的重要的流行文化符号都一一在"站台"上展示。在像纪录片一样自然逼真的呈现里，让人不无怀念地看到了自己曾经的青春，有些酸涩，有些快乐，有些孤独，更多的是躁动、困惑、感伤和无奈。《站台》充分显示了贾樟柯作为电影大家的行云流水的从容和鞭辟入里的深刻。我在自己的电影随笔集《与电影一起私奔》里，专有一篇《长长的铁轨》表达了对该片的激赏。

和《站台》比起来，贾樟柯的第三部长片《任逍遥》没有让我体验到更大的惊喜，这部影片显得有些圆润。仍然是山西背景，仍然是以歌曲的名字来命名，两名十九岁的大同失业工人子弟在潦倒的生活状态下，试图用假炸药包抢劫银行而未遂的故事。影片通过两个少年、一个矿区野模特、一个大学落榜女孩、一个黑社会的小头目等人的关系，表现了大时代背景下年轻一代内心的慌张和荒凉。说该片没有让我体验到更大的惊喜，是觉得内容稍嫌单薄。尽管如此，这部影片仍以对世态人心的传神描绘令人回味。

二〇〇四年一月，我第一次见到贾樟柯，是在深圳的世界之窗参加他第四部长片《世界》开拍的新闻发布会。他比我想象的还要矮小，面色有些苍白，谦和淡定，谈吐儒雅而口气坚决，就像江湖上那些常见的"人小鬼大"的"老大"一样。我惊讶于这个一九七〇年出生的当代中国著名导演的沉稳与老练。同年七月，《世界》作为唯一一部入围的中国影片参赛第六十一届威尼斯国际电影节。这中间我又几次与他在深圳进行晤谈。

《世界》放映后曾遭遇两极评论，我始终认为，这是一部极具天才的电影构思，贾樟柯已跃升到更高层面来认识我们的精神状态和生存环境，将真实与虚拟的世界作了意味深长的观照和诠释，虽然该片的表现手法让习惯了好莱坞甜腻影像的观众尚嫌压抑，但我相信，随着时间的推移，影片所达到的深刻的现实意义会被越来越多的人所认同。

有人说，贾樟柯发现了中国的乡镇，我想这并非溢美之词，事实上，他不仅为我们展现了独特又具有广泛代表性的中国乡镇（即使是以都市为背景的《世界》，也让我们看到大都市骨子里的乡镇气息），他更以对小地方、小人物的准确把握，让我们窥见了全球背景下的大中国。观看他的影片，我每每惊叹于他对细节的捕捉，对道具的深入开发和运用，更重要的是他对世态人情平静而高超的体察，看似漫不经心，实则独具匠心。他在表达上体现出的既不媚俗又不媚雅的大家风范，让我想到我最喜爱的另外两位东方电影大师——小津安二郎和侯孝贤。

与贾樟柯相约的这次访谈最初是在二〇〇五年的六月，但因他临时去日本、法国和澳大利亚参加电影节或商谈合作事宜而几次未能践约，中间他还穿梭在北京和四川数月，拍摄完成了他的第五部剧情长片《三峡好人》。二〇〇五年十二月十一日的中午十一点，我们才终于在深圳的海景酒店坐下来。这天他是凌晨三点从香港赶到深圳，下午六点将飞赴上海，我们只有几个小时的谈话时间。在酒店向阳的客房里，贾樟柯靠着床沿坐在地毯上，我坐在窗前的摇椅里，冬日的暖阳洒在他的脸上，随着窗纱的飘动斑斑驳驳变幻，桌上有茶和咖啡，但贾樟柯没有喝，问他要不要吃点东西，他说不吃，吃了会犯困。在差不多四个小时的访谈中，他只是一支接一支不停地抽烟。

沉迷电影学会打架

王樽： 我注意到，在你选择的"我所喜欢的十部影片"里，多是比较老的艺术片，它们的美学特点比较一致，对你的影响应是在你成为电影人之后，而不是青少年成长时期，它们和你最早的电影启蒙应该是不同的。

贾樟柯： 是有所不同。我最早接触拍电影的概念，其实是通过一部我没有看过的电影，那部电影叫《我们村里的年轻人》。

虽然我没有看过，但是我父亲当时看过，而且他还看过那部电影的拍摄过程。大概是五十年代，我父亲那时还是个中学生，摄制组就在我们老家拍。总有电影到我们老家去拍。因为马烽算是半个汾阳人，他那时很多写作的背景都是以汾阳为主。所以他的很多作品，像《我们村里的年轻人》，后来的《扑不灭的火焰》《泪痕》，这些都是在汾阳拍的。我记事的时候大概是七八岁，一九七七年、一九七八年的时候。那时候"文革"刚结束，我记得父亲总是下班特别晚，晚上总要开一些批斗会、清查会，后来说抓"三种人"。我当时很小，不知道这背后还有政治、社会的动荡，我记得我父亲回来得再晚，我们一家人也得聚在一起吃饭，所以总等我父亲，等他回来一家人坐在一起吃饭的时候，他就总讲这个事。我猜我父亲也是想当导演的，他总讲他骑自行车跑到玉道河村去看拍电影的情况。他非常兴奋，那时候夜里总停电，借着炉火，我可以看到他脸上兴奋的光彩。

王樽： 你父亲当时多大岁数？做什么工作？

贾樟柯： 四十岁左右，在中学里教语文。他给我讲述拍电影的场面，让我首先对这个职业非常尊敬，因为我觉得我父亲都那么尊敬拍电影的，所以我也特别的尊敬。直到现在，我进入这个职业之后，隐隐约约地，总记得父亲谈起这个职业的样子。

王樽：《我们村里的年轻人》曾名噪一时，又是表现你家乡的生活，你一直都没有看过？

贾樟柯： 没有看过，但想象过。基本上就跟当时看到其他任何一部电影一样，人们都整齐划一，都有理想，都愿意牺牲，总之就是好人好事。

王樽： 那时候，书基本没得读，娱乐更是空白，可怜的几部电影就是逃避现实的最好选择。你最早完整看过的电影是哪部？印象最深的是哪类电影？

贾樟柯： 最早的电影记忆是《平原游击队》，里面李向阳手执双枪、骑着马冲过村庄的情景。但印象最深，且对我的生活有直接影响的是香港的商业电影。

那时正值青春期，我特别爱看电影，基本上从初一到高三，六年时间里，大约是从一九八四年开始，我几乎天天都泡在录像厅里。因为我上初中的时候汾阳开始有录像厅，里面有录像机。那个县城非常小，上学或者放学的时候，我们都要骑自行车经过长途汽车站，只要看到长途汽车站有南方打扮的人，一般是江浙人，尤其是温州人，一眼就能看出来，山西还没有流行男人爆炸的那种鬈发，南方人是那样打扮，拎一个黑皮箱，从车站里面出来，我一看就知道有新片子来了，他们有地下的交易渠道，我想应该是走私进来的，黑箱子里面装着录像带。到了晚上去录像厅的时候，果然就看到了新片子，这样的状态整整持续了六年。

王樽：那时的中国电影也处在复兴勃发时期，为何很少去电影院呢？

贾樟柯：录像厅里面的银幕世界太吸引人，电影院就不行，因为录像厅里面首先有很多动作片、港台片。

整整六年都看这种电影，后来我跟余力为聊天，我说我比你看过的港产片多多了，他根本不知道还有那些港产片。关于"少林寺"不下一百部，关于"吕四娘"不下一百部，关于"马永桢"不下一百部。六年的录像厅生涯很难说哪部电影特别喜欢，因为完全是处于一种生理性的观赏，正好配合青春期的躁动，也伴随了港产电影发展的过程。

王樽：那时的港产片风靡一时，各地都有报道，把当时的青少年犯罪、打架斗殴等社会不良影响都归结到港产录像片。

贾樟柯：是啊，我们都是不良港产录像片的"受害者"。当时，我一看就非常激动，比如说看了吴宇森以前的《英雄本色》，也有胡金铨的、张彻的电影，到后来徐克的电影也都看过，特别完整。只要看到让人非常激动的电影，一出录像厅就在马路上找同龄人，肩膀一撞，非要打架不可。那个时候也是武术热，很多男孩子跟我一样都拜师学艺，我学了一年武术，那时候最大的理想就是学一身武艺，总幻想能够飞檐走壁。但是武术是需要从扎马步、踢腿开始练起的，练了快一年就烦了，说怎么还没有武艺啊？！就不练了，想起来挺荒诞。

王樽：很多人看了《少林寺》就离家出走闯江湖去了。

贾樟柯：我们有很多同学都曾经离家投奔少林寺，半路上被父母截回来，结果，就变成县里面的传奇。

王樽：你当时有没有萌生去少林寺的念头？

贾樟柯：我还是比较理性吧，不想离开老家，因为老家有那么多的朋友、亲戚，出去怎么办啊？！

王樽：看完录像就找茬打架，你那么瘦小能打赢吗？

贾樟柯：打赢打不赢都打。没有任何的理由、原因，看了以后就是热血沸腾，那里面暴力的因子比较活跃。后来我在《站台》里拍过一个情节，两个小伙子从录像厅出来了，两人碰面一对眼，这个人说，你为什么看我？那个人就说，你不看我怎么知道我看你？！另外一个人说，因为我看你觉得你长得不好看。于是，两个人就打起来了。这是发生在我身上的真实战斗故事，拍得不好，后来被我剪掉了。

港产片的伦理影响

王樽：人们说到贾樟柯，一般都想到很文艺，甚至很小资，而说到香港电影，尤其是八十年代期间的那些打打杀杀的商业港产片都把它作为低级趣味的代表，两者是这样不同，又肯定在本质上有着某种联系，因为你毕竟看过那么多的港产片，某种程度上，那些港产片已经成为你血肉的一部分。你怎样看待自己身上的这种电影构成？

贾樟柯：人们看电影一般都只是消遣，我觉得港产片另外一种气氛对我们这代人影响是比较大的，它跟当时所谓革命的文艺完全不一样，非常的江湖。我觉得，有一部分我们不太了解的中国是从武侠小说和武侠片中了解到的，所谓忠、孝、节、义，古人的伦理，那时候还被批评成糟粕，不管怎么样，这一套伦理系统很多是从武侠小说、港产片里面了解到的，因为没有人教我们这些知识。

那时的文化已经彻底荒废，好一点的家庭，家里有本《水浒传》也是供批判使用，没有任何书籍。我父亲是教师，家里还有养兔子的书、治沙眼的书，后来我问我父亲，我说家里怎么还有养兔子的书，我父亲说做教师的要学养兔子。

我为什么那么饱满地看港产电影,是因为它提供了另外一种文化,我从来不轻视这一部分经验,以及它对我创作潜移默化的影响。

王樽:一般说来,人们很难把你的电影与香港商业电影联系起来,在你的创作中哪些港产片对你产生了具体影响?

贾樟柯:可能就是因为有大量观看港产片的经验,到了我拍电影时有意无意地有所运用。比如《小武》,他其实就是一个江湖人士。所谓江湖人士就是跟体制有一定距离,包括我刚刚拍的《三峡好人》,整个框架模型就是武侠片的。故事有两个线索,有个矿工,十六年前花钱买了一个老婆,第二年生了一个小孩。生了小孩之后,公安就解救了这个被拐卖的妇女,然后妇女就带着小孩回四川了,这十六年里矿工从来没有去看过自己的孩子,十六年后,他孤身一人拎个包,踏过千山万水去找这个女人,然后,两个人就决定复合。这个女人也没有嫁人,就跟着一个船老大跑船,船老大也没有女人,很尴尬的一个角色。最后,他们俩就决定结婚,他们的孩子去东莞打工了。

另外一个线索是赵涛演的护士,她的丈夫在三峡地区工作,后来,音信杳然,两三年也没有回家,在这些过程里面,她明白自己的丈夫在干什么,事实上,她的丈夫在另一个地方已经结婚扎根了。她就千里迢迢去奉节找他,最后她跟她丈夫面对面的时候,两个人只有半个小时的时间,因为船马上要开走了。她跟她丈夫说:"我来就是要告诉你,咱们离婚吧。"然后就坐船走了。整个故事就是讲两个不同的人千里迢迢去解决感情上的问题,武侠片就是拿一把剑去解决仇恨的问题,而在我的片子里是解决感情、爱情的问题。

在写剧本的时候,我根本没有意识到自己要借鉴武侠片的叙事模式。但是写完之后,自己读完大纲,心说这不就是武侠片吗?特别是奉节地区,本身就是江湖码头,充满了人在江湖、身不由己的氛围。我想,这都是大批港产电影对我潜在的影响。

拍《三峡好人》让我想得特别多,很难讲,六年里面那么多的港产电影有多少是我真喜欢的，当然，《喋血双雄》《英雄本色》我还是特别喜欢；现在的杜琪峰我也很喜欢，像《枪火》《黑社会》，他一方面让香港电影美学上有所发展，另一方面，他始终保持着一种向上的本土性，我觉得特别好。

但是我没有去热爱这些电影，六年里面，这一大批电影，对我日后做导演的创作准备还是有很大影响。我觉得很难回避，讲我拍电影、认识电影的过程很难回避这一段经历。

王樽：一个人早年入迷的电影往往会形成心理情结，李安、张艺谋后来拍武侠片，并不全是为商业，很大程度上是圆自己早年的武侠梦。如果有机会，会不会去拍一部港产类警匪片？

贾樟柯：我还没有这个想法。因为现在情感世界里面还没有强烈的欲望，当然我迟早会拍，因为每个人都会阶段性地拍电影。我现在这个阶段可能还不太适合拍。

电影的可能，生活的可能

王樽：你曾说自己心智开化得特别晚，这跟多数观众看你的观点正好相反。两年前我在香港国际电影节上采访侯孝贤，他对你特别称赞，觉得在你们这拨导演里，你已经具有很大的国际影响力，我们都觉得你很早慧，是少年老成的典型。

贾樟柯：我确实觉得自己成长得比较晚，心智开化得特别迟。一般人十七八岁就确定了自己的理想，而我二十一岁前根本不知道自己该干什么。

王樽：那时好多年轻人混混沌沌混日子，当时有种命名叫迷惘的一代。

贾樟柯：好像是。中学毕业以后，没有考上大学，我就不想读书了。想去找个工作，那时候县城里的孩子有两个出路，一个是当兵，当兵你就可以出去看一看，很多同学去秦皇岛当兵，退役后找个工作，也就所谓锻炼了一下。然后，该结婚的结婚，该有小孩就有小孩，就这么过下去。还有一条路是上大学，走科举这条路。我自己觉得没有必要去上大学，可能因为身体条件吧，我又讨厌当兵，觉得万一当了兵，我肯定干不好，因为我非常瘦小，怎么能够出类拔萃呢？

那时候也有一些新的机会，比如建行突然要扩招，我母亲在的糖烟酒公司也有一个机会。我就跟我父亲说，我想找个工作干，不想读书了。现在回想起来，不能说我父亲救了我，但是他改变了我，他让我干了一件我特别不愿意干的事情，就是读书。我得感谢他，当时太危险了，如果当时我没有读书，生活就完全改变了，也没有了后来的这么多事情。

我父亲说，大学对于一个人的影响太大了，一定要上大学！我说，我学习不好怎么能考上大学，补五年也不行，我们那儿有个胖子补了八年也没有考上。我父亲说，实在不行你去学美术吧。考美术院校文化课的要求低，特别是不考数学，数学我就没及格过。我估计，父亲之所以想让我学美术，是因为我们县里面有个画画的传统。很多孩子考了美术院校就考走了，所以，家长就看到了一条路，考美术也可以念大学。

我父亲跟我讲去学画，我觉得可以接受，因为我知道学画得去太原，汾阳学不了。那些适合美术考试、美术教育的培训班都在太原，我父亲就说你去山西大学美术系培训班吧，这样你考山大就可以了。我听了父亲这么讲，就答应去学。到了第二年，一九九一年的九、十月份的时候，我就去了太原。

王樽：这时的你已经二十一岁了，在太原找到人生目标了？

贾樟柯：是的。那年我还在太原学美术，看到了电影《黄土地》。不是特意去看，纯粹是百无聊赖的一次偶然。那时没有双休日，有个星期六，我约了一个老乡出去玩，那时候没有传呼，更没有手机，我约了个老乡去逛商店，我就在商店外面等他，等了差不多有一个小时他还没有来。因为等不到就认为他有事，我就走了。我又没电话，身上也没有多少钱，就自己瞎溜达，这时候看到了一个电影院，叫公路电影院，是山西省公路局的俱乐部，它在南郊，山西大学旁边，很偏僻，主要的服务对象是周边的学生。上面写着《黄土地》，一看就是那种不好看的电影，不像《蓝盾保险箱》《险恶江湖逍遥剑》那样吸引人。但是没事干，票价又很便宜（我记得是一两块钱还是几毛钱，忘了），就买票进去了，进去以后，差不多看了十分钟，整个感情就被完全打开了。

电影里面一望无际的黄土，还有那些人的面孔，一个女孩在挑水，我看着那个女孩从河里用桶一荡，打起水来，挑着从黄土边上走，眼泪马上就下来了。因为那个环境太熟悉了，故事虽然不熟悉，对民歌和八路军的感觉也不是那么强烈，但是那土地上的人、腰鼓、油灯底下一家人坐在屋里沉默不语，那就完全是我经历过的生活。我母亲一家都是农民，母亲因为学习比较好就跟我父亲结婚在县城里生活，但是我二姨、大姨都很早就出嫁，就在家里待着，跟《黄土地》的生活一模一样，推门见山，一片坡地。我每年的农忙时节都要到地里做农活，正是麦收的时候，所有人都帮着亲戚割麦子，怕下雨，所谓龙口夺粮。割麦、劳作，这些劳作的经验也是我比较小的时候，记忆里面特别重要的。

后来，我看了很多诗歌讴歌劳动，我就特别讨厌。我觉得劳动真的是很痛苦的事情，当然从造型上看是光着膀子流着汗，很有生命力。但对劳动者本人来说是挺痛苦的，他们为什么晚上回到家不说话，因为太累了，吃完饭就待着、歇着了，想想明天的事。我看到电影里翠巧她爸，觉得像看到我姨夫一样，脸、衣服，所有的一切都一样。

这次观看经历为什么这么强烈，对我来说，不单是我看到了自己熟悉的环境，更重要的是我看到了一部电影的可能性。以前，我对电影的认识只有两部分，一部分是港产电影，打、杀，一部分是延续"文革"的，包括《血总是热的》那样反映改革的电影。从来不知道电影还可以这样拍，把你心里面的感情勾出来，我一下子就蒙了。

一方面是蒙了，另一方面就是突然醒了，这个东西太好了，还能这样拍，还有这样的电影。

最关键的是，那个时候我没有理想。我从小没有什么理想，不知道未来要干什么，特别是在自己的职业设计上，我只是想找个饭碗有一口饭吃就行。看完这部电影之后，自己就开始有了一个方向，就是当导演挺好、拍电影挺好，是电影让我选择了一个职业，也打开了一个窗户。

王樽： 看完电影后你去做了些什么？

贾樟柯： 看完电影后我想了很久，我觉得电影里面有很多的段落和元素，在那个时候的认识程度里，它让我怀疑我自己熟悉的东西是不是真的熟悉。比如，在黄土地上，那么多人在打腰鼓，那个腰鼓我们每年过春节的时候都会打，我自己从来没有想过，腰鼓本身在银幕上会有另外一种感受。今天说起来像生命力的勃发，也可以说是一种盲目的快感，说什么都可以，有很多的解释。但那时候让我觉得那么熟悉的腰鼓，原来也可以这么打，可以在野地里面打，可以产生那么多的尘土，尘土在阳光底下变成了像诗一样的东西。好像把人心里面的东西讲了出来，很多时刻，包括一个人静默地坐在那儿不说话的时刻，把他拍下来，夜晚灯光非常的暗，你隐隐约约会感觉到时间的流逝，你知道他年复一年，日复一日，对日子就有了一种新的看法，对生活本身也有了一种新的看法。

我觉得，任何一部好的、影响人的电影，都给人提供一种最熟悉的陌生感。就是，在最熟悉的区域里、最熟悉的人群里，拍出一种陌生感，这就是一种新的角度、新的处理方法，领风气之先的、开创性的电影都有这种感觉。

《黄土地》就是一部这样的电影。山西也是民歌大省，以前每天都在听民歌，但是你从来没有看到一个电影里面的女孩子，瘦小的身体在黄河边挑水，当民歌响起来的时候，那么小的一个孩子，她的情感世界是怎样的。

看完电影出来后，突然就开始变得有事干了，我想当导演。过了几天，越想越要当导演，那时候，电影怎么拍我根本不知道。

王樽： 这样一次重要的选择，要不要和人商量？

贾樟柯： 我这个人有很多事情都没有跟父亲讲过，但是有时候，有些事我想一定要告诉父亲，那时候，我就把自己想当导演的想法告诉了父亲。

我当时在太原打电话给他，说我发生了一个事。我爸说，你发生什么事了？我说我想当导演，不想学美术了。父亲停了一下说，当导演挺好的。然后我就去上课了，下午我正画画的时候，我父亲就来了，风尘仆仆赶到了太原，一看我在画画，放了点心，就到了我住的房子里。我爸问，你怎么了。我说，我看了部电影《黄土地》，不想学美术了，我也问了我的同学，电影学院考上以后可以慢慢当上导演。我父亲特别生气，觉得我脑子有问题。你知道电影在民间是被神秘化得一塌糊涂的艺术，它跟普通家庭的市民离得太远了，对于一个父亲是中学教师、母亲是售货员的小县城家庭来说，电影被神秘化到了无以复加的程度，父亲觉得自己的孩子在发病，脑子进水了。我父亲说，那可不是一般人可以做得来的。我不知道该怎样说服他，因为我知道自己是一般人。我跟我父亲说，电影挺有意思，以前我喜欢文学，当时也发表了一两篇小说，再加上我学画画，这么一综合不就是电影嘛！我父亲这时也觉得我说得有点道理，他是个特别开放的人，他给我了自由去尝试，我母亲也是。在一九九一年的时候，对山西县城一个普通家庭来说，这是个很大的事，我父亲和母亲开会研究，我母亲说，孩子还小，就让他试试，行不行折腾几年就知道了。

父亲的记忆

王樽：现在你已经是著名导演了，你父亲对你拍的电影有没有与你进行过交流？

贾樟柯：很少，我父亲一般回避这个话题。《站台》拍完之后，在片头上我就写了"献给我的父亲"，我也把DVD拿给他看了，但是看完之后他并没有发言，也没有做评论。

王樽：你会不会觉得他不太喜欢。

贾樟柯：我倒不觉得他不太喜欢，我相信他的心里和我的内心有一个共鸣。我父亲是个不愿意表达的人，特别是经过了那个动荡的时代。我下面准备拍"文革"的题材，我父亲就会突然讲一些关于"文革"的只言片语，我觉得非常荒诞，但是我认为我父亲会在背后支持我。比方我跟我父亲说我要拍《刺青时代》，根据苏童小说改编，讲一九七五年流氓的故事。差不多过了一个小时后，我父亲突然跟我讲，说"文革"前抓"右派"的时候，他们学校是怎么抓的：学校有个操场，操场里面有个主席台，所有的教师站在主席台上，大家互相推，谁被推下去谁就是"右派"。这就完全变成了体力竞技，像游戏一样，非常残酷。我觉得我父亲跟我聊到这些细节的时候是恐慌的，因为我父亲很小的时候就参加了工作。我觉得他跟我讲这些细节，是因为他觉得有必要拍出来，因为那是他当时亲身经历的。他觉得自己非常害怕，他当时特别瘦小，力气也没有别人大，人家都是二十七八、三十五六岁的壮年，他很有可能被推下去，一旦被推下去，命运就完全不一样了。

人的命运那么重要，而他们像是开玩笑一样，他讲了之后我就更增加了决心，我觉得应该把这部电影拍出来。因为这些东西随着当事人逐渐淡出，如果不能拍出来，一些最直接的感觉和记忆便没有了。你提供一些数字说"文革"有多少人受害、"二战"有多少人受害、"9·11"有多少人受害、伊拉克战争又有多少人受害，我们已经对这些数字麻木了，没有了实感。但是一个活生生的人，从他个人的角度，非常准确地回忆刻骨铭心的记忆的时候，人们才能进入灾难本身，就是说体谅他、感同身受这个灾难是什么样子。

王樽：田壮壮在《蓝风筝》里也讲到确认"右派"的荒谬，说一个人上厕所去了，大家都僵持不下，不知道决定让谁当"右派"，等到上厕所的人回来以后，他已经成了"右派"。这个细节也是真事。

贾樟柯：可是，后来的人越来越觉得它像天方夜谭。我父亲讲到的从台上往下推人的细节，既非常的荒谬，同时又残酷、不负责任。

王樽：这个细节你会放到自己的电影里面吗？

贾樟柯：可能会放到《刺青时代》里。

王樽：你父亲有没有被打成"右派"？

贾樟柯：没有，但非常危险，他当时跟我一样，很瘦小，很容易被推下去。虽然没有被打成"右派"，但你可以想象，一个县城里卑微的教师，在那动荡年代如履薄冰的生活。

与新现实主义的结缘

王樽：在你放弃学美术准备考电影学院的时候，国内关于电影方面的图书少得可怜。

贾樟柯：是啊。为了对付电影知识的考试，我骑自行车走遍了所有太原的书店、图书室，最后买了一本浙江教育出版社的《美学概论》，里面大概有十几页是关于电影的知识，然后又买到了一本《意大利新现实主义电影剧本选》，就是靠这两本书进行的第一次考试。

在后来的文章和讲话里，我都在说电影这个东西没有那么神秘，每个人有兴趣的话，都可以去做它。那时候我觉得环境太不对了，为什么普通人家的子弟不能想这个东西呢？另外一方面，对盗版 DVD 我有一个比较宽容的看法，因为我知道除了所谓专业人士之外，那些电影资源是被屏蔽的。不要说去看奥逊·威尔斯的《公民凯恩》，即使去看一些比较通俗的《教父》《现代启示录》，如果你不是所谓专业人士或有些特权的人也根本办不到。所以，我觉得电影资源的开放对中国人的改变还是非常大的。

王樽：应该说，《意大利新现实主义电影剧本选》是你买的第一本电影书，似乎是某种机缘巧合，使你与意大利新现实主义的电影有了最初的联系。

贾樟柯：对电影和生活，我始终呈现的都是一种盲打误撞的局面。

王樽：《意大利新现实主义电影剧本选》里收录了《偷自行车的人》，

我看你自己在一些讲演里面把它列为你最喜欢的电影之一。

贾樟柯：我觉得，关于《偷自行车的人》，我们存在着很大的误读。

通常，我们都把《偷自行车的人》作为一个左翼作品看待，关注底层人民、关注社会现实、对资本主义的发展进行批判，作为这样一种理解建立了第一印象。其实我觉得这是对整个新现实主义电影的巨大误解，或者说是一叶障目，因为意大利新现实主义在整个电影美学改变上起到了非常大的作用。我觉得它首先是把电影从摄影棚里解放出来，进入一个真实的空间里面进行拍摄，它是对电影媒介材料认识的一个很大的进步。其实也是复原到电影本体的角度来观察电影。

在《偷自行车的人》里面，视觉的方法、一些手法都是被忽略的，所谓纪实拍摄都是用非常高的技术达到的。人们一般认为纪实就是几个小伙子到街上见什么拍什么，随便拍下的就是纪实，这是一种误解。其实，一部做得完整、非常好的纪实美学的电影，是需要非常高的导演技巧，非常高的指导演员、捕捉现场气氛的技巧，多种要素的结合才能产生的一个作品。比如说，在《偷自行车的人》里面有一条叙事线，丢车——找车——偷车，除了这个表面的叙事之外，还有一些其他的结构，比方它有白天——夜晚——下午——夜晚，很自然的时间感觉，还有风、雨、雷、电，这样一个自然现象的组接。整部作品充满了自然感，甚至连天气都融合在一起，而天气也跟人物状态有关系。

我记得在电影里父亲带着儿子从餐馆里面出来，天上在下雨，他们避雨的时候，整个城市都在下雨，突然出现了一些神父，在同一屋檐下，你很难说清楚这种宗教情绪被抽离的感觉，我觉得这种感觉非常好。它远远不是关心失业工人一句话能把它认识、解释到位的。如果仅仅说它关心失业工人、批判资本主义，就太对不起这部杰出的电影了。我觉得它的意义更广更深，而且它对后来现代性更强的影片，起到了一个推动作用。到新浪潮的时候，大量的自然光、手持摄影、街头实景拍摄，那个背景就是四十年代末五十年代初的新现实主义的传统。

王樽：对《偷自行车的人》的概念化认识，体现了我们社会思想领域的狭隘和庸俗实用主义盛行的特点。

贾樟柯：我们整个民族对视觉的认识和理解的确是非常需要进行提高和改进的，比如说，直到今天我们认为一些电影视觉上非常精彩，所谓的视觉效果不是内容而是那个视觉效果本身，从一个真实视觉理解上，我们说它可能是品位非常低的视觉作品。

比如，我们经常会有人说："这部电影拍得真美，像油画一样。"这个标准就很奇怪，实际上它所说的油画是风景画，而且是通俗的风景画，海滩、夕阳、村路、海港、渔村、夕阳下的落叶，基本上是这样的情怀。我们缺乏一个完整的视觉认识系统。

王樽：我们的视觉认识主要还处在传统、甜腻、通俗和具体的画面上，因此现代的抽象艺术，写意风格的电影在中国都没什么市场。

贾樟柯：我觉得欧洲有真正的视觉生活，我们是没有视觉生活的，最起码以前没有。视觉生活包括两方面：一方面包括你能看到什么，另外一方面在于你有没有进行视觉活动。我经常很羡慕地跟人家讲，有一次我去法国南特，那个城市有个美术馆，收藏了很多康定斯基的画，我就去参观，突然来了两三个班的幼儿园的孩子，由教师带领着，五六岁的小孩怎么会来欣赏这些画，教师就让他们在展览厅里闹、吃东西、跑来跑去，但是他们身旁就是康定斯基的画，他们就是在这样一种视觉氛围里面成长起来的。那里有那么多的摄影出版服务社，那么多的摄影博物馆，那么多的摄影节、电影节、艺术节、频繁持续的艺术活动，没有中断过的视觉经验积累，对整个民族、整个文化的延续性，给它的国民造成的视觉经验的丰富是很难取代的。

当然，我们是穷过来的，没有这个条件，但是对文化的重视也是一个问题。另外一方面对生活本身和历史本身的理解，对生活经验结合在一起的感受的轻视也是一个问题。比如说，在巴黎蓬皮杜艺术中心附近有个商店，那个商店卖埃菲尔铁塔的照片，从铁塔奠基到盖了一点点的到最后落成的都有，背景都是铁塔，前景是些年轻的人物。我觉得当一个人路过那个橱窗，看一眼这些照片的时候，他会尊重一个城市的记录。

他觉得这个记录本身会让他知道这个城市是怎么过来的、法国人是怎么过来的、这个城市的生活是怎么改变的。大家都是有根的人。

王樽：我们当然也有根，也不是从石头缝里蹦出来的，但这些根、这些来路被屏蔽着。

贾樟柯：我们现在一方面是不尊重记忆，觉得记忆没有用，或者说记忆本身是受限制的。当然这里也有经济困难的限制，如果"文革"十年真的有像今天这么多独立影像记录的话，我觉得对灾难本身的反思，对灾难本身的认识可能会完全不一样。今天我们留下来的影像都是官方的影像，而且被控制着不让你看。有一次在青年电影制片厂，我偶尔进入放映厅找一段素材，放映"文革"当中的一段场景，在那空旷的放映厅里，看那些批斗场面，红卫兵的无知和被批斗人的茫然和恐惧，使我的鸡皮疙瘩一下子就起来了，尽管那个影片是官方放映的，也绝对会让你毛骨悚然。现在的十几岁的小孩一提到红卫兵就觉得非常的好玩，像把毛泽东像章别在胸前皮肤上，觉得非常好玩，太酷了，这不是追星一族吗？你也不能怪罪他们，因为他们不知道。

我们是个缺乏影像记忆的民族，一方面是视觉理解有问题；另一方面，这个记忆产品本身对于个人、国家和民族文化的重要性远远没有被理解。为什么今天年轻的导演面临那么多的困难，因为我们做的不是赏心悦目、让观众在一个半小时内感到快乐然后就完了这样一个很简单的工作。其实，我们理想里面想要弥补或者想要承担的是记忆部分的工作，而这一部分的工作并不受大众的欢迎。

王樽：现在，我们有些所谓名导演完全脱离大众，住着豪宅，开着奔驰，却千方百计讨好小市民趣味，花巨资制造虚幻无边的电影，他们脱离现实说是为观众造梦，其实首先是为他们自己造梦。

贾樟柯：大众口味本身是需要特别警惕的，今天什么东西都是以票房为标准，以大众的趣味为标准，甚至有人写出对某部电影的好坏评论，就是看大众有没有到电影院去看这部电影，我觉得这是一个太简单的判断。电影的好坏不在于票房好不好，而它的价值会在历史的深处显现出来。当然，我们并不是说为未来拍电影、为十年以后的观众拍电影，但所谓文化有积累的过程，它需要时间，它有时间的要求在里面。

如果有非常多的电影，像《偷自行车的人》，它能把这样一段民族的经历用个人的角度拍出来，那是非常有价值的事情。我觉得，从美学上来说，我们一直低估了这部电影的美学价值，当然只是指中国，而不是整个电影界低估了它们的价值。

珍重世俗生活

王樽：在你选择的十部喜欢的影片中，其中最老的中国电影是袁牧之一九三七年拍摄的《马路天使》，讲到喜欢的理由时你说"那么活泼的市井生活描绘，在日后的中国电影中没有了"，其中既看出你的珍爱，也有你的惋惜。你最早接触《马路天使》是什么时候？

贾樟柯：看《马路天使》是我在电影学院上课的时候，应该是先看了尔冬升过去拍的《新不了情》，它让我循着一条市井的路去追踪才找到了《马路天使》。

《新不了情》看完后我有一种微醺恍惚的感觉，这是一部爱情片，但是整个片子里面透露出非常娴熟的对市井生活深入的掌握，非常朴素的对市井生活的尊敬，这样一种对世俗生活的尊重，这种气质让我突然觉得非常熟悉，又非常陌生。

所谓熟悉，就是我们每个人都在人际关系里面，每个人都在世俗生活里面。可能到北京、到深圳这种生活感觉就少了，但若在汾阳那座非常古老的县城，就有一种针对这种市井生活的概念，我看了之后很熟悉，国产电影里很少有这种感觉，就是拍到了一种世俗生活的感觉。从这部影片开始，我就慢慢溯源，看到那些上世纪三四十年代电影的时候，我发现那些才是中国电影非常好的传统，对个人生活、个人情趣，对街坊邻居、市井生活的重视，我觉得那个传统在一九四九年以后被大的叙事、对革命的热情中断了。因为个人生活变得不重要了，世俗生活变得不重要了，甚至家庭生活都变得不重要了。重要的是去开发北大荒，重要的是去开发大油田，重要的是去革命，一个普通人、正常人的日常生活被整个银幕忽略了。

在《马路天使》身上，我发现中国电影非常重要的源头，非常珍贵的经验。当然，它同期和之前还有很多好影片，但是我觉得这部电影做得非常完整，它的场面调度非常熟练，非常完整地将市井生活的喜剧元素跟背景的社会动荡、悲惨，简单朴素的阶级感情，融入到熟练的人际关系的描述、邻里街坊的描述里面，包括很多神来之笔，比如赵丹和周璇窗对窗的交流，这种东西非常可惜地中断了。

由这个你再回来观察港产电影、台湾电影，你会发现有些文脉被它们传承下来了。直到今天，我们的潜意识里总觉得大陆文化是华语文化的正统，实际上，要考察一个完整的华语文化，你还必须要去了解台湾文化、香港文化，甚至东南亚华人的文化，才可能是对中国文化的比较完整的理解。

特别是，我后来有机会到台湾、香港去感受。我觉得说香港是文化沙漠是很幼稚的，其实很多精彩的文脉是在港台延续的。比如，王家卫能拍出《花样年华》我觉得一点都不奇怪，它是那个年代传下来的东西，本身灵感的源头、造型的延续，都是没有中断的、完整的中国文化传承下来的。你不要指望一个大陆导演能拍出《花样年华》来，因为你被中断了，你对市井生活那么不了解，对日常生活那么不重视，更不要说你连白光、周璇是谁都不清楚，你对那个时代的流行文化完全不了解，怎么可能拍《花样年华》。

当我三十多岁的时候，我意识到了我们文化结构的缺陷，可能我读沈从文、读张爱玲的文章可以弥补这种传承的缺憾，但是从日常生活当中这个东西是弥补不了的。

我到香港，第一次有亲切感就是看到了那么多的繁体字，看后感觉很亲切，我知道那是过往我们很重要的东西。还有广东话里那么多的古语、古文，管警察叫差人，一下子觉得我的生活跟清朝有关系。我觉得挺好，它不是被改造过的东西。差人和警察都是一回事，但是你会马上觉得这个城市是从清末过来的，香港好像是清代的一样，特别是到九龙，你会看到那些老人家还在劳动，那些卖药材的、卖香料的、卖土特产的，庙街散发着那种海和香料混合在一起的味道，你会觉得非常好。有一次，我在台北的一个很小的茶馆喝咖啡，进来几个年轻人，老板问"请问几位"，那年轻人脱口而出"仅两位而已"。当然他也是开玩笑，不是每天都这样说话，但是你从偶尔的语言和生活细节里面，会发觉没有被中断的文化的延续。

这一两年里，我对民国历史特别着迷，因为我觉得民国离我们那么近，我们是最不了解的，《马路天使》这段就是民国，民国是什么样的，在大上海的时候，你已经看到有饮水机、有乐队，那时的邻里关系、世态人情都有生动的呈现。

王樽： 在《马路天使》中，看似活泼的影像下，蕴涵着深重的苦难和社会悲情，市井生活也是苦中作乐，里面很多细节内涵都很沉重，虽然只是蜻蜓点水。比如魏鹤龄扮演的老王和赵丹扮演的陈少平去请律师想打官司，整个过程不足十分钟的戏，他们对律师事务所的陈设的好奇和几句简短的对话，就将贫富不同阶层的差距，以及他们和律师完全不同的思路，表现得既生动又沉重，揭示了当时社会的普遍真相。我在看你的《世界》时，也常有这样的会心，比如温州女子做假冒名牌服装，世界公园缩微景观这种仿像的东西，包括赵小桃提的手提袋上的名牌商标都无言地陈述着时代的真相。甚至，我觉得《世界》里赵小桃发现男友的手机短信秘密后的沮丧，以及最后两人煤气中毒，都让我看到了中国早期电影不动声色又处处皆禅的余韵。

贾樟柯： 尊重世俗生活是我们大陆电影没有延续下来的香火。我觉得，整个革命文艺是通俗加传奇的模式。首先是通俗，流行文化，特别是在没有文化的底层人当中容易传播，《白毛女》就是这样。再就是要传奇，脱离世俗生活的传奇，山洞里一躲就是多少年，或者就是生离死别。

今天很多的电影其实是革命文艺的延续，甚至是红卫兵文化的延续，它改编了，改包装了，成了商业片，实际上内核没有变。比如说《英雄》，我不是批评张艺谋，我不太认同他对权力的看法，如果有个简单的现代文化背景，你不可能拍一部电影去为权力辩护，我觉得这个很可怕。这个东西本身是跟红卫兵文化是一脉相承的，这是问题的一个方面。另外一个方面，我觉得观众对具有法西斯性特点作品的热爱也是让人感觉很吃惊的，我现在很讨厌说"这个东西很有力量"。当然，有力量是很好的事情，但是往往我们所说的力量是法西斯性。我一听力量就害怕，你究竟谈的是哪种力量？有人说："这个电影太有力量了！"那个力量是哪种力量？是法西斯性还是其他？你要说清楚，别用一个力量就概括了。什么都有力量，沉默也有力量，生活里面遇到问题解决不了的也有力量，解决了的也是力量，打、砸、抢也有力量。

我觉得有非常多的症结出在文化传统被中断，出在对"文革"的负面影响消除和反省得不够。说来说去，变成好像贾樟柯经历过"文革"一样，其实我没有经历过，我觉得这都是老生常谈，但是实际上真正去做、去面对这个问题的不多，我觉得很危险，可能曾经呼吸到"文革"气息的人都老了，包括我自己，"文革"结束的时候我才六岁，现在都三十五岁了。重要的是"文革"的影响还在，而且经过改头换面，经过包装以后，仍然是那么强势，这是让人很担心的。

再反过来看《马路天使》同样是一部左翼的作品，它对人的亲和、对普通人生活的那种爱，我觉得真是好东西，有阶级立场的电影不等于要取消人的日常生活。

人的困境是永远的

王樽：在你拍摄的电影里面，焦点都是对准小人物、寻常百姓的生活。我注意到，你选择的十部喜欢的电影，也多是表现某个小人物的困境，比如《死囚越狱》，整个就是一个被囚禁的人试图冲破牢笼的努力，某个人或某个阶层的人被封闭，然后试图冲出去，个人和环境和外界的冲突。不知道你是有意还是无意，选择这些电影跟你生活的经历有没有一些潜在的联系？

贾樟柯：我觉得跟我直接的生活经验有关系。因为我看到太多人和事都处在个人的困境里面，不管那个时代是怎么样的，个人的困境是永远的。比如今天是最美好的时代，每个人生命经验里面最美好的时代都不一样，而且每个人的时代都是最美好的。我觉得我最美好的时代是看那些录像片的时候，你想想一九八四年、一九八五年，在汾阳看录像片，和人家打架完以后，转头就可以从路边书摊里买到尼采的书。

但是那么好的时代里面人人都有困境，可能十块钱就能"困"住一个人，可能一百块钱就能"困"住一个人，可能当兵不当兵就决定了一个人一生命运的选择。所以我觉得我身边的人都很被动，生活里面选择的余地不多、折腾的余地也不多，折腾来折腾去，不就是高中考不上去当兵，就这么一点选择吗？我觉得这是年轻人一种普遍的情况，这也是中国人普遍的情况，真的没有那么多选择。

《任逍遥》在戛纳首映的时候，我出席一个记者会，有个中央电视台电影频道的记者发问，那个记者站起来就说："我特别讨厌这部电影，这部电影是一个谎言！我们现在大陆年轻人学电脑、学英语、出国，生活多姿多彩，为什么你不去拍那些人，而只是拍这些人呢！？"中文说完，这个记者又用英文说了一遍，我真是觉得无言以对。当时我告诉他，这两个孩子真实的情况是怎样的，他们就处在这样的情况里面。后来，我回来就想，其实我不会怪这个记者，因为在今天中国的生活，现实对每个人来说太不一样了。对于有些家庭来说，的确像他说的那样。有些孩子中学就去英国读书了，这些人太多了。但是问题不在于大家所处的现实不一样，而是为什么处于一种现实的人不接受、不承认处于另一种现实的人，甚至不承认他们在活着，这实在太残酷了。你自己可以学英语出国，那你就能否定那么多人的生活吗？你的生活就是全部中国人的生活吗？就是一种自大、对生活缺少应有的敬畏，哪怕是你质疑还有这样的生活都可以，但你不能毫不犹豫地说，那是一个谎言。

我觉得这是一个非常让人担忧的事情，反过来你要想，这也是电影特别需要做的，电影应该呈现不同的现实。在电影这个平台上，大家都来看和了解还有不同的现实。如果我们说电影除了娱乐别人，还有很多有意思的事情，最起码开拓一个人的见识也是电影很好的一个功能。你不可能去代替一个矿工的生活，但是你可以看一部关于矿工的电影，你不可能代替公园保安的生活，不能去当保安，但是你可以了解有些人还封闭在里面，在随波逐流。电影除了从感官上娱乐以外，还应该有这样一种观影的需求、诉求在里面。

王樽：当《世界》在深圳放映的时候，我曾邀请一个做图书的朋友去看，他问我《世界》讲的什么内容，我告诉他之后，他竟说，我再也不想看到自己过去那段生活了。对他来说，那是他不堪回首的心灵之痛。当时我就很有感触，也许是你的影片离现实太近了，让那些尚未完全拉开距离的人如芒在背。对于很多中国观众来说，确实有这种现实，甚至大多数人都这样生活。但他们中间很多人不爱看或不愿看这些过于底层的状态，他们可能更喜欢梦幻性的，比如《英雄》《无极》这样虚幻的电影。

贾樟柯：我觉得这是阶段性的，观众不喜欢，不等于你就要停止拍摄。我觉得当生活的严酷性、压力逐渐随着社会比较合理地发展、协调之后可能会好一点。就像你那位做图书的朋友说的，不愿意再回头看自己过去的生活一样，这是一个很简单的镜像理论，有人喜欢照镜子，有人不喜欢照镜子。

王樽：我自己非常喜欢《世界》，在深圳看完首映时，还曾给你发短信息，觉得是你最富寓意，也是年度最有良心的中国电影。但该片放映后舆论形成了两极，票房也不尽如人意，一些我很好的朋友也出乎意料的不喜欢，这使我想到《小武》和《站台》，它们在刚刚出笼的时候好像也遭遇过恶评。

贾樟柯：回顾我的电影在中国的传播过程，每一部电影被普遍接受都是经过两三年，像《小武》刚刚拍完之后，在北京搞了几个放映会，恶评如潮，说我乱七八糟，基本上不会拍电影。有我大学的朋友甚至拍拍我的肩膀说，你拍得挺好，但是并不是每个人都可以当导演。他也是为我好，是想让我踏实地生活，不要再做电影梦，但是两年之后，再也没有人说这部电影不好；《站台》也一样，在威尼斯推出以后，在北京搞放映会，很多人说我浪费了一个题材，说的确值得拍，但怎么拍得一点故事也没有、拖拖拉拉。所以，《世界》这种接受的过程我特别的有心理准备，因为这种情况不是一次，每次都是。

王樽：这其中是什么原因在起作用，是其中手法或观念意识太过超前，还是与生活太过贴近，以至于人们无法看得更清楚？

贾樟柯：我并不觉得是那些电影的手法问题，而是电影所呈现人的存在情况，我觉得可能太同步了，接受起来会有问题。此时此刻这个人正在过这样的生活，看这部电影也在讲这样的生活，同步的对应，可能很多人会在心理上有很大的拒绝。

中国电影的环境

王樽：每个导演所喜欢的影片都和自己的内在趣味风格有关，像布莱松、德·西卡、小津安二郎、侯孝贤到你自己，应该说内在精神和影像风格一脉相承，我们通常称为作者导演，相对于更大众化的导演，你们的观众相对要少。比如，你最喜欢的布莱松的《死囚越狱》，如放在今天的电影院里，会把不少观众急死。在不少导演纷纷向大众趣味倒戈的时候，在电影越来越商业化的时代，坚持自己的美学风格已成了十分奢侈和极其艰难的事情。在投资商要求下，你会在多大程度上改变自己的风格，以让更多的人去看你的电影？

贾樟柯：我可以在很多方面去折衷，比如说，现在的电影院线系统，超过两个小时的电影，会很难被观众接受，所以我就控制在两个小时之内；比如说数字立体声很受欢迎，我觉得做到这一点对我来说并不难。甚至我觉得包括演员，有影响力的演员，他来演也可以，这都不会损害一部电影。像侯孝贤的电影大都是用明星，但丝毫不影响他电影的艺术价值，我接下来也有用大众明星的打算。

说到尽量让更多的观众去接受，以及迎合观众趣味的打算，我是这样认识的，首先，我觉得一部作品在文化上的作用和影响，并不能以它影响具体多少人来评价，有一百万人在观看和一万人在观看，并没有什么本质的差别，在文化上不能用数量来衡量，我自己不应该会迎合什么，也很难迎合，就是干自己的吧。

王樽：有个现象似乎在电影和现实里很相似，那些在生活中为人谦卑、平易近人的人多是没什么权力的人，如果他们有权力就可以让那些卑微的小人物过得更好，但他们没有权力就只能给小人物以精神上的体贴和安慰。电影导演似乎也是如此，那些关注底层关注小人物的导演，也多是很卑微的，像小津安二郎死时只在墓碑上写个"无"字，除了电影给我们的心灵带来慰藉外，不能改变人们更多，不像一些商业大导演。

贾樟柯：在国内的环境里面，我更爱说，我喜欢的导演都是没有权力感的。就是一个普通人，做这份职业、拍这份感受这么简单。包括现在电影行业里面存在着很多词我都特别不喜欢，比如"仍然是第几代掌控电影局面"，为什么要说掌控呢？它不是一个权力秩序，任何东西当它最后变成一个权力秩序以后，我就特别讨厌它。

由此，有时候我会发一些怪论，比如我觉得信仰这个东西，对信仰的忠诚，往往只有"信"没有"思"是不对的，只强调"信"不强调"思"是不对的，你不是盲目的吗？还有信仰电影，怎么能信仰电影呢？这是一个问题。我一直拒绝命名，你不拒绝命名就把自己放到某个权力秩序里了，你真的以为你自己是某个东西，你就把自己放到了电影之外。

中国电影有太多跟权力在一起的关系，从业人员自身的权力感，这些东西都非常讨厌，说到底，我一直在强调，我跟非常多的人一起聊过法西斯性的东西，他们都不写，可能觉得我是在危言耸听，但我觉得这一点非常值得我们警惕，现在我们电影里面存在的法西斯性，和观众对法西斯性电影的追捧，这两个东西合在一起，非常可怕。

从八十年代到现在这么多思想解放和文化运动，这么多的文化学习，二十多年过去了，我实在搞不明白为什么，按理说一个社会结构，一个日益现代化的国家结构，经过二十多年的改革以后，应该有新的改变。我现在看到年轻人更崇拜权力，真是太可怕了。

王樽：现代化的推进并没有改变中国骨子里的封建烙印，人们追逐权力，是因为权力本身可以带来太多的实惠和好处。比如，在深圳这个所谓改革开放的窗口城市，一个普通的科员可能每个月只能拿到三四千块钱，而科长却可以拿高过科员几倍的收入，科长还不用像科员那样辛苦劳神，还能发号施令，还有譬如出国考察、接受馈赠的各种隐形收入。比科长更高层的再翻几倍，最基层干活的收入最低，权力带来金钱和各种好处，结果人们疯狂地追逐权力。

贾樟柯：电影圈也是如此，权力带来太多世俗的好处，权力是有魅力的，因此人们崇拜权力。

让电影本身变得有生命感

王樽：你喜欢的一部早期的默片叫《北方的纳努克》，一个在北极工作的法国军官拍摄的纪录片，它很粗糙也很原始，它在哪些方面触动了你？

贾樟柯：我觉得它有光彩，它的光彩就在于它的粗糙，或者说粗糙反射了它的光彩，我觉得这部电影有曝光的感觉，因为电影这个媒介是需要光的，没有光就玩不转，所以你看到它曝光过了或者曝光不够，那么原始使用的媒介本身，我觉得它让我感觉重新回到了刚有电影的时候。

你对电影的理解，因为现在太工业化了，技术太完整了，所以就让你忘记了光、戏剧的光、自然光效，这是一种感光的感觉。我觉得有一种电影的神奇在里面，一个物质感光之后会把影子留下来，我特别喜欢回到艺术最初的快乐上，我觉得电影最初的快乐绝对不是它能拍摄戏剧，像《教父》啊，像文学性很强的电影，我不是说这些电影不好，我是说电影最初的画面，你把一个跑过来的火车拍下来了，然后拿回去就可以放了，我觉得这不是一种杂耍性，当然它有杂耍的成分在里面，我觉得这是电影媒介里面天性的一种快乐。为什么我在拍电影时那么喜欢抓拍，那么喜欢即兴地拍，我想给大家带来最早拍摄下来的快乐。

电影本身是有生命感的，我觉得生命感有两部分。一个是人是有生命的，它不是死板的而是自然的，比如像王宏伟那样，总是歪着走路，这是一种生命力。还有你使用媒介的时候，激活媒介本身的生命感，可能拍下来的时候，拍得很匆忙，可能显影、曝光都不是很完美，但是你留住了影像本身的激动，整个就用电影呈现出来，媒介本身有生命力，我觉得不能少了媒介本身的生命力的感觉。像戈达尔的电影为什么那么生动，就是因为他拎着机器随便拍，他对工业的反叛激活了电影本身的生命力，使电影本身变得有生命感。

王樽：故事、情节反而退到其次。除了你刚才所说的感觉以外，对《北方的纳努克》表现的内容有没有触动？

贾樟柯：也有。那种原始的、自然的关系，人和环境的抗争。

王樽：人们对《世界》的负面评价里，很多人都说影像太粗糙了，因粗糙的画面让人认为影片很廉价。我知道那是你追求的影像效果，它们和普通大众的趣味还是有距离的。

贾樟柯：这就回到了我们前面聊到的，追求视觉效果的理解，比如说德国表现主义的那种绘画，跟非常写实的人物肖像比，大家一定会非常喜欢人物的肖像，那个人皮肤画得很细致、很逼真，而那个人画得跟鬼一样。在我们这里，大家觉得好看的影像，可能就是八十年代装修的时候，要呈现的一种挂历风光片，这是大众心目当中最完美的视觉形象，但实际上你在绘画传统或者是摄影传统里面，比如说像弗洛伊德的画，那样一种视觉的口味可能是大众接受不了的，但是对于一个制造者来说，我们不能迁就大众的口味。所以说，我的电影在欧美被认为是画作水平的影像，在中国就会被认为是胡拍的。后来我就跟我的同事讲，你不要去争辩，你不能跟几十年的视觉修养进行对抗，大家没有学美术出身的，了解当代视觉的发展到什么程度，你没有必要去改变他们，也没有必要去说服他们，也没有必要去妥协，我觉得就应该这么拍。

唤起更多对空间的新理解

王樽：在你的电影中呈现着具有纪录片特质的风格，你本人也拍摄了不少纪录片，现在的纪录片在中国几乎没有市场，大多数进不了发行系统和影院，拍纪录片对你最大的诱惑是什么？

贾樟柯：纪录片是实验性最强的电影品种，现在纪录片专题性越来越强，但是实际上纪录片有一个魅力，就是它的实验性越来越强，你可以自由地来处理这个形式。我拍纪录片，可以把对于电影语言新的认识、新的把握、新的实践放到里面，这是一个方面。另外一个方面，纪录片不管它的效果怎么样，拍摄过程可以维持一个导演的敏感度，因为你发现新的视觉元素、发现新的人群，进入到新的你不了解的人群里面和空间里面，纪录片对你有一种帮助。如果你不去做，你很少有时间安排自己去旅行，没有人会主动干这个事情。现在我就是在拍一部纪录片，拍一部长片。其实，最后那些纪录片能不能上映、反响怎么样、影响怎么样，我并不在意，而是从职业的角度，维持一个导演对光线的新认识、对新的空间的认识、对人的认识，它特别有好处，同时你可以寻找更新的语言方法。

王樽：更新的语言方法指的是什么？

贾樟柯：比如我拍《公共场所》的时候，第一次用数码，我想看看数码有些什么好的特点。后来《公共场所》的很多方法都用到了《任逍遥》里面，以前拍摄很难做到那种大幅度的调动，从楼下一直到楼上再下了楼，整个大幅度的运动，以前摄影是不可能出现的，拍纪录片就可以掌握这个东西，最后会把它放到故事片里面。拍摄《三峡好人》时也有运用，怎样把戏剧放在一个真实的空间里面发生，那个空间里的人该干吗干吗，但是我的戏在那里展开。

还有，它会促使你发现生活中最真实的东西、平时意想不到的东西。拍《公共场所》的时候，我发现，你拍到真正的公共场所的时候，气氛有时候是冷的。以前我们想到火车站，气氛一定是沸腾的，但是如果你真的没有打扰火车站的那些人，很自然地去拍摄，你会发现其实是冷，那么多疲倦的人，整个语言你都听不清，所以呈现的是一种冷的状态。有时候，你想象的真实，还只是真实的气氛。我以前一想写火车站的剧本，一定是热闹非凡的，三教九流穿梭，但是真的拍摄下来的时候，进入那个空间它是冷的，有一刹那的热就是火车进站排队的时候，其他的时候都是冷的。

王樽：你说的冷，主要来自内心的感受。阿城写到火车站时说：车站是乱得不能再乱了，所有的人都在说话。

贾樟柯：我以前拍电影的时候，拍群众场面，肯定是调动一百个群众演员在跑、在穿插，为什么只能这么拍，为什么不能那样拍？拍摄火车站的经验唤起我很多对空间的理解。

拍电影改变性格

王樽：有一次，采访贾平凹时，问他对拍电影的认识，他说他本来也对拍电影感兴趣，但看了一次现场拍摄，一个镜头要反复好几遍，还要与那么多人打交道，他立即望而却步。与文学创作和其他行当不同，拍电影是个太过繁杂的事情，创作漫长，经过多少努力，说不定某个环节的原因一下就下马了，而千辛万苦拍出来，命运也难测定，《小武》《站台》《任逍遥》至今没能在内地公映，《世界》进入了院线放映又遭遇不少负面评论，在电影圈里真正坚持到底的人凤毛麟角。在我看来，对某一作品保持长久的激情，对某种电影风格保持长久的激情，都是非常难的事情，是什么原因让你痴迷其中？

贾樟柯：工作本身是很有快感的，我觉得什么都代替不了拍电影本身的一种快乐，这个工作让人赏心悦目。像《世界》给我带来的快乐是，我会带它走遍全世界，会发现不同地域的人对这部电影有不同的反应。这个文化差异、认识差异里面会让人想更多的事情，我觉得电影可以帮助我成熟、成长，我每拍完一部电影，跟着电影走一圈，都像去进修。其实，我大学之后的学习，主要来自于我跟自己的电影走。然后你碰到不同的人，碰到不同的评价，听人家讲，我觉得这个过程是一个快乐的学习过程。而且，也是一个很快乐的发现自己的过程。有一次，我在韩国的时候，有个女评论家采访我，她说，为什么你的电影里面的女主角后来走掉了，《小武》里的梅梅走掉了，《站台》里的钟情走掉了，《任逍遥》里的巧巧走掉了。她问，你为什么让她们走掉。我也在想，我也不是有意的。的确是，她说得很对。所以它也是帮我了解自己的一个过程。

王樽：你的电影和别人的电影构成了你和世界的关系，电影让你认识自己，你也从电影中认识别人，实际上，电影成了你自己生活的主要部分，甚至成了你的生活。它在哪些方面改变了你的性格？

贾樟柯：因为电影，我找到了自己的生活目标，这个不去说它了，它对我性格的改变还是挺大的。过去的时候，我比较内向，跟熟悉的人爱说话，跟不熟的人、第一次见面的人，我一句话都不说，当导演肯定不能这样，你要跟人打交道，特别是拍纪录片，你要跟陌生人打交道，你必须要拍人家，这种改变是性格的改变。

还有一点也是电影对我的改变，我以前逻辑性很差，说话没有条理，很多人认为导演很激动，其实导演是非常理性的工作，拍戏有个很大的问题，就是连接的问题，上一场和下一场怎么接，不是激动就能完成的，是需要非常冷静去铺排的，这方面我比以前好了很多，变得很有条理。

我只对真人感兴趣

王樽：福克纳一生都是在写他家乡像邮票大的地方，写成了世界级的文学大师；米沃什也说他始终保持着小地方人的审慎；在目前的中国电影人里，你是唯一只拍摄自己故乡的导演，《世界》虽然把环境移植到了北京，但仍是表现你故乡人的生存状态。国外一些影评人说，贾樟柯发现了中国的乡镇。在我们看你的电影时，这种感受也很鲜明，因为过去我们不大重视的一个阶层，一个巨大的存在，基本上被你演绎了出来。

同时，我也有点隐忧，就是电影毕竟不同于文学，它必须有巨大的经济后盾支撑，它很难像福克纳和米沃什一样"始终保持着小地方人的审慎"。我发现，其实你也在寻求更多表现的可能。

贾樟柯：乡镇是中国最普遍的地理区域，也是城市跟乡村的纽带，通过乡镇可以拍到一个全面、完整的真实情况，这是一部分。另外一部分，就像我刚才所说的，我不喜欢被人家命名，因为每个导演都不能被人家固定到某个美学地理区域，说你这个人非得拍山西、拍乡镇不可，我觉得导演是自由的，你要能够在各种区域里面都拍出感觉，你不能只在汾阳才有感觉，跑到奉节就没感觉了。

有很多导演特别喜欢对号入座，最后令自己的片子越做越小、越做越封闭。我觉得自己脑子里的电影世界挺丰富的，但是电影要一部一部地拍，慢慢来。

我总强调我的工作才刚开始，在电影这行里，知足一点说，是属于超级幸运的，没有走任何弯路，电影拍摄的连续性没有受到任何中断，产量算是比较大的。从一九九七年到现在，我拍电影八年，已经有了五部长片，我觉得这个速度还不错，但是对我来说，我觉得真的才刚刚开始。包括我跟你说的与朱丽叶·比诺什合作的，戏剧性非常强，那是二十年代大革命的时代，整个历史的时间、地理的场景、人群都发生了很大的变化，未来的计划里面要改变它的环境，当然我也会有很多东西回到原来的场景里面去。

王樽：艺术史上，也有很多艺术家因转型而失败的例子，对你以后拍摄的改变有没有疑虑，担忧自己拍了之后会不被认可？

贾樟柯：我不会担忧。其实人们不知道我的一个秘密，比如人们说《站台》拍得怎么好，说这小子对历史的记忆太清晰了。其实有一个秘密，我没有告诉大家，不是我记得清楚，而是所有东西都是想象。

当然记忆也是一部分，《小武》也好，《站台》也好，自身的记忆是很重要的一部分，另外一部分是对过去时代、对当下时代的想象，归根到底电影还是个想象的产物，只要我觉得自己的想象不会被中断，就不会有什么大的变化。

现在拍完《三峡好人》，我觉得有个很大的变化，我要根据生理性的感觉拍电影，就是把自己生理的感受融入到电影里面，我现在还说不清楚是什么意思。包括我拍演员，跟以前的方法完全不一样了，以前大家吭哧吭哧拍戏，现在则是每个演员我都要找他生理状况最好的时刻，就是最符合那个时刻的，这个变化还是比较快的。

其实想象也不算是我的什么秘密，只是大家有个误解。我觉得跟各种各样的同行接触，我感受到中国的同行跟国外的同行有很大的差异。我觉得对电影媒介的理解，我们中国导演比较不自觉，对媒介的理解上不强烈，不是说大家不理解、不去认识，而是不强烈、不自觉。

比如说，有一次阿萨亚斯到上海，我建议他去苏州看一看，回来之后我们聊了一晚，他从苏州园林的感觉谈到电影的关系，他觉得苏州园林很多门就像变焦镜头，这个很简单的对建筑的理解，是工作、思考习惯总与电影美学的理解保持联系的一种体现。这几年，中国纪录片里面拍了很多非常好的东西，但是你总觉得只是拍了一半的好电影，就是电影里面自觉性和电影本身的东西不够。我为什么会谈到这个问题，我认为一个导演如果想有持久的创造力，能经过创造里面的起起伏伏，最后拍那么多的电影，有那么完整的电影世界，实际这不是单靠天性才能够支持的，一定要对媒介本身有自己不间断的思考和想象过程。

比如八十年代有很多风华正茂的导演，很快就都没有了，我觉得这并不单是社会的原因，或者是其他的原因，我觉得是自身电影文化的准备不够，因为你凭着热情和天性可以拍一阵子，对电影的认识往往也跟对生活的认识是联系在一起的，当你对生活的体感减弱、变得不敏感之后，对电影方法也就不理解了，它们是互补的、共存的。

王樽：我看过《新桥恋人》导演卡拉克斯的一个访谈，他的电影很少，他说主要原因是他必须找到自己热爱的女主角才能拍电影，他的动力就来自这里。你拍电影的主要动力来自哪里？

贾樟柯：也是来自人。因为每部电影里都有一个人物形象让我特别想拍下去，比如《小武》里面的人物，他的自由劲儿和不自由劲儿，就让我特别的想拍；《站台》《任逍遥》《世界》《三峡好人》也是一样。不管对空间、建筑怎么着迷，最后拍电影还是为了拍人。

王樽：在你拍的人里面，没有一般电影那样光彩照人的大明星，你感兴趣的人经常是类似于小武这样比较边缘和底层的人。

贾樟柯：我只对真人感兴趣，所谓真人很简单，说人话，做人事。

（原刊于《收获》2006年第2期）

我所经历的1976

袁 敏

当我哥哥从关了十八个月的京城监狱被放出来后,有一些媒体想采访他。我哥一概拒绝采访,他对媒体说的那句话我至今都没有忘记:"二十年内我们谁都不要说这个事情。"

如今三十年过去了,白云苍狗,世事沧桑,当亲历那个轰动全国的惊天大案的当事人开始一个个离开这个世界的时候,我意识到:有些事情可以灰飞烟灭,而有些事情却无法留存空白。已经发生过的历史应该让它留下痕迹,二十年内不能说的事情,三十年后应该可以说了。

一九七六年春天,一个平平常常的日子,我们家那幢有着"菩提寺路蕙宜村1号"这样清雅名字的小楼再遭劫难。第一次劫难是在一九六七年夏天,一大帮造反派把我们家翻了个底朝天,当时还是小学生的我也由此知道了"抄家"这两个字眼。父亲的名字前被冠以"叛徒、特务、走资派",

并打上鲜红的大×，挂在墙上的那部黑色老式电话机被掐断了电线，话筒拖着电线耷拉下来。我不明白为什么曾经被小轿车接来接去的父亲突然间就变成了"甫志高"？而能用一口绍兴话和自己干地下党的革命故事做长篇报告并博得阵阵掌声的母亲，为什么一夜间就沦为了"假党员"？但很奇怪，那时我心里并没有多少恐惧，面对落差很大的生活，有的只是莫名的兴奋。

然而，一九七六年那个春天的下午，我却感到了巨大的恐惧。

那样的恐惧是在看到抄家者身穿警服时一瞬间从后脊梁上蹿上来的。他们出示介绍信，态度温文尔雅，还叫我们不要紧张。但他们抄家的细致、深入、滴水不漏让人不寒而栗。一些人爬上了黑咕隆咚的天花板，在蜘蛛网密布的阁楼上打着手电乱照；一些人将晒台上的每一只花盆连花带土倒在地上，用手慢慢地把土坷垃捻碎；更多的人则是拉开每一个抽屉打开每一口书橱翻查，只要看到带字的纸片、本子、信笺，无一遗漏，统统拿下。没有人告诉我们发生了什么事情，也没有人向我们解释抄家的缘由，但抄家者出示的介绍信和他们身上威严的白色警服昭示了他们抄家的合法性毋庸置疑。

抄家是在父亲被从家中带走后紧接着就进行的，事先没有一点迹象和征兆。"文革"开始不久即被打倒，在"九一三"事件后一度被"解放"，但在"反击右倾翻案风"开始又被"靠边站"的父亲，与外界几乎是隔绝的，他每天所有的事情就是躺在一张老旧的藤躺椅上翻看书报。来找父亲的人说："组织部的人要找你谈话，请你跟我们去一趟。"父亲没有任何怀疑，起身就要跟他们走。我想，父亲一定一直在等待着什么，他一定想当然地认为组织部找他谈话也许和他久久的等待有关。五月的天气已经很热，父亲当时只穿了一件老头汗衫。出门时，来人似乎不经意地看了父亲一眼，说："再带一件外套吧。"就是这句话让站在一旁的母亲感到不安。母亲当年曾是绍兴城里与日寇和汪伪特务机关斗智斗勇的地下党员，她的警觉和敏感超乎常人。她觉得这么热的天来人却要父亲带一件外套这很不正常。

我安慰母亲，叫她不要神经过敏，但事实马上证明母亲的人生阅历和经验是我远远无法企及的。母亲拉着我的手走到晒台上，从那儿我们清楚地看到楼下路口的拐弯处停着一辆军绿色的吉普车，父亲上车时回头看了一下，我不知道当年同样也是老地下党员的他是否这时也意识到这次离家也许就回不来了，但我相信他这一回头一定是在寻找我和母亲，他想应该要和我们告别一下。

抄家一直从下午延续到晚上，抄家者将每一个房间的电灯都打亮了，整幢小楼灯火通明。

母亲这时候显现出一种临危不惧的沉着和镇定，她从这个房间走到那个房间，不断地问抄家者要不要喝水，提醒抄家者这儿还没搜那儿还没查，最后甚至还把抄家者带到楼下厨房里，指着一大堆煤球说："你们把这儿也好好搜搜，从前我当地下党时最喜欢将秘密文件放在这种脏乎乎的地方，敌人往往想不到的。"

抄家者哭笑不得地看着母亲一本正经的模样，尴尬地搓着双手，显然他们不太愿意扒拉这堆黑糊糊的煤球。

我心里有一种不祥的预感，我想到了外出多日的哥哥。

那年冬天是我记忆中最寒冷而漫长的冬天，周恩来总理的逝世让全国人民对中国前途和命运的担忧达到了顶点。虽然邓小平同志在周总理的追悼会上出现并致悼词，使人们悬着的心稍稍落下了一些，但这之后王、张、江、姚一系列紧锣密鼓的篡党夺权活动却更加肆无忌惮，几乎趋于公开，明眼人谁都可以看出，他们把以周恩来、邓小平为首的老一辈无产阶级革命家视作眼中钉肉中刺，必置之死地而后快。从小学就开始磕磕绊绊读《资本论》的哥哥对政治有一种天然的兴趣，从父母这一辈老共产党人身上传承的"国家兴亡，匹夫有责"的信念和抱负更让他像"五四"运动中的热血青年，他和他的一帮年轻伙伴们常常聚会，一起议论国家大事。二月下旬的一天他对我们说，他要到全国去走一走，要到北方去看一看。他这一走两个多月音讯全无，谁也不知道他去了什么地方，但我相信他一定去了北京。从一月八日周总理去世，到一月十一日周总理遗体火化，北京成千上万的群众拥上街头为周恩来的灵车送行。到了三月底，更有成千上万的人从四面八方拥向天安门广场，自发地举行各种形式的悼念周恩来的活动，谁都感到了一种压抑已久、火山即将爆发的潜流。那一段时间气氛很紧张，每天都有各种各样的小道消息传来。我嘴上不说，但心里却时刻关注着天安门的动向。我断定我哥哥一定穿流在天安门的人群中，我的心终日里提在嗓子眼上，不得安宁。四月五日晚上九点三十分，开始了对天安门广场悼念群众的镇压，紧接着，全国大搜捕、大追查也开始了。

这次公安局警察井然有序的搜查显然有别于一九六七年夏天造反派虚张声势的抄家，它是一种更官方、更政府的行为，我想一定是我哥哥出事了。母亲始终沉默着，冷眼看着凌乱不堪，像遭强盗抢劫一般的家，始终没有问抄家者究竟发生了什么事情。父亲被从家中带走；抄家的规模和其深入仔细的程度；儿子出门近三个月一直没有任何消息……这一切，其中的勾连是不言而喻的，事情的严重程度也是显而易见的。但这位当年穿行在我党浙东交通线上的老地下工作者经历过太多的风霜血剑，面对这样的搜查，你从她脸上看不出任何表情。

我当时是杭州织锦厂的一名青年女工，抄家的这天我正好应该上中班。望着家里一片狼藉的样子，我不忍心离开因心脏病和腹水而刚从"五七干校"被送回家治病的母亲。母亲平静地要求我去工厂上班，我说我可以请假，家里发生了这么大的事情，我怎么放心得下把你一个人留在家里呢？起码也要等姐姐下班回家陪着你我才能走。（我姐当时已从插队的东北病退回杭，在一家炼油厂当搬运工。）母亲不同意，固执地将我送到楼梯口，还说："没事怎么好请假呢？"我知道母亲的脾气，她从来不肯因为私事而耽误工作。我只好忐忑不安地上班去了。走出家门时我下意识地回头望了望身后的小楼，小楼上绿色的布窗帘被风吹得鼓了起来，扑到窗外。我哪里想得到，就在我走后不久，下班回家的姐姐也被那些便衣警察用"谈谈"的名义从家中带走了，而且带走后和父亲一样从此杳无音讯。

上班后师傅问我脸色为什么这么难看,我摇摇头说没什么。

好不容易熬到深夜十一点下班,我没有像往常一样和大家一起去食堂吃夜宵,而是径直回到宿舍蒙头就睡。当同室女工吃完夜宵回来,三三两两地上床睡觉,宿舍开始安静下来时,我依然在黑暗中睁大着眼睛,我总觉得好像会发生什么事情。

果然,没过一会儿,门外就传来嘈杂的脚步声和说话声:

"袁敏住哪个房间?"

"袁敏下中班后有没有离开工厂?"

……

我的心一下子抽紧了,我知道事情终于轮到了我的头上。

宿舍的门被重重地推开,门外走廊上的灯和屋里的灯被同时打亮,灯光晃得人睁不开眼睛。我穿好衣服,撩开帐子,从上铺爬下来,这一刻我清楚地看到了白警服、红领章、大盖帽。我什么也没说就跟他们走出宿舍,我知道外面一定会有一辆警车等着我,虽然到现在为止,我依旧不知道究竟发生了什么事情,但经历了"文革"中的种种遭遇,我也已经习惯于不问为什么了。

果然,在花草如茵的厂部庭院里停着一辆军绿色的吉普车,和带父亲走的那辆一模一样。闻讯从各个宿舍赶来的工人们把吉普车团团围住,和我一个车间的师傅们挤在最前面。我那身材矮小的师傅钟凤英抓住我的手不放,她的眼睛里满是惊恐和不解:"袁敏,他们为什么要抓你?你为什么要跟他们走?你一个刚刚满师的学徒工能犯什么法?"

我看着师傅满脸焦急和惊恐的模样,看着越围越多的工人们拦住警察不让他们带走我的阵势,眼泪一下子涌了上来。说实话,自从我高中毕业分配到这个工厂,我从来没有把这里当成自己人生的新起点,我总觉得自己只是这里匆匆的过客,不定哪天我就会远走高飞。面对那些对我们这批高中生充满殷切期望的工人师傅们,我的心总是游离在距离他们很远的地方。然而,这一刻,我觉得自己的心和他们紧紧地贴在了一起，他们那种发自肺腑的对我的关爱让我热泪盈眶，刻骨铭心。

吉普车驶出工厂大门的时候，漆黑的夜空中落下了丝丝细雨，我看到钟师傅一直追着吉普车喊："袁敏——回来——"她那花白的头发被夜风轻轻吹起，抚慰着我惊悸的心。

吉普车并没有把我拉到公安局甚至我想象中更可怕的地方，而是径直把我送回了家中。

母亲没有睡觉，在一片狼藉的客厅中坐着等我姐姐回家。看到我她很惊讶，说，你怎么回来了？我没有说话，回头看那两个公安人员。送我回家的两名公安人员都姓陈，瘦小的那一名要年长一些，态度和蔼，但目光很锐利；年轻些的那一名身材魁梧，声音洪亮，但对我们的态度也同样和颜悦色。

他们向我和我母亲宣读了一份文件，好像是公安部的文件，又说了一些话。事隔三十年，我已记不清文件的具体内容和他们说的原话，但有两个关键词我是不会忘记的：一个是"总理遗言"；一个是"保护性审查"。这是两个历史性的专有名词，这两个名词对今天的人们来说可能已经非常陌生，但只要是那个年代的过来人，恐怕只要一看到这两个专有名词，都会被唤起久远的记忆。

自此，我和母亲才大体弄明白：我的哥哥已先期被抓；父亲和姐姐被带走，和哥哥是同一个案件——"总理遗言"案；此案件还牵涉一大批人，已先后被抓的有：哥哥的同学蛐蛐儿、阿斗、晨光、大耳朵，以及蛐蛐儿的父亲，杭州第一医院的院长；阿斗的父亲，浙江省某厅局的一位领导；阿斗的母亲，浙江大学的一位处长；蛐蛐儿前女友的父亲，省委组织部的一位处长。

年长的陈公安对我说："从今天开始你不用到工厂上班了，就在家里照顾你妈妈；工资照发。"年轻的陈公安告诉我，我姐姐是他见过的最硬气、最厉害的姑娘。他说，假如不是你姐姐对我们说，你妈妈有心脏病，要是我们不把你接回来照顾你妈妈，她就是一头撞死在这儿，也绝对不会跟我们走，那么我们就不会连夜到厂里把你接回来。现在你可以天天在家陪你母亲，我们对你姐姐是有承诺的。"

我没有说话，无论对年长的还是年轻的陈公安我心中都充满了敌意，我不会因为他们把我接回家中照顾我妈妈就对他们感激涕零。我姐姐是我心目中最美丽、最善良、最心软的女人，怎么在陈公安眼里就变成了最硬气、最厉害的姑娘？

陈公安们走后，我默默地坐在母亲身边。母亲浮肿的手紧紧握着一块被竹花绷绷着的淡粉红的的确良布，一根深棕色的丝线垂挂下来，线头上吊着一枚亮晶晶的针。

母亲告诉我，这是我姐姐被带走前正在绣的一对枕套，是她从隔壁自"文革"后就造反住进来的毛先生太太阿五那儿讨来的花样。母亲的眼里泛起了泪花，她说："晓燕哪里会绣花，她这是找点事情做，宽我的心，也宽她自己的心。"可现在，枕套还没有绣完，人却不晓得被他们弄到哪里去了。

这一夜通宵达旦母亲都没有合眼，她一支接一支地抽烟，虽然关闭了灯，但漆黑中，那一星红红的烟火却彻夜闪烁。我的心自然随着这一星闪烁的烟火一上一下不安地跳动着，我不知道接下来的日子里还会发生什么，但我明白，父亲、姐姐、哥哥，一家三个亲人被抓走，这对重病在身的母亲无疑是个巨大的打击。我清楚地听到黑暗中母亲在一遍遍撕扯自己身上的衣服，在床上翻来滚去，不时用自己的脑袋撞击着靠床的墙壁。母亲在人前的坚强和在人后的脆弱，让我一个刚刚二十出头的尚不谙世事的女孩子一瞬间感到了自己肩头的担当。我甚至产生了这样的恐慌：假如有一天，父亲、姐姐、哥哥从遥远的天边回到家中，而守候在母亲身边的我却无法还给他们一个完整的母亲，那么，即便我们家血洗沉冤，一个失去母亲的家也只能是一个破碎的家，而一个破碎的家还有什么幸福可言？

我将自己的枕头被子搬到母亲床上，我将自己火热的胸口贴紧母亲颤抖的后背，我抱着母亲，就像抱着一个无助的婴儿，直到她在我的怀中渐渐安静下来，最终掐灭烟头。我相信母亲已经明白：父亲走了，哥哥姐姐走了，但她还有我，我会陪着她，一直陪着。

第二天早晨，两个陈公安又来了，他们来拿粮票、衣服、洗漱用品。母亲第一次开口问他们，人被关在哪里，能不能去探望？两位陈公安互相看了一眼，没有正面回答母亲的问话，而是王顾左右而言他："他们都很好，你们不用担心。"我知道，要想从陈公安们嘴里套出半点信息，那都是痴心妄想。

很久以后我才知道我哥哥、父亲和姐姐当时被抓和被抓以后的具体情况。

我哥哥其实是在上海被抓的。虽然他之前去了天安门，但他的被抓其实和天安门事件没有关系。那次他离开家以后去了很多地方，青岛、沈阳、大连、长春、锦州、哈尔滨，最后到了北京。其实，我哥哥这次远行是专门去进行社会调查的。他希望了解，在即将展开的路线斗争中，工农兵会站在哪一边？有人说，干部阶层是"文革"中既得利益受损者，我们作为干部子弟反"四人帮"能否代表广大人民群众的利益？为此，我哥重点跑了上海和东北，深入到工厂车间和产业工人促膝对话，他甚至还到了长春的解放军红九连，和当时全军模范红九连副指导员于小平捧着高粱米饭彻夜长谈。最后，我哥得出结论：即使在"四人帮"控制的上海和东北，群众也是反对他们的。他把调查结论都详细地记在自己的日记本上。我哥哥身上还带着一份父亲在京老战友的名单，他们大多在京城的要害部门曾经或仍然拥有较高的位置和级别。哥哥按着父亲提供的联络图上的名单和地址，一家一家登门拜访，父亲的老战友们也都一个个热情地接待了这位在他们看来和自己当年一样忧国忧民的热血青年，这些老干部普遍对"四人帮"恨之入骨，又几乎不约而同地对国家当时的前途和命运忧心忡忡。他们大多老了，或者出于种种原因赋闲在家，但他们和哥哥这样的年轻人聊起国家大事还是滔滔不绝。哥哥把这些老干部对"四人帮"的不满和对时局的看法都详细地记在日记本上，他将此也看作是做社会调查。哥哥万万没有想到自己所做的这些社会调查后来会牵连一大批老干部和他走访过的人,为此他痛悔不已,并且自此以后再也不记日记。

　　离开北京后哥哥到了上海,他落脚在姨妈家。姨父姨妈也都是很早就参加革命的老干部,他们的家在上海淮海中路的一幢公寓楼里。哥哥五月七日到上海,在姨妈家住下后又开始拜访父母在上海的老战友,早出晚归,甚是忙碌。五月九日那天,哥哥一大早就出门,去了我爸的一位老战友丁伯伯家。那天姨父突然提前下班回家,进家门时脸色很阴沉。姨妈问他出了什么事。姨父说,今天公安局的人找到他下放劳动的工厂里去了,问他是不是有个外甥住在家里,并告诉他,这个外甥出事了,今晚要在他家里进行抓捕行动。还很严肃地对他说:"此事已经向马天水同志(当时的上海市委书记)汇报了,天水同志说,你是老同志了,向你提三点要求:一、要积极配合组织行动,并以一个共产党员的名义担保不透露半点风声;二、你外甥到上海的每一个细节都要写成材料,上报组织;三、不能让上海的其他老同志知道你外甥被捕的情况。"姨妈听完姨父的话脸色刷地白了,她很喜欢这个外甥,她虽然不知道他犯了什么事,但她显然不愿意外甥从自己家里被抓走。她和姨父商量,等外甥回来是否给他点暗示,或者含蓄地提个醒。正在这时,我表哥回来了。姨父让他立即到南京西路上的一家无线电器材商店的柜台找丁伯伯做营业员的儿子米秋报信,要他告诉所有老同志,小弟(我哥的小名)出事了。表哥二话没说就出门报信去了。

　　哥哥那天回到姨妈家时天已完全黑了。平时从不开灯的楼道那天晚上灯火通明,每层楼转弯的拐角处都有两三个帽檐压得低低的人在抽烟。我哥上楼时明显感觉到他们直射过来的目光。我哥诧异地想,哪儿冒出来那么多小流氓啊?

　　进门时,我哥发现从不早睡的姨父破天荒地蒙头睡觉,表哥也已上了床,只有姨妈一个人坐在客厅里。我哥有点纳闷,这才八点多呀!看到我哥进来,姨妈手忙脚乱地又是给他倒水,又是给他盛饭,我哥兴致勃勃地向姨妈讲着一天在外的见闻,根本没有注意到姨妈心神不宁的异样表情。姨妈说:"不管遇到什么事,你都要镇定,不要慌,要相信群众相信党。"我哥显然没有听懂姨妈的意思,他也根本不可能理解姨妈话中的另一层含义。已经躺在床上的表哥突然拗起身来,对我哥说:"小弟,外面在查'总理遗言'。"我哥看了表哥一眼,脑子还没转过弯来,他此时根本没有想到表哥的话会和自己有什么关系。

晚上十点左右,门外响起了急促的脚步声和嘈杂的人声。姨妈脸色变了,她压低声音对我哥说:"他们是来找你的,你看看怎么办?你到底干什么了?"还没等我哥回答,门外就响起了猛烈的敲门声。我哥虽然不知道发生了什么事情,但他从天安门一路过来,心中的警觉和自然而然的戒备让他条件反射似地站起来就往厕所里冲。他似乎一下子恍然大悟,楼道上那些抽烟的"小流氓"很可能就是冲自己来的。他想到自己的上衣口袋里有一封刚刚收到的来信,那上面讲的都是杭州人民群众悼念周总理的情况,还有对王、张、江、姚的看法。他冲进卫生间,本想以最快的速度把这封信撕碎,扔进马桶用水冲掉,但此时外面的人声已进客厅,他知道已经来不及了,便拉开梳妆柜的门,极迅速敏捷地将那封信塞进了一只雪花膏瓶底下。时间太紧迫了,他来不及处理自己放在客厅的黑色旅行袋里的日记本。而姨妈作为一个老共产党员当然懂得无条件服从组织上的决定,她也不可能不对组织忠诚老实,当公安人员指着黑色旅行袋问姨妈:"这是他的包吗?"姨妈沉默了一会儿,点点头。

楼下停着一辆黑车和一辆白车,我哥被押上了黑车,上车前,公安人员将我哥哥的双手反铐在背后。哥哥以为自己会被押送到上海的"提篮桥"监狱,没想到车绕来绕去开了五六个小时,这时天已经亮了。当车上的人在议论车是否已开到绍兴时,我哥才意识到自己正被押往杭州。哥哥知道离家越来越近,但他同时也明白,自己再也回不了家了。

哥哥被押解回杭州后,先被送到了杭州市公安局。他们拿了一份刑事拘留的文件要我哥哥签字。我哥问:"为什么要抓我?"公安局的人说:"你知道'总理遗言'吗?"我哥说:"这和我有什么关系?"公安局的人说:"有没有关系你说了不算。"之后,他们在市公安局的贵宾接待室连续对我哥进行了四十多个小时的审讯,主题就是一个:你怎么伪造"总理遗言"的?我哥被他们审问得筋疲力尽,精神几近麻木,但他仍坚定不移地回答:"我没有伪造'总理遗言'。"审讯持续到第三天,来了一位看似和蔼可亲的老者,他是公安部派来督阵的领导。他说:"据我们所知,你对反击右倾翻案风不满。"我哥说:"我就是拥护邓小平,这有错吗?他上台以后,铁路通了,钢产量上去了,老百姓日子开始好过了。"这位领导说:"你想做邓小平的殉葬品吗?"我哥说:"你们不实事求是,我就是到毛主席那儿我也会这么说。"然而,那位公安部领导接下来的一句话几乎从根本上摧毁了我哥哥的心理防线:"你以为你还有这样的机会吗?"

说完,这位公安部领导径直走出了房门,等在门外的市局公安人员马上冲了进来,他们拿了一份刑事拘留书要我哥签字。这种时候,任何反抗都是没有意义的,我哥机械地签了字,然后被押送到杭州市著名的监狱——小车桥。

他被和刑事犯关在一起。同牢房的一个是贪污犯,一个是盗窃犯,还有一个是抢劫犯。牢房阴暗潮湿,灰突突的水泥地上铺一块木板就是我哥睡觉的床。我哥一关进去就被那些眼睛出血、每个汗毛孔都透着杀气的刑事犯从头到脚细细搜刮了一遍,身上所有东西连个钢镚儿毛票都不给你留下,甚至连身上穿着的衣服都给扒拉下来抢走了。哥哥从小就是一个优秀的学生干部,交往的也大多是干部子弟或知识分子家庭的孩子,从来没有和这样的社会渣滓混在一起,他觉得遭遇了奇耻大辱,但他稍稍露出反抗的意思,马上就遭到拳打脚踢。哥哥最后终于明白什么叫虎落平阳,自己没法和流氓痞子讲道理,你既然被抓进来和他们关在一个牢房里,你就绝对要打消自己和他们不一样的想法。

每个牢房都有一个水龙头,每天只有半小时的放水时间。这金贵的半小时谁都想霸占着水龙头搞个人卫生，牢房的清洁就根本排不上了。犯人拉屎撒尿都在牢房里一个污垢满面、让人作呕的水泥马桶，我哥自小就受母亲影响，酷爱干净，面对这样的龌龊，他解手时犹豫半天，最后便蹲在水泥马桶的边沿上。站岗的警卫一见便大声呵斥，命令我哥坐到马桶上。我哥觉得大受其辱，和警卫争执起来。监狱长闻声赶来，刚想训斥，一见是我哥，声音立刻柔缓下来："噢，是他啊！他的事情以后你们就不要管了。"同牢房的犯人见状面面相觑，疑惑的眼神上下打量我哥，不知道这个戴眼镜的书生究竟是什么来头。从那以后，那些犯人对我哥都很客气了。

很长一段时间我哥吃不下饭，一成不变的水煮包心菜和硌牙的米饭让他无法下咽。每天的提审依然集中在"总理遗言"上，即便审问者有时云山雾罩说一些不着边际的话，但最后肯定万变不离其宗，归于"总理遗言"。最后，我哥终于弄明白，流传甚广的"总理遗言"并不是周恩来总理所写，而是有人伪造的。我哥当时确实还不知道"总理遗言"是谁写的，他坦然地认为，既然自己只是抄录了"总理遗言"，那么审查清楚后应该就可以被放出去了。同牢房的犯人也都认为我哥马上会被放出去，纷纷要我哥给他们带东西。一个犯人偷偷地给我哥看他自己做的、已积攒了十几颗的象棋子，他告诉我哥这些象棋子是用牙粉和上水一颗一颗搓捏出来再晾干的，而上面的"车、马、炮""将、士、相"等，是用针先戳出字样，再将牢房里那些脑满肠肥的蚊子打死，然后用蚊子血一点一点涂上去的。他对我哥说，那根戳字样的针被狱警发现后没收了，这副象棋只做了一半没法玩，希望我哥出去后能给他带一块肥皂，将针揿进肥皂里带进来。我哥虽然不知道自己是不是真能出去，但他却很想答应这位曾经凶神恶煞和自己抢水龙头的犯人。因为这段时间以来，他切切实实体会到一个失去自由的人是多么卑微和可怜。不管自己和同牢房的犯人有多么不同，但在失去自由这一点上，他和他们同样的卑微和可怜，甚至更为可悲。因为关在这里的每一个犯人都知道自己身犯何罪，只有我哥哥，至今还不明白自己罪从何来。

很久很久以后我们才知道,"总理遗言"这场惊天大案的源头来自我和我哥的同班同学,也是我们的邻居,那个在许多女生心中都曾掀起涟漪的风流才子蛐蛐儿。

蛐蛐儿的真名叫李君旭,一米八几的个儿,一头微鬈的头发透着浓浓的儒雅和书卷气。他说话的声音很有磁性,是一种令女孩子着迷的浑厚的男中音。我和哥哥从小学开始就和他同班,那时候都作兴起绰号,叫他蛐蛐儿是否和夏日夜晚蛐蛐儿清脆动听的鸣叫声有关我已经记不得了,但他的作文常常被语文老师当范文在班上朗读;他的普通话标准异常,不带一点南方口音且获过全市小学生普通话比赛一等奖,这些都让他在全班同学心目中成了当然的才子。可就是这样一个风度翩翩的小才子,却被他的野蛮同桌——一个人高马大、连留三级的女生制得服服帖帖,无论是测验还是考试,这个留级女生都要门门功课优秀的蛐蛐儿把卷子给她抄。蛐蛐儿稍有不从,留级女生就在桌子底下猛踢他的腿,狠踩他的脚。好几次蛐蛐儿在课堂上呜呜地哭起来,老师问他什么事,留级女生恶狠狠地盯着他,他就吓得什么也不敢说了。那时候,他曾委屈地撩起裤腿,给我和我哥看他腿上被那女生踢出的乌青,我和我哥大声嘲笑他的胆小和软弱,但我们哪里会想到,蛐蛐儿的胆小和软弱,看似他个人性格上的缺陷,多少年后却成了一场冤案得以被炮制的最初的起因。

蛐蛐儿那时在杭州汽轮机厂当工人,我哥在杭州半山电厂当工人,阿斗是建设兵团的,大耳朵在农村插队。虽然分布在各处,但他们仍然常常聚会。聚会总是在蛐蛐儿家举行。当时我们家住进了两家造反派,监视的眼睛似乎无处不在;阿斗的父亲虽然解放得稍早,已官复原职,但仍蜗居在一幢逼仄的民居楼中,也没有一处可以让他们高谈阔论的场所。相比之下,身为第一医院院长和浙江医科大学教授的蛐蛐儿的父母毕竟是英国剑桥大学毕业归来的高级知识分子,"文革"中虽然也受到了冲击，但各方面的待遇好像还没有被剥夺。蛐蛐儿的家是那种有前后门的老式三层楼带阁楼的房子，有很陡的木楼梯，白天也要开灯，有一种地下交通站的氛围。蛐蛐儿家那间十几平方米的低矮阁楼成了他们这帮热血青年激扬文字挥斥方遒的秘密据点。总理逝世以后，"四人帮"加快了篡党夺权的步伐，我哥他们的聚会也更加频繁，阁楼里的灯光经常彻夜通明。

一九七六年二月上旬的一天，阴冷的天空中翻飞着雪花，哥哥的同学大耳朵从他插队的农村回到杭州，我哥、蛐蛐儿、阿斗、晨光等一帮人都集聚到大耳朵家里。大耳朵从乡下带回来一大块新鲜狗肉，那是他插队的房东知道他要回城后，为了送他，狠心宰了自己家里养的狗。大家围着火炉烹狗肉议时政。大耳朵说，他插队的那个农村，农民都吃不饱饭，许多村民开始离开村子出去谋生了。大家又一起议论到刚刚下发的中央文件，议论到文件宣布的中央高层人事变动中没有了邓小平同志的名字。对时局的忧虑，对祖国前途命运的担心，让这帮热血青年更有了一种"天将降大任于斯人"的使命感。

在他们中间，蛐蛐儿并不属于核心人物，他的聪明和才情是大家一致公认的，但他身上那种小布尔乔亚的浮华与矫情也是显而易见的。面对窗外的雪花和屋里的炉火，蛐蛐儿慷慨激昂地说："我要当一颗铺路的石子，用我的热血去唤起民众！"我哥说："民众现在已经是一点即燃的干柴，缺的是点燃干柴的火星，我们是可以做火星的。"那一天，大家聊得很晚，大家聊到了总理逝世后会不会留下遗言，又猜测如果有遗言总理一定会说到哪些内容。

集才情和矫情于一身的蛐蛐儿有一种超乎常人的创造性思维激情，每当这种激情汹涌喷薄时，他就会在房间里走来走去，时不时冒出一些像马雅可夫斯基一样激情澎湃的诗句。就在大家议论总理会不会留下遗言时，以往总是很亢奋的蛐蛐儿却显得异常沉默，当时谁也没有想到，他的脑子里一刻也没有停止过转动，他将这帮热血青年你一句我一句的言论、观点、设想、猜测、希望……一丝一缕地融进自己的大脑，然后经过消化、过滤、融合，不动声色地构思创作了一份震惊中外、迅速传遍大江南北的"总理遗言"。

"总理遗言"分两部分，第一部分是给邓颖超的，很短，全文如下：

小超同志：

你我都是共产党员，一起革命五十多年，我相信你一定经受得起。要向蔡大姐学习，要教育孩子当好普通一兵。

战友周恩来

一九七五年十二月二十八日

另一部分较长，也就是当时轰动全国、震惊世界、几乎被人人抄录的著名的"总理遗言"，全文如下：

主席、中央：

我自第二次手术以来，病情曾有短期稳定。从下半年开始，癌症已经广泛扩散，虽然自觉尚好，但离开见马克思的日子确实不太远了。我想有必要向主席及中央汇报一下近来的一些想法。

患病期间，主席对我亲切关怀使我十分感动，主席年纪大了，要注意身体。有主席为我们党和国家掌舵，是全国人民莫大的幸福，也是我莫大的欣慰。这些日子，主席在遵义会议时和我的谈话历历在目，百感交集。不能为主席分担一些工作，我十分难过。为了我们祖国和人民的前途，主席一定要保重。

洪文同志几年来，无论在理论上，还是在解决问题上，提高都很快，对此我极为高兴，我们党后继有人，洪文同志今后要多抓全面性的问题，处理还要果断，为党多做工作。

朱德和叶剑英同志年事已高，要锻炼身体，当好主席的参谋，具体分工可以摆脱些，但你们所处的地位仍然是举足轻重的。我们老一辈人，跟主席那么多年了，要以高昂的战斗精神，保持革命晚节。

小平同志一年来几方面工作都很好，特别是贯彻主席的三项指示抓得比较坚决，这充分证明了主席判断的正确。要保持那么一股劲，要多请示主席，多关心同志，多承担责任。今后小平同志的压力更大，但只要路线正确，什么困难都会克服。

春桥同志能力强，国务院的工作，小平、春桥要多商量。

同志们，长期以来的病假使我有可能回顾自己所走过的路程。在这曲折的道路上，我永远不能忘怀那些在我们前面倒下的先烈，我们是幸存者。一九二六年我和恽代英同志分别时，他说："当中国人民都过上幸福生活的时候，我们能活着的人，一定要到死去同志的墓前，去告慰他们，死者会听到我们的声音的。"多少年来，我总想着，用什么来向他们汇报呢？……在此弥留之际，回忆先烈的遗言，对照我国人民的生活条件，我为自己未能多做一些工作而感到内疚……展望本世纪把我国建设成一个工业、农业、国防和科学技术现代化的社会主义强国的壮丽前景，我充满了必胜的信心。死对于共产党员来说算不了什么，因为我们把生命交给了人民的事业，而人民的事业是永存的。唯一遗憾的是我再也不能和同志们一起前进，加倍工作，为人民服务了。同志们一定要把党和人民的利益放在一切之上，在毛主席的领导下，团结起来，争取更大的胜利。

关于我的后事，我向中央请求：

将我的病情发展告诉全国人民，以免引起不必要的猜测。

追悼会主席不要参加，会应力求简单，请洪文同志主持，小平同志致悼词。

骨灰不要保存，撒掉。

永别了，同志们！

周恩来
一九七五年十二月二十九日

当年，几乎所有看到这份"总理遗言"的人没有一个人怀疑它的真实性。无论是说话的口吻；无论是对当时活跃在中国政治舞台上的中央高级领导人评价的分寸把握和不偏不倚；无论是对中国革命历史的了解；无论是文字的干净简洁和节制、不张扬……一切都像极了人们心目中周恩来为人处世的秉性和风格。

蛐蛐儿在这一点上似乎极富特工人员的素质和天性，他口风严紧，不露半点声色，即便和他最好的那帮哥们弟兄，包括我哥，他都没有透露一丁点的风声。

在一九七六年春节过后不久一个寒冷的晚上，当大家又集中到蛐蛐儿家聚会时，蛐蛐儿在昏黄的灯光下，拿出了两张薄薄的纸。那就是他精心炮制的"总理遗言"。但他没有将真相告诉他的这些伙伴们，只说他是抄来的。

现在回想起来，一切都是那样的不可思议。一位堂堂的国务院总理的"遗言"怎么会出现在你一个小小的工人手里，你又是打哪里抄来这样一份"总理遗言"？可当时在场的几个热血青年，他们看了以后没有一个人问类似的问题，在议论了一番"和我们猜测的挺像"之后，全都埋头抄写起来。

多少年以后，蛐蛐儿告诉我，当他看到连我哥哥这样一个在他看来很有政治头脑的人都不问一字，埋头就抄这份"总理遗言"时，他知道自己成功了。

接下来的事情就一发不可收拾了，当时在场抄录这份"总理遗言"的有我哥、阿斗、晨光，他们无一例外地都将这份抄录的"总理遗言"拿给周围的亲人、朋友、同学看了，而每一个看的人也都无一例外地埋头就抄，我也是在这个时候从我哥哥手里看到"总理遗言"的，也是看了以后埋头就抄。我当时甚至还把它背了下来。依旧没有一个人问及这份"总理遗言"的来源，也没有一个人对这份"总理遗言"的真实性提出质疑。而每一个抄录的人又都以最快的速度再传给他们周围的人，一传十,十传百,百传千,千传万……就这样,这份仅仅出自杭州汽轮机厂一位二十三岁小工人之手的所谓"总理遗言",却冠以周恩来的名字在短短的时间内像滚雪球一样迅速地传遍了几乎整个中国。

那是一个特定的年代,特定的时期。从一九六六年"文革"开始,中国社会动荡了十年。祖国大厦已被白蚁蛀空,大厦危在旦夕,社会主义的中国经济已面临全面崩溃的边缘。尽管那一年的元旦发表了毛主席"到处莺歌燕舞"的伟大诗篇,对毛泽东思想历来崇拜敬仰的人民群众却开始厌倦最高指示传来后立即上街欢呼游行的举动。老百姓心头压抑已久的对现状的强烈不满如长时间积聚的滚烫岩浆,随时都将喷涌而出。大家都已知道周总理病了,病得很重。"文革"搞乱了国家,搞乱了人民,搞乱了思想,周总理在这种情况下,忍辱负重,倾心倾力支撑着摇摇欲坠的国家大厦,"四人帮"还要想方设法折磨和打击周总理,而毛主席年事已高,身体又不好,他即便想保护周总理也是心有余而力不足了。全国四届人大时,周总理硬撑着形销骨立的身子坚持做报告的样子,让每一个忧国忧民的人都看在眼里,痛在心上,但是谁也不敢说。大家也都清楚地看到周总理对邓小平同志的信任,看到了小平同志上台以后大张旗鼓地改革整顿,抓革命、促生产所产生的新气象,看到了从一九七五年年底到一九七六年年初"四人帮"搞的"反击右倾翻案风"矛头所指完全是针对邓小平同志的。善良而无奈的中国人不知道该怎样表达自己内心真实的意愿。就在这个时候,人们看到了"总理遗言"。

一切尽在不言中,每一个人都毫无保留地相信"遗言"的真实性。因为"遗言"中有许多内容迎合了人们的心理渴望。(虽然"遗言"中也有一些对张春桥、王洪文言不由衷的评价,但大家都相信那是在特定的历史条件下总理不得不说的话。)许多人都是含着热泪反复诵读,特别是那句发自肺腑的"回忆先烈的遗言,对照我国人民的生活条件,我为自己未能多做一点工作而感到内疚"让无数人唏嘘,当今天下,有谁能如此真诚地向国人道歉?还有关于后事的三点请求,其中"骨灰不要保存,撒掉"，寥寥八个字，更让多少人潸然泪下。人们心中流淌的无以言说的情绪在这样一份从天而降的"总理遗言"中找到了最妥帖的寄托。

两个多月后，当全国都在传诵周恩来的"总理遗言"时，中共中央发出了紧急电话通知，通知宣布："总理遗言"是伪造的，是一份蓄谋的"反革命谣言"，要在全国范围内展开彻底的追查。国家公安部为此专门发了文件。

事实上，凭着公安部门杰出的侦破手段和蛐蛐儿的极其幼稚，追查通知发出不到一周，"遗言"制造者蛐蛐儿就被公安局网入囊中。事情至此本来可以迅速结案，人证、物证、本人供词一应俱全。然而，案子上报后，有关方面没有一个人相信这样一份轰动全国乃至世界的"总理遗言"居然会出自一个年仅二十三岁的青年工人之手，在中央高层当时重权在握的某些人看来，这简直是滑天下之大稽。上面下令继续深入追查，一定要把隐藏在幕后的策划者揪出来。

对蛐蛐儿的轮番疲劳审讯开始了，他们不让蛐蛐儿睡觉，整天用一百支光的电灯泡照着他的脑袋，有好几拨人倒换着反复问他同一个问题："遗言"的真正制造者是谁？这样的折磨显然比当年课桌下那个留级女生用脚狠狠踢他踩他要痛苦多了。蛐蛐儿从小就是软弱胆小的，他有他的正义感和政治头脑，他也有他丰沛的才情和比同龄人高出一大截的写作能力，在那些悲愤的日子里，他和他的青年伙伴们一起谈论国家兴亡，谈论人民群众的情绪，谈论各种各样的小道消息，甚至在大家谈到如果"四人帮"上台他们就像当年父辈离家闹革命一样上山打游击时，他也会摩拳擦掌，跃跃欲试。但当那些公安人员戴着大盖帽、红领章在他眼前晃来晃去，要他交代谁是真正的"遗言制造者"的时候，他害怕了，千百次的追问足以瓦解最激烈的意志。终于，他说出了我哥哥的名字。

多少年以后，我曾经问过哥哥："你恨过蛐蛐儿吗？"因为我知道曾经影响我哥哥生命历程的一场大病，病根就是因为"总理遗言"案关押在京城监狱时种下的。哥哥很久没有回答，目光穿过窗外飞向遥远的地方。过了很长时间他才说："假如蛐蛐儿从一开始就告诉我真相，我一定会和他共同承担的，毕竟'总理遗言'中的许多想法和提法我们曾多次在一起讨论和猜测过，更重要的是，要不是因为我，蛐蛐儿决不会这么深地卷入政治，他可能会成为一个才华横溢的诗人。可是……所以我一点也不恨他，他比我更惨。"

一旦说出了我哥哥的名字，在公安人员看来，整个案子就有了突破性的进展。当时，中央高层内部斗争激烈。以"四人帮"为代表的一方认为："总理遗言"这样大的政治案件显然隐藏着巨大的政治背景，而这样的政治背景必然应该产生在干部这个阶层，蛐蛐儿的知识分子家庭背景显然不符合上面追查的要求。我哥哥在上海被抓后，公安局挖地三尺般的抄家让他们大有收获。他们在我姐姐房间的一张写字台的抽屉里发现了一叠信，每封信的落款都是同一个名字——阿胖。经调查，阿胖正和我姐在谈朋友，而阿胖的父亲时任浙江省委领导，更重要的是，他是浙江省去北京参加周总理追悼会并面见邓颖超同志的三位省委领导之一。从这条线顺藤摸瓜，案子就渐渐纳入了上面希望的轨道。接下来被拖进这桩案子的人都是符合上面暗示的干部阶层要求的：阿斗和阿斗身为省厅局领导的父亲；其在浙江大学当处长的母亲；蛐蛐儿前女友那位时任省委组织部处长的父亲。

涉案人员中有七个将被押送到北京。他们是我哥哥、父亲、姐姐、蛐蛐儿和他的父亲，阿斗和他的父亲。

五月下旬一个阴沉沉的日子，一辆接一辆紧拉着窗帘的吉普车悄无声息地从杭州火车站一处不被人注意的边门驶进了通往北京的火车站台，一列和普通火车没什么两样的火车已经静静地卧在铁轨上。与众不同的是，这列火车周围没有熙熙攘攘、你挤我拥的乘客，而是一片肃杀和静谧。悄然驶进站台的每一辆吉普车的车门都正对着一节车厢的门，而每一节车厢的每一扇窗户都紧拉着窗帘。神秘和紧张挂在每一个乘警和列车员的脸上，他们显然事先接到了有关方面的通知，知道今天押解的是一批十分重要的犯人。

后来我姐姐告诉我，虽然他们并没有蒙上她的眼睛，但是从她被带出关押的房间到坐上吉普车，再到坐上火车，她始终不知道自己被从哪里带到哪里，她的视线所及超不过一米以外。当她从吉普车上下来，还来不及朝两边望一下，一左一右两个身穿绿军装的解放军战士就以最快的速度将她架上一节车厢，推进一个包厢。包厢里除了一个当兵的和她自己再没有第三个人。当她四下张望，试图寻找什么时，当兵的严肃地告诉她，一个包厢一个犯人，你不用寻找，你什么也找不到的。倔强的姐姐一再问当兵的要把自己押送到哪里去，当兵的冰冷的眼神和紧抿的嘴唇终于让姐姐放弃了打探，但从小聪慧过人的姐姐还是从当兵的那一口纯正的京片子中判断出：自己应该是被押往北京。

哥哥、姐姐、父亲的被抓让我的生活从此产生了彻底的变化。我们家那幢美丽的小楼四周昼夜布满了便衣警察。只要是来我们家的人，很快就会遭到公安局的传讯。母亲不愧是经验丰富的老地下工作者，她让我给所有想得起来的人打电话，告诉他们家里出事了，叫他们千万不要到家里来，我们不想牵连更多无辜的人。几天后，家中的电话被掐断了。

还是不断有人来看我们，虽然我们不希望有人来，以免惹出不必要的麻烦，但说心里话，只要听到有人敲楼梯门，我心里还是非常兴奋和激动。

第一个来的是秀才，她是我中学同学，由于她总是口若悬河并且功课极棒，大家都叫她秀才，而很少有人叫她真名。她来时外面正下雨，她穿了一件军绿色的胶皮雨衣。她是个一千多度的近视眼，厚厚的镜片上那一圈圈螺纹让你看不清她藏在镜片后面的眼睛。

她说话一改平时的滔滔不绝，字句很短，声音压得很低，像地下党在说接头暗号。

"抓了几个？"

"我们家三个。"

"还有谁？"

"蛐蛐儿和他爸爸，阿斗和他爸爸。"

"噢。"

秀才探头朝里屋看了一眼，又看看我，没再说话，转身走了。

许多年过去了，我至今都没有问过秀才，她那次冒雨来我家到底来干什么。我也不知道便衣警察有没有发现她，她有没有遭到传讯，但我常常回想起她穿着军绿色胶皮雨衣，站在我家房间的过道上，雨水滴滴答答往下掉的情景。

第二个来的是小嵇，一位热情奔放的青年诗人，也是一个率性耿直的军人。我和他是在翠竹环抱的四明山认识的，那是《浙江文艺》（即《东海》）举行的一次笔会，现在活跃在浙江文坛的重量级人物有不少都是从那个笔会上出来的。

我和小嵇都是参加笔会的业余作者。小嵇来时穿着军装，红领章红帽徽的，进来便有些昂首挺胸的样子。他搬来一箱粉皮鸡蛋，还趁我不注意，将一包东西塞进我床上的被子里，事后我才发现是一包金猴奶糖。对于小嵇的到来我很紧张，因为他太不管不顾了，嗓门又大，进门就说，我写了一首歌颂邓小平搞整顿的长诗。还没等我阻止，他就激情澎湃地朗诵起来，那高亢无忌的声音在那种压抑的岁月里简直就是异数。我拼命摆手，叫他不要再念了，可他根本不理会，依旧兴致勃勃，慷慨激昂。直到我母亲沉着脸出现在门口，小嵇才朝我一吐舌头，红着脸叫一声"阿姨"，赶紧走了。

我追到楼梯口喊："小嵇你不要再来了，我妈是为你好！"

小嵇回头挥挥手："没事！没事！"

张强和程坚是前后脚进我家门的。张强是我小学最要好的同学；而程坚是我中学同级不同班且在校时没什么交往的同学，我上高中时，他就被分配到一家菜场卖菜去了。

他们都很直截了当。张强说，她爸爸认识一个公安局的头儿，要不要托他去打听打听人被关在哪里，到底犯了什么事儿，何时能出来。程坚则拎来几条带鱼，一捆青菜。他的性格有点木讷，眼皮总是耷拉着像没有睡醒的样子。但谁都知道，那时候物资十分匮乏，老百姓想买点肉骨头和猪油都得半夜去排队，像这样闪着银鳞的带鱼，那要不是菜场职工的家属，恐怕根本别想吃到。这份细微的体恤是任何语言都无法替代的，家里出事后我和妈妈没有出过门，已经有好多天没吃新鲜菜了。程坚送来的带鱼和青菜让我口角生津，眼睛发亮。

妈妈倒是没反对张强托她爸去打听亲人被关在哪里的提议，虽然我看得出她对这种打听会不会有结果并不抱什么希望，但她内心的焦虑和担忧让她此刻只要见到一条缝都会钻进去。她坚持将带鱼和青菜的钱给程坚，同时也叫他以后别再来了。程坚说，我一个卖菜的我怕什么，我就是给你们送点菜，这难道也犯法吗？

那以后，程坚果然隔三差五地送菜来，而且公安局果然没有找他的麻烦，他大约是来我们家却唯一没有遭到传讯的人。

更让我感动和不能忘怀的是一次我最终没有参加的萧山聚会。那次聚会的发起人是小林和陈兄，其他大多也都是参加四明山那次笔会的作者。

我家里出事，大家马上都知道了。小嵇大着胆子来我家以后，大家都向小嵇打听我的情况。因为四明山笔会时我和小林住一间屋子，朝夕相处，无话不谈，成了非常好的朋友。记得当时虽是冬末春初，但山上已星星点点绽开出美丽的映山红，我和小林常常在竹林小径中长时间地散步。现在回想起来，散步不是我们的目的，而离开压抑的城市，来到这犹如世外桃源的四明山，在没有政治硝烟的大自然中可以毫无顾忌地敞开心扉，才是我和小林一下子走得很近的根源。在那里，我把我从哥哥处看到并抄录的"总理遗言"逐字逐句背给小林听，但那时我根本没有意识到我所背诵的"总理遗言"会在以后的日子里改变我们一家人的命运。笔会结束回到杭州后，小林常和我联系，鼓励我写东西。由于我和小林接触频繁，公安局也对小林进行了传讯。小林觉得自己不方便到我家来，但她又不放心我，所以想了一个主意，搞个四明山笔会的部分作者聚会，聚会放在陈兄家，因为他家在萧山，那时候杭州人的印象中萧山就是乡下了，大家心理上觉得乡下比较安全。他们煮了一只鸭子，然后让小嵇来叫我，说大家都在萧山等我吃鸭子。

我知道那年头上面对聚会比较敏感，我也更怕由于我家的事而连累大家，所以我最终没有去参加那次萧山聚会，但没吃成的那个鸭子带给我的向往和温情却让我至今都没有忘记。

就在张强托他爸打听消息迟迟未果的时候，我父亲、姐姐、哥哥，以及蛐蛐儿、阿斗和他们的父亲一行七人，已经被悄然押解出杭，送往北京。

哥哥曾经应我的要求给我画过一张关押他长达一年半之久的牢房的地图。称这地方为牢房也许不太准确，因为事实上那地方位居北京城市的心脏，长安街的中心路段，全国总工会对面的一条胡同里。行人若是从那里路过，绝对不会想到那样的地方会和牢房有什么瓜葛。那里原先是中央政法干校的校舍，不知从什么时候起成了关押政治犯的地方。

在哥哥的描绘中，那是一个幽静美丽的院落，院子里长着一片金灿灿的向日葵。凹字形的一溜房子很像学校老师的办公室。每个房间对着走廊和院子的一面是门，每扇门的上端是一块透明的玻璃，但玻璃被厚厚的牛皮纸从外面给糊上了，只在上面挖了一个小洞，这个小洞刚刚可以容纳一只眼睛。哥哥说，很长时间他都无法适应这个小洞里常常会突然冒出来的眼白多于眼珠的瞳仁，每次当自己的目光和小洞里的瞳仁撞上时，全身就会起鸡皮疙瘩。更摧残人神经的是每个房间里门的上端一盏一百瓦的电灯泡一天二十四小时照着你，尤其是晚上睡觉时，白晃晃的刺眼的灯光正好打在你的床上，让你有一种被扒光了衣服裸露在别人眼皮子底下的感觉。据说有不少人就是受不了这种灯光夜以继日的不间断的照射，最后胡乱交代，甚至神经错乱的。

从北京站出来依旧每人被带上一辆吉普车，押送的军人男的英俊、女的漂亮，都是中央警卫局的解放军战士。他们训练有素，时间掌控得很好。虽然我哥哥、姐姐、父亲同坐一列火车进京，又被送进同一所牢狱，但他们彼此居然都不知道隔墙就关着自己的亲人。

我和母亲一直不知道家中的三个亲人已被关押在北京，我们依然望眼欲穿地等着张强给我们带来消息。但张强却一去不复返，音讯全无。我们和外界的联系几乎完全隔断，我和母亲内心的焦虑无以言说，但生性要强的母亲对我说，我们要相信群众相信党，一定要开开心心地等他们回来，我们不能让别人看我们的笑话。

母亲说的别人是住在菩提寺路蕙宜村1号这幢小楼里的另外三户人家。楼上两家是"文革"中造反住进来的，而楼下的奶奶家则是拥有祖孙三代十几口人的大家庭，老祖宗奶奶在这个家里拥有至高无上的权力。他们家的第三代都是和我们年龄相仿、从小一块儿玩的伙伴，我们家出事后，奶奶不允许他们再到我们家来玩，甚至不允许他们和我说话。可我们毕竟还都是孩子，奶奶的阻拦无法禁锢我们说话交流的欲望。他们总是趁奶奶不注意时蹿上二楼，溜到我们家的后晒台上，我也总是避开母亲的眼睛，躲到后晒台来和他们胡侃海聊一通。这里开阔空旷，四周一览无余，只有风从脸上轻轻抚过。有时我会突然哭起来，眼泪哗哗地往下淌，他们不会安慰我，却会静静地陪我一起流眼泪。

我知道自己不能总寄希望于从别人那里寻找安慰，我必须自己从内心里坚强起来。我想起"文革"中爸爸妈妈都被送到干校劳动改造那阵，他们的工资都被冻结了，我和哥哥没有钱买肉吃，便养了一只名叫"花花"的黄毛小母鸡，它每天都下一只蛋，而每次下蛋后"咯咯哒"的叫声带给我们的快乐和温暖使我们那时候的日子都明亮起来。

我和母亲商量我们是不是养几只鸡。没想到母亲一听我的主意，脸上第一次露出了笑意，说："要养就多养几只，养得肥肥壮壮的，等你爸爸、哥哥、姐姐回来吃！"

我一下子养了六只鸡，还在碗桌下用木栅栏围起来，给鸡营造了一个家。每当下午太阳落山时，我就会把鸡放出来，让它们到天井里散步。

每次鸡到天井里散步时，奶奶都会站在她家厨房门口大着嗓门发出一串笑，那笑声一听就是那种皮笑肉不笑的干笑："哈哈哈，你们养那么多鸡给谁吃呀？"

我这时总会一边给鸡喂食，一边也哈哈大笑地回答："六只鸡不多呀！等他们回来还不够吃呢！"

奶奶撇撇嘴说："他们还回得来吗？"

我朝地下吐一口唾沫，大声说："当然回得来！我妈说了，相信群众相信党，没有事情总归没有事情。"

那一年的夏天巨热无比。七月六日，朱德同志逝世。七月二十八日，唐山大地震。九月九日，毛泽东主席与世长辞。自然界的灾难和人世间的悲苦有否心灵感应我无法知晓，但像一九七六年那样天灾人祸如此集中地接踵而至，让我冥冥之中觉得，人的意志无法和上苍抗衡。

多少年后，我哥告诉我，唐山大地震时，北京震感强烈，他房间里的暖瓶弹跳起来，翻了两个滚发出"嘣"的一声响，水和银色的瓶胆撒了一地。我哥下意识地朝门上方的小孔看了一眼，平时只要房间里稍有动静就会出现在那儿的瞳仁破天荒地没有出现，倒是房门一下子被打开，值班的警卫战士满脸急切地问："怎么啦？怎么啦？"我哥说："什么怎么啦？地震啦！"警卫战士二话没说，拉着我哥就往外跑。我哥一跑到外面就觉得一种久违的只有天地间才有的气息扑面而来，这是他被关押进来后第一次看到天和地，那样的感觉若不是亲历绝对无法理解。天黑得伸手不见五指，瓢泼大雨像水盆倒扣。但我哥还是看清了所有的牢房门都已打开，警卫战士和被看管的犯人在漆黑中混同一片，大家都朝一个方面推搡拥挤。在生命的悬崖边，求生的本能让牢房内外的人在一瞬间搀扶在一起。但这样的亲近和搀扶真的只是在一瞬间，几秒钟后，看管的和被看管的都清醒地意识到彼此应该保持的距离和分寸。很快，一卷卷的塑料布运来了，训练有素的战士们在极短的时间内就重新意识到自己的职责所在，他们敏捷地打开塑料布，闪电般地一个个手臂高擎，拽扯着塑料布的四只角，绷拉出一个个独立的方阵空间，犯人在尚未看清左右的情况下已经被重新隔离开来。我哥说，那一晚的感觉仿佛不是在逃离死亡寻求活命，而好像是生死相依血肉相连，他对那些高擎着塑料布帏帐的手突然间有了一种唇齿般的心痛。

　　唐山大地震后，关押在此的犯人第一次开始有了放风的待遇，虽然每次只有半个小时，但这已足以让原本二十四小时不见天日的犯人们心满意足。蓝天、太阳、金灿灿的向日葵、绿色的小草……这些在旁人看来再普通不过的物件，在我哥眼里全都美丽无比。每次放风，我哥都会眼睛一刻不停地扫射四周每一分每一寸。突然有一天，我哥在放风庭院的一个墙角的砖壁上看到一行小字："小弟，对不起！""小弟"是我哥的小名，除了家人，只有蛐蛐儿这么叫他。我哥环顾四周，他明明知道自己不可能看到蛐蛐儿的踪影，但他还是下意识地想寻找蛐蛐儿的蛛丝马迹。他想告诉蛐蛐儿，他并不怪他。

　　当时间如同冰凉的秋水深刻地掠过存在的境域时，我体悟到岁月这把刻刀的无情。虽然我已从多年来一直关心、帮助蛐蛐儿的哥哥处初步了解了他的现状，我也对蛐蛐儿今天的形象在心中做了千百种的描画和设想，但当我真正见到他时，心中的震撼和哀伤还是无法言说。

　　为了写这篇文章，我在今夏将近四十度高温的天气里，走进了蛐蛐儿现在的家。没有看到空调，一台嗡嗡作响的破电扇摇摆着脑袋吐着热风。一个五十多岁的男保姆陪伴蛐蛐儿住在这套至多不超过五十平方米的老旧灰暗的居室里，蛐蛐儿臃肿肥硕的身躯一看就是常年坐轮椅或卧床不活动造成的。他的脑子还是相当清醒的，但那木讷的表情和迟缓的动作却像一个患了痴呆症的老人。当年那个令多少女孩子着迷的风流才子的英俊潇洒，在他身上再也找不到一丝一毫的痕迹。

我将买来的水果和我主编的1至4期《江南》放在他身旁，问他："你还记得我吗？"我猜想他是要思索回忆一下的，没想到他立马脱口而出："袁敏怎么会不记得呢？"我的眼泪一下子就涌了上来，久远的记忆像潮水一样呼啸而来。

我问他："你能看书吗？"

他说："能。"

我又问他："能写东西吗？"

沉默了大约几十秒钟，他说："能。"

我告诉他，我正在给《收获》杂志写关于"总理遗言"的回忆文章，我还告诉他，《江南》有一个栏目叫"第一见证"，专门刊登一些亲历亲为的重大历史事件，我也希望他作为"总理遗言"的第一当事人，给这个栏目写一点真实的文字。我希望我和他能从不同的侧面、不同的角度反映一段共同的历史，这样也许会更客观、更公正、更全面。他没有拒绝。

一个星期以后我给他打电话，问他写了没有。他在电话那头沉默了很久才说："没有。""是不想写还是写不动？"半响，他才又说："写不动。"我有点着急："身体不好吗？""没有。""那为什么？"他没有回答，电话里却传来沉重的呼吸声。我也不说话，听着他的呼吸声像触摸到他的心跳。几分钟后他用很低沉的声音说："不想写。"

我默默地握着话筒，我能理解这"不想写"三个字背后的痛楚和心酸。就像一个已经结痂的伤口，你要让它重新被挖开来，露出里面鲜红的血和肉，这确实是太残酷了。我知道他为"总理遗言"付出了青春、爱情、健康、家庭，甚至付出了丧失工作能力、丧失拥有孩子的权利的惨痛代价！这是一个长篇的容量，我在这里无法将它铺陈开来。

我想挂断电话时，蛐蛐儿突然开口了："我相信'总理遗言'也是总理要说的话，那不是伪造的，真的是总理的遗言。"

我看不见蛐蛐儿的表情，但我听到他一字一句非常清晰地说出这样的话，我还是有点愕然，可以想见他一定是又沉浸到自己创造和梦幻的意境中去了。

当年蛐蛐儿从北京监狱放出来后很长时间没有和我们联系，虽然我们从来都觉得应该把这件事情的账算在"四人帮"头上，但他总觉得对不起我们，不好意思来看我们。直到有一天他写出了一部后来获全国报告文学奖的稿子《啊，龙！》，当时我在《东海》杂志当编辑，蛐蛐儿为了投稿，第一次到编辑部来找我。那也是他出狱后我第一次看到他。我记得很清楚，他当时也是这么对我说的："'总理遗言'确实是总理想说的话，不是伪造的，真的是总理的遗言。"

我没有反驳他，只是静静地听他说。当时的他依旧风度翩翩，潇洒倜傥，我们谁也不会想到此时他因在监狱里长期失眠，靠吃大量安眠酮才能入睡的依赖性已经等同于毒品上瘾，我们更无从预料这种毒瘾居然会毁掉他的后半生！

那一次，他对我说了很多话。

他告诉我，为了写好这份"总理遗言"，他曾经搜集了大量周总理的讲话、报告，以及别人写周总理的文章，仔细阅读仔细揣摩。他还在父亲曾当过团省委第一书记的晨光家里看到一本时任团中央第一书记任弼时的追悼会纪念册，里面的许多内容都给了他很大启发。最最关键的是，蛐蛐儿认为，在当时那种党和国家都处于险恶境地的危难时刻，知道自己即将离开这个世界的总理肯定是忧心如焚的，他不可能不留下遗言，他更不会在自己撒手人寰时对全国人民失语。这就是他写"总理遗言"的动因，他认为自己只是说出了总理想说而来不及说的话罢了。

今天，当我从电话里听到蛐蛐儿说着和当年几乎相同的话时，我终于明白：这么多年过去了，许许多多的事物都已改变，蛐蛐儿也从一个风流的青年才俊变成一个过早步入老弱病残行列的几乎被人们遗忘的人，但他对"总理遗言"的信念却从一而终。

在我写这篇文章的过程中,我曾几次问哥哥:"粉碎'四人帮'四个月以后,父亲、姐姐,还有阿斗和他的父亲、蛐蛐儿的父亲都被放出来了,为什么单单把你和蛐蛐儿又关了大半年呢?假如说因为蛐蛐儿是真正的'遗言'制造者,还能说出一些继续关押的理由外,那么,将你也扣着不放是什么原因呢?"

哥哥始终没有正面回答过我。后来,在我的再三要求下,他才拿出一个颜色陈旧的牛皮信封,将他从来都秘不示人的个人档案展示在我的面前。我从中挑出了与"总理遗言"案相关的材料。

第一封材料是:

关于袁中伟同志的审查结论

袁中伟:男,二十三岁,浙江上虞人,因有伪造总理遗言的嫌疑,于一九七六年五月九日拘留审查,后送北京进行保护性审查。经查,袁中伟同志和制造总理遗言无关,但是在"四人帮"搞乱浙江的很复杂的情况下,也说了一些损害伟大领袖毛主席的话,属于严重的政治错误。现解除审查,回原单位工作,工资照发。

中华人民共和国公安部
一九七七年十一月四日

材料虽然是复印件,但字迹清楚,右下角那枚带着国徽图案的中华人民共和国公安部的印章有一种赫然和庄严之感。

哥哥告诉我,他当时根本就不同意公安部作出的结论,并拒绝在结论上签字。公安部的同志对他说:"你不签字,这个案子就结不了,案子结不了,你就出不去,你难道不想早点回家和家里人见面吗?"在他们反复轮番地劝说下,我哥哥终于同意签字。他在他的审查结论上写道:

这个结论我本人不同意,我保留向华主席、党中央直接反映情况的权利。

袁中伟

公安部的同志当时就傻了,他们没有想到我哥哥会签下这样的意见。他们将他一个人撂在房间里,出去商量了半天进来对他说:"你这样签字就出不去了。"我哥哥说:"我不出去,我不能拖着这样一条政治尾巴去面对我今后的生活。"僵持了半天,他们尴尬而无奈地说:"那还是先让你出去吧。"

出狱后我哥哥被转移到一个招待所,在招待所期间,他们继续派人轮番做他的工作,要他撤销自己的意见。他们说:"这个案子已经定了,中央领导都签了字,你不要再固执了。"有一个瘦高个的中年人和颜悦色地对我哥哥说,你们是路线斗争的牺牲品,我党历史上每次路线斗争总有一批人要牺牲,这是革命需要付出的代价。现在"四人帮"粉碎了,邓小平已经出来工作了,你们的目标也已经达到了,虽然坐了牢,但到底没死人,你们还算是幸运的,这样的结局你们应该满意了。

后来我才知道,这名公安人员的话并不是危言耸听,据说当时我哥、我姐、我父亲以及其他涉此案关押在北京的蛐蛐儿、阿斗和他们的父亲共七人,都被定性为反对伟大领袖毛主席的现行反革命,判处死刑。而我和母亲的户口也在我们根本不知道的情况下迁移到富阳农村。假如没有粉碎"四人帮",我们必将家破人亡。

此时,浙江省公安局来北京接我哥哥的同志也帮着做我哥哥的思想工作。一名姓蒋的老公安对我哥说:"我们大家都是这场路线斗争的受害者,我的损失比你还大。"原来这位蒋公安当时是省局负责"总理遗言"案子的成员之一,一九七六年七月二十八日,他去北京送此案的审查材料,他儿子的女朋友在唐山工作,儿子便要求和爸爸坐同一辆火车去看望自己的女朋友。车到天津时儿子下车了,从那儿转道去唐山。就在那天晚上唐山大地震,打那以后,儿子就再也没有任何消息,就像从这个地球上蒸发了一样。他曾发疯一样地寻找和打听儿子的下落,但始终没有任何线索，生不见人，死不见尸，这种莫名其妙丧子的悲苦他无法向任何人述说，他是去送死的呀！蒋公安对我哥说："假如那天我不去北京送你们的材料，我儿子是不会坐这趟火车的，不坐这趟火车，他就不会遭遇唐山大地震，不遭遇唐山大地震，那我现在可能就快抱孙子了……"蒋公安说这话时眼睛湿润了。

哥哥不再说话，无论是天意还是人为，再大的冤屈比起一条骤然消失的鲜活的生命，你还能说什么呢？但是，哥哥的沉默并不表示他的认同，他最终也还是没有改变自己的意见。

陈旧的牛皮信封里还有两张泛黄的纸也许可以作为"总理遗言"这个惊天大案的结尾。

第一张纸上的内容是：

中共浙江省委（决定）

省委发［1978］112号

关于给袁中伟同志彻底平反的决定

省电力局党组转

杭州市半山发电厂党委：

在"四人帮"及其在我省的代理人赖可可、罗毅进行篡党夺权的阴谋活动中，他们利用追查"总理遗言"，于一九七六年五月，对反对"四人帮"的袁中伟同志非法抓捕，实行所谓"拘留"和"保护审查"，纯属政治迫害，应予彻底平反，对袁中伟同志的一切诬陷不实之词，应一律推倒，恢复其政治名誉。

中共浙江省委

一九七八年十一月三十日

第二张纸上的内容是：

公安部关于给袁中伟同志彻底平反的决定

袁中伟同志因所谓"总理遗言"问题受"四人帮"在公安部党羽和在浙江的代理人的政治迫害而被非法抓捕,进行所谓"审查"。事实是:袁中伟同志是积极反对"四人帮"的,并和伪造"总理遗言"毫无关系。中共浙江省委为此在一九七八年十一月三十日已作出的《关于给袁中伟同志彻底平反的决定》是正确的,公安部同意中共浙江省委的这个决定。同时,撤销销毁公安部一九七七年十一月三日《关于袁中伟同志的审查结论》,有关材料予以销毁。

中华人民共和国公安部
一九七九年×月×日

后面的月和日被一枚中华人民共和国公安部印章上庄严的国徽盖住了,我努力辨认了半天还是看不清楚,便放弃了努力,因为我从心里觉得,这样的平反决定对我们亲历这个惊天大案的人来说已经不重要了。

二〇〇六年九月十六日

(原刊于《收获》2006年第6期)

杂志80年代

陈东东

一

我记得自己坐在上海师范学院主楼第五层的期刊阅览室，时间是一九八〇年十月的一天下午。跟可以带进从食堂买来的馒头酱菜、从早泡到晚的图书阅览室不同，开门迟、中午还休息、黄昏一到立即关门的期刊阅览室通常没几个读者。长桌空阔，铁架椅子空落落的愈显简陋，墙上鲁迅先生手握金不换毛笔横眉冷对的巨幅油画，不知是挂得久了还是原先就这色调，蒙着一层阴灰。不过那个下午阳光非常好，透过宽大的钢窗照进来，把什么都变得明亮——太明亮了，以至于看东西需要眯缝起眼睛。我面前那本略已破旧的《世界文学》杂志，封面的橘黄色也微微泛红，似乎还有些发烫。或许因为逃课，楼下足球场上的人声和哨子声被我有意听得隐约，有意反衬悠恬？这个宁静安逸、适合闲览的下午，后来，在回忆里，成了我的八十年代的开始。

那时候我才过了十九岁生日，到这所学校的中文系读书也才一个月出头。之前半年，在复习迎考的紧张时日，我并没有想好，不，实在连想都没想自己该学个什么专业。对就读于一所普通中学、功课一般、成绩偏下的人来说，考大学就像为了逃离现时和将来的困难境地，连续熬夜排长队去买火车票（事情的严重和滑稽似乎都在于，困境本身就会是你没能买上火车票）：那种焦虑、折磨和混同于绝望的希望，比当时绕火车售票楼好几圈熬夜排队的实际状况还要强烈；所以，获知自己竟上了分数线，有资格填写大学志愿书的意外和恍惚，也要比终于排到了售票窗口那个小小的拱形面前更加梦幻。可能，我是从志愿参照资料上看到"中文系"这三个字，才想到填写"中文系"的；也可能，我那个分数给我的选择余地实在有限，没奈何才填写了"中文系"。迈进大学门槛的时候，我其实不清楚何为中文系，对自己何以到中文系读书更是一派模糊。四年大学生涯，我干些什么呢？只是，反正，算是幸运吧，我挤上了火车，继续身在一时无需自己操心的轨道规定性之中。

但特别的事情发生在期刊阅览室的这个下午——当时它就被戏剧化了，后来更仿佛我的私人神话——一九九二年，面对"你为什么写诗？对你来说，诗是什么？"这样两个陷阱般的提问，我曾回顾当时情形，用作笔答的引入话头——

　　突然，仿佛让人在背后狠拍了一掌，我从漫不经心的状态中惊醒！
　　我看到这样的诗行出现在纸上：
　　姑娘们如卵石般美丽，赤裸而润滑，
　　一点乌黑在她们大腿窝内呈现，
　　而那丰盈放纵的一大片，
　　在肩胛两旁蔓延。
　　她们有的直立着在吹海螺，

其余的拿着粉笔，
在书写奇怪而不可理解的文字。

这是希腊诗人埃利蒂斯的长诗《俊杰》中的一小节，它带来震颤。

它那宏伟快捷的节奏凸现给我的是一群壮丽的诗歌女神。

于是，一次作为消遣的阅读变成了一次更新生命的充电——诗歌纯洁的能量在一瞬间注满了我，令我下决心去做诗人！

黄昏到来，我带着抄满埃利蒂斯诗篇的练习本下楼。

在回宿舍的路上，诗歌已不再是"僧推月下门"或"僧敲月下门"了，它是灵魂革命、绝对信仰、肉体音乐、精神历险和真正的生活。

第二年春天，在一堂沉闷的哲学课上，我写下了我的第一首诗。

多少年后（且跨了世纪）录引在此，其中诸如"灵魂革命""绝对信仰""肉体音乐""精神历险"还有"真正的生活""纯洁"之类的字眼，是否比当初还要引人注目？——也许，我该对它们行遥远的注目礼——写于八十年代逝后不久的这段文字，读来仍那么八十年代，因为写下时离八十年代太近了些？要是现在，我能够没有迟疑地吐出其中那么些闪耀的词来吗？然而，谈起八十年代，你的语调又如何能免于八十年代？尤其对在八十年代初成长的青春里下决心去做诗人的那种人，不妨说，所谓八十年代，首先便是将它谈起的那种语调。诗歌演奏过那种语调。

十九岁时在《世界文学》杂志上读到埃利蒂斯的诗篇，效果就像是为自己扳下了决定性的道岔——将这么个逃课的下午戏剧化，收藏为一个私人神话，缘由大概在此。把这次阅读说成我的八十年代的开始，也该算是合理的想象吧。这以后，我的火车错开轮子，意欲嵌进我自己选择的那条轨道——说实在的，我选择的是否真是条轨道我至今没把握——我感到速度（更别说加速度了）老是脱轨，甚至，行进的艰难常常在于，你得一边为自己铺设新轨，一边推着火车朝前走。你知道，这种带涩味的漫画形象并不好笑，但要是用八十年代的语调描述，倒能显出它的英勇。

二

八十年代初的大学生宿舍，狭长的房间两边如硬卧车厢般摆开的上下铺铁床，很容易给火车拟喻以用武之地——寝室里八个报到不久的新生，正可比作等待一声长鸣的启动汽笛、好正式开始大学生涯的长途旅客。大家一时还相互陌生，互相看着，有点儿不知所措。不过，这中间，坐在夏虫萦绕的白炽灯下摆弄几个本子的王寅，却有着旅行者那种在外头跑多了、见过些世面的自若。我想，我没有弄错对这个睡在我下铺的同班同学的第一印象——跟我读中文系之初瞎翻看《诗词曲语辞例释》，不知如何打发时日大不一样，王寅知道他是来干啥的。有一次他告诉我，他高考数学只得了十三分，那么可想而知，他的文科成绩得分有多高。不多久，大家便知道了，在中学时代王寅就已经是一个诗人。我那时觉得，中文系像是为他准备的。而王寅则说他来读这大学的中文系，不过是要借用它的图书馆和阅览室。他向我出示一本红色的塑料面笔记本，里面抄着他感兴趣的诗。

他提到过一个叫沈宏菲的人，给我看沈宏菲发在《上海文学》杂志的诗，记得有什么"断了线的风筝（还是气球？）"这样的句子。据王寅说，在先前上海中学生的那个诗人圈子里，沈宏菲写得相当不错。那个圈子，我完全不了解。某个上午课间休息，我碰到王寅，他拿了一本《新华文摘》，让我读其中一个叫舒婷的人写的诗，说这个人是一家厂里流水线上的女工。而我觉得，王寅写在信笺上拿给我看的他自己的那些诗更喜人一些。

那时候，《诗刊》杂志上章明一篇《令人气闷的"朦胧"》，把当时有些青年诗人"写得十分晦涩、怪癖,叫人读了几遍也得不到一个明确印象,似懂非懂,半懂不懂,甚至完全不懂,百思不得其解"的消息告诉了我们。艾青痛陈"'朦胧诗'……排除了表现'自我'以外的东西,把'我'扩大了遮掩整个世界"和臧克家认定"朦胧诗""是诗歌创作的一股不正之风,是我们新时期的社会主义文艺发展中的一股逆流",则在我们这儿炒热了北岛、江河、顾城这些名字。他们的诗陆续出现在王寅那本红本子里了。

王寅的一次真正的炫耀,是在从家里返校的一个星期天晚上。他卖弄地将一本大概是五十年代出版的集子展示给我看:没了封面的蜡黄的书页间,刊着一首长诗——《伐木者,醒来吧!》,作者是巴勃罗·聂鲁达!那晚上王寅奋力抄写着那首长诗。

显然是受了王寅的影响,到中文系读书没两个星期,我就不那么无所事事了。我开始频繁出没于学校的几个阅览室和图书馆,军绿色帆布书包里备着小本子。许多时候,我跟他一起从寝室出发,分头去"求索"能够激动我们的诗篇,将它们一一抄录下来。抄东西是匮乏年代带来的技艺。好东西有限的少,需要仔细搜罗起来。匮乏能够追溯到很远,至少,可以到我在不同诗篇里写下的"荒凉的一九六一"。那是我来到这世上的年份,特殊的饥饿感与生俱来——它也许主要甚或全都是精神性的。我清晰地记得我小时候经历的象征性场面:在跟邻居合用的卫生间里,有一只燃烧的大号锌铁桶,大人们朝火焰扔着一本又一本精装书……这是否造成了我不能痊愈的阅读缺失症?

八十年代初,匮乏依然是普遍的现状,哪怕进了大学,你也仍然得长一个食蚁兽般狭长的鼻吻和伸到极限的舌头,才能刁钻地嗅出、粘食到你要的读物。我那时拱背于书库蒙尘的架子后面最幽隐处的身影,的确跟食蚁兽相似乃尔。那称得上是一番挖掘功夫:随处可见、充斥在当时各级杂志上延续"文革"腔调的那种东西,当然是要被扒开的浮土;所谓"朦胧诗"和跟风其后的仿作(这些仿作比"朦胧诗"更易被当时的刊物接受),也还不够劲;雪莱、拜伦、朗费罗、普希金等被留意过两个星期,却因为埃利蒂斯的惊心动魄而一下子不再能让我过瘾了……我的目标明确——找寻迷雾重重里的"现代派":象征主义、表现主义、未来主义、达达主义、超现实主义、极端主义、魔幻现实主义、意象派、隐逸派、自白派、黑山派,直到垮掉的一代、后现代……这些新词只要在读物的字里行间偶尔露那么尖尖一角,就会被刨根问底,看看它能不能贡献出诗之金矿。

当时还没有"现代派"专集出版,得往杂志去沙里淘金。《外国文艺》《外国文学》《外国文学季刊》《当代外国文学》《外国文学动态》《世界文学》《国外文学》这些就像起了同一个名字的大大小小的杂志被我反复翻了好几遍;《苏联文学》《日本文学》《当代美国文学》被重点关照着;老《译文》被我重新出土;《诗刊》的译诗栏目我也不放过。范围又扩大到文艺理论和批评研究,有那么几回,在比较文学和古典文论杂志上,我从张隆溪、叶维廉等人的文章里刮下了几首镶嵌其中的英美仿中国风短诗。诗——原来竟能这么写的诗,星星点点地找出来了。抄录它们的惊喜,搅和着集腋成裘的快感。回到寝室的时候,心情会像想象中归来的猎手。猎手把山鸡野鸭堆在灶头,而我们把当天抄得的那些诗篇摊在桌上。相互查看时,常常发现我们光顾了同一个诗人。

最多的时候,到大学二三年级间,我已有十几个抄诗的本子了。它们全都是带塑料封套的小三十二开日记本,跟当时五分钱一本的工作手册比起来,可谓高档。一个时期以来,它们像秘笈一样被我珍藏着。大学四年,我没记过一行课堂笔记,却几乎每天至少是每周抄诗不止,这十几个本子,可以作为我读书时代也还用过功的证明。它们按国别或流派分类,更多的则是诗人的个人诗抄。埃利蒂斯当然有他专门的一本,封套颜色选用我最喜欢的孔雀蓝;后来在喜爱程度上超过埃利蒂斯的华莱士·史蒂文斯也有专门的一本本子;庞德,这个给过我那么多启示的诗人,我也有一本他的诗抄。洛尔卡、艾吕雅、罗伯特·布莱、博尔赫斯、加利·斯奈德、马雅可夫斯基、聂鲁达、狄伦·托马斯……他们也在我这里享受着各占一本本子的待遇。要是你认为抄录除了是细致的阅读,还是一丝不苟的仿写,那么,现在不知藏在哪里的十几本本子,留存的该是我诗歌学徒期最为实在的自我训练。

三

十几个本子里抄录的全都是翻译诗作,大概表明了我对那时候中国诗歌状况的失望和不屑。现代汉语诗琴的曼妙或雄奇之弦,为什么经由他者的手指拨弄才动听呢?当我意识到对那些漂在面上的诗人而言,我是个无可倾听的钟子期时,我便自己试着去做一回伯牙了。这是我开始写诗时那个狂妄然而朴素的动机,它符合匮乏年代里人们通常的行事风格——那时的上海人很多是巧匠,自己裁衣、做家具,甚至还自己拼装电视机……而我想要把我所想象的诗歌样态提供出来,以自制的模范作品说:"这才是诗歌!"正是这种要在写作中申说诗歌主张的愿望,催促着一批八十年代诗人的成长。得知我也动笔写起诗来了,王寅告诉我,光我们八〇级的中文系里,便有近百个同学在写诗!不妨猜想,其中定会有跟我的狂妄和朴素一样天真的同道——要不然,那又怎么算八十年代呢?

这时候另一种抄诗本子出现了。它缎面精装,传过来时,其中已经有几个同学把自己的诗作写在了上面。王寅也在上面抄了些他的诗,要我一样在这本子里抄上几首诗。这个缎面本子可以算作最原始的杂志,后来除了将自己的诗抄上去"发表",也会认真阅读先已"发表"在上面的诗。孤本杂志在同学间传了段日子,不知所终了,不过它一定没有消失。现在,是谁收藏着这件"文物"?

青涩的诗人们急于呈现和交流,手抄杂志就这么出现了。比之稍许高级一点的油印杂志,也早就已经在相互传递,它们被冠以"地下"之名而有些神秘。我记得我躲在蚊帐里翻看过某期打字油印的《今天》杂志,严力的一本油印诗集和北岛的油印诗集《峭壁上的窗户》,也曾在并无"闲杂人等"的"内部"场合让我们过过目。那个"内部"场合是怎样的呢？其形态之一：两三个人围着一台滚筒油印机，有人朝里添纸，有人朝外拿纸，另有一人蘸一蘸油墨，小心推那个长方形木框里的橡皮滚筒。一九八二年春，大学二年级的下半学期，我和王寅，再加上我们的同班同学陆忆敏和成茂朝，形成了一个诗歌"四人帮"，我们的聚会方式，便是在一起油印一种只刊载我们四个人作品的小小的诗杂志。

因为言明的、无言的和想象中的拒斥，在八十年代，有着自我诗歌主张，不得正统刊物其门而入和不屑去投正统刊物之门的青年诗人们，就汇聚于一些"地下"杂志了。对于八十年代初渐渐风起云涌的青年诗歌，"地下"杂志有时是一间用彩色胶卷扩印黑白照片的暗房。当诗篇被载于"地下"杂志，得要在"内部"场合才能读到，当诗人同时又成了"地下"杂志的制作者，让自己的诗篇跟"地下"杂志联为一体，作为特殊语言的诗歌，就又会是一种特殊的话语。"地下"杂志压缩这种话语，"地下"杂志被打开的时候，这种话语有可能爆炸般释放其（假想的）能量。而这种话语的主动制造者，在我看来，其实并不是油印机推出的"地下"杂志——这后来的观察当初并没为我们所见。我们意识到我们正印制"地下"杂志，却从不自认为我们写的是"地下诗歌"。

那个小杂志没有名字，每一期都以其中一首诗的标题为标题，封底则印上"作品×号"的字样。到毕业前夕，我们把这种小杂志从"作品1号"一直出到了"作品20号"，平均算起来，每一个半月就会出一期。小杂志封面的那种彩色纸来自美术品商店，大约五分钱一张。为了封面纸，有几个周末的下午，我在福州路一带转悠。一大张彩色纸最多能裁成三十二个小开本封面，每期小杂志也就最多只印三十二本了。内页用纸固定到徐家汇一家纸店去买，二角钱一斤，大概每期用两斤就够了。有一回，我还跟王寅一起偷了学校印刷厂的一大摞纸，然后用自行车把它们运到东安新村陆忆敏家藏起来。那次，觉得自己有点儿像在办"挺进报"了。钢板很容易就能从班里一个学生会干部那儿借到，后来有一块钢板干脆就不还了，长期存放在成茂朝的抽屉里。因为成茂朝平时练书法，字极漂亮，刻蜡纸的活儿他干得最多。油印机却不容易找，系学生会、系团总支都找不到，学校每一个有可能进去的办公室我们也都去找，并没有见到可用的油印机。我们甚至想过去买一台油印机来，但几十块钱实为巨款——那时候，我家里给我的每月生活费也就十元。后来，终于，我们从数学系艰难地借到了一台滚筒油印机，将它"请"进既是编辑部又是印刷所的寝室来，端正地摆在四十瓦白炽灯下的写字桌上，我看见，它微微地放过几道神异的毫光。

"作品1号"是以成茂朝《黄昏的诗》作封面标题的，扉页上印了一句从《外国文艺》杂志所刊杜拉斯的电影剧本《印度之歌》里找来的话："我们这样做，又能得到什么呢？"也许我们并非不知道。实际上我们又的确不知道。印数太少，小杂志只在极有限的范围里传播，它最初的那些读者，我们的同学们或因跟其中的每个作者都认识，对它的反应热烈。我跟王寅的那间寝室一度成了现代诗论坛。但谈论的话题其实有失中文系水准。最为热心的一位，曾经在崇明的农场里干了好几年，然后才有机会考进大学而"每事问"的那个历届生，由于不能像搞明白代数题一样搞明白一句诗而常常来"讨伐"。他总是在嘟囔的"读不懂"，恰好是八十年代里想要废现代诗武功的那些人最不动脑筋也最讨嫌的一招。我们借用了马雅可夫斯基的一段话，印在某期小杂志的扉页上予以回击："我要同志们注意的，首先是你们那个独特的口号：'我不懂'。同志们试拿这个口号到别的什么地方去闯闯看。只能有一个答复：'学习吧'。"——这话现在仍值得引用。

四

黄贝岭在上海师范学院中文系宿舍的幽暗走廊里出现的时候，引来过一阵小小的关注。他留着微微鬈曲的漂亮长发，披在肩上，穿着茄克式羽绒服和有意磨损了一点边角的牛仔裤，黄色的大头鞋，红色围巾，挺直的鼻梁上架一副考究的金属框眼镜，笑意盈盈的嘴里露出一口好牙。他用语重心长的口吻跟我们谈一些食堂伙食之类的闲话，从走廊这头我和王寅的寝室到走廊那头的楼梯，经过的每一个门洞都伸出了一两个脸上挂着迷惑表情的脑袋。快到楼梯口时，一个站在门前看着我们慢慢走来的胖同学笑问王寅："这人是你的美国娘舅吧？"

黄贝岭来自北京，写诗，是个努力的诗歌活动家。他的形象不仅在当时的北京分外海派，在当时的上海人眼里，也领先于时髦，洋气十足。他自己显然很得意于自己的这种打扮，传给我们听北岛关于他的一个说法："从一辆大巴下来一群外国人，找其中穿得最漂亮的一个，那就是黄贝岭。"我们的小杂志出刊以后，他是最早从外地跑来跟我们见面的诗歌朋友。他能找到我们，还真跟那种亲戚身份有点关系。我们同班的一个女同学是他的堂妹，寄了几期小杂志给他。于是，先由那个女同学转信，不久我们就跟黄贝岭直接通起信来。很快，他有事到上海，顺便跑来敲开了我和王寅的寝室门。

他虽然并不是什么"美国娘舅"，但那个胖同学也没有全然猜错。黄贝岭时常会谈起一些他的美国关系，譬如那个跟博尔赫斯是好友的他的好友；譬如"柯先生"，黄贝岭要把他介绍给我们："是一位美国诗人，你们可以一起见面谈话。"但那个作为其好友的博尔赫斯的好友以及柯先生，后来没有再听他提起过。他提起最多的名字是北岛，愿意以北岛的发言人姿态在我们这些远离中心的初出茅庐者面前讲一些引人景仰的话。他曾语焉不详地说起北岛看我们小杂志的反应，印象中那似乎是没有反应。他要传达给我们的信息是："北岛知道你们。"他觉得这对我们是鼓励。当时，对我们这也的确是鼓励。

油印的小杂志除了想传达我们的声音，更想引来我们的朋友。现在，黄贝岭来了，他又把更多的朋友展示给我们。他给我们看星星画派的艺术家马德升的一本油印诗集《门》，诗集里有几幅精彩的木刻插图出自马德升本人之手，诗写得很特别：从头到尾分行排列着数百个"门"字，最后以"没门"二字结束。他介绍白洋淀诗派、圆明园诗群，北京的人和事，除了留下他自己的诗稿，后来还寄来了严力、田晓青、芒克、黑大春、雪迪等人的诗稿。正是在黄贝岭到我们这油印小杂志的编辑部兼印刷所兼主编和主笔的起居和工作室访问以后，我们的小杂志开始每一期另外邀请一位诗人，用他的一首诗（但以后小杂志就不再重复用他的诗了）。除了黄贝岭和来自黄贝岭的雪迪、严力、田晓青的诗，小杂志还用过阿童（他后来的笔名是苏童）、韩东、于坚等人的诗。

孙甘露是从高我们一年级的一个中文系学生那儿看到我们的油印小杂志的，他写来一封措辞美妙的信，希望跟我们"一晤"。大概是因为他提到了艾略特、叶芝这种在八十年代的诗人们中间就像接头暗语、类似土匪黑话和江湖诨号的名头，我跟王寅就骑车去他家了。他是个高个子青年。他的书架上，我们的油印小杂志煞有介事地跟几本精装书并肩陈列在一起。他打着赤膊坐在藤椅里跟我们说话，谈到诗、阅读、新小说、《科学画报》里的笑话和其他逸闻，一直也没有穿上上衣。他那张有点儿凌乱的书桌上有一个写着"瓦雷里先生收"的信封。他写诗，也写小说，是个邮递员。有一阵子，常能看见他送电报到我家所在的那条弄堂。我们也请他自选了一首诗用在我们的小杂志上。

孙甘露向我和王寅发出邀请，去参加一个叫"星期五亚文化小组"的聚会。地点在康平路100弄的一幢房子里。我跟王寅和另一个会弹吉他的朋友走进那个铺着窄条打蜡地板的大房间时，已经有六七个人围坐在那里了。我们的沉默和稍许羞怯并没有让他们介意。那个晚上，除了就我们的油印小杂志有过一番赞许有加的谈论，主要还有用一口长气字正腔圆地背诵一篇莫测高深、音韵奥妙的论文，分别用国语、沪语和苏北话齐声高唱"星期五亚文化小组之歌"，讲一些弦外之音悠远的双关隐语，亮相几只品种优良的蟋蟀，对构成主义的评说和一曲吉他弹唱，最后，我记得，有人提到了那个高我们一级的中文系学生，说他的神情里往往有一种鞋帮的清香。孙甘露用意大利民歌《我的太阳》结束了聚会。"星期五亚文化小组"的时间是每个周五，以后我不曾再去参加。

大学生们的校际交往，因为学生舞会的渐渐频繁而变得频繁。但我们四个人对舞会都没兴趣。我们混迹于一些诗歌集会。复旦大学诗社发起过一次上海多所高校联合的诗朗诵会，会上散发复旦诗社的《诗耕地》杂志。它是铅印的，相对手写刻蜡纸油印的小杂志气派许多，似也显出青年诗歌的某种局面。又有一次我们去了华东师范大学，华师大诗社打字油印的杂志《夏雨岛》也颇为挺括。我看见在上海大学生诗人中间已很有名气的宋琳，正在阶梯教室里宣讲着他的"城市诗"，女生全都挤在前排，虔敬地记笔记。还有一次，王小龙带着大概是青年宫诗社的几个人来我们学校，报幕人说："配乐诗朗诵，《半个月亮》。"卡式录音机却突然轧带了。另有一次，一个给自己起了笔名"美国的诗人"的人来我们寝室谈诗，他说每写新诗，他都要换上一件新衣裳……

五

一九八三年，"朦胧诗"已在年轻人尤其大学生中间风行。"朦胧美"挂在那个"每事问"的历届生嘴边，时髦得让人要起反感。当顾城将到我们中文系做讲座的消息传来，有同学把捧在怀里大声播放着邓丽君靡靡之音的四喇叭都扔一边去了。刚刚又出了一期小杂志的我们四个人则打定主意，不去参加顾城的讲座，这姿态，让包括"每事问"的历届生在内的许多人颇为不解。我们也弄不清为什么不想去那个讲座，但还是想弄清楚。

有助于消化食堂硬饭的一轮轮现代诗攻防战在我们寝室里继续，我们一边为"朦胧诗"辩解，一边也开始清算"朦胧诗"，两方面均没有明晰的条理。诗歌跟情感纠缠得紧：由于大致上有着站在同一边的情感认同，为"朦胧诗"辩解时我们可谓竭力；由于细究起来，"朦胧诗"情感之于更年轻的我们其实是异型血，那么就难免排斥。跟我们同为八〇级，却远在几千里外的南充师范学院中文系读书的诗人万夏，那时候说过一句当初不为我们知晓，多年后复述出来，让人觉得竟像是自己当初口吻的话:"如果我们联合起来,肯定能和'朦胧诗'打一架。"这话一样潜藏着对"朦胧诗"复杂的情感。而争胜之心(它是我们的部分初衷)的底气,是诗艺和观念的新思想。

所以,那天我们没有去挤那个中文系最大的阶梯教室。那意思是要用冷淡来挑衅——并非挑衅顾城,挑衅的是那种崇拜。可年轻人的好奇心还是令我们忍不住想去看一眼顾城。于是,先在那一带转悠,我买了本顾城带过来让大学生帮着卖的《舒婷、顾城抒情诗选》,表明对他的赞助态度,后来我们就从阶梯教室的边门进去,站到末排最高处朝下面看。阶梯教室里黑压压地坐满了人,最下面的讲课区,顾城并没有站在中间,而是斜坐在边角一张高背椅子上。因为日光灯的关系吧,他的脸色跟他身上那件过大的米色风衣十分接近。他在小声说话,似乎在自言自语,离他最远的我们一点都听不清。我们中有人发出了不耐烦的声响。那声响太大,黑压压里面很多人吃惊地回过脸来。我们就赶紧撤离,耳边刮到历届生阿姨的一句不满:"格帮小赤佬啊……"

"清污"的时候,我在上海南市一所中学做实习老师,总是为越来越迫近的讲台上的四十五分钟犯愁,而又痛悔着已经在讲台上站过的四十五分钟里的一些过失。有人来查问是否看过《今天》或别的"地下"杂志,但没有人问起我们油印小杂志的事情。实习期间返校碰到王寅,他说,"星期五亚文化小组"给取消了。周五成了在中学里参加班会的时间。有一堂班会,我跟初中生们坐在一起,听教室墙上的扩音器里一个声音作形势报告。形势被谈论得十分严峻。扩音器里的报告结束,轮到带我实习的那位做班主任的语文老师继续班会。她拿一支红粉笔在黑板上写个大大的"染"字,说:"注意这个字右上部是'九',不是'丸',因为左边已有三点,水太多了,右边就不需要再加一点了。"然后她不再多说什么了,要大家拿出各门课布置的作业来做。当时,我奇怪地认为她关于"染"字的那句话是说给我听的,还觉得那句话里面有禅机。

一九八四年三月五日,徐敬亚的检讨《时刻牢记社会主义的创作方向》刊于《人民日报》。我们又悄悄油印了一两期小杂志,然后就毕业了。毕业后小杂志不再继续。在我的毕业留言本上,王寅写了"游侠传奇"四个字,下面一行小字:"甲子仲夏闯江湖抬腿迈胳膊之初王寅与东东共勉乃为志曰";另有个住在对门寝室的外班同学郑耀华写道:"诗人有屁用无非僧敲月下门东东此人不可救药一条道走到黑掉进深渊黑咕隆咚公元一九八四年六月廿一日与陈东东共勉"。郑耀华的诗小杂志也用过一次,他是个才气纵横的人,据说后来抱着吉他玩起了弹唱,组过乐队,再后来就没他的消息了。

我在紧靠南京路的一所普通中学教高中语文,变本加厉地写诗。信件在生活中成了越用越频繁的兴奋剂。黄贝岭的信里依然常常言及北岛,不过口气已经不一样。譬如:"田晓青说:'我不明白当时怎么会这么崇拜北岛。'这大概也是我们当年普遍的状态。但现在这种感觉没有了,完全没有了。是北岛变了,还是我们变了?我想两方面都有。"也是从他的信里,我第一回知道北京有"pass 北岛"的说法。在黄贝岭张罗的诗人聚会上,年轻一辈的诗人刑天当着北岛的面说要"超过北岛""打倒北岛"……黄贝岭在信里还提到一个叫孟浪的人,住上海宝山,在上海机械学院读书时办过一种叫《MN》的地下诗刊。

那天我正在读隔夜的晚报,一个留长发的青年敲门进来。他就是孟浪,原名叫孟俊良。他在一家光学仪器厂上班,一度还做过一爿小厂的副厂长。不过他更是个诗歌交通员,四处联络诗人,传递各地的诗界消息。他讲的上海话有一些特别的宝山用辞和宝山口音,这使得我们常常换用普通话交谈。听起来,他的普通话是那样的书面化,那种节奏和说出的口吻,那种顿挫和重音的强调。由于住处相距太远,我跟孟浪也常常通信,孟浪的所有来信都跟诗歌有关,但他只点到为止地涉及诗歌,从来不孟浪地大谈或纵论诗歌。他通常在信里(就像在交谈中)只进行诗歌问题的外部讲述,譬如:"……这两位朋友对艺术(诗歌)所持的观念和意识是敏锐而健全的,我和他们分别交换过这方面的看法,我的感觉很好。至于诗的具体艺术'审美选择'上或有差异,那并不能苛求。就这一点来说,我个人的'审美选择'与你也有不少差异的。但这并不妨碍我们之间的心灵契应和共同追求。"引这段信的时候,我脑中就有个孟浪的腔调在把它们念出来,刚跟他认识的那个时期,他平常跟你说话也就是这个样子,我是说他会当面对你说"至于……或有差异,那并不能苛求"什么的。

就在跟他认识的那天,孟浪几乎是郑重地对我说:"诗歌运动的势头,已不可逆转。"

六

正有一场也许如火如荼展开的青年诗歌运动,是孟浪传达给我的看法。八十年代中期,诗人们的运动方式和存在形态是一连串的联络、串通、聚会,是假想和实际的诗歌江湖,是一些小恩怨和几次小狂欢,是相互交换着读来读去的诗歌,还有,就是那些自编自印的诗歌"地下"杂志,它们在青年诗人间已颇为流行。诗人和诗人见面,常有交换自印诗刊的礼仪;诗人和诗人通信,从大信封里也常常滑出些自印诗刊来。《实验》《中国当代青年诗38首》《中国当代青年诗75首》《大学生诗报》《他们》《现代诗交流资料》《二十世纪现代诗编年史》《莽汉》《广场》《诗经》《海上》《大陆》《南方》《喂》《红土》《非非》《十种感觉》《液体江南》《撒娇》《北回归线》《汉诗》《组成》……我曾过目和收藏的这些八十年代的诗歌"地下"杂志,大多是经由孟浪传递的,他那个双肩背包,在我看来,差不多成了个诗歌"地下"杂志的流动博览会。

孟浪常常写来明信片,或由弄堂口公用电话间的阿姨传呼,通知我参加一些显然是属于运动中的聚会。一九八五年二月十六日,由海客(他后来用了另一个笔名张远山)发起,《海上》杂志的成立聚会在华东师范大学丽娃茶室进行。茶室里还布置了一个谁的画展。我到的时候,整个茶室灯火通明,人声鼎沸,人们分成了若干桌,每一桌都有人在热烈地说着什么。主桌前有一个穿皮衣、拿烟斗的画家打扮的人站在那儿演讲，慷慨激昂，然而几乎没有人听他的。尽管没人听，可是当他停下来时，还是立即就有许多叫好和鼓掌声。那天晚上我并没搞清楚《海上》是怎么回事。一个月不到，第一期《海上》杂志就由孟浪寄给我了，打字油印，封面上有一幅绿色的木刻画。《海上》主要刊发上海青年诗人的作品，我们先前那本油印小杂志的四个作者，也都成了《海上》的作者。这份开始得热热闹闹的"地下"杂志，跟八十年代的许多"地下"杂志一样，进展得十分艰难，它在后来的六年时间里只出刊三四次，一九九〇年以《保卫诗歌·海上终刊号》结束。

过往的诗人急剧增多，那时，已到了王寅所说"'诗人'的身份就可以成为一张通行证，可以到处走来走去，各地的诗人会管吃管住"的地步。一天半夜来了个陌生人，在门口说："我是野狗，诗人，是'谁谁谁'的朋友。"进门马上又说："我就在你这儿打个地铺吧。"于是就给他打了个地铺，尽管"谁谁谁"我其实不认识。第二天早晨他说要去杭州，要我给杭州那边的朋友写个路条，于是我就写："这是我的挚友野狗，到杭州去，请你照顾。"——这野狗来时，也带着"谁谁谁"的一纸路条。

还曾碰到过一个贵州诗人，他混火车周游全国，查到他没买车票时，他就说："因为我是个失败的艺术家。"他身边带一个小本子，记下在别人那儿吃的每一顿饭，打算日后报答。问他记了有多少了，他正色道："已经有两千多顿了……"

运动中的诗人，当时都还没有真正从地下破土。不过，一九八五年一月，由老木编选，北京大学五四文学社未名湖丛书编委会内部发行的《新诗潮诗集》，大概勾勒了这一运动中的运动员形象。这部上下两册的诗集划分出来的三个部分——附录：老一辈带有现代派色彩的诗人；上册："朦胧诗"诸人；下册：更年轻一代的诗人——依据的似乎正是一九八二年万夏、赵野、胡冬等人在重庆西南师范学院一间学生寝室里提出的三代诗人概念。这个划分的重点，在于"第三代"诗人旗号的祭起，它要针对的，便是"朦胧诗"。

"朦胧诗"有一个在"文革"的斗争疯狂和政治愚昧里沉潜和觉悟的

启蒙主义渊源。"朦胧诗"诸人以其饱经磨难的历史感充任着"文革"后社会批判、主体意识和人道主义的代言人；但它跟它所反对的国家意识形态及其政治抒情诗，就像北岛自己说的，"又有着一种以抗衡结成的亲眷关系"。因为他们的经历，"朦胧诗"诸人集体性地困扰于"文革"政治和历史噩梦。跟我年龄相仿的更年轻一代的诗人，对"文革"则多的是印象式的象征画面记忆，少有刻骨铭心的创伤记忆。更年轻一代的诗人就像是从海难和呼救里转过身去，打量只属于他的海岛的鲁滨逊，甚至愿意把自己的诗人角色置换为更为原始、单纯和本能的礼拜五。那是一些倡导回到本来面目的自身，直到回到一次性的身体本身的诗人，那还是一些企图回到前文化和非文化世界的诗人，那也是一些想要让诗歌仅仅在鲜活和被无数张嘴说滥了的口语层面上发声的诗人——所谓"第三代"大概如此——更注重生命形态、生存境况和生活方式的日常化、自白化的体验之诗铺张开来，背向了"朦胧诗"诸人的幸存之诗。

尽管我可能很早就处在了青年诗歌运动的情境里，但是对"运动"这种词却有不小的心理障碍，所以反而不太愿意投身于那时已喧闹非凡的诗歌热潮。我也跟常常把我拽入其方阵和编队的"第三代"诗歌保持着距离——这至少缘于不同的诗观。另外，在我看来，那运动正趋于迷乱和眩晕，其中几乎有红卫兵的狂热激情回光返照。诗歌行为的红卫兵症候后来在不少当代诗人身上周期性、非周期性地发作，我不知道，是否因为中国当代诗歌的发生，刚好是在红卫兵运动席卷神州大地的年代？

到了一九八六年，青年诗歌运动差不多形成了一派地火。尽管如《中国》这样的文学刊物开始择要发表其中一些诗人的作品，但当时形势，连算是被半推半就地"地上化"了的"朦胧诗"诸人，也还是难以正常发表作品和公开表达其思想观念，青年诗歌运动中更年轻的诗人们则更加没机会。所以，当徐敬亚在《我的邀请》里说："中国诗歌继续流浪……要求公众和社会庄严认识的人，早已漫山遍野而起。权威们无法通过自省懂得并接受上述事实……我欲在《深圳青年报》副刊上举办一次'中国诗坛1986现代诗流派大展',或称'中国诗坛1986现代诗流派雏展'……没有宣言可以写宣言,没有主张可以写主张。无体系的,可以筑之!"这封发自深圳的信就得到了全国的热烈回应。

七

一九八六年十一月的一个黄昏,孟浪背着双肩背包来我家里,让我看《深圳青年报》和《诗歌报》的"中国诗坛1986现代诗群大展"。我发现我和他的诗被印在"海上诗群"名下——那个"海上诗群"宣言我也才第一次读到,说是"都孤独得可怕……躲在这座城市的各个角落里,写诗,小心翼翼地使用这样一种语言"。腔调如城市小青年的絮叨让我不适。

黄昏里孟浪走进弄堂的样子我记得分明:披肩长发,大胡子,仿特种兵制服的"兰博衫"和大头皮鞋,孟浪迈出的步伐比他的诗句还要坚定、快捷、铿锵。一个正端着畚箕往弄堂口去倒垃圾的老太婆完全被孟浪给吓住了,她收拢脚步站在原地,畚箕举到胸前,两眼迷惘地追随着孟浪,直到他拐进了弄堂底里的门洞。我当时就站在门洞上方的一扇窗前,心想我所见的这个画面倒是可以用作青年诗歌运动的海报。

青年诗歌运动终于有了个喷射的口子,并且,看上去,参与到"大展"之中也就是参与到历史的创造之中。这甚至促使一些一时还未"组织起来"的年轻诗人也赶紧"组织起来"了,因为要想加入"诗群大展",你就至少得打出个不管什么样的诗歌流派旗号来。那天晚上,我在灯下翻看"大展",阅读时的开心可能跟现在有人读那些八卦娱乐小报时的开心程度不相上下——除了一些早就听说的诗派诗群,像"三脚猫""四方盒子",还有什么"无派"之类的名头,让人发噱不已。你能想象,为了能在"大展"的报纸上一露头角,当时有些诗歌青年花费了多少聪明才智。

一九七九年的时候，有一部解禁后重新公映的电影《大浪淘沙》，其中一个场景，逃到武汉的土豪讲起上个世纪二十年代发生在湖南的农民运动，大声抱怨说："糟得很！"要是被大踏步的孟浪吓住了的老太婆一流人物也在读着"诗群大展"，大概不会像我那般开心，而要大声抱怨说"糟得很"了吧。会有这样的想象，大概我的确把青年诗歌运动跟那场农民运动作了不恰当的类比——那天晚上，我觉得，《深圳青年报》和《诗歌报》排得满满的"诗群大展"上，各个流派分得的一块块挤在一起不留缝隙的版面，太像是一次土改后的瓜分结果了。几年后我听说四川创刊一种叫《红旗》的油印诗歌杂志，扉页上印两句诗："收拾金瓯一片，分田分地真忙"，不禁哂然。

在呈现那场青年诗歌运动的当时状况方面，"中国诗坛1986现代诗群大展"做得极为成功。它喷射出那么多由宣言支撑起门面的五花八门的所谓流派，正好真实地映现了青年诗歌运动的虚张缭乱，让人检阅了如徐敬亚所说的，当时诗歌那"最空前的数量繁荣"。不过，高潮迭现正是退潮的开始，"大展"后一段日子里我收到的诗人来信里，老是有"水落石出"之类的说法——八十年代的诗人们还是很关心"诗歌天下事"的。正是这种关心，才有了诗歌杂志《倾向》。

一九八七年夏，我去山海关参加《诗刊》社的第七届"青春诗会"。参加诗会的还有北京诗人西川和成都诗人欧阳江河。诗会的主持之一是诗人王家新，当时他在《诗刊》任编辑。《新诗潮诗集》的编者、诗人老木则以《文艺报》记者的身份去采访诗会。跟这几个人在这次诗会上见面之前我已与他们通信多时。这几个人跟后来的《倾向》都密切有关。

安排在一家面朝大海的小旅馆里的诗会，占据着好风景，却实在没意思。幸好诗人们会下的交谈让人畅快。我跟西川住一个屋，我们常常一边等着楼下的食堂开饭，一边靠在能眺望到一大片沿海玉米地的绿窗台边说话。我们就谈到了一本诗歌杂志应有的作用和意义，它的选择的倾向性，它的批评功能，它对混乱现状的清理，它有可能展开的远景……西川喜欢提庞德，他说美国现代诗的优异，跟当年庞德参与过的

《诗》杂志那鲜明的现代主义色彩和有所倡导建设的方针是分不开的。而眼下的中国现代诗正缺这种有力的杂志。

那么,我们来弄一本杂志吧。是"水落石出"的时候了——几个独具个性、不能归入譬如"第三代"那样的群体、注重诗的精神因素和写作的个人性质的诗人,已经能彼此认出。在西川和老木间,在我、西川、欧阳江河间,在我和王家新间,后来又有过办杂志的讨论,谈得最多的是杂志的倾向问题。《倾向》创刊号的"编者前记"里所述的诗歌理想主义、知识分子精神和节制自律的写作,便是谈论的重点。

第七届"青春诗会"结束后,西川和老木开始在北京具体筹划杂志。西川来信说刊名可以叫《新倾向》,第一期打算编入芒克、多多、海子等近十个人的诗作。我回信说刊名或就叫《倾向》,要是北京印刷不便,可拿到上海来做。于是,一九八八年春,已入了瑞典籍的女诗人张真从北京回上海时,带来了编好的第一期稿件。张真也是八〇级的,曾在复旦读书,更早时也是上海中学生诗人圈的一员。她约我某夜在淮海路上的老大昌二楼咖啡座见面。在咖啡座,我打开她递过来的大信袋,看到第一张纸上西川写的刊名是《倾向》。接下来是老木写的几条类似办刊缘起的文字,一百多字,近乎草率。我说这段文字不好,需要另写。张真就出了个题目:《〈倾向〉的倾向》。跟张真别过,我带着全部稿件回家,连夜赶写了"编者前记",用的正是张真建议的标题。

《倾向》创刊号编入张枣、欧阳江河、张真、老木、陈东东、黄贝岭、西川的诗,张真译的菲力普·拉金的诗。稿件里还有一位北外学生译的布罗茨基的诗,因译者不是诗人,不合《倾向》只用诗人稿子(文章或译作也要出自诗人手笔)的要求,便抽去了。

排印诸事总是麻烦的。上海一般的印刷厂要价很高,且不会接受印制"地下"杂志。我找了上海医科大学的研究生李定钧(他后来成为诗人和翻译家,笔名海岸),请他帮忙把稿子输入一台286电脑,排版,打上蜡纸,交医科大学誊印社。这个过程拖拖拉拉有两个月。其间我又通过别的关系在昆山一家印刷厂印了创刊号封面,白底,右上方直排孔雀蓝的扁宋字刊号，简洁素净，符合这个杂志的性格。因为暑假，医科大学的誊印社停工，直到九月开学，誊印社终于打来电话——可以提货了！这让我再次有了终于排队到火车售票窗口那个小小的拱形面前的梦幻惊喜！这时离在山海关谈起办杂志之事已一年有余。五百本《倾向》创刊号，我用一辆破自行车分两趟把它们驮回了家。

八

《倾向》的印制费用是几个朋友凑起来的。在我的一本笔记本被撕去了一半的那页纸上，写着西川、欧阳江河、老木、黄贝岭、张真、王家新、张玞、雪迪、零雨和我自己的名字。奇怪的是我没有找到数字——而这又有什么可奇怪的呢？或许，数字已经被撕去，也可能数字会躺在另一本笔记本里。抽屉深处的那个小纸团会不会纠缠着一些数字呢？

那本笔记本里还抄录着这么一句话："拖网装满鱼后，传记作者把网拉上来，进行挑选和分类，不好的扔掉，好的贮存起来，最后切成鱼片出售。"下面的破折号后头写着"杰弗里·布雷思韦特"。杰弗里·布雷思韦特是谁？我把我脑中的万千个笔记本快速翻了几遍，或，我把我脑中的那台笔记本电脑打开进行搜索——他是朱利安·巴恩斯的小说《福楼拜的鹦鹉》里的那个外科医生。

为了帮助回忆八十年代，写这篇东西的过程中我不断在翻看我的笔记本。看到这位虚构的外科医生如是说以后，我想我可以把电脑关上了，尽管，如果要让这篇东西显得完整，如果要让我的八十年代在这篇东西里显得完整，我还得述及我一九八三年的大连、北京、泰山之行，一九八五年的四川之行，一九八八年的沈阳、北京之行和一九八九年的海子、骆一禾之死，以及《倾向》第二期的"海子、骆一禾纪念专集"。可是你把你的回忆回忆得越像容易出售的鱼片，它离海中的鱼群就越遥远——它跟你脑海中的那些鱼也早已不是一回事了。

关于八十年代，就像关于其他所有的事情，回忆为之准备了不少罐头，它们有的已经贴好了品牌名目和商标，更多的会是些"三无"产品。无论如何，你是以罐头为据来回忆你的八十年代或别的过往的。回忆正是现在和未来餐桌上的事，你想要吃哪种口味的鱼片，就去找相应的罐头。

对于同时是游鱼或曾经是游鱼的拖网者、鱼片制造者和罐头提供者来说，这毕竟是残酷的事情。我舍弃了太多的过去：已经不见了的，"坏的"，"好的"但用不上的，放在冰箱里备用却因时间仓促没能化冻而只好不用的……可要是不把罐头封起来，那么至少从理论上讲，还有可能把海中所有的鱼，甚至把海也给装进去。

（原刊于《收获》2008年第1期）

谨以此文纪念改革开放三十年

一切从人的解放开始

张贤亮

二十世纪七十年代末邓小平倡导的"思想解放"运动，在中国思想史、文化史乃至中国整部二十世纪史上，其规模及深远的社会影响，我认为大大超过"五四运动"。那不是启蒙式的、由少数文化精英举着"赛先生德先生"大旗掀起的思潮，而是一种迸发式的，是普遍受到长期压抑后的普遍喷薄而出；不仅松动了思想上的锁链，手脚上的镣铐也被打破，整个社会突然产生一种前所未有的张力。从高层和精英人士直到普通老百姓，中国人几乎人人有话说。更重要的是那不止于思想上的解放，一切都是从人的解放开始。没有人的解放，便没有思想的解放。所以，人们才将那个时期称为"第二次解放"，并且我以为那才是真正的"解放"。

一

　　直到一九七八年底,我还在银川市附近的南梁农场劳动。职业是"农业工人",而身份却很复杂,头上戴着好几顶"帽子"。为什么说"好几顶"呢?头上戴着几顶帽子自己都不知道吗?难道我是傻瓜或脑袋麻木?当然不是。但那时我确实不清楚。现在我们就来算一算:一顶是"右派分子"帽子,一顶是"反革命分子"帽子,这两顶帽子是"实"的。"实"的意思是有正式文件收进个人档案的。可是什么叫做"正式文件",直到今天我仍不清楚。

　　当我在电脑上输入这些字句,想表述明白,让现在五十岁以下的读者能够理解的时候,我突然感到无能为力。这要比写小说困难得多。虽然小说有想象的、虚构的成分,但我的写作能力基本还可以胜任,这有我出版的多部小说为证。可是,如果限制我发挥想象力,不加一点虚构地描述那个荒谬的年代,真实地反映那一段历史,我必须绞尽脑汁,字斟句酌,仔细推敲。我发现,这样一来,我就陷入了要步步为营的迷魂阵。因为,从上世纪五十年代开始,汉语就逐渐被搞乱了,汉语的词语逐渐失去原本的意义而被另一种"崭新"的意义替换了,更有大量的词语变得粗糙,变得模糊。其实,我们现在说的"拨乱反正",有很大部分在于词语上的"拨乱反正"。其中很多我们已经"反正"过来了。正因如此,所以现在我用同样的词语来表达就会让今天的读者难以理解。那是完全不同的两种语言系统,虽然使用的是同一个词,可是其词义往往不亚于古文和现代语文之间的差别。孔子说了句"惟女子与小人为难养也"被质疑了上千年,就因为"女"在古文中常作"你"和"你们"解[①],而现代汉语只当"女性"和"妇女"讲,所以孔子在地下至今不得安生。因而,我觉得写这篇文章要比写小说吃力,在我企图说明一个问题的时

---

① 此解有争议。——编注

候,我还要把这个问题所涉及的词语也加以解释。

同时,作为一篇个人记录,我也不想从已经披露的历史材料中搜寻依据,虽然这已经很方便,敲敲键盘点点鼠标即可,并能减少难度且更为可靠。可是那样一来,文章就成了资料的堆积,失去感觉和感受的色彩,而我正是要写一代甚至两代人的真实感受。现在披露的历史材料包括种种红头文件,在当时都是极其神秘的,只有极少数人掌握,绝大多数人只能受其摆布,即使陷入绝望的境地也莫名其妙,无处求告。所以,我以下的文字可能与历史资料有出入,但它虽非"历史"却是"史实"。这是让历史学家永远头疼的难题:"历史"往往与"史实"不同。

譬如,就拿那时的"正式文件"来说吧。如果今天的中青年人用今天"正式文件"的形式去看,那绝对是非正式的,是个笑话。可是,我说中国人就曾经生活在那种"非正式"的"笑话"之中,而且长达近三十年之久,今天的中青年读者又会把我的话当作笑话。难就难在这里。

且让我用事实来说话吧。

首先,是由谁来决定某某人是"右派分子"的呢?在一九五七年"反右运动"中,全国各地各单位揪出的"右派"当然非常之多,因为那时定有指标,上级规定是按本地本单位人数的百分之五来"打"(你看,这个"打"字又须有注释,但类似的词语太多,此处只好从略)。因为中国人特殊的政治积极性,"打"出来的"右派"会大大超过这个百分比,所以,最后总应该有个决定性的权威机构。这个决定某人是否"右派"的机构叫做"五人小组"。各地县、处级以上单位都有这样的"五人"。可是这"五人"具体姓甚名谁,各地各单位的普通群众是不知道的。你说是主要负责人吧,可是转眼间这些主要负责人也成了"右派",可见,还有更高层次的"五人"。总之,说你是"右派"你就是"右派",别问出处,也问不清楚。

这样一下子,全国就有五十五万知识分子被打成"右派",而当时全国可称之为"知识分子"的人数只有五百五十万至六百万。五十五万之说见于后来为"右派"平反的文件，实际远远超过这个数目；五百五十万至六百万之说见于一九五六年公开发布的统计数字。

这里，我仍忍不住想说说这个"打"字。"打"在"反右运动"中是政治积极性的褒义词，我没看过当时公布有某某人被"划"为"右派分子"一说，可是后来给"右派分子"平反时，又一律称为某某人被"错划"的说法，其实应称为"错打"才对。

好了，不说别人，就说我自己，这是最可靠的。

我发表长诗《大风歌》正值一九五七年七月，"反右运动"最激烈的时候，《人民日报》马上发表了一篇严厉的批判文章《斥〈大风歌〉》。《人民日报》今天仍有很高的权威，当时简直就是"圣旨"，于是我当仁不让地成了"右派"，受到处理"右派分子"的顶级惩罚：开除公职，押送劳动教养。

"正式文件"是怎样的呢？当时压根儿没给我出示。到一九七九年我平反时，给我平反的有关单位从我的个人档案里只找到一张二十一年前押送我到劳改农场的小纸片，类似"派送单"这样的东西。我名字后面填写的是"反党反社会主义坏分子"，而不是"右派分子"。除此之外，再没有一份证明我是"右派分子"的法律根据，更没有说明为什么要把我"打"成"右派"的原因，即具体的"反党反社会主义言行"。这张纸我见了，只有巴掌大，纸质脆薄，比现在公共厕所里放的最差的厕纸还差。我认识这种纸，那叫"雪莲纸"，用稻草造的，因为它不经磨损，不耐存放，一般只写个便条，写信都不用它。而这劣质的"雪莲纸"却奇迹般地在我的档案中静静地陪伴了我二十二年之久，拿出来还灿然如新。

然而，麻烦也就来了，如果我是"坏分子"，我就不在专门针对"右派分子"而制定的中央文件的范围内，按一九七八年另一份中央文件精神，"坏分子"早就该"甄别"了。可是，二十二年来我明明是被当作"右派分子"对待的。怎么办呢？

幸好，这已经是一九七八年以后了，开始实事求是了。原来我的大麻烦，即当年《人民日报》及地方报纸、文学刊物对我的批判，又成了我是"右派分子"的证明，从而让我有资格"享受"文件精神予以平反。"不幸"与"幸"的转换，需要我等待二十二年。后来，我碰到一位当年主持把我打成"右派"的前领导，问他当年为什么把我定为"坏分子"而不是"右派分子"。他笑着说："你只发表了一首诗，没有其他反党反社会主义言论，年纪又轻，我们研究了一下，尽量照顾你的政治前途，就定个'坏分子'算了，'坏分子'总离政治错误远一点吧。"我理解他们的宽厚，"地富反坏右"这五类分子中，看起来只有"坏"没有政治性。他们哪知道后来"地富反坏右分子"统统在一个菜篮子里，最后"一锅烩"了。我也笑着告诉他："到了地狱，不分你是吊死鬼还是饿死鬼，都是一律同样对待的。"他却说："那不是你的一笔财富吗？不然，你怎么能有今天？"于是，那个"五人小组"又仿佛成了我的恩人。

这样看来，"五人小组"能网开一面，当然也能指鹿为马，把不应是"右派"的人打成"右派"。同样也说明了，当年报刊杂志上的白纸黑字具有真正意义上的"众口铄金"的功能，都可以作为罪证置人于死地。当年，众口一词很快会转化为约定俗成，大家说你是什么，你就成为什么，何必有"正式文件"！

你看，我受了二十二年的苦，就因为这张薄薄的"雪莲纸"，这就是"正式文件"！

我生于一九三六年，但直到今天我的户口本、身份证上填写的都是一九三八年出生。这也来自"正式文件"。

一九六八年二月，我第二次劳改释放，手拿劳改农场给我开具的释放证到分配我去就业的农场报到。这个我去就业的农场也是一九六五年押送我去劳改的农场。这么说似乎有些绕口，干脆点说，就是我从这里出去劳改一趟又回来了。农场政治处干部看看释放证，丢给我一张纸，那是照例要填的农场工人登记表。在出生年月日一栏，我如实地填上"1936年"。干部凌厉地打量我一眼，说："你明明生在一九三八年，为啥填'一九三六年'?"我奇怪地问:"哪来的一九三八年?"干部指着释放证说:"你看,你看!这上面写得清清楚楚的,你还耍赖!"好像我非争取在一九三八年出生不可似的。我一看释放证,又是那倒霉的"雪莲纸",劳改农场干部用蘸水钢笔写"1936"的"6"时可能蘸了一下钢笔墨水,"6"在纸面上洇成了更像"8"而不像"6"。我哪敢跟干部犟嘴,他说是"8"就是"8"吧。

这个"正式文件"从此之后减了我两岁,不知是否能让我多活两年。

费了这么多笔墨才大致把当年所谓的"正式文件"交代明白。这个"明白"也是我自以为是的,尚不知今天的中青年读者能否明白。回忆往事,常常用"隔世之感"这句成语,我想,自古以来没有哪个时代中的人回忆起往事有如此的"隔世"。近三十年中国的变化不仅仅是世代之隔,简直就是两个世界之隔。由此产生的老少之间的隔阂不止是代沟问题,根本上是阴阳两界的问题。所以,世界上没有其他国家在老少之间的交流上有我们中国人这样困难。

二

说了"正式文件",我还要说说"帽子"。仍不用现在已经披露的历史资料,还是谈我自己的遭遇。

我的"右派"帽子如上所述,另一顶"反革命"帽子怎么来的呢?读者千万别以为我这个人特别坏,中国,在三十多年前,某人被戴上一顶"帽子"后,一不小心很快就会被戴上另一顶"帽子",绝非我一人时运不济,亿万人都命途多舛。那时的"帽子"有如今天商场里的廉价商品,是"买一送一"的。应该说,我还是比较侥幸的一个。首先,我活下来了;其次,我还有在这里细数"帽子"的闲心;更重要的是,我毕竟有"雪莲纸"为证。更有数以万计人被当成各种"分子"受苦受难二十多年,到一九七八年平反时,在他或她的个人档案中却找不到"正式文件"，连一张巴掌大的"雪莲纸"也没有，从而得不到"甄别"或平反。这就是众口一词、约定俗成的厉害。当初在众人口诛笔伐、千夫所指下稀里糊涂地成了"分子"，被抓了，被关了，被开除了，被下放了……弄得穷途潦倒、妻离子散、家破人亡，好不容易熬到命运的转折期，却因为根本没有"正式文件"，最后只能稀里糊涂地不了了之。幸亏已是一九七八年以后，全国都不再讲人的出身成分、个人身份了，一致"向前看"吧，都加入到市场经济中倒腾沉浮去了。

"反革命分子"的帽子，是我第一次劳改释放到农垦农场就业后，碰到"社会主义教育运动"戴上的。当年，每掀起一次政治运动，都以"公审大会"开路，以显示"无产阶级专政强大威力"，先给人民群众来个当头棒，"社会主义教育运动"也不例外。公审哪些人呢？首当其冲的是有历史问题的人。欲抓现行，先抓历史，这是最方便的发动政治运动的方法，每次政治运动都如法炮制，一直延续到"文革"更变本加厉。"一个人不能因同一罪行受到两次惩罚"是人类社会基本的法学原则，而三十多年前的中国是世界上唯一反其道而行之的国家。一个人只要过去有点污点，就会不断被泼污水，弄得越来越脏。当然，还得在此类人身上抓点"现行"出来，没有一点"现行"，也不能很好地配合即将展开的政治运动。将有历史污点的人先抓出示众，就如先播下病毒，然后逐渐向外扩散，把健康人感染成病人，把普通人变成"敌人"。这是政治运动的步骤，是规律，所以建国以后不是"敌人"越来越少，而是越来越多。

试想，要在一个人身上找毛病哪有找不出来的道理？毛泽东就说过："金无足赤，人无完人。"

一九六五年我被判为"反革命分子"的"现行"有哪些呢？一是知情不报，别人说了反动话我没汇报（这个毛病至今还没有改造好）；二是破坏生产，把我在灌溉稻田时冲断一条田埂说成是有意破坏，而当时我一人管三百多亩稻田，比"革命群众"管的多得多，却长势最好；第三，我要说件很滑稽的事情：一九六五年以前，就有一批在北京、天津不好好上学或是被开除、或是失业在家的中学生"上山下乡"来到宁夏农垦农场劳动。一天,在田里干活时,一个天津女"知青"看到一个农工跨过田埂就解开裤子尿尿,她在城市里哪见过这种场面,竟连惊带羞哭了起来。我在一旁说了一句:"嗨!你走远些嘛。你看,你在那边尿尿,人家在这边哭哩。"这句话经分析,就成了"把知识青年的眼泪比作尿,恶毒攻击伟大领袖毛主席的'知识青年到农村去'的号召"。

今天听来令人啼笑皆非,可是当时谁都觉得这是顺理成章的、符合逻辑的推理,连我自己都觉得我错了,至少这句劝说别人的话有很大的语病。这就是当时中国的文化生态。今天看来既荒唐又可怕,我们可以批判它将芝麻大的事"上纲上线",陷人以罪,然而它确实有一定的合理性,是以"阶级斗争"为主流意识形态发展的必然结果。历次政治运动,如"土改斗争""镇反运动""思想改造运动""忠诚坦白运动""肃清反革命运动""农业合作化运动""三反五反运动""批判胡适资产阶级思想运动""反胡风运动""反右运动""反坏人坏事运动""反右倾主义运动""四清运动""社会主义教育运动"等一系列运动中施行的阶级斗争教育,逐渐培养出人的线性思维:人们的一切言行都可最后归结到阶级斗争上去,都能够和阶级斗争挂钩,甚至从一个人拿铁锹的姿式也可以看出此人是否劳动人民出身,从而分清"敌我友"。

千千万万中国人都曾在这种文化生态和思维方式中受害。受害者本人也抱着这种思维方式,所以受了害还觉得自己无理。

当然,"公审"不止我一个,在任何场合、任何地点,每次"公审"都是成群结队地将一批"五类分子"和有历史污点的人拉上台。"敌人"越多才越能证明形势紧迫,政治运动确有必要。那天,农场就有三十多人在台上一字儿排开。银川市法院来宣判,我判得还算轻:"戴上反革命分子帽子,管制三年"。其他人有的"当场释放",以示"宽严结合",有的判三年、五年、八年、十五年，立即被押送到监狱去了。

法院的判决书，也就是"正式文件"呢？我没看见，至少是当时没给我看，叫我无法上诉。我只是从法院干部在台上朗朗地宣读中知道自己"罪行"的。一九七九年有关单位给我平反时，从我的个人档案中抽出来准备销毁，我才看到它的真面目，仍旧是薄薄的"雪莲纸"，但比巴掌大，如现在B5打印纸那样大小，油印的，长达好几页。办理平反的干部仔细看了后大吃一惊。他吃惊的是我的"坦白书"。原来，先前我听了反动言论不汇报被揭发出来，农场生产队书记责令我写份坦白交代材料，我竟写了份"万言书"，坦白交代了我的真实思想。判决书上摘录了坦白交代材料上的许多话。可是，让人意想不到我坦白交代的思想完全符合现实的发展，到一九七八年，形势竟朝着我当年的思路来了。这里我就不详细叙述那时我想了些什么，但其中这段话可以说一说。当时，生产队书记特别要我交代为什么我听了反革命言论既不汇报，也没有参加他们的"反革命集团"。我是这样交代的：

"我认为，在一九五九年至一九六一年三年'自然灾害'造成大饥荒时，国内都没有出现暴力的反党活动，证明共产党的领导已经非常稳固，是不可能用暴力推翻的。我相信，共产党内一定会有健康的力量出来改变目前的政策，所以我没有受他们拉拢。"

我揣摩为什么宣判那天没有当众宣读我这部分"反动言论"。其实这部分才是"精华"，宣读出来肯定会造成影响，台下的听众会中我的"流毒"而对未来有所期望。可是，我说什么"健康力量"，无形中就指当时党的领导不是"健康力量"，竟然给我轻判，我不能不承认当年"量刑准确"。

那位领导说："你怎么能有今天？"就因为我当年已经想到了会有今天。

不过，这份"坦白书"在"文革"中又成了我升级为"反革命修正主义分子"的罪证。

"右派分子""反革命分子"是实的，来由如上。至于"反革命修正主义分子",可算是虚的,是没有"正式文件"的。

三

好了,实实在在的帽子算清了。虚的呢?

第一顶还不是"反革命修正主义分子",应是最早的"资产阶级出身"。

至今我还没有搞清楚"出身"和"成分"的详细区别。前面说了,我也不想到网上去查,我要写的是我真实的认识状态。一个吃了二十多年"出身""成分"之苦的人糊里糊涂活到今天,也弄不明白"出身""成分"二者的区别究竟在哪里,可见当年活在怎样错综复杂、扑朔迷离的环境里。我还算是个有点知识的人,千千万万受"出身""成分"之累而文化程度不高的人更不明不白了。

且就我的"知识"从头说起。

在城市,从一九四九年户籍登记开始,从上小学、中学、大学到就业必须填写表格开始,你就有了一个"身份"。在"家庭成分"一栏里,有工人、城市贫民、资本家、小业主、自由职业者(如记者、律师、演员)、革命干部、旧职员等,爸爸是教书匠怎么填呢?那就填"教师"。我记得开始时还没有分阶级,多半以上辈人的职业为准。一九四九年解放时我刚上初中,填写的是"资本家",其实是已经被抄家的"官僚资产阶级",填"资本家"降了好几格。从此,"资本家"就决定了我以后的命运。

在农村,老解放区是一九四八年,新解放区最迟从一九五〇年至一九五一年"土改"开始,所有农村人口都被定了"成分"——地主、富农、中农(中农又分上中农、中农、下中农)、贫农、贫雇农、雇农等;地主中还有一种"恶霸地主"和"小土地出租"。前者多半在"土改"斗争时就被枪毙掉了，后者则指农村的孤儿寡母或残疾人，自己不能种地而将土地出租给他人，这还体现了一点实事求是精神。

绝不是到此为止，所有农村人口的第二代、第三代，一直继承上一代人的"成分"。地主的儿孙也是地主，富农的子弟仍是富农。虽然已经继承不到什么物质财富，虚的"帽子"还是可以继承的。"成分"已经溶化到血液中，随血缘关系往下传，往四周扩散。不说你的老爸是地主，只要你家有个亲戚是地主富农，你就是个不干不净的人。"文革"时期著名的"老子英雄儿好汉，老子狗熊儿混蛋"这个血统论的宣言，实际上在解放初期就播下了种子。

在农村的"土地改革"、城市的"私营工商业改造"这种生产关系的革命完成，财产关系已经转移以后，也即"剥夺剥夺者"（马克思语）完成以后，从政治经济学理论上说有产阶级已不复存在，但要继续高举"阶级斗争"的大旗，就必须保存"阶级"；要把"阶级斗争"大旗扛到底，"阶级"也就必须不断传承下去。由谁来继承呢？当然由他们已经失去土地财产的子孙后代继承最合适。至于到了"文革"时期，又发明"资产阶级就在共产党内"，那已是后话，不提。

这样，从城市到乡村，一直遍及穷乡僻壤、边远山区、荒原牧场，在上世纪五十年代初期到中期，全国就迅速地编织成一套"身份识别系统"。任何人都别想逸出这个系统自由自在地生活。因为每一个人赖以生存的粮、油、布匹、棉花直至火柴、香烟、肥皂等生活必需品的购买票证，都根据这个系统发放。没有种种票证你便不能买到实物，便不能生存，除非你有跑到深山里去当"白毛女"的勇气。

在城市和农村，所有票证的发放按人口分配，只有因工种的不同而付出的劳动量的不同，在数量上有所差别，再没有其他差别。普通市民分得的票证不会比资本家多，贫雇农分得的票证也不会比地主富农多，这一点还是公平的。

但是，由"身份识别系统"所建立起的"身份识别制度"，却使"身份""成分"不同的人在社会生活方面有着天壤之别。

这里不说老一代人了，老一代人肯定已经被斗得灰头土脸，抬不起头，有许多甚至被"关、管、杀"了。就说年轻一代，首先是上学，家庭"成分高"的学生就没有领取助学金的资格，尽管你家已经比贫民还贫，成绩好也不会表扬到你头上，你根本没有当"班干部"的份；考取了大学，"成分高"的子弟就很难通过政审这一关，家庭成分是政治审查的首要环节，何况名牌大学及热门专业公开宣示只招收家庭成分好的学生，"教育为劳动人民服务"嘛。毕业了就业，"成分高"的学生别想分配到好工作。"到边疆去，到最艰苦的地方去"，这个口号就是"成分高"的毕业生的前景。

这个"成分高"也需要诠释一下：其实应该叫做"成分坏"。但不知怎么，在新社会，旧社会的金字塔虽然颠倒过来了，大家仍然以在旧社会所处的层次来区分人的阶层。这不见于任何文件，只是老百姓的说法，由此可见中国普通老百姓的宽厚，人们的口语不像"正式文件"，还不好意思把"坏"字加于某个群体头上。

人际交往是社会生活重要的部分，如果"成分高"，你在哪个单位都别想混迹于"主流社会"。"主流社会"用的是今天的词。那时，每个单位、每个社区都有"成分好"的人的圈子——"革命的主力"组成"主流"。党团员是核心圈，是"主流"，其次是团结在党团员周围的积极分子——"革命的依靠力量"，然后是普通群众。你别以为你是普通群众，普通群众也分好几层，"成分好"但吊儿郎当不好好干活的"落后群众"也比你强，你会比"落后群众"更落后，总是再教育、监督的对象。

生活是一天一天过的，一天二十四小时。试想，你并不比别人差，某些方面也许还可说比别人强，但你每天、每小时都受着与别人不同的待遇：别人开会你不能参加，别人听传达某个会议、某份文件的精神你必须回避，别人可以借出差的机会去旅游，你却永远固定在那把并不牢靠的椅子上；别人晋升你无望，别人不愿干的活儿叫你干，你干出成绩是别人的，可是机关单位或公社大队出了事故首先怪罪到你头上……请问，你会是什么感受，且不说你没有资格入党入团，不能"争取进步"了。

不论在城市或农村，最让第二代、第三代"分子"沮丧的是谈婚论嫁。很多第二代、第三代男性"分子"凭着自我奋斗挣得些积蓄，身材长相也不错，到结婚年龄却找不到对象。女方什么都满意，一听"成分高"就打退堂鼓；"成分高"，让所有适婚青年男女的对方都望而却步。新社会有新形式的"门当户对"，"成分好"与"成分高"的人家通婚就算"门不当户不对"，对"成分好"的人家来说是一门不光彩的亲事，降低了社会身份。你可以说，那就让"成分高"的跟"成分高"的婚配好了。而在当时情况下，哪个"成分高"的不想找个"成分好"的来把家庭成分中和一下，以稍稍改善下一代的政治条件？和现在一样，贫穷貌美的女方比较容易找到富有的男方，"成分高"而美丽的女子当时确实比较容易找到"成分好"的男人。可是，那是男方的恩赐，女方到男方家多半成了受气包，或是"成分好"的男方有这样那样的缺点甚至生理缺陷（不然也不会放下身段娶你），像俗话说的"一朵鲜花插在牛粪上"，让女方抱恨终生。我知道很多这样的事情，当年的"成分"，"让天下多少有情人未成眷属"。

以上说的还是正常状态。

在非正常状态，最严重的是一九五九年至一九六一年全国大饥荒时期，城乡的"五类分子"及其家属都不能开具证明去外面"自谋生路"。城市还稍好一些，因为不论怎样还发放点口粮票证，"五类分子"及其家属也和普通市民一样"低标准，瓜菜代"，与民同罪。而在农村，"自谋生路"就是外出乞讨要饭和到边疆打工。乞讨是要乞讨证明的，当然不会公开写上"乞讨证"三字，但注明了乞讨者是某省某公社某生产队的人，等于通行证，俗称"路条"。没有路条任何地方的任何人都能把你抓起来。农村的"五类分子"及其家属没有路条就等于死路一条，果然死者无数。

另一个非正常状态是政治运动，遇到"运动"，歧视就更为明显。"五类分子"及其家属无不在"革命群众"的严密监视之下。周围的冷眼、白眼令人毛骨悚然，这些人像整天在冰窟窿里待着，大热天也感觉不到一点暖意。前面说了，"运动"首先就要拿这类人开刀，如果你的老爹老妈不幸还活着，你亲眼看见老爹老妈被拉到台上批斗，被人推来搡去，被人侮辱凌虐，你还要跟着喊口号"打倒"你爷爷奶奶爸爸妈妈，不喊就有当场把你也拉上台的危险。你又会是什么感受？"诚惶诚恐""战战兢兢"已不足以形容。

"政治运动"每隔两三年必来一次，如此频繁的折磨请问你如何承受？

于是，这就出台了对第二代、第三代"分子""给出路"的政策。运动一来，当地党团组织或是单位负责人就会找你谈话，要你和家庭"划清界线"，要"反戈一击"，揭发你爹你妈的"反动言行"，要在运动中表现积极，以证明你的世界观确实改造好了。这对第二代、第三代"分子"是极大的诱惑，请问，哪个"分子"的后代不想摆脱上面描述的困境？这样，中国大地上就批量生产出无数"逆子"，弄得两千多年来中国"以孝治天下"的传统荡然无存。虽然看起来这类不孝多半发生在"分子"家庭，但其社会影响却极为深远。人可以视父母为狗彘，"榜样的力量是无穷的"，自然而然会无形中深入普及到一般"革命群众"身上。

在"革命群众"这一方，对领袖的个人崇拜攫取了全中国人的亲情："爹亲娘亲不如毛主席亲"，全中国"革命群众"只对毛主席一个人亲，其他人都不能算作"亲人"；看似吸引人的空洞理想摧毁了人与人之间正常关系。为了"理想"，为了"进步"，为了"革命"，实际上是畏惧厄运降临到自己头上，在"身份识别系统"中降格，在"革命群众"中也同样普遍地大量出现父子成仇、夫妻反目、兄弟阋墙、朋友背叛、同事间相互"打小报告"种种"史无前例"的恶劣现象。

亲情、爱情、友情、人情、师生情、同胞情等人类长期以来一直珍惜的内心情感，不论在"分子"一方或"革命群众"一方，都被分化瓦解，人与人之间再没有真诚可言。

你以为表现积极，把父母的隐私通通挖出来示众、彻底与父母划清界线真会改变自己的"成分"，从而改变自己的命运吗？对不起，运动过后你仍然是你。在"身份识别系统"中你是不可更改的，家庭成分是由血缘决定的。尽管你的思想已经换掉了，改造好了，遗憾的是谁也不能彻底换血。即使你费尽心思，"舍得一身剐"侥幸入了党团，在党团中还是有成分好的党团员与成分不好的党团员的差别，这一点，到"文革"彻底暴露无余。"文革"中抓"走资本主义道路的当权派"，也是先从历史上被捕过和家庭成分不好的领导干部下手，说来说去还是历史问题与家庭问题。家庭成分不好的领导干部这时被戴上"封建主义和资本主义的孝子贤孙"的帽子，总而言之，"孝"和"贤"在过去绝对是贬义词。

于是，中华传统道德的最基本准则轰然倒塌。

"身份识别制度"是三十多年前维系"无产阶级专政"的主要支柱。没有"身份识别制度"，"无产阶级专政"就架空了。对谁专政？资产阶级分子、地主分子一个个老去死去，越来越少以至于无，最后无产阶级就会打遍天下无敌手，茫然四顾，仗剑空叹。要一直保持和巩固"无产阶级专政"，就必须不断制造"专政"对象。而且，"身份识别制度"运行一段时期后，还发现它有另一种妙用，那就是能形成一种社会心理，在国民经济极其困难、物质供应极为匮乏时仍能够保持社会稳定，不仅可以安抚多数人的人心，而且让他们"越穷越革命"。

在社会的不满意度达到最高值的时候，"身份识别制度"既能使一部分不满意的人三缄其口，既不敢怒更不敢言，又能使一部分人觉得他们至少还高人一等而减缓他们的不满意度。

所以，物质供应越紧张，政治运动越频繁。各式各样的"批斗会"

是"革命群众"的集体狂欢。人们在物质生活、精神生活都极端贫乏中需要这样的狂欢来调节,让"革命群众"觉得生活还很"幸福"。

"身份识别制度"先天性地把全国老百姓分为三六九等,犹如印度的种姓制度,社会上很大一部分人是"不可接触的贱民"(后来甘地把他们称为"上帝的孩子"),另一方面,当然就有很大一部分人是"贵族"。这里的"贵族"就是"身份识别系统"中的工人、贫农、下中农、革命干部等("革命干部"在"文革"中曾一度衰落,那是后话)。他们被册封为"根正苗红"的"革命群众"。

"根正苗红"的"贵族"及其子弟在接受教育、分配工作、培训机会、加入党团、提级晋升、婚姻选择、生活待遇、参加各种会议、参与各种社会生活等方面享有特权;乃至犯了错误也只当"人民内部矛盾",不像"成分高"的人一有小错马上"上纲上线",按"敌我矛盾"处理。你别以为能参加各种会议、参与各种社会生活没什么了不起,放在现在,可能你还情愿独自去泡吧上网,不愿去参加集体活动哩。但在物质生活、精神生活都极为贫乏的时候,有的人能参加集体活动,有的人不能参加集体活动,就会使能参加的人产生极大的优越感。何况,被斗的"贱民"在台上,你在台下可以尽情放纵,恣意辱骂,像现在你在迪厅里一样,你越疯狂越被人赞赏,如果来点K粉更好。

好!K粉不久就来了!那就是"无产阶级专政下继续革命的理论"。这套理论终于在"文革"中使全民疯狂。

"身份识别制度"另一个特点是封闭性,各个层次之间绝对不能流动,婆罗门永远是婆罗门,刹帝利永远是刹帝利,首陀罗永远是首陀罗,"不可接触的贱民"永远是"不可接触的贱民"。"身份"和姓氏一样传宗接代。所以我才在上面说"成分高"的后代怎么都改造不好,怎么都改变不了自己的命运;你无论如何费尽心机都挤不进另一个等级中去。当我在劳改农场捧读《资本论》,读到这样一段话时,我不禁激动万分,在叹服马克思观察分析问题精确之余,还使我认识到这套"身份识别制度"决不能长久运行下去,是一套看起来设计严密其实非常愚蠢的制度。请看,马克思这样说:

"……一个没有财产但精明强干、稳重可靠、经营有方的人,通过这种方式(指贷款,因其篇目为'第五篇利润分为利息和企业收入。生息资本[续]'——引者注)也能成为资本家(因为在资本主义生产方式中,每一个人的商业价值总会得到相当正确的评价),这是经济辩护士们赞叹不已的事情,这种情况虽然不断地把一系列不受某些现有资本家欢迎的新的幸运骑士召唤到战场上来,但巩固了资本本身的统治,扩大了它的基础,使它能够从社会下层不断得到新的力量来补充自己。这和中世纪天主教会的情况一样,当时天主教会不分阶层、不分出身、不分财产,在人民中间挑选优秀人物来建立其教阶制度,以此作为巩固教会统治阶级和压迫俗人的一个主要手段。一个统治阶级越能把被统治阶级中的最杰出的人物吸收进来,它的统治就越巩固,越险恶。"(《马克思恩格斯全集》25卷1974年版679页)

而我们的"身份识别制度"却严格拒绝"从社会下层不断得到新的力量",决不"把被统治阶级中的最杰出的人物吸收进来",相反,还把统治阶级内部的杰出人物打压下去。这种"无产阶级专政"能巩固和长久吗?

我之所以在这里特别引用马克思这段话,是因为今天它仍有现实的指导意义。今天,我们说我们社会最大的问题是贫富分化,贫富悬殊,其实根本问题不在这里。根本问题是贫富之间能否流动,阶层之间能否流动。如果穷人永远是穷人,富人永远是富人;"草根"不能长成树木,穷人没有机会、没有可能成为富人,又没有平等的自由竞争机制在富人阶层中将无德无能又无运的人分化衰落成穷人,那才是大问题。

任何社会都分有阶层,良好的社会制度是能保证阶层之间开放性的制度,是"每一个人的商业价值总会得到相当正确的评价"的制度,是能"不分阶层、不分出身、不分财产,在人民中间挑选优秀人物"进入领导集团的制度。

四

我出生于资产阶级家庭,在"身份识别制度"中当然处于最低层,不但"成分高",而且非常之"高"。还在上中学的时候,学生宿舍常丢东西,老师找不到小偷,但又必须找一个出来,因为正值暑期,高三班面临毕业,在毕业典礼之前需要有一个反面教材来进行反面教育。找来找去,只能找我顶罪:一、因为我是班上最穷的学生,又没有资格领助学金,穷就有偷东西的可能;二、我也确实不好,经常旷课跑文津街的北京图书馆看小说,数理化英语几门课程全不及格;三、丢的只是墨水、邮票、信封、信纸、袜子之类的东西,不够向公安局报案的条件,这种顺手牵羊的事神探李昌钰也查不出,只能靠学校自行破案。而按惯例,任何单位破案的方法都是在出身成分不好的人中间排查。刚好,我这个穷学生居然是班上唯一的"资产阶级分子",又是"关、管、斗、杀分子子女",我当小偷的各方面条件都具备。于是,临毕业前我就作为"反动学生"兼"偷窃分子"被开除。

还在青少年时代我就受了黥刑,脸上烙下不可磨灭的印记,给以后戴一系列"帽子"奠定了基础。(现在,日本的《中国当代文学史》仍说我曾是个"不良少年",在文学史上留下不良记录。)

这样,除了"资产阶级分子""关、管、斗、杀分子子女",又添了"反动学生""偷窃分子"两顶帽子。

接下去是"右派分子""反革命分子",已如上述。至于戴上"反革命修正主义分子"帽子,那已到一九六八年我第二次劳改释放又回到农垦农场的"文革"时期了。"文革"中,"刘邓的资产阶级反动路线"被揭发出来，主张"三自一包""三和一少"全是"罪该万死"的罪行。"造反派"翻阅我在"社会主义教育运动"被判刑的"正式文件"，即法院的判决书，发现我坦白交代材料竟与"刘邓"的主张不谋而合。既然"刘邓"的罪行都公开了，我的坦白交代材料公开了也无妨，于是我理所当然地成了"反革命修正主义分子"，关进"群众专政队"，简称"群专队"，即现在说的"牛棚"。同时，再获得一顶"阶级异己分子"的帽子。

对了，我忘了，我还有一顶"劳改劳教释放犯"的帽子。本来，劳改了，劳教了，服完刑被释放了，就应该恢复公民权利。不！即使释放了你还是"犯"！

我应该再次感谢我们中国老百姓的宽厚，农场的"革命群众"从来没有把我当作"犯"。人们原来叫我"老右"，这个"老右"带有亲昵的意味，"文革"中我又被叫做"老修"，"老修"仍有亲昵的意味。至今宁夏南梁农场七十岁左右的老员工还记得我的这两个绰号。

数一数虚虚实实我有多少顶帽子了：舆论上的"右派分子"，"正式文件"上的"坏分子""反革命分子""管制分子"；个人档案中的"资产阶级分子""关、管、斗、杀分子子女""反动学生""偷窃分子""反革命修正主义分子""阶级异己分子""劳改劳教释放犯"……除了和土地有关的帽子，几乎品种齐全，我应有尽有了。

实事求是说，我戴的帽子还不算多，"正式文件"上不过两项加个"管制分子"而已。到一九七八年全国范围大平反时，我才知道很多人比我戴的帽子更多。

我认识一位一九三七年参加革命的老共产党员，因为长期在领导岗位，所以精通"身份识别制度"。他介绍，没有我说的什么有"正式文件"与无"正式文件"之分，实际上是明、暗之分。"明"的是我所谓有"正式文件"的，"暗"的是内部掌握的，放在个人档案里。除地、富、反、坏、右"五类分子"是"明"的，内部掌握的如"反动军官""伪保甲长""三青团员""国民党员""起义人员""旧官吏""反动学术权威"等多达十几类，这些人都是内部控制使用的，没有政治运动便罢，运动一来，首先过滤他们个人档案里的材料，然后采取不同措施，或揪出来示众，或降级使用，或调动岗位，加以隔离。"文革"时，又添了共产党内的"叛徒、特务、走资派"三类"明"的，加上原来五类"明"的共有八类。"文革"后期，知识分子地位大幅降低，社会普遍舆论认为知识分子也应算一种特殊"分子"，于是把知识分子当作第九类。知识分子被称为"臭老九"由此而来。

这位老干部自己就有"叛徒""特务""三青团员""反动军官""混进党内的资产阶级分子""右倾机会主义分子""反党集团分子"等虚虚实实十几顶"帽子"，"走资派"那一顶虽然在一九七五年邓小平主持中央工作"解放干部"时随大流摘掉了，但还有若干顶需一一说明，一一往下摘。待他摘掉全部"帽子"，获得彻底平反后却一病不起，瘫痪在床。他对我说，他一辈子的大部分精力花在了摘"帽子"上面，摘了一顶还有一顶，比他跟日本人和国民党周旋还费劲。

五

我自少年时期受了黥刑后，对帽子早已习以为常。头上有"帽子"成了和呼吸心跳一样的一种"不自律的生命活动"，是我的第二生命象征。我有一部长篇小说题为《习惯死亡》，连死亡都习惯了，何况"帽子"乎？所以我从来没有为"帽子"奔波过，不像那位老干部，好像"帽子"摘不掉便不能活似的。好了，"帽子"全部摘掉了，人也半身瘫痪、口眼歪斜了，何必呢？二十多年中我戴着"帽子"照样活得很滋润。

对"帽子"，我真正感到有切肤之痛，已是一九七六年毛泽东逝世后的第二个月，可见我感觉之迟钝。我才发觉"帽子"不仅决定了我四十岁前坎坷多难的命运，还一直影响到我今后。

毛泽东逝世后的第二个月，即一九七六年十一月初，是宁夏地区往农田灌冬水的时候。灌冬水是为了农田水分充足，来年农田的墒情好，就能保证第二年获得好收成。这种农田作业城市读者可能很生疏，而北方农民都知道，是农田作业中一个不可少的环节。

　　一天，我正在一条主干渠边开渠口，准备往支渠放水，忽然听见主干渠的桥上"哗啦"一声，接着又"扑通"一声，我侧脸一看，有人坠桥落水了。桥上倒着一辆崭新的自行车，闪闪发光的轮子还在空转，有个人影在桥下的水里上下扑腾。我赶紧跑上前去，渠水并不深，我下去一把就把人拉了上来。是个年轻的小姑娘，因为她是倒栽葱似的掉进渠里的，所以全身湿透。刚好，桥头有个高粱秆搭的窝棚，我将她搀进去，看她已冻得索索发抖，而窝棚里还有一些碎高粱秆。我上衣并没有湿，火柴还能用，就把柴草点燃，说："我先到外面去，你脱了衣服烤一烤，稍干了再走，要不会着凉的。"过了一会儿，听她说："好了，你也进来烤吧。"我进窝棚看见她用一根较结实的高粱秆支在窝棚两头，内衣搭在高粱秆上烤，外衣披裹在身上，在杂草上煨着火盘腿而坐。

　　我笑着说："你还挺麻利的，收拾得还很快。"她说："你裤子也湿了，我怕你冻着。"于是我也抓了一把草垫在屁股底下坐在她旁边，一边往火上添柴火一边烤裤腿。她先向我道谢，这在当年已不多见，"谢谢"两字经过"文革"几乎消失。她说幸亏我把她拉上来，不然就顺水漂走了。我说："哪有那么悬，水只有齐腰深，你爬也爬上来了。"她说："我掉下去就晕了，哪能爬上来。"我又夸她镇静，说我没听见她喊叫，遇到这事不喊的姑娘少见。她也笑了，说她害怕得喊也喊不出来了。这样，我们就聊起天来了。她高中刚毕业，别的课程都好，就是语文差点，特别是古汉语，怎么都学不会。那时所谓的古汉语不过是《愚公移山》《卖炭翁》和杜甫的"三离三别"一类诗文。这倒是我的强项，我就给她解释了几个疑难词句，她听得津津有味。可是我放的水已经流到田里，顾不上裤子还没烤干就要去干活了。告别时，她问我姓名住址，我想这也没什么关系，就告诉了她。

过了几天，她竟提着一个柳编篮子到我所在的生产队来了。我下工，远远看见她坐在我宿舍门口，那辆引人注目的飞鸽牌自行车立在墙边。当时，我和一个六十多岁的贫农老汉同住一间土屋，贫农老汉已经退休，"发挥余热"的任务就是监视我，但见我来了客人，却识趣地走开了。于是我们边吃她带来的鸡蛋和烙饼边聊古文，我还记得是葱油饼，真的很香，我吃饱了，也到了下午上工时间。她走后，我再没见过她。

虽然我四十岁还孤身只影，从未与女性有过交往，但那时并未想入非非，过去了也就过去了。没料到大约半个月后，突然有两个膀大腰圆的男人来找我，也是先蹲在土房门口等，自行车靠在墙上。见我来了，忽地站起来，气势汹汹的模样，仿佛是来兴师问罪。我把他们让进屋，贫农老汉又出去了。他俩是她的哥哥，两人你一言他一语交替说了来意，我才听明白原来是她家要给她提亲，可是她"死活不同意"，说她已经找好了"对象"，"对象"就是我，天天闹着要来找我，现在已经被家里"看起来"了。

"对象"一词在当时比现在说的"男朋友"更进一层，直白说就是"未婚夫"。这就严重了。我把我和她认识的过程从头到尾、如此这般说了一遍，同时也把我的"身份"亮出来，申明这是绝对不可能的事。两人听了相互用眼睛交流了一下。年纪大点的说，今天咱们看到你这个样子，年纪虽然大了点，我们也不是不同意，只是你的"成分高"了，咱们家是"贫贫的贫农"，又是公社干部，她是家里唯一的女儿，为了她好，劝我不要再跟她来往。"她来了你就躲开。"

气氛很快缓和了。因为我对"帽子"已满不在乎，戴在头上仍悠哉游哉，所以当年我虽然衣衫褴褛，可是我"这个样子"用"气宇轩昂"来形容或许夸张，但也决非猥鄙狼狈之相，至少在他们眼里，身强力壮又有文化的我，"商业价值得到相当正确的评价"，是个好劳动力。两个哥哥开始表示惋惜，不停地咂嘴："啧啧！'成分高'了！啧啧！'成分高'了！"好像不是"成分高"，这倒是门不错的亲事。临走，给我留下他们身上带的两盒"大前门"香烟，每盒都还剩十几支。

如果我的"成分好",我这个四十岁的人就能娶个十八岁的姑娘做老婆。当然,如果"成分好",我也不会落到如此地步。可是人不往坏处想,想的总是眼前的美事。这样一来,反而使我怀非分之想,打破了我的平静、我的滋润,第一次感到"成分"和"身份"对我幸福的阻碍。

我想,她到过我这间四壁萧条的土房,房里连个小板凳都没有,只能坐在土坯上吃葱油饼;土炕上的被褥与其叫被褥,不如叫一堆烂棉花;农场发给我的军绿色棉袄扣子全掉光,腰上系根麻绳,大冬天没棉鞋,也没袜子,光着脚穿一双破旧的"解放牌"胶鞋,一目了然的赤贫如洗。而公社干部家庭出身的她(当年的公社干部等于农村的土皇帝),一个"贫贫的贫农",一个"贵族小姐",且不提什么"身份""成分",仅那辆自行车就需要两百张"工业品券"才买得到。那天她光临我土房的情景,相当于今天的富豪小姐开着敞篷的法拉利到农民工破烂的工棚。我俩的贫富差距可说是天上地下。然而她对我却如此钟情,非我不嫁,真可说是我落魄中的红颜知己!"身无彩凤双飞翼,心有灵犀一点通。"没想到我与她不期而遇,竟成了"金风玉露一相逢,便胜却、人间无数"。想到她被"看起来"了的心情,《诗经》中的"青青子衿,悠悠我心"不正是她的写照吗?她给了我温暖,也使我好几个晚上失眠,如《西厢记》中写的"千百遍捣床捶枕"。

我竟开始想女人从而抱怨起"帽子"来。

后来,在谢晋要把我的小说《灵与肉》搬上银幕,拍摄《牧马人》之前,谢晋拿来一摞中央戏剧学院女学生的照片,让我挑选哪个像我小说中的女主人公。我一张张地翻到丛珊,仿佛看到她的一点影子。

"就是她了!"我说。

因为在戴"帽子"的生活中突然闯入女人,使我意识到我这样的"身份"还有女人垂青,我终于在第二年,即一九七七年四十一岁时与同一生产队、同被管制的"坏分子"同居。

我戴有多重"帽子",女方也戴有"帽子",我们都属"不可接触的贱民"，两人只要你情我愿，又不举办什么婚礼，也没资格举办婚礼，搬到一间土坯房住在一起，生产队长点了头就算批准，连法律手续也不需要办。这又是当"分子"的好处："身份识别系统"中被管制的人相互"交配"，好像不需要什么"正式文件"。我用"交配"这个词是恰当的，因为我们这类人在"贵族"眼中和牛马差不了多少。

监视我的老汉搬了出去，土房中弥漫着温馨。四壁糊的报纸比今天进口的墙纸还漂亮，既挡土又可帮助我牢记自己的"身份"。因为土炕靠头的墙上贴着大号黑体字的毛主席语录："阶级斗争要天天讲、月月讲、年年讲！"

然而，我仅有的几件衣裤：一件破棉袄、一件破军绿色单上衣、一件破衬衫、一条破棉裤、一条膝盖上烂了洞的单裤，全都有了纽扣，破洞也都整整齐齐地补上补丁。补丁补得还非常艺术，边缘像缝纫机踏出的一样密集整齐。我二十年来没有穿过内衣内裤，脱下外衣就是皮肉，和"坏分子"同居后竟然有了背心和裤衩。尽管是用日本尿素的化纤包装袋缝的，却很贴身。她又捡了好多作为劳保用品的旧白线手套，一根一根拆出线来，织了一双白线袜（我们没有购买袜子所需要的"工业品券"），使我二十年来第一次穿上袜子。

中午或晚上加班，我的"坏分子"会给我送饭来。远远地看到她提着篮子从田埂上婀娜多姿地走来，还没吃到饭已感到秀色可餐。她偎依着我坐在田埂上替我从篮子里端出饭菜，在田野的风中，她的风鬟雾鬓，眉黛青颦一展无余。原来这就是女人，女"坏分子"也是女人，而且是出众的女人！

这就是"身份识别制度"的悖论："身份识别系统"中"坏"的总是好的。

至今令我难以忘怀的是，当时农场每人每月只分配一小两（约15.6克）食用油，即宁夏地区的胡麻油。她从来不舍得吃，每次都只在我碗里的面条上像滴鱼肝油似的滴一小滴。我过意不去，让她也吃油，而她只在瓶口上舔一下，便算吃过油了。

还不到一年,一九七八年来临了,全国范围内的大平反、大甄别开始了。她不过是在十八岁时被她师傅诱奸的,一九五八年"反坏人坏事运动"(简称"双反运动")中她反倒成了"坏分子"被押送劳动教养,因为师傅是共产党员,她只是个学徒工。她的案情简单,明明白白是"冤假错案",很快就获得甄别:摘掉"帽子"回工厂上班,同时还补发了几百块钱。

而那时因为我除"右派分子"外还有一顶"反革命分子"帽子。在为"右派分子"平反的文件中规定:"被定为右派分子后又有新的刑事犯罪的分子不在复查范围。"以致戴着多重"帽子"的我对未来也没有十分把握了,看来我的平反遥遥无期甚至根本不可能平反。这时,她的孪生兄弟来宁夏与她商量:已经受了二十多年罪,宁夏没有什么可待的了,不如回兰州老家,并且她兄弟也给她在兰州联系到好工作。因为她得到甄别后,我们的"身份"马上有很大差异,我现有的"身份"会影响她的前途乃至今后的命运。想到《庄子》中说的涸泽中的两条小鱼与其"相濡以沫,不如相忘于江湖",即使我对她依依不舍,也不能阻拦她回到黄河上游,于是我们不得不洒泪而别。分别时,她把"家"中她手缝的被褥枕头和锅碗瓢盆(铁锅是她捡的废铜烂铁换来的,因为购买铁锅也要"工业品券"),还有一个自己钉的木箱,也就是说属于我们两人的"共同财产"都留给了我。

她和她兄弟乘上拖拉机的拖斗远去了,我在路边与她四目相望,一直看着她苍白的脸庞越来越小,最后消失在雾霭似的黄尘中。

我又孤零零地回到小土屋。

"身份""身份"!一切都由"身份"决定!

若干年后,她回到宁夏我们一起生活过的生产队旧地重游,一些妇女怂恿她说:"你还不找张贤亮去!他现在出名了,又当了官又有钱,又娶了老婆,你跟他闹,至少闹几个钱回来!"

她却淡然地说："算了啵！过去你们把他整得够呛，也让人家过几天舒坦日子吧！"

虽然半生戴着"帽子"，辗转在劳改农场、农垦农场与"牛棚"之间，九死一生，而我一生中最大的幸福是所遇到的女人全都是善良的女人。

这让我九死而不悔。

感谢上帝对我如此厚爱！

六

没想到，不到半年，我的第一篇小说《四封信》就在《宁夏文艺》（《朔方》的前身）发表，接着我就获得平反，并且"彻底恢复名誉"。

我们今天说"改革开放"起始于安徽小岗村二十三户农民写血书要求"分田单干"，从而启动了经济领域的改革，而据我看，一切改革都起始于人的解放！

一九七六年毛泽东逝世，"四人帮"垮台后，先是解放"文革"中被打倒的干部，平反"文革"中的"冤假错案"，接着是为右派分子及在历次政治运动中受迫害的人平反甄别。一九七八年底，在那个寒冷的冬天，终于在全国农村摘掉全部"地富反坏分子"帽子。这是遍及九百六十万平方公里土地、使数以亿计的人改变命运的大事。

这一系列举措虽然是紧锣密鼓却不是大张旗鼓进行的，所以在今天一般中青年人中印象并不深刻。而实际上，就其规模、人口数量、国土范围及解放的彻底性来说，"身份识别系统"与"身份识别制度"的取消，超过人类历史上任何一次奴隶解放！

与此同时，在中国的地平线上才出现了一丝人权意识的曙光。由此开始，才有三十年后的今天。

"身份识别系统"瞬间分崩离析,"身份识别制度"很快土崩瓦解。只有亿万人摆脱"身份"和"成分"的束缚,才有可能调动全体人民群众投入改革。试问,如果几亿农村人口中"身份"仍然有这样那样的差别,"帽子"仍然戴在数以百万计人家的头上,农村人口中人与人的地位不平等,怎能"分田单干""家庭承包"? 在技术操作层面上就行不通! 我没调查就敢断言:那二十三户写血书的农民中肯定没有一户是"地富反坏成分"的人家。这些人家当时还被排除在外。

中国的经济腾飞起始于乡镇企业的崛起。你可以去调查调查,原先"地富反坏分子"的第二代、第三代,在乡镇企业中曾起了多么大的作用;他们当中许多人是乡镇企业的骨干。他们从地底下爬出来,拂去身上的泥污,积累了多年的智力和能力一下子迸发出来,这才造就了乡镇企业的辉煌。

民间经济的繁荣也是如此。从最早的"能人""个体户""万元户"直到今天福布斯富豪榜上的人物,看看里面有多少"身份"不好、"成分高"的人吧。如果不首先破除"身份识别制度",今天中国能成为世界的第四大经济体吗?

"不可接触的贱民"真正成了甘地说的"上帝的孩子"。他们是改革开放最早的受益者,从而也是改革开放的先锋。

一九七八年以前,编辑发现你的稿子可用,必须先去信征询你所在单位的意见,当然首先是核查你的"身份"。我之所以能重新执笔,就得益于到一九七八年向报刊杂志投稿再不需要"身份"证明。

曾被戴上"地富反坏右""反动学者""反动学术权威""臭老九"种种帽子的知识分子及其第二代,只有摆脱了"身份识别制度"才有发言权,才能成为思想解放运动的主力军!

今天的文学评论家可以说中国的"新时期文学"艺术性不高,甚至可以诋毁它是一堆"文学垃圾",但正是"新时期文学"开创了今天文学繁荣的局面。今天的"八后",不可想象我们那时需要多么大的勇气来闯一个又一个"禁区"。我们为后人开辟了道路。"新时期"作家曾是中国老百姓的代言人，我们说出了老百姓想说而不敢说的话，说出了老百姓想说而说不好的话。中国的"新时期文学"可能在世界文学史上没有多高的地位，但在中国历史上发挥的推动作用绝不会被抹杀。未来的读者和文学评论家将会把中国所谓的"新时期文学"作为二十世纪乃至二十一世纪中国文学最辉煌的一章。

我可以说，在中国作家中，我是背负"身份""成分"担子最沉重的一个，经受的磨难也最多，所以对"身份识别制度"最敏感。一九八四年我的小说《绿化树》发表后，有同行讥讽我小说中"踏上了红地毯"这句话太"俗气"。那请你想一想，我这双跨过死人堆、二十年之久没有穿过袜子的脚踏上人民大会堂的红地毯难道没有特殊感觉？试问我同辈作家，虽然我们都是从艰难困苦中摸爬过来的，但有谁在二十年间穷得连袜子都穿不上？

但是，我这双穿上袜子的脚并没有因为"踏上了红地毯"参政议政而自满，软化了我应有的锐气和勇气。

在《绿化树》发表之前的一九八三年，我就"踏上了红地毯"。一次，当时的中央统战部部长阎明复召集了十几位新增的文学艺术界的政协委员到中南海座谈。其中多数现在已经过世，今天仍健在的如我之辈也垂垂老矣，记得有冯骥才、何士光、叶文玲等人。委员们在中南海富丽堂皇（今天想起来也很一般）的会议室中"分宾主坐下"。我刚从劳改农场爬出来不久，"中南海"这三个字对我来说是个可望不可及的、类似"皇宫""朝廷"这样的地方，今天居然能在这里占一席之地，这种真正意义上的"云泥之别"，令我感慨万端。

阎部长先说了番客气话，说"请大家来随便谈谈，互相认识认识"；然后礼贤下士地倾听每个人的发言。因为阎部长谦和的态度，众人也就不太拘谨了。当时，文艺界最迫切的问题就是"拨乱反正"和"平反冤假错案"，发言者大都围绕这个话题展开，纷纷反映本地区本单位还存在的政策不落实、观念上还有"两个凡是"阴影的现象。阎部长都一一记下，时不时地插言询问。轮到我，阎部长和蔼地向我点点头："听听贤亮同志有什么话说。"

没料到我一开口就说："现在关键的问题是改造共产党！"

我完全不理会当前最紧迫的落实政策问题，而是直接捅到问题的核心。我说："我们要建设社会主义现代化，靠一个农民占多数的党是无法完成的。改造共产党，主要是改变共产党的党员结构，要把一个农民占大多数的党改造为知识分子占大多数的党。我们必须大力吸收知识分子入党。只有知识分子在党内占了多数，我们才有能力建设社会主义现代化。"

与会者脸上都表情惊愕，我注意到阎部长也觉得意外。当时，"改造共产党"不但是离经叛道，简直可说是"大逆不道"的说法。

我接着说："我们共产党人有志改造社会、改造世界，改造人的世界观，为什么不能改造自身呢？我们必须有改造自身的勇气。只有不断地自我改造，我们才有力量和能力去改造世界和社会。"

不需要激励，也不需要做什么准备，只要给我一个平台我便会口无遮拦地侃侃而谈，无所畏惧。自那时以后的二十五年，我连续任第六、第七、第八、第九、第十届全国政协委员，直到今天超龄退出，从来如此。

"不可接触的贱民"变成"上帝的孩子"就向往"天堂"。

我以为在中南海的一席话说了也就说了，没怪罪我已经算走运，没想到两个月后的一天，我们宁夏自治区宣传部文艺处处长刘德一同志给我来电话，叫我去宣传部"谈话"。到他的办公室，他很神秘地从抽屉里拿出份文件，在我眼前一晃，说："你在政协会上说的话，耀邦同志做了批示了。"他只让我瞥了一眼，我只看到是一份发给各级党校的什么红头文件，有关我的话的批语头一句是："这位作者的话值得注意……"我正奇怪为什么耀邦同志不称我为"作家"而是"作者"，他就把文件又收进抽屉里锁上。但不管怎样，知识分子入党成了当年的风尚，我与二十几位知名知识分子同时入党，新华社还发了消息。在上海复旦大学、西安交大、北京广播学院等高校，只要是邀请我去讲话，我都大声疾呼："凡是希望改变中国的有志之士，都要争取加入共产党！因为只有你入了共产党才具有改变中国的位能和势能。中国的民主将从党内民主开始起步！"

"中国的民主将从党内民主开始起步"，这话今天已经证实。二十多年过去了，中国共产党与时俱进，已经从革命党转变为执政党。不仅知识分子在党内已占多数，市场经济中的主力军——优秀的民营企业家也大批入党，这是一个根本性的改变，证明了中国共产党有"自我改造"的无畏的勇气。

珍视生命、人权和自由这些人类基本的价值观，已经逐渐替代了那些看起来颇为吸引人而实际上是反科学的空洞理想。人们需要理想，但必须是符合科学规律的理想。

但是，怎样在新的社会形态上重新收拾已被摧残殆尽的传统文化，吸纳人类社会的普世价值，建构适合于我们经济基础的上层建筑，在全社会营造符合时代潮流的人文精神，还是一个非常艰巨的任务。

同时，社会阶层又以另一种形式出现，而且表现得十分鲜明和突出；一种隐性的"身份"和"成分"的区别业已形成。我们怎样在阶层之间建立一种完全开放性的机制，并能在体制上而不是再用空洞的说教来防止执政党不会变成新的特权阶层，在制度上保证"不分阶层、不分出身、不分财产，在人民中间挑选优秀人物"进入领导集团，并能把无德、无能又无耻的官员及时罢免撤换，还需要我们付出更大的努力。

"风起于青苹之末"，三十年前的思想解放风暴其实起始于人的解放。马克思说"无产阶级只有解放全人类，自身才得以解放"，但无产阶级取得政权后决不是再用暴力手段去"解放"其他人；"无产阶级革命"的目的决不是要永远保持自己"无产"的地位,而是要通过种种经济形式包括股份制,使自身及所有人都"有产"(共产主义"是在更高的形式上恢复个人所有制"——马克思)。黑格尔早就说过:"人权,说到底就是财产权。"只有全体人民都"有产",人民才能普遍地享受人权和尊严。所以,"共同富裕"才是我们应为之奋斗的目标。

而在中国几亿农民尚未取得土地所有权的情况下,我们还任重道远。

二〇〇八年元月二十日

(原刊于《收获》2008年第2期)

我的轮椅

史铁生

坐轮椅竟已坐到了第三十三个年头,用过的轮椅也近两位数了,这实在是件没想到的事。一九八〇年秋天,"肾衰"初发,我问过柏大夫:"敝人刑期尚余几何?"她说:"阁下争取再活十年。"都是玩笑的口吻,但都明白这不是玩笑——问答就此打住,急忙转移了话题,便是证明。十年,如今已然大大超额了。

那时还不能预见到"透析"的未来。那时的北京城仅限三环路以内。

那时大导演田壮壮正忙于毕业作品,一干年轻人马加一个秃顶的林洪桐老师,选中了拙作《我们的角落》,要把它拍成电视剧。某日躺在病房,只见他们推来一辆崭新的手摇车,要换我那辆旧的,说是把这辆旧的开进电视剧那才真实。手摇车,轮椅之一种,结构近似三轮摩托,唯动力是靠手摇。一样的东西,换成新的,明显值得再活十年。只可惜，出院时新的又换回成旧的，那时的拍摄经费比不得现在。

不过呢，还是旧的好，那是我的二十位同学和朋友的合资馈赠。其实是二十位母亲的心血——儿女们都还在插队，哪儿来的钱？那轮椅我用了很多年，摇着它去街道工厂干活，去地坛里读书，去"知青办"申请正式工作，在大街小巷里风驰或鼠窜，到城郊的旷野上看日落星出……摇进过深夜，也摇进过黎明，以及摇进过爱情但很快又摇出来。

一九七九年春节，摇着它，柳青骑车助我一臂之力，乘一路北风，我们去《春雨》编辑部参加了一回作家们的聚会。在那儿，我的写作头一回得到认可。那是座古旧的小楼，又窄又陡的木楼梯踩上去"嗵嗵"作响，一代青年作家们喊着号子把我连人带车抬上了二楼。"斯是陋室"——脱了漆的木地板，受过潮的木墙围，几盏老式吊灯尚存几分贵族味道……大家或坐或站，一起吃饺子，读作品，高谈阔论或大放厥词，真正是一个激情燃烧的年代。

所以，这轮椅殊不可以"断有情"，最终我把它送给了一位更不容易的残哥们儿。其时我已收获几笔稿酬，买了一辆更利于远行的电动三轮车。

这电动三轮利于远行不假，也利于把人撂在半道儿。有两回，都是去赴苏炜家的聚会，走到半道儿，一回是链子断了，一回是轮胎扎了。那年代又没有手机，愣愣地坐着想了半晌，只好侧弯下身子去转动车轮，左轮转累了换只手再转右轮。回程时有了救兵，一次是陈建功，一次是郑万隆，骑车推着我走，到家已然半夜。

链子和轮胎的毛病自然好办，机电部分有了问题麻烦就大。幸有三位行家做我的专职维护，先是瑞虎，后是老鄂和徐杰。瑞虎出国走了，后二位接替上。直到现在，我座下这辆电动轮椅——此物之妙随后我会说到——出了毛病，也还是他们三位的事；瑞虎在国外找零件，老鄂和徐杰在国内施工，通过卫星或经由一条海底电缆，配合得无懈可击。

两腿初废时，我曾暗下决心：这辈子就在屋里看书，哪儿也不去了。

可等到有一天，家人劝说着把我抬进院子，一见那青天朗照、杨柳和风，决心即刻动摇。又有同学和朋友们常来看我，带来那一个大世界里的种种消息，心就越发地活了，设想着，在那久别的世界里摇着轮椅走一走大约也算不得什么丑事。于是有了平生的第一辆轮椅。那是邻居朱二哥的设计。父亲捧了图纸，满城里跑着找人制作，跑了好些天，才有一家"黑白铁加工部"肯于接受。用材是两个自行车轮、两个万向轮并数根废弃的铁窗框。母亲为它缝制了坐垫和靠背。后又求人在其两侧装上支架，撑起一面木板，书桌、饭桌乃至吧台就都齐备。倒不单是图省钱。现在怕是没人会相信了，那年代连个像样的轮椅都没处买；偶见"医疗用品商店"里有一款，其昂贵与笨重都可谓无比。

我在一篇题为《看电影》的散文中，也说到过这辆轮椅："一夜大雪未停，事先已探知手摇车不准入场（电影院），母亲便推着那辆自制的轮椅送我去……雪花纷纷地还在飞舞，在昏黄的路灯下仿佛一群飞蛾。路上的雪冻成了一道道冰棱子，母亲推得沉重，但母亲心里快乐……母亲知道我正打算写点什么，又知道我跟长影的一位导演有着通信，所以她觉得推我去看这电影是非常必要的，是件大事。怎样的大事呢？我们一起在那条快乐的雪路上跋涉时，谁也没有把握，唯朦胧地都怀着希望。"

那一辆自制的轮椅，寄托了二老多少心愿！但是下一辆真正的轮椅来了，母亲却没能看到。

下一辆是《丑小鸭》杂志社送的，一辆正规并且做工精美的轮椅，全身的不锈钢，可折叠，可拆卸，两侧扶手下各有一金色的"福"字。

除了这辆轮椅，还有一件也是我多么希望母亲看见的事，她却没能看见：一九八三年，我的小说得了全国奖。

得了奖，像是有了点儿资本，这年夏天我被邀请参加了《丑小鸭》的"青岛笔会"。双腿瘫痪后，我才记起了立哲曾教我的"不要脸精神"，大意是：想干事你就别太要面子，就算不懂装懂，哥们儿你也得往行家堆儿里凑。立哲说这话时，我们都还在陕北，十八九岁。"文革"闹得我们都只上到初中，正是靠了此一"不要脸精神"，赤脚医生孙立哲的医道才得突飞猛进，在陕北的窑洞里做了不知多少手术，被全国顶尖的外科专家叹为奇迹。于是乎我便也给自己立个法：不管多么厚脸皮，也要多往作家堆儿里凑。幸而除了两腿不仁不义，其余的器官都还按部就班，便一闭眼，拖累着大伙儿去了趟青岛。

参照以往的经验，我执意要连人带那辆手摇车一起上行李厢，理由是下了火车不也得靠它。其时全中国的出租车也未必能超过百辆。树生兄便一路陪伴。谁料此一回完全不似以往（上一次是去北戴河，下了火车由甘铁生骑车推我到宾馆），行李厢内货品拥塞，密不透风，树生心脏本已脆弱，只好于一路挥汗、谈笑之间频频吞服"速效救心"。

回程时我也怕了，托运了轮椅，随众人去坐硬座。进站口在车头，我们的车厢在车尾；身高马大的树生兄背了我走，先还听他不紧不慢地安慰我，后便只闻其风箱也似的粗喘。待找到座位，偌大一个刘树生竟似只剩下了一张煞白的脸。

《丑小鸭》不知现在还有没有。那辆"福"字牌轮椅，理应归功其首任社长胡石英。见我那手摇车抬上抬下着实不便，他自言自语道："有没有更轻便一点儿的？也许我们能送他一辆。"瞌睡中的刘树生急忙弄醒自己，接过话头儿："行啊，这事儿交给我啦，你只管报销就是。"胡石英欲言又止——那得多少钱呀，他心里也没底。那时铁良还在"医疗设备厂"工作，说正有一批中外合资的轮椅在试生产，好是好，就是贵。树生又是那句话："行啊，这事儿交给我啦，你去买来就是。"买来了，四百九十五块，一九八三年呀！据说胡社长盯着发票咋舌。

这辆"福"字牌轮椅开启了我走南闯北的历史。其实是众人推着、背着、抬着我，去看中国。先是北京作协的一群哥们儿送我回了趟陕北，见了久别的"清平湾"。后又有洪峰接我去长春领了个奖；父亲年轻时在东北林区待了好些年，所以沿途的大地名听着都耳熟。马原总想把我弄到西藏去看看，我说："下了飞机就有火葬场吗？"吓得他只好请我去了趟沈阳。王安忆和姚育明推着我逛淮海路，是在一九八八年，那时她们还不知道，所谓"给我妹妹挑件羊毛衫"其实是借口，那时我又一次摇进了爱情，并且至今没再摇出来。少功、建功还有何立伟等一大群人，更是把我抬上了南海舰队的鱼雷快艇。仅于近海小试风浪，已然触到了大海的威猛——那波涛看似柔软，一旦颠簸其间，竟是石头般的坚硬。又跟着郑义兄走了一回五台山，在"佛母洞"前汽车失控，就要撞下山崖时被一块巨石挡住。大家都说"这车上必有福将"，我心说："我呀，没见轮椅上那个'福'字？"一九九六年迈平请我去斯德哥尔摩开会，算是头一回见了外国。飞机缓缓降落时，我心里油然地冒出句挺有学问的话："这世界上果真是有外国呀！"转年立哲又带我走了差不多半个美国，那时双肾已然怠工，我一路挣扎着看：大沙漠、大峡谷、大瀑布、大赌城……立哲是学医的，笑嘻嘻地闻一闻我的尿说："不要紧，味儿挺大，还能排毒。"其实他心里全明白。他所以急着请我去，就是怕我一旦"透析"就去不成了。他的哲学一向是：命，干吗用的？单是为了活着？

说起那辆"福"字轮椅就要想起的那些人呢？如今都老了，有的已经过世。大伙儿推着、抬着、背着我走南闯北的日子，都是回忆了。这辆轮椅，仍然是不可"断有情"的印证。我说过，我的生命密码根本是两条：残疾与爱情。

如今我也是年近花甲了，手摇车是早就摇不动了，"透析"之后连一般的轮椅也用着吃力。上帝见我需要，就又把一种电动轮椅泊来眼前，临时寄存在王府井的"医疗用品商店"。妻子逛街时看见了，标价三万五。她找到代理商，砍价，不知跑了多少趟。两万九？两万七？两万六，不能再低啦，小姐。好吧好吧，希米小姐偷着笑："你就是一分不降我也是要买的！"这东西有趣，狗见了转着圈地冲它喊，孩子见了总要问身边的大人："它怎么自己会走呢？"据说狗的智力相当于四五岁的孩子，他们都还不能把这椅子看成是一辆车。这东西才真正是给了我自由：居家可以乱窜，出门可以独自疯跑，跳舞也行，打球也行，给条坡道就能上山。舞我是从来不会跳。球呢，现在也打不好了，再说也没对手——会的嫌我烦，不会的我烦他。不过呢，时隔三十几年我居然上了山——昆明湖畔的万寿山。

谁能想到我又上了山呢！

谁能相信，是我自己爬上了山的呢！

坐在山上，看山下的路，看那浩瀚并喧嚣着的城市，想起梵高给提奥的信中有这样的话："我是地球上的陌生人，（这儿）隐藏了对我的很多要求""实际上我们穿越大地，我们只是经历生活""我们从遥远的地方来，到遥远的地方去……我们是地球上的朝拜者和陌生人"。

坐在山上，看远处天边的风起云涌，心里有了一句诗：嗨，希米，希米/我怕我是走错了地方呢/谁想却碰见了你！——若把梵高的那些话加在后面，差不多就是一首完整的诗了。

坐在山上，眺望地坛的方向，想那园子里"有过我的车辙的地方也都有过母亲的脚印"；想那些个"又是雾罩的清晨，又是骄阳高悬的白昼……"想那些个"在老柏树旁停下，在草地上在颓墙边停下，又是处处虫鸣的午后，又是鸟儿归巢的傍晚……"想我曾经的那些个想："我用纸笔在报刊上碰撞开的一条路，并不就是母亲盼望我找到的那条路……母亲盼望我找到的那条路到底是什么？"

有个回答突然跳来眼前：扶轮问路。是呀，这五十七年我都干了些什么？——扶轮问路，扶轮问路啊！但这不仅仅是说，有个叫史铁生的家伙，扶着轮椅，在这颗星球上询问过究竟。也不只是说，史铁生——这一处陌生的地方，如今我已经弄懂了他多少。更是说，譬如"法轮常转"，那"轮"与"转"明明是指示着一条无限的路途——无限的悲怆与"有情"，无限的蛮荒与惊醒……以及靠着无限的思问与祈告，去应和那存在之轮的无限之转！尼采说"要爱命运"。爱命运才是至爱的境界。"爱命运"既是爱上帝——上帝创造了无限种命运，要是你碰上的这一种不可心，你就恨他吗？"爱命运"也是爱众生——设若那一种不可心的命运轮在了别人，你就会松一口气怎的？而梵高所说的"经历生活"，分明是在暗示：此一处陌生的地方，不过是心魂之旅中的一处景观、一次际遇，未来的路途一样还是无限之问。

二〇〇七年十一月二十日

（原刊于《收获》2008 年第 2 期）

师大忆旧

格 非

校 园

华东师大由原大夏、光华和圣约翰大学合并而成,其校园旧址最早可以追溯到百余年前一个名叫"丽娃栗妲"的村落。二十世纪初,这里原是上海远郊的一处荒僻之地,吴淞江改道后留下一段废河,早期的西班牙侨民缘河而居。另一个传说因其戏剧性而流传更广:一位名叫"丽娃"的白俄女子因失恋而自沉河中,"丽娃河"由此得名。它使这条河平添了些许胭脂气,为人所津津乐道。不管怎么说,到了上个世纪三十年代,这片郊野之地已成为沪上游人踏青远足的绝佳处所。茅盾先生的小说对此曾有记述,我也曾从旧报刊上见过几帧小照:身穿旗袍的摩登女郎浓妆艳抹,泛舟河上,明眸皓齿,顾盼流波,其笑容在岁月的流转中与相片一并漫漶而灰暗。

不过，到了我来师大读书的一九八一年，这个园子固然早已不复旧观，只是流韵所及，仿佛亦能从花树亭阁之间嗅到往昔的一点颓败和妩媚。那时的校园空旷寂寥，远没有后来那般喧嚣。我记得出了学校的后门，就是郊农的菜地和花圃了，长风公园的"银锄湖"与学校也只有一墙之隔。校园的西南角还有一处空军的雷达站，虽近在咫尺，却让人可望而不可及，犹如卡夫卡笔下的城堡。丽娃河畔树木深秀，道路由红碎石镶铺而成，高低不平，曲径通幽。后来，学校为了使那些谈恋爱的野鸳鸯无所遁迹，在河边安装了亮晃晃的路灯，碎石路也改为水泥通衢，颇有焚琴之憾。

南方的春天特别长。几乎是寒假刚过，迎春花、金钟、梅花和樱花即于绵绵春雨中次第开放。当一簇簇迎春花披挂下细长柔软的枝条，沿着长长的丽娃河岸迎风怒放之时，满河的碎金的确令人沉醉。不过，要说起校园的花事胜景，我以为最让人难忘的莫过于海棠。海棠妙品凡四，校园竟然有其三。荷花池边丛植的贴梗海棠花开如紫袍，朱红色的花朵如火欲燃，且直接开在铁灰色的枝条上，此花亦有"铁脚"之称；垂丝海棠有"解语花"之名，在校园里更是随处可见，花蕊红中透着粉白，丝丝缕缕，摇曳多姿；而图书馆前的那几株高大的西府海棠则最有风致，色若胭脂，雍容绰约，丝垂金缕，葩吐丹纱……

常听人说，校园草木葱郁，风光宜人，足以供人游目骋怀，消愁破闷，但妩媚有之，峻朗不足，对于艰苦卓绝的"治学"一途不太相宜。

刚一进校，我们即被高年级的同学告知：成为一个好学生的首要前提就是不上课。他们的理由是，有学问的老先生平常根本见不着，而负责开课的多为工农兵学员，那些课程听了不仅无益，反而有害。这种说法当然是荒谬绝伦，且有辱师辈，但我们当时少不更事，玩性未泯，不知学术为何物，自然喜出望外，奉为金科玉律。当时校园中"六十分万岁"的口号甚嚣尘上。这一口号中还暗含着一种特别的荣辱观：考试成绩太好的同学，往往被人看不起。好在老师们大都宅心仁厚，从不与学生为难，我们即便不去听课，考前突击两周，考个七八十分并非难事。

在我的印象中，开头几年倒也消停，虽说表面上游手好闲，晨昏颠倒，饱食终日，无所事事，只是作为所谓"名士风度"的一种装饰而已，其实暗中也知道惜时用功。到了八十年代中后期，随着各种名色的娱乐风行，校园内游人如织，草坪上东一堆、西一堆坐满了嬉笑玩闹的情侣，一到周末，全校的十几个跳舞厅同时开放，叮咚叮咚的乐声昼夜不息，人的心总浮着、悬着、躁动着，自然又是另一番气象了。

诗人宋琳曾将师大校园比作麦尔维尔笔下的大海：一旦鲸群出现，自然惊涛骇浪，不免忙碌一番，等到风平浪静时候，正宜哲人参禅悟道。师大的校园生活恰恰就是这样的节奏：我们读起书来，亦能废寝忘食、手不释卷，甚至通宵达旦；而一旦懒散起来，要么终日高卧酣睡，要么没魂地在校园内东游西荡，不知今夕何夕。

读　书

既然我们都养成了逃课的恶习，并视其为理所当然，有时闲极无聊，免不了在校园里四处闲逛。我和几个喜欢植物的同学一起，竟然以一个月之力，将园子里所有奇花异草逐一登记在册。我们的辅导员是过来人，眼看着我们游手好闲虚掷了大好光阴，虽然忧心如焚却苦无良策，他倒没有采取什么强制性的措施让学生重新回到课堂，只是嘱咐我们假如玩累了，不妨读些课外书籍而已。正好系里给我们印发了课外阅读书单，我记得在一百多本的书目中竟没有一本是中国人写的，至于什么濂、洛、关、闽之书，更是不入编者的法眼。好在鲁迅先生"中国的书一本也不要读"、吴稚晖"把线装书全都扔到茅厕坑里"之类的告诫我们早已铭记在心，自然不觉有任何不当。

有了这个书单我们倒是没日没夜地读过一阵子。等到心里有了一些底气之后，便迫不及待地去找人论道去了。那个年代的读书和言谈的风气，似乎人人羞于谈论常识，我们去跟人家讨论《浮士德》《伊利亚特》

和《神曲》，对方露出鄙夷的神色是十分自然的；而为别人所津津乐道的拉格洛芙和太宰治，我们则是闻所未闻，只有自惭形秽的份儿。一位著名作家来学校开讲座，题目是列夫·托尔斯泰，可这人讲了三小时，对我们烂熟于心的三大名著竟然只字未提，而他所提到的《谢尔盖神父》《哈吉穆拉特》《克莱采奏鸣曲》，我们的书单上根本没有。最后，一位同学提问时请他谈谈对《复活》的看法，这位作家略一皱眉，便替托翁惋惜道："写得不好。基本上是一部失败的作品。"

后来经过高人指点，我们才知道那个时代的读书风气不是追求所谓的知识和学术，而是如何让人大吃一惊，亦即庄子所谓的"饰智以惊愚"而已。当那些高深、艰涩、冷僻的名词在你的舌尖上滚动的时候，仿佛一枚枚投向敌营的炸弹，那磅礴的气势足以让你的对手胆寒，晕头转向难以招架；而当你与对手短兵相接时，需要的则是独门暗器，以己之长克敌之短，让对手在转瞬之间成为白痴。

我们班有一个来自湖北的瘦高个儿，言必称《瘦子麦麦德》，显得高深莫测。通常他一提起这本书，我们就只能缴械投降了，因为全班除了他之外没有第二个人知道那是一本什么样的书。直到大学三年级，我在图书馆阅览室的书架上竟然一下发现了三本，可见这并不是什么冷门书。还有一个著名的校园诗人，是学自然辩证法的研究生，常来中文系找人过招，张口闭口不离他的两本葵花宝典：要么是《老子仍是王》，要么是《佩德罗·巴拉莫》。这人常爱戴着一副墨镜，无论到哪儿，身后似乎总跟着一大群崇拜者，害得我母亲一见到他，就断言此人是个流氓。说来惭愧，我至今还没有弄清楚《老子仍是王》是一本怎样的著作，而《佩德罗·巴拉莫》则毫无疑问是伟大的经典。

即便是在那些令我们仰慕不已的青年教师中间，也是同样的风气。有专攻"中国文化全息图像"的，有专攻"双向同构"的，还有专攻什么"永恒金带"的，等等，不一而足，基本上只有他们自己才会明白他们的理论从何而来。研究弗洛伊德的，"性冲动"三字总是挂在嘴边；研究克尔凯郭尔的，自然不把卡夫卡放在眼里；而研究"第三次浪潮"的，言谈举止之中仿佛就是中国改革蓝图的制定者。最奇妙的一位学者，是研究"否定本体论"的。因为他天生拥有否定别人的专利，但凡别人与他争论什么问题而相持不下，他总是大手一挥，喝道："否定！"此利器一出，人人望风而逃。我们最喜欢的当然是研究神秘主义术数的学者，根据这位仁兄的研究，不仅鸡可有三足，飞矢可以不动，石头最终可以抽象出"坚白"这样玩意儿，而且据他考证，李白的《蜀道难》本来就是一部剑谱，起首的"噫吁"就是一出怪招……

不过，我们很快也有了自己的独门秘笈。那就是袁可嘉先生编译的《外国现代派作品选》。那本书刚刚出版，人人都处于同一起跑线上，循着他的纲目和线索我们找到了更多的卡夫卡、博尔赫斯、卡尔维诺，如《外国文艺》《世界文学》《外国文学动态》《译林》，还有一些同学不知从哪里弄来的内部参考白皮书。不管怎么说，我们总算建立了一个小小的属于自己的根据地。每与人接谈，对手往往不明所以，那种满脸疑惑和自责也让我们有了吴下阿蒙让人刮目相看的喜悦。我们自己的这个小圈子被称作现代派。

可是好景不长，一九八五年之后读书风尚又一次大变。我们渐渐悲哀地发现，通过"现代派"去吓唬人已经没有了当年的震慑效果，读了几本小说就想谈学问，当然为博学风雅之士所不齿。静下心来一想，人家的鄙薄也不是没有道理，小说之外尚有戏剧、诗文诸门类；文学之外尚有艺术、历史、哲学、音乐、宗教；人文科学之外尚有社会科学和自然科学……于是我们的读书除了原来的唯新、唯深之外，又多了一个"杂"字。

我们在狂读威尔斯的《世界史纲》之余，也曾去历史系旁听青年史学会的新史学沙龙，不料，人家研究的学术水平已经发展到了曾国藩身上有没有牛皮癣这样高深的程度，我们自然无权置喙。中文系学生成天将《万历十五年》挂在嘴上，而历史系的名门正派根本不屑一顾。其他的学科也是如此，你只读了一本《重返英伦》，就想跟人家去讨论什么社会学的研究方法；读了一本《新唯识论》，就想去讨论佛教，其结果自然是自取其辱。哲学系的那个圈子更为混乱，搞胡塞尔的瞧不起维特根斯坦，研究阿多尔诺的往往指责海德格尔不过是一个纳粹，我们只懂一点儿可怜的萨特，可人家认为萨特根本不能算作哲学家……

由于特殊的政治和社会氛围，那时的很多书籍和影视作品都属奢侈品，全本的《金瓶梅》自然就不必说了，就连齐鲁书社的节本也很难弄到。我为了阅读刚出版的《柳如是别传》，几次到上海图书馆寻访，最后还是一无所获。而为了看安东尼奥尼的《放大》，两百多人围在电教中心的大教室里。十四英寸的电视屏幕雪花飘飞，一片模糊。也有许多书籍在邮寄中传递流转，我记得台湾版安德烈·纪德的《窄门》传递到我的手中时，同时有六七个人在等着阅读，而分配给我的时间只有两个小时。

回想八十年代的读书经历，本科阶段未有名师指点，学业谈不上根基，缺乏系统，流于浮杂，浪费了太多大好光阴，每思及此，莫不深惜三叹。可看看如今的大学校园诸学科各立壁垒，功利性和工具理性都已登峰造极，又颇为今天的学生担忧。古人说："一物不知士之耻。"八十年代的读书风习固然有值得批评和检讨的地方，但那种"一书不知，深以为耻"的迂阔之气也有其天真烂漫的可爱之处。

清　谈

说起学校的演讲、报告会和各类研讨会的盛况，恐怕与别处也没有什么不同。等到我们这些后知后觉者听到风声，赶往某个地点，那里往往早已人满为患，有时甚至连窗户外和走廊里都围了好几层。几次碰壁之后，加上性格懒散或孤僻，我们就假装不喜欢去这样的场合凑热闹。总是在事后听人说起李泽厚如何如何，李欧梵如何如何，汪国真如何如何；谁与谁抢话筒而大打出手，谁因为连续五次要求发言被拒，最后血压升高，当场昏厥……这就好比自己错过了一场电影而只能听人复述故事梗概，其失落和后悔可想而知。

也常有校外的名人来我们宿舍闲坐。陈村来，多半是来找姚霏。我那时与姚霏相善，也时常有机会聆听陈兄教诲。陈村为人厚道，却也锦胸绣口，幽默风趣，往往清茶一杯，闲谈片刻而去，不给人任何的压抑感和心理负担。马原来，动静就要大得多，而且一来必要住上数日，他与李先生过从甚密，前后左右通常是围着一大群人，有认识的，有不认识的，也有似曾相识的。马原看似木讷，实则能言善辩，极有机锋，我曾见他与人激辩竟夕而毫无倦容。

余华来上海改稿，常到华东师大借宿。永新、吴亮、甘露诸君便时来聚谈。王安忆也来过数次，记得一年冬天的午后，她在我的寝室里略坐了坐，就觉得寒气难耐，便执意要将她们家的一个什么暖炉送给我。她给了我镇宁路的地址，也打过电话来催，不知何故，我却终于没有去取。

到了八十年代末，来华东师大的人就更多了，连远在福州的北村也成了这里的常客。不过，只要北村一来，清谈往往就要变成"剧谈"了。苏童认为北村是中国新时期文学中真正的"先锋派"，此话固然不假——他在八十年代的小说佶屈聱牙，连我们这些被别人称为"晦涩"的人亦望而生畏，但在我看来，八十年代那批作家中，若说到善谈能辩，大概无人能出其右。更何况，此人来自盛产批评家的福建，反应敏捷，擅长辩驳，当年流行的各类理论、术语和复杂概念无不烂熟于心，且颇多发明。他有一句名言，叫作"真理越辩越乱"。话虽如此，可每次与他一见面，几乎是喘息未定，便立即切入正题，高谈阔论起来。语挟风雷（当然也有唾沫星子），以其昭昭，使人昏昏。往往到了最后，他自己也支撑不住了，双手抱住他那硕大的脑袋，连叫头痛，方才想起来还有吃饭这回事。

华东师大的白天倒还清静。大家忙于各自的生计和写作，很少往来。可到了晚上，各路人马就会像幽灵一样出没，四处找人聊天。套用龚自珍的话来说："经济文章磨白昼，幽光狂慧复中宵。"那时候朋友间聚会聊天，通宵达旦是常有的事。我记得到了凌晨两三点钟，大家翻过学校的围墙去餐馆吃饭时，竟然还常常能碰见熟人。

师大有各色各样清谈的圈子，既私密，又开放。当时的风气是英雄不问出处，来之能谈，谈而便友，友而即忘。中文系聊天的圈子相对较为固定，不是吴洪森、李处，就是徐麟、张闳、宋琳等人的寝室。

李处去得相对较多。他年纪轻轻即声名显赫，且交游广泛，他的寝室照例是高朋满座，胜友如云，大有天下英雄尽入彀中之势。只是到了后来，他在门上贴出了一张纸条，规定凡去聊天者必须说英文之后，我们才有点望而却步。因担心不得其门而入，倒是下狠心苦练了一阵子英语对话。一年下来，李的口语程度已经足以在系里用英文上课了，我们却没有什么长进。我记得有一次，我和同事利用系里政治学习的间隙尝试用英语交谈，尽管我们彼此都听不懂对方在说什么，居然也能滔滔不绝。坐在一旁的外文专家王智量教授也只好假装听不见，苦笑而已。

在八十年代诸师友中，我与洪森聊得最多，最为相契，得益也最多；而最让人难忘的则是徐麟的茶会。

徐麟是安徽人，身材壮硕，学问淹博，其言谈极富思辨性。在他那儿，常能见到王晓明、胡河清、张氏兄弟（张闳和张柠）、毛尖、崔宜明诸人。所谈论的话题除文学外，亦兼及哲学、宗教、思想史诸领域。唯独谈及音乐或遇某人兴致高涨欲一展歌喉之时，徐麟往往表情严肃，一言不发。我们私下里都认为此君不擅此道，或者简直就是五音不全。没想到有一天，他老人家忽然高兴起来，随手抓过一把已断了两根弦的小提琴，竖着支在腿上权当二胡，像模像样地拉了一段刘天华的《除夕小唱》，把我们吓了一大跳。

每次去徐麟那儿聊天，王方红女士总要央我带她一块去。她对于我们的谈话未必有什么兴趣，因她总抱怨说，听我们说话脑仁儿疼。她频频催促我"去徐麟那儿转转"，恐怕只是垂涎于徐麟亲手泡制的柠檬红茶而已。

在北风呼啸的冬天，每有聚会，徐麟必然会用美味的"徐氏红茶"

招待各色人等。烹茶用的电炉支在屋子中央的水泥地上，煮茶用的器皿十分简陋，多为大号的搪瓷碗，而饮茶的杯子则为形状、大小不一的酱菜瓶子。茶叶似乎也很一般。据说，徐麟总能搞到上好的祁门红茶，可我们每次去，他那珍贵的祁红总是不幸"刚刚喝完"。不过，即便是再廉价不过的红茶末子，他也能烹制出令人难忘的美味红茶，其关键或许在于柠檬的制作。有人透露说，新鲜的柠檬买来之后，要洗净并切成小薄片，撒上白糖，在玻璃容器中密封十多天，不知真假。

很多年后，我们调往北京工作，王方红仍会时常念叨起"徐氏红茶"。她也变着样尝试了多次，我喝着庶几近之，她却总说不是那个味儿。我就开玩笑地对她说："你所留恋的，莫非是那个年代的特有氛围？"世异时移，风尚人心，早已今非昔比，徒寻其味，岂可再得？

写 作

记得在大学三年级的时候，华东师大校报编辑部曾组织过一个全校性的"小说接龙"游戏。参加者除了在校本科生和研究生外，还有几位已毕业的作家校友助阵。这次活动具体有哪些人参加，什么题目，写作的顺序如何，究竟写了些什么，如今早就忘了。只记得参加者被邀至编辑部的会议室，大致定下题材和故事动机，由某位作家开头，随后十几个人依次接续，由校报分期连载。我前面的一位作者似乎就是大名鼎鼎的南帆先生，因为总担心将人家的构思写坏掉，颇受了数日的失眠之苦。

华东师大中文系有一个不成文的规定：凡是今后从事于文学理论研究的学生，必须至少尝试一门艺术的实践，绘画、音乐、诗歌、小说均可以。本科生的毕业论文也可以用文学作品来代替。我不知道这个规定是何人所创（有人说是许杰教授，不知是否正确），它的本意是为了使未来的理论家在实践的基础上多一些艺术直觉和感悟力，可它对文学创作的鼓励是不言而喻的。一直到今天，我都认为这是华东师大中文系最好的传统之一。我因为没有绘画和音乐的基础，只得学写诗歌及小说。

另外，那时有太多的闲暇无从打发。所谓"不为无益之事，何以遣有涯之生"，至少我个人从未想到过有朝一日会成为"作家"，或去从事专业创作。《陷阱》《没有人看见草生长》等小说，完全是因为时任《关东文学》主编的宗仁发先生频频抵沪，酒酣耳热之际，受他怂恿和催促而写成的。而写作《追忆乌攸先生》是在从浙江建德返回上海的火车上。因为旅途漫长而寂寞，我打算写个故事给我的同伴解闷。可惜的是，车到上海也没有写完，当然也就没给她看，此人后来就没有了音讯。回到上海不久，就遇到王中忱、吴滨先生来沪为《中国》杂志组稿，此稿由中忱带回北京后竟很快发表，我也被邀请参加了中国作协在青岛举办的笔会。

《迷舟》写出来之后，在很长一段时间内也只是在几个朋友间传看而已，我并没有将它投往任何一家刊物。后来吴洪森先生看到此文之后，便将它推荐给了《上海文学》。没过多久，我就接到了《上海文学》周介人先生的一封亲笔长信。周先生的来信充满了对后辈的关切，但认为《迷舟》是通俗小说，而《上海文学》是不发表通俗类作品的。洪森得知《上海文学》退稿的消息后大为震怒，甚至不惜与周先生公开绝交。为一篇不相干的稿件而与相知多年的朋友断交，在今天看来似乎有点不可思议，可据我耳闻，类似的事情在那个阔绰的年代里并不罕见。我是一个比较消极的人，若非洪森执意劝说我将《迷舟》转给《收获》的程永新，此稿很有可能现在还在抽屉里。不过，现在想来，周先生当年认为《迷舟》是通俗小说，也不是没有他的道理，因为这个故事原来就是几个朋友在草地上闲聊的产物，甚至我在文中还随手画了一幅两军交战的地形图（后来，《收获》发表此文时竟然保留了这幅图，令我最感意外，亦大为感动）。何况，他作为名闻全国的重要杂志社的负责人，认真处理了稿件，并给一个初学者亲自写来长信予以鼓励，对洪森而言，也不能说没有尽到朋友的义务。最让我难忘的是，《迷舟》在《收获》发表并有了一些反响之后，周介人先生特地找我去他的办公室谈了一次话。他坦率地承认当初对《迷舟》处置不当，作为补偿，他约我给《上海文学》再写一篇小说（这就是稍后的《大年》）。当时谈话的情景，在他故去多年之后，至今仍让我感怀不已。

"游戏性"一词，在批评界讨论八十年代的文学创作时曾屡遭诟病。坦率地说，那个年代的写作确有些游戏成分，校园写作更是如此。当时很多作家都有将朋友的名字写入小说的习惯。今天的批评界动辄以"元叙事"目之，殊不知，很多朋友这么做，大多是因为给作品中的人物取名字太伤脑筋，也有人借此与朋友开个玩笑。当然，别有用心的人也是存在的。有位作家对某位批评家的正当批评衔恨在心，竟然将他的名字冠之于某歹徒，而这个歹徒最终被我公安干警连开十余枪击毙。有时，作家也会将同一个名字用于不同的小说，比如，有一段时期，马原小说中的人物不是"陆高"就是"姚亮"，而北村小说则频频出现"王茂新""林展新"这样的人名。记得我曾向北村当面问过这个问题，北村的回答让我很吃惊：他每次从厦门坐海轮来上海，来的时候是"茂新"号，返程则是"展新"号。

一年春天，中文系全体教师去昆山和苏州旅游。系里派我和宋琳去打前站，联系住宿和吃饭等事。我们临时又拉上了正在读研究生的谭运长。我们三个人办完事后投宿于昆山运河边的一个小旅馆里。那晚下着雨，我们几个人无法外出，又不甘心待在房间里，就下楼和门房的服务员聊天。女服务员因为要值夜班，正觉得时光难耐，也乐得和我们几个人胡侃。后来，谭运长忽然就想出了一个主意：我们三个人各以动物为题材写一篇小说，以午夜十二点为限，完成后依次到门房朗诵给服务员听，最后由她来评判，分出第一、二、三名。宋琳当时已经是驰誉全国的著名诗人，且一直看不起小说，自然不屑于这类"残丛小语"，但被逼无奈，只得勉力为之。

我记得谭运长写的是《袋鼠旅行记》，似乎是写孔子骑着袋鼠周游列国，最终抵达了"银坑"地方，而引出一系列的传奇。在朗读过程中，服务员笑得趴在桌子上浑身乱颤，始终没能抬起头来。宋琳因根本不会写小说，只得胡写一气。一看他的题目，也觉得怪怪的，叫作《黑猩猩击毙驯兽师》，和他的老乡北村一样，驯兽师居然也叫"林展新"。这篇后来发表于《收获》的小说处女作，让他尝到了写小说的甜头，此后又陆续写出了《想象中的马和畜养人》等作品，在校园里传颂一时。

如今在给学生上写作课时，常被学生"如何写作"这类大问题所困扰。在不知从何说起的窘境中，往往以"乱写"二字答之。我这么说，并不是开玩笑或有意敷衍。废名在谈及杜甫和庾信的"乱写"时，是在试图说明一个高妙的写作境界，当然难以企及；可对于初学者而言，要想彻底解放自己的想象力，抛开毁誉得失，"乱写"也实在是一个必不可少的训练过程。

（原刊于《收获》2008年第3期）

路上的祖先

熊育群

　　岭南与西部边地，无数的山脉与河流，它们那样高耸、密集，只有靠近海洋的地方才出现大的平原，从山谷中走出的河流向天空敞开了胸膛，在大地上交错成河网。多少年来，我在这片巨大的陆地上行走，它的葱茏与清澈，让心灵如乡村月夜一般静谧。岭南的三大民系——客家人、潮汕人和广府人，我在与他们长期的生活中，常常听到他们谈论起中原。那是有关遥远历史的话题——大迁徙。而在西南的大山深处，众多民族的聚集地，在我的出发与归来之间，偶尔遇到的一个村庄也会提及中原，这些至今仍与外界隔绝的村庄，有的说不清自己是汉人还是边地的少数民族，他们的祖先也自遥远的中原迁来。只有在云南的怒江、澜沧江下游，说着生硬普通话的山民提起的是蒙古高原。

　　一次次，中国地图在我的膝盖或是书桌上打开，我寻觅他们祖先当年出发的地方，感觉脚下的土地在岁月深处的荒凉气息，感受两千年以来向着这个地方不停迈动的脚步，他们那些血肉之躯上的脚板，踩踏到这些边远的土地时，发出的颤抖与犹疑，想象岁月中一股生命之流像浮云一样在鸡形版图上，从中原漫漫飘散，向着边缘、向着荒凉，生命的氤氲之气正蔓延过来——一幅流徙的生存图竟如此迫近，令眼前的线条与色块蠢动！

　　北方草原生活着游牧民族，他们是马背之上的民族，从事农耕的汉人不愿选择北移。东面是浩瀚海洋，发源自黄土地的汉民族从没有与海洋打交道的经验。于是，古老中国的人口流向就像一道道经脉，从陕西、河南、山西等中原地带向着南方、西北、西南流布。一次次大移民拉开了生命迁徙的帷幕，它与历史的大动荡相互对应——东晋的五胡乱华，唐朝的安史之乱、黄巢起义，北宋的"靖康之乱"，就像心脏的剧烈搏动与血液的喷射一样，灾难，让血液喷射到了边缘地带。广袤的荒凉边地开始染上层层人间烟火。迁徙，成了历史的另一种书写，它写出了什么才是真正的历史大灾难——不是宫廷的政变，不是皇宫的恩怨情仇，而是动乱！大灾难首先是黎民百姓的灾难。

　　岭南是遥远荒僻的。迁徙者并非一开始就直奔岭南，只有那些官宦人家，为躲避灭顶之灾，才远走岭南，他们是最早到达这片土地上的人。升斗小民，则一程一程朝着南方迁徙，他们走过黄河以南、长江以南的州县，走过一个一个朝代，一代代人之后，才从江西靠近这个南方的最后屏障。迁徙好像是他们前仆后继的事业，大灾难在他们身后紧跟着，如同寒流。

　　与岭南大规模的氏族迁徙不同，西南，更多的是个体的迁徙。那似乎是脱离大历史的个人悲剧的终结地。岭南的迁徙可以寻找到最初的历史缘由，可以追寻到时间与脚步的踪迹。而西部的个人迁徙却像传说，一个有关生命的神秘传奇，缘由被遮蔽得如岁月一样难以回溯。面对大西南的莽莽山地，它的偏远与隔世，总令我陷入痴想：大西南的存在，也许使获罪者有了一种生存的可能，当权者可以靠抹去他从前的生活而保全他的性命，可以把威胁者流放而不是处死；受迫害者有了一个藏匿的地方；害人者有一个自我处置悔过自新的机会；文化人有一个思想可以自由呼吸的空间，不被儒家的文化窒息。多少文人吟叹与向往过的归隐，在这片崇山峻岭随处可见。这里提供了另一种生活的可能。这是历史苦难在大地边缘发出的小小痉挛。从此，生活与这苍山野岭一样变得单纯、朴实、敦厚。

我关注这种神秘的个人迁徙，这种不为人知的历史秘密，它传达久远的历史信息，就像与岁月的一次邂逅，它在我西部山水行走中一次次遭遇，激起我对于人生灾难的感怀，对于生命别样图景的想象。

隐蔽峡谷

遥远而神秘的夜郎国，它是与外界隔绝的，仅凭"夜郎自大"这个至今流行的词语就可以想见，因为它的云贵高原山如海洋，天空河流一样狭长，去夜郎古国只有靠攀登。贵州石阡县就曾经是古夜郎国的土地，土著是仡佬人，他们的先民最早被称作濮人。在仡佬人生活的群山中走，山峰横陈竖插、蜂拥、澎湃、冲撞，只见满眼的绿在一面面山坡上鲜亮得晃眼。巨大的群山中，木楼的村庄藏在深谷，只有像烽火台的炊烟偶尔升空，才泄露村庄的踪迹。

正是在这片土地上，这一天，一个叫周伯泉的人走到了石阡，走到了一条叫廖贤河的峡谷。沿着河流爬到山腰上，峡谷里从没有升起过炊烟，山下清澈的河水，只偶尔漂过落叶，一大堆奇形怪状的云朵浮满了那些深潭，峡谷被喧哗声装满，像装着它的寂寞、无边、无助。

厢形峡谷里一座龟形山突然出现，向它踩出一条路时，鸟兽们惊吓得纷纷逃往密林深处。

抬头，峡谷对面一堵刀削般的岩壁，裸露着，不挂一枝一木。一幅让人惊叹又绝望的风景，但这个汉人周伯泉却喜欢了。长时间暴走的双脚停了下来。

他停下来的地方奇迹般地向峡谷伸展开来，像伸出一个巨型舞台，一块坪地出现了。这坪地，在森林之下、河流之上，隐没于峡谷之中。这就是他的村庄，也是他人生寻觅的最后栖息地。

这是一四九四年，明朝弘治六年。这一年没有什么特别值得一提的大事。但对于个体，譬如这个迁徙的汉人，这一年却是石破天惊的一年，仅仅这一年在他一个人脚下所进行的艰苦卓绝的长途跋涉，就是我这样坐着小车长途奔波的人所不能想象的。但这只是他自己的历史，他走到了任谁怎样呼喊也不会喊醒历史的黑暗地带。深深的遗忘就像误入了另一个星球。这一年周伯泉为发生在自己身上的事件给了一个很抽象的命名——"避难图存"。至于"难"是什么，他深埋在自己的心里。这只是一个人的灾难，这灾难让他从南昌丰城出发，穿过三湘四水的湖南，其中崇山峻岭的湘西也没有让他停下脚步，他像劲风吹起的一片树叶，一路飘摇，人世间的烟火几近绝灭。

他悄悄停伏下来，在言语不通的仡佬人的土地收起了那双走得肿痛甚至血肉模糊的脚板。在那些孤独的夜晚，一个人抚摸着脚背，看着自己熟悉的生活变作了遥远的往事。于是那巨大的灾难在群山外匿去了它深重的背影。他像一个原始人一样，带着自己的家人，在这个无人峡谷里开荒拓地，伐木筑屋。廖贤河峡谷第一次有了人发出的响声。

我沿着周伯泉当年走进峡谷的方向走到了廖贤河，山腰上已经有了一条路，汽车在泥土路上向山坡下开，大峡谷就在一块玉米地下送来河流的声音。拐过一道道弯，古寨突然出现在眼前。地坪上一座残破的戏楼，戏楼下却站满了人，人的衣服也大都是破烂的。一张张被阳光暴晒的脸，黧黑、开朗，绽开了阳光一样的笑。他们是周伯泉的后人，已传到了十九代。正是他们，生命有了传承，才使历史某一刻一个微不足道的小事件留存了下来。

村口栽满了古柏，参天的树，葱郁苍翠。树冠上栖满了白鹭。白鹭在树的绿色与天的蓝色之间起起落落，并不聒噪。坐落在山坡上的寨子，触目的石头铺满了曲折的街巷与倚斜的阶梯，黄褐一片，参差一片。木条、木板穿织交错，竖立起粗犷的木屋。

通向寨内的鹅卵石铺砌的小径，太极、八卦和白鹤图案用白色石子拼出，极其醒目。它是中原汉人的世界观与吉祥观念的刻意铺陈。而村口树木搭建的宫殿、观音阁、戏楼、寺庙、宗祠、龙门，保存的罗汉、飞檐翘角、古匾、楹联，则是周伯泉教育后代传承文化的结果，儒家文化于荒岭僻地的张扬，在仡佬人的世界里显得特别的孤独，它们自顾自地展现、延伸、生长，文化之孤立，更放任了它释放的能量。村庄的面貌就是周伯泉脑海里意志、记忆、想象的客观对应物，一代又一代人沿着同一个梦想持续努力，逼近梦想。

一种孤独的力量，一种梦境般的世外桃源景象。周伯泉远离了故土，却决不离弃自己的文化，像呼吸，他吐纳的气息就是儒家文化的顽强生殖力。汉人漂洋过海了，也要在异邦造出一条中国式的唐人街，这是文化的生殖力量！

周伯泉不会是一介布衣，他饱读诗书，四书五经在他的童年就熟读了。古寨造型精致的雕花木门窗，图案为花鸟、走兽、鱼虫，雕刻刀法娴熟，线条流畅，富含寓意，它表达了主人求福安居的心态，尽管这是他的后人雕的，但思想的源头在他那里。

古寨遵从着勤、俭、忍、让、孝、礼、义、耕、读的家训，家家善书写，民风古朴，礼仪有加。而家门口粗犷狰狞的傩面具，是对荒旷峡谷神鬼世界的恐惧联想，是苗族、仡佬族对他们启示的结果。

只有一户人家改变了寨子木楼建筑的格局，他们用砖和石头砌了楼房。楼下窗口挂着几串红艳艳的辣椒，两位老人在门口打量着来人。他们坐的矮凳用稻草绳编织。水泥地坪上，两只鸡正在追逐，疯跑。老人站起来招呼人进去坐。一位中年妇女闻声从猪栏里出来，朝人笑了笑，她正在喂一头野猪。一个多月前，她的男人从山上捉了它，不忍心杀掉就圈养了起来。野猪哼哼的声音比家猪凶狠得多。

山坡下一眼山泉，泉边建有一个凉亭，这是山寨人接水喝的地方。

当年周伯泉是在这里捧喝了山泉收住了心,要把自己的生命之根扎于此地的?在炎热的夏天,捧一捧山泉水入口,一股凉意沁入肺腑,甘冽、清香。

泉边不远是一座连体坟墓,葬着一对夫妻,他们有一个凄美的爱情故事在山寨留传。而在离这里不远的一处峭壁上,周伯泉整日面对着空荡荡的大峡谷,听风吹松叶声、流水声,虚无的空想早如这空气一样散去,只有坚硬的墓碑从那个远逝的时空站到了今天。

吃午饭时,来了几位少女,她们来敬酒,围着桌子对着客人唱歌,双手举杯,直视着来客,眼里隐隐柔情闪烁。她们的敬酒歌不同于仡佬人,是改造后的古典诗歌。古代诗歌由口头传诵,那意境、情思比泉水还纯,令人回味。歌声在古柏间缭绕时,竟涌起了一阵阵薄雾。

喝了周伯泉当年喝过的水,听过他后人的歌唱,再在他的墓地前良久驻足,眼前的大峡谷,就像他当年的灾难被岁月隔断了,我向前探究一步也决无可能,他的后人没有一个知道那"难",他图存之艰,好在一座空荡荡的峡谷可以让人对之凝思潜想……

神秘墓碑

这是一个夏天,是哀牢山、无量山的夏季。那些蒙古高原沿横断山脉高山峡谷向南迁徙的羌氏后裔,历经千年的迁徙,不知哪个年月,来到了这里。这是有别于汉人中原大迁徙的另一路迁徙,蒙古高原是这些散落成南方各个弱小民族的出发地。

汽车在群山中翻越,我的脑海在以镇沅的偏远来想象哀牢山、无量山,也在以哀牢山、无量山的荒旷雄奇来想象镇沅的偏僻。原始部落苦聪人祖祖辈辈就居住于此。简陋的木杈闪片房或竹笆茅草房由树木与茅草竹片搭建,立在陡峭的山腰上,像一个个鸟巢,多少个世纪,它们向着狭窄的天空伸展,偶尔有人从茅屋下抬起鹰一样的眼睛,看到的永远只有面前的黑色山峰。他们不知道山之外世界的模样。祖先来到了这片深山老林，深山就像魔王一样锁住了后人飞翔的翅膀。生活，几千年都像大山一样静默、恒常。

又是一条大峡谷，汽车在群山中疯转，白天到夜晚，没有止境。峡谷山脉之上，一个叫九甲的地方，山低云亦低。海拔三千多米的大雪锅山，云中青一片绿一片，深不见底的峡谷在脚底被一块石头遮挡，又被一头牛遮挡。移动一步有一个不同的景致。

在九甲的第二天，随着赶集的苦聪人走进大峡谷中的一条山径，浓密的树林中只听得到人说话的声音、脚踩踏泥土的声音，却看不到近在眼前的人。站在石头上，放眼峡谷，那空旷的幽蓝与天空相接。远处的寨子却清晰可见。那里有木瓦做的楼房。一位背背篓的老人说，那里是寨子山、领干、凹子几处山寨，住了一百二十多户熊姓人家。很久以前，他们的祖先一个人从江西迁来。

又是一个汉人来到一个原始而遥远的世界，在今天，乘飞机、坐汽车，也得几天几夜，它至今仍与现代社会隔绝。

在一座大山又一座大山出现在他脚下又从他脚下消失的时候，他为什么没有想到停留？寒来暑往，多少年的行走，只要从睡梦中醒来，他的脚步就迈动了，那是一种怎样的心境？他也许相信自己的脚步再也停不下来了。是什么缘由，他在九甲这样的地方停下来了？是原始部落人让他感觉安全，还是哀牢山大峡谷如同天外一般的仙境，再也闻不到人间的气息？或者是闻不到汉人的气息，汉文化的气息？他是要背叛？行走如此之远，若不是非同寻常的大灾难，他不会离自己的文化如此遥远。当文化也远如云烟，那是安全的最大保障。也许，他是一个不屈者，人性中出走的情结，反叛的情结，离经叛道的情结，让他只想走到天之尽头。

在寨子山的高山之上，守着自己的后人，一块神秘的石碑立于一座坟边。这座坟留下了他人生的全部秘密。

石碑鲜为外人所知，几乎没有人进去过。九甲有镇政府的人去了，面对深奥难懂的古文，什么也读不懂，只认出了他的名字——熊梦奇。

突兀的寨子取名文岗。悬倾于峡谷的木楼高两层宽三间。长而宽的峡谷，只有它兀立于森林与陡坡之上，一种决绝的气息，从大峡谷中凸显，强烈，分明。

想走近它。也许，石碑刻下了一个寨子的秘密。

走过一段路，天色暗下来了，林中的小路更深陷于黑暗，只得在密密丛林中返回。无边森林的飞禽走兽在暮色中发出了阵阵奇怪的叫声。

晚上看苦聪人表演苦聪"杀戏"。早早地，地坪上搬来了大刀、花灯、红旗和粗糙简陋的头饰。纸扎的头饰造型奇特，尖角很多，有的帽顶上插了三角旗，有的还在后面做了花翎。纸做的各种不规则的几何形灯箱，写上毛笔字，用长杆立在坪地四角，做了演出场地的装饰物。一群苦聪青年男女在地坪换戏装，女的穿上了红裙、戴上了花帽，男的穿花的长袍，有的围白毛巾。他们寡言少语，脸上表情僵硬。

铜的钹、铜的小锣敲起来了，杀戏开演。只有喊叫，偶尔的唱腔也像在喊，没有弦乐伴奏，拿刀枪的男人穿着碎花长袍或拖着两条长布，在锣钹声中跳跃着，锐声说上一段话，就拿着刀枪，左手高举，双脚高高起跳，表演起来像道士在做道场。乐器只有锣和钹，用来敲打节奏，节奏并不狂野，也不紧迫，像西南少数民族生活那样不急不缓，永远让心在一边闲着。快节奏的时候，有人吹响了牛角号，还有西藏喇嘛吹的一种拖地长号，放在地上呜呜地响。他们不断重复跳跃、打斗。我终于看出来了，他们表演的不是自己的生活，而是三国里的人物。

汉文化还是传播到了哀牢山中。这也许与熊家寨不无关系。这么山高水远的逃避之路，不会是一个大字不识的平民百姓所为。为生计或者躲避平民百姓所遭遇的灾祸是用不着跑这么远的。也许，是他内心深处已经嗅不得一丁点汉文化的气息？这熟悉的气息不消失，他就会感到威胁。他只有走到一个汉文化气息连一丝一毫也没有的远方，心灵才会真正安宁下来。只是，他自己身上散布出去的汉文化气息是可以例外的，他不会感到不安和威胁。他不自觉地把汉人的历史、汉人的文化带到这个原始部落。也许，他的身后有一个重要的事件，也许，他是倾国家之力追捕的要犯？正是他给历史留下了一个千古悬念？文岗，文岗，取这样的名字的时候，他对自己的文化仍然充满着挚爱？

在一种巨大的矛盾中，他最终还是回到了汉文化，用汉文字写下了自己的墓志铭。一个讳莫如深的人，当他走到生命的尽头，他愿意讲点人生的秘密，他害怕自己被历史埋没得无声无息，没有半点踪影，生命结束得如同草寇，一抔黄土掩埋于荒野之地，生命就永远消失于荒芜时空了。但他必须用莽莽群山来隐藏，他仍然害怕，他也许想到了后人，他不希望被自己累及。于是他用古文字，以汉文字最隐蔽的表意功能，写下了谜一样的墓志铭。他只想等待朝代更替后遇到高人，可以来破解他的秘密，墓碑上的铭文至少给自己的身世留下了一份希冀。这希冀天长地久，它永远都在孕育着可能，像一个活着的意念，穿越寒来暑往，朝代变迁，石头终于变成了人的意志。

晚上，月亮从峡谷升了上来，又大又亮，把天空云彩照得如同大地上的冰雪。大山却沉入更深的黑暗。

大西南偏僻之地，自古的化外之地，直到明代建文四年镇沅才有文字记录历史。据县志载，乾隆三十四年，镇沅发大水、地震，上空有星大如车轮或自北飞南或自南飞北数次。又载，乾隆五十四年十二月，恩乐天鼓鸣，黑雾弥空，有巨星自东陨于西北。民国十一年，有人从北京带回一架脚踏风琴，事情记入县志大事记，成为一九二二年唯一的一个事件……

雨后的山风吹来，人轻得像飘浮起来了，一种奇异的感觉，山拱伏于足下，呼吸透明，心亦空明一片。头上硕大的月亮，好像在飞，而幽黑峡谷中的熊家寨好像沉入了永恒的时间之海。

在山脊的水泥路上徘徊，直到一阵越来越密集的雨在树林里落出了声音。走进房子里的时候，我在想，一个人的决定，有时影响的不只是他的一生，而是世世代代。他在做出人生的决定时，经过冷静思考吗？一个人走向西部，这是一条多么荒凉的路！它一闪念出现在想象中，心里就像爬过一条冰冷的蛇。我想，这不是一时冲动的结果。他们一定认为自己对社会与人的深切体悟与认识，是最接近真理的。因而，在漫长岁月的考验中，他们绝少翻悔后退。他们在异地僻壤获得了心灵的安宁。

一个人，数百年前迈开的一双脚，多么微不足道，多么渺无音讯，何况飘散在时间的烟雾中，早已泯去了痕迹。然而，西部的山水，偏僻而森然的风景，却让岁月的一缕悠远气息飘来，如时间深处的风拂过，带来了那些微小的却与人生之痛紧紧联结的瞬间。

在南方的一些古老村落，正如祖先预料的那样，世世代代，事情一直沿着他们的想象前进，直到今天。在隔绝的环境里，时间的魔法把一个人变成一个连绵的家族，如同一棵南方的榕树在大地上独木成林。譬如湖南岳阳的张谷英村，张谷英就是六百年前从江西翻山越岭而来的人，他憎恨官宦生涯，辞官归隐，寻找到一个四面山岭围绕的地方，过起与世隔绝的生活。这个以他的名字命名的村庄，两千多人全都是他的子孙。当年日本鬼子也没有找到他的村庄。

又譬如，贵州贞丰县北盘江陡峭的悬崖下，隐蔽的小花江村，当年一户梁姓人家从江西迁徙到了这里，他的石头屋前是湍急的江水在咆哮，屋后静默着屏幕一样的山峰，鸟翅也难以飞越。当年红军找到这个隐藏的险地，在峭壁间架设悬索，从这里渡过了北盘江。他们都是一个人的决定，却影响了一个氏族的去向与生存。这不能不说是生命的一个奇迹！

天刚放亮我就起床了，峡谷被夜云填满，晨光里像雪原晶莹透亮。这天我去千家寨，那里有一棵两千多年的茶王树。要见茶王树，得爬几千米的大山，一天都在原始密林下攀登，这不只是在挑战人的体力，也在挑战人的毅力，身体几乎到达了极限的状态。

晚上回到九甲，腿脚迈过门槛的力气都没有了，小腿、大腿酸痛得抬不起来。想着去熊家寨，靠我现在这疲惫之躯再无可能了……

熊梦奇，把一座墓碑留给了历史。在苍茫的岁月中，这是一种怎样虚无的穿越？！

一户汉人

西部,一种绝然的风景,宏大而摄人心魄的背景,让我陷入了一个人的幻想——

他正坐下来休息,在这巨大尺度之下,他累了。在时间的深处,你看不到他。但他的确在休息,摸出一张小纸片,再从袋里捏出一簇烟丝,把它裹了,吐吐唾沫黏合好,一支喇叭状的烟就卷好了。随着长长的一叹,一口乳白色的烟如雾一样飘向空中,瞬息之间就没了踪影。

这是一种象征,很多事物就是这样只在瞬息。无踪无影的事物遍及广袤时空。好在上帝给了人想象的能力,虚无缥缈之想其实具有现实的依据。他就是这样,一个微不足道的事件,烟一样消散。但后人可以想象他,塑造他。这可以是迁徙路上的一个瞬间。他或许是流民,或许是避难者,或许是流放的人,或许还是一个有梦想的人……但毫无疑义,他是一个村庄、一群人的祖先。

他的后人卷起那支烟时,那烟已经叫莫合烟了。

莫合烟只有西部的青海、新疆才有,他要去的方向就是那里。这是一次向着西北的迁徙。

他来自陕甘,有西安出土的兵马俑一样的外貌。

往西北,天越走越低,树越走越少,草也藏起来了,石头和砂的光刺痛眼睛。他走过一片沙地,出现了一小块绿洲,但是没有水。他只是在一袋烟的工夫就穿过了这片绿洲。更广大的沙地,他走了一天才把它走完。

绿洲再次出现的时候,这里已经有了先到者。他在渐渐变得无常和巨大的风里睡过一夜,再次上路。

他走了三天才遇到一块绿洲。绿洲已经有一座村庄,这是一座废弃的村庄,被风沙埋了一半。他用村庄里的锈锄头扒开封住门的沙土,住进了别人的村庄。他一住半年,这个村庄里的人又回来了。这情景西部常有。

他又遇到一片绿洲的时候，已经走了七天。晚上住在一堵土林下，听到有人在喊他，又听到了哭声，他也喊，他的喊声无人答理。哭声越来越大，拂晓时变成了哭号。

太阳出来时，一切平静如常，广阔的荒野什么也见不到，一片苍凉。夜幕降临后，喊声、哭声又起，天天如此。他想到了自己村庄被剿杀的人，想到了带血的弯刀，想到了这些灵魂也许跟着他一起到了逃亡的路上。他害怕。他不知道大漠上的魔鬼城，风沙是能哭泣的，像灵魂一样哭泣。他不得不再次上路。

他得与风打交道了，有时是顺着它们，有时是横穿过它们，有时是逆着它们，风中的沙石越来越多，打在脸上有点痒。他被一团风裹进去，里面只有微弱的光，他再也无法看到远方，看到方向。他不知道沙尘暴，第一次与它打交道，他以为自己从此进入了另一个世界。以前，变化是一点一点的，他还可以联想到远去的世界，现在，沙尘暴像一股洪水冲断了这样的联系，他以为再也回不到从前的世界了。他开始惊恐。

几天之后，太阳出现了，远方的地平线也出现了，他才知道这是一阵风，一阵长长的比梦境还长的风，不同于以往任何时候见到过的风。他从此要与这样的风打交道了。

沙漠是怎样出现的，他又是怎样走到了沙漠的深处，是怎样又找到沙漠深处的一片绿洲，这样的信息在他的后代传递着生命的过程中消失了。

大西北沙漠中那些满天石头或沙子，取名为汉家寨、宋砦或是别的名字标明自己汉人身份的地方，至今住的不过几户、十几户人家，干打垒的房子，都是泥土与红柳条筑起的土房。这是来自陕甘的迁徙者最终落脚的地方。他们的生命在与严酷的自然环境搏斗中，一个接一个殒殁了，但生命依然在继续。

千年历史中，他们陆续迁徙到了这里。与南方一个人的迁徙繁衍出一个大家族不同，塔克拉玛干沙漠严酷的环境抑制了生命的繁殖力量。他们在大漠深处的生存如同芨芨草，在适应与抗争的过程里生命的火种不能燎原，却持续不灭。

他们与北方的走西口、闯关东不同，那种迁徙大多与灾荒和生存有关，而他们长途迁徙与战争和围剿相关，与异族、宗教相关。血腥的历史浸染了这块土地。常常是一个民族或一批人居住，之后，杀戮到来，这里又变成了另一个民族另一批人的居住地，甚至是一个又一个国家的建立与覆没，一个又一个遗址上都城的兴与废；甚至，佛教与伊斯兰教也在这里更替，那些黄沙之下的洞窟，佛像的脸被刀剜去，彩绘之上砍伐的痕迹触目皆是，像仇恨被定形、凝固。恶劣的环境把人与人生存的争夺逼向了绝路。仇恨在大地上像风一样飘荡、肆虐。

这几乎就是那条丝绸之路，也是当年玄奘西去取经的路。我在昆仑山下塔克拉玛干南面行走，看到了公路上踽踽独行的人。就在这个人从车窗外一闪而过的瞬间，我看到了他迈出的脚———一双粗布鞋包裹的脚。在这样广大的沙漠世界，这迈步的动作多么微不足道。但这个与我相遇的人仍然立场坚定，交替举步。百里外的村庄，得靠人的意志和毅力抵达。

沙漠里生活的人，都得有这样顽强的意志。

一阵风沙袭击，沙暴像白色云雾飘过黑色路面，紧随后面的黑暗如墙移动，只在片刻吞灭了一切。车子急刹中差点翻下公路。这是车灯也射不穿的黑暗之墙。车外的世界不见了，那个踽踽独行的人也被风沙吞没。车窗关死，我还是闻到了浓厚而呛人的沙土腥味。嘴唇紧闭，牙齿里仍然有沙粒嚓嚓磨响。

沙暴过后，千里戈壁是现实的洪荒时代，阳光下的沙石，泛出虚白的光，灼伤人的目光。抬头看见一片片的绝望，不敢相信这片地球上灼伤的皮肤会有穷尽的一刻。它被天穹之上狂暴的太阳烤干了，烧毁了。黄色、褐色、白色，一条条伤痕从昆仑山斜挂着泻了下来，大地向着沙漠腹地倾斜，石头的洪流，大海一样宽阔，没有边际。

云朵，躲在地平线之下，与戈壁一样从地平线上冒出来。它们紧挨大地的边缘，没有胆量向辽阔而靛蓝的苍穹攀升。迁徙者也许曾朝着天边的云朵迈步，相信云朵之下的雨水和绿洲。

地平线是一条魔线，把布匹一样的戈壁抖落出来。太阳的火烈鸟向着地平线归巢。车朝向浑圆的太阳鸟跑，弯曲的地球微微转动。太阳被追得落不了山，悬在前面，落像未落。

一座水泥桥，桥下石头汹涌，在人的咽喉里涌起一阵焦渴。桥在干渴里等待昆仑山冰雪融化的季节。它在沙里已经有些歪斜，像渴望到无望的人萎靡了精神。一年一度，夏季浊黄的雪水裹带着山坡上的沙石，从这里冲进沙漠，一直盲目地冲进塔克拉玛干沙漠腹地，这是沙漠绿洲生存的唯一原因。

前方出现了沙枣、杨树。这是于田的地盘，一个村庄出现。

进村里，去寻找水源。一排杨树后，一口篮球场大小的水塘，塘里的水发黄。于田人叫它涝坝水。它是昆仑山冲下来的雪水贮存起来的，一年的人畜饮用就靠这塘水了。

走进一户人家，男的是这个维吾尔村唯一的汉人，姓刘，许多年前他从一个汉人的村庄迁来。正是维吾尔人的古尔邦节，他们一家人围坐在土炕上，吃着炖羊肉。女主人下了炕，把地窖里藏着的冰取出来，放上糖，端给我。这是天然的冷饮。它那杏黄的沙土颜色，让我感到不安。茫茫戈壁，黄色是让人陷于绝望的颜色。绿色，只是幻觉。白色是缥缈梦想——那是昆仑山上的积雪、天空中的云朵。在黄色泥土的平房里，如同走进了泥土的内部。泥里的光幽冥、暗晦。黑暗中发亮的黑眼睛，汉人的黑眼睛，是两个怯生生的孩子朝我打量。

男人不吭声，一个奇怪的人，几乎不会说话。出于什么禁忌，他家院门经常落着一把挂锁，到节日才打开一下，平常出入须翻一人高的围墙。停在院内的自行车也从围墙上扛进扛出。院内的一棵杏树是用洗手水养活的。树下两个铁皮箱，用来取水，由毛驴把装满水的铁皮箱运回家。水，也从围墙上抬过来。

吃过饭，男人去看他种在沙地上的哈密瓜。一根拇指大的塑料管，相隔十几厘米伸出一节草根大的短叉管,从水塘抽上来的水,从这短管里滴落几滴,哈密瓜就能发芽了。生存的智慧用在了对水的精确计量上。

这个祖先从陕甘迁来的人,已经忘记了还有一条日夜奔腾的黄河,忘记了那土地上灌溉的水渠。他融进了沙漠,不再知道沙漠外的事情。不知道这里的土地是大地上最干渴的土地。祖先的迁徙,已海市蜃楼一般飘远。

他坐下来休息,摸出一张小纸片,再从袋里捏出一簇烟丝,把它裹起来,吐吐唾沫黏合好,一支喇叭状的莫合烟就卷好了。相同的动作,多少个世纪在一双双男人的手上传递。他递烟给我,我摇了摇头。他自己点着了火,随着长长的一叹,一口乳白色的烟如雾一样飘向空中,瞬息之间就没了踪影。

好久好久,这个沉默的男人问到了西海固,那是他祖先居住的地方。他问那个黄土高原上水是不是也很金贵。

午后,一场风暴从北方的沙漠深处刮来,空气从灼热开始转凉,沙尘如同云雾在远处的地面上浮动,很快将吞没这个只有十几户人家的村庄。这个叫托格日尕孜的地方,曾经有一个叫库尔班·吐鲁木的老人骑着一头毛驴去了北京。他走到策勒县时被家人追了回来。后来他又上路了,到了北京,见到了毛主席。

我在逃离风暴的车里,看到村庄高高的杨树就像梦境里的事物一样不能真切,它瞬息间就被卷进了风沙中,像梦一样消失。

大地上又变得空空荡荡。而村庄没有一个人逃离。汽车在沙尘暴前面狂奔,这个在沙漠像南方雾天一样习见而平常的事物,在南方人眼里却像沙漠怪物。其实,在它的面前,我无处可逃。它就像时间的烟雾,把世间的一切抹去。

(原刊于《收获》2008年第6期)

亲爱的张枣

陈东东

一

亲爱的张枣:

你离席的意味分明。当时却谁也不会那么想。菜已经上齐,一桌人围坐,餐馆橙黄的灯光恰到好处地照着,也罩着,像是能隔开周边另桌的说笑哗然。此桌人也在说笑,津津有味地品尝,对厨师的手艺赞不绝口。红烧肉、响油鳝糊和小炒猪脚皮,这几样最合你胃口。这几样正是你从菜单里精选出来的。你近乎专注地抽牡丹烟,喝青岛啤酒,饕餮,但是被大咳打断。突然,你说:"不行了,扛不住了,太难受了,我先走了……"你从一桌人中间站起来,独自离开。走之前还把单给埋了。

那天是二〇〇九年十一月五日。以后我就没再见过你。过了三天,你飞离上海,发给我一条短信:"狼狈回京,大咳不止，这回真惨。"我回复要你休整好了"卷土重来"。对上海，我知道你意犹未尽。

可是没有了你的消息。MSN上看不见你，你的手机也拨不通。或许回德国了？我还是疑惑不已。有时想起你来，就会拨你的电话，然而总是关机。直到十二月二十五日，圣诞节上午十点多，当我从车站接一个朋友，穿行在人流中，习惯性地又去拨打，竟然听到了你的手机铃响。很快，你的声音传来，前所未有的嘶哑："我在德国。"——那么是那里的凌晨四点，此时手机反而开着？你嘶哑的声音马上就把令人震惊的坏消息也传了过来："我是肺癌晚期……"你的语调，镇静极了。你猜到我定会语无伦次，不让我说话就赶紧讲了具体情况，有所安慰的是这么一句："但也并不是毫无希望了……"我这头，方寸大乱："一下子真不知说什么才好，怎么说才好……我先把电话挂了吧，枣。"

二〇一〇年元旦下午，我才又打电话给你。跟几天前比起来，你的声音更嘶哑、低沉、黯然，无力地说自己正在医院里化疗。我再次无言以对，挂机后发短信："有需要我做的事情吗？"——没有你的回复。我不敢再打电话给你——我不知道该跟你，一个垂危的诗人，一位或许离终点不远的密友说点儿什么……

一个月后，鼓起了勇气。电话那头的你像是重又回来了："我正出家门，要去医院。"声音里有你一贯的滋润和甜适。对于病，你说："医生也已斩钉截铁地表示了乐观。"一会儿你发来一条短信："生机在上升，但这个月的治疗仍复杂。医生也开始乐观，但，随运而化吧。"这是你给我的最后一信，收到的时间是二〇一〇年二月四日十七点四十一分。它让我乐观了一个多月。

除夕，你差不多就可以坐到朋友们相聚的餐桌边上了。你在电话里抱怨德国没有春节的气氛，又咯咯地笑，要求至少把一头好猪的大半个屁股给你留着。你说只剩下扩散到腰椎部分的癌细胞尚待被控制，前景很看好，甚至可以考虑三四月份回中国，接着聊，你说……

但是，张枣，很快就来了幻灭。就在我又想要打个电话给你的时候，噩耗说:"诗人张枣于中国时间三月八日凌晨四点二十九分在德国图宾根大学医院去世。"——难以相信!难以接受!——我拨打你的手机,铃声在另一个世界响起,一遍又一遍,你故意不接。我又拨过去,你还是不接。又拨,你不接……

> 另一封信打开后喊
> 死,是一件真事情

你曾在《哀歌》里这样唱。

东东

二〇一〇年三月十五日　你的头七忌日　上海

二

枣:

我还是习惯这样称呼你,带着点儿化,尽管对付儿化音,上海舌头并不太轻松。沉重的则是坐下来写信,写给你,现在。不指望你回信(而从前我对你的不指望,是因为猜到你多么会拖事儿),那么,写给你的信只不过是写给我自己?所以这沉重也仅属于我?——这沉重应该被写作沉痛。

透过书信,我想要的对你的纪念,却希图有另一番滋味。譬如,老是被鞠躬的味蕾延请到你舌尖的滋味。——我记得几年前某个春节,你从长沙到上海,告诉我说,你那次回长沙的真正目的,是要去找寻小时候吃过的、街角小店里的一种馄饨。可是有那么多人请你吃饭,朋友、亲戚、旧情人,胃的日程排得那么满,你不知道怎么才能变出点时间去那家小店。终于——忘不了你那个仿佛魔术得逞的表情——见缝插针,你在两个饭局间一个人溜到了那个街角。馄饨店还在,你要了两碗。一边吃着,你激动起来:"我一边就对自己讲——记住啊,记住啊,一定要记住这个滋味啊,一定要记住这个滋味!"

于是我们谈起了滋味,能够被记住的滋味。或许,在这个时代,惟有滋味的暗道,还能接通本民族曾经的固有感性——衣着、居所、交通、环境、语言文字和书写……这些方面都已剧变,只剩下了饮食的享乐:舌头对滋味的追求、舌头所追求的滋味,并没有多少改换。那么,就日常生活的层面而言,至少,不,仅仅,在吃东西的时候,我们才能分明尝到一些后来被定义为传统文化的原本滋味?枣,这冠冕的借口是为你找的,让你可以心安理得地去痴迷(对,只有用痴迷这个词)从大餐到小吃直至零食的每一种美馔。

好几回,你岳母带着惊奇跟我说:"张枣这个人真是滑稽,嘎滑稽……馋得不得了。我从来没见过这么馋,这么喜欢吃东西的人……"我听了总是大笑。我也跟她一样惊奇,一样不知道在对吃的痴迷方面,竟还有出张枣之右者。你没到北京教书的时候,每次回来飞抵上海,从机场并不直奔你岳母家,而是让出租车停在离那儿不远的一家南货店门前。你拖着箱子跨进店堂,真像是进了天堂,要不就是来到了乐园,欣喜地抚摸每一只火腿、每一块腊肉、每一捆香肠,这儿闻闻那边嗅嗅,打听每样东西的价格,但是忍住,并不买。直到飞回德国的前一天,你才扑向南货店大买一气。每次我帮你打行李的时候,都会很不耐烦已经装不下了,你却还要往那口大箱子里再多塞些鱼干、腊肉、糟鸭、熏肠、老干妈辣酱什么的。"回德国这可要吃上半年呢……"这时候你会看着我,几乎是深情地这么讲。弄得我毫无脾气,只好帮着你继续去硬塞。

打行李的趣事还有两件。有一次我到你岳母家送你,时间尚早,你说,再去菜场转一下吧。拖着行李在菜场里流连了很久,你买了把蒜苗,抓着它匆匆塞进大箱子,这才打车奔机场去。另有一次,我跟你住在北京一个朋友家里,临离开那天正打着行李,你突然把身上一件皮衣脱下来,一定要送给那个朋友。等那个朋友接过了皮衣,你一指阳台,商量着问："我可不可以把你家的这只风鸡带走啊？"在那朋友家里住好几天了，直到这时，我才发现他家阳台上挂着一只风鸡。我猜想你，枣，一进他家就开始注意那只风鸡了……

也许，在德国那么多年"根本就没什么可吃的"，令你回来报复性地饕餮。不过，看见你每次餐饮的投入和快活得像是要飞起来的表现，从你对吃的寻求和想象，我还是想为你找到些别的东西，譬如被品尝然后消化和排泄的乡愁，带在行李箱里的乡愁，那一定要记住的滋味里的乡愁、往昔、童年，等等。

唉，想起你吃东西的劲头，我的情绪好了很多。

东东

二〇一〇年三月十七日　上海

三

亲爱的东东，近好！

这么长时间没有给你去信，你一定生我的气了吧？！我这个人真是讨厌，干什么都没有计划，受情绪的影响，动不动就灰心失望，能够活在人世当中本来就算大奇迹了。我不知道有多少人唾弃我的这个性格呢。但我总是盼望你能够体谅我：体谅我太孤独，慢慢丧失了说话的愿望；而且想到海阔天空，我们相隔那么远，就觉得灰心，觉得写了信也不可能抵达。不过我内心却是常常想到你的，无聊的时候也常读读你想象力丰富的诗作。

有一个不是不重要的客观原因，就是我的确太忙了。你可以想象国外生活的紧张节奏吗？不但省略了我们十分颓废的午睡，吃饭也马马虎虎，睡眠也随随便便，生活就是一只表，昼夜不停地运转。对于我们支那人，尤其是我这种好逸恶劳的家伙，算是一场大惩罚。比较文学博士已开始做了，还得补修德国文学（修两年），计划是到明年底做完一切，然后就是张博士。听上去真叫人不寒而栗。我是一个会做学问的人，但是对学问彻头彻尾讨厌，因为我同时又是一个不耐烦的人，你看我的字就知道了。做学问应该在乱世，而我们正处于一个大好时代，对吗？记得我在国内做硕士的时候，一字不改地抄了某部书的一章交上去，打字的时候不耐烦，错了懒得改正，后来评委团就这一点说了大半天，却不知道通篇都是抄的，令我十分开心。不过在德国不能开这样的玩笑，这是一个美丽的科学的国家，我只好老老实实地做。做老实人做老实事真要命。我竟然开始脱头发了，前几天才发现，无意中一摸脑袋，哗啦啦掉下一大片。令我心惊肉跳！不过很科学地做研究到底很有意思的，你一步一步地追踪某一个东西，某一个已经有了的东西，然后发现了它，并且将其四平八稳地描述出来，下一个结论。这其实很有几分像写诗，写诗不是在发现一个已经存在了的东西吗？不同的是，写诗是回忆，而科学是想象。

通信给我的感觉就像是两个人打架，熟人之间当然就是面对面地扭打，从未谋过面的人呢，比如我和你，就好像是我们躲在台下，手中牵着两个木偶在打，当然打的玩架。我特别喜欢后者，因为当我们演完了戏，从后台站出来，可能说的就是另外一种话，另外一种玩法了。我特别想有机会跟你见见面，结束这种"玩笑"。去年回来我本是有打算去上海看你的，只是沿途发生了一些杂七杂八的事儿，延了我，到后来一算时间不够了，加上天冷，只好逃回了德国。今年如我还会回来，回来一定去看你。即使这一次还不行，我们见面的日子总会有的，因为我打算回国，选择成都定居，不过可能是三五年后的事了，做完博士我想去英国或美国工作一段。我是倾向于回来的。不过我们真能见面吗？也许你和我并未存在呢？

国内文坛很乱，狼烟四起，我平心而论，是一个好的现象。我对其他人的态度似乎宽容多了。我以为我们的天敌是我们固有的文化，至于形形色色的反叛者，我都引为同道。他们将如何发展，如何确定自己，是他们自己的事。我们要干的是我们自己的事，希望人家也别干扰。

邮来近作一批盼指正。给我及时回信吧。我一定感谢不尽，同时保证再也不拖延了，我发誓！

祝好！

你的枣

一九八八年七月二十三日　Trier（特里尔大学）

四

张枣：

听说你的坏消息后，我打开一些纸板箱，找你当初给我的信，找到近二十封，不全。不过我估计比你留存我当初写给你的信，还是略多。我听你讲过，那时候你老是把我写给你的信贴到学校教室外面的走廊墙壁上，让那些正在学中文的德国学生看。你当不会把贴出去的那些信又揭下来收起吧。

我们的通信，就像你说的，带点儿空幻成分，通信时我跟你还不曾谋面。后来见面了，你我就再没有通过信。你首先寄信给我，第一封信我现在找不到了，那几乎就是写给一个陌生人的。而八十年代的方式恰是如此——因为诗和理想主义而互相找寻、彻夜长谈、剖腹倾心、结盟江湖……对此我一向并不响应，因为不适应，对那种夸张的激情和轰轰烈烈还颇为反感，常常就以消极冷处理。不过，当初，时间是在一九八六年的深秋或一九八七年的初春？一封来自德国的信却把我唤起。在我当时给你的回信里，并没有谈论过这种唤起，现在我也不知道该怎么谈。关于那第一封来信，我仍能记起的是你语调里的甜蜜，还有一句邀请："期望今后我们会成为很好的朋友……"这句话之后，一来一回我们通了十年的信，十年后，一九九六年见面，我们之间已毫无陌生感——用你的话说，还不认识就熟透了，一见面就赶紧接着谈……

看到你把通信比作两个人打架，我想到的是你所谓的对话关系，而这又牵扯着你的知音观念。这些你自己说了不少,别人也就你这些方面讲了很多。所以,它们已是你公开的写作秘密,也不妨说,它们正是你人生的目的。缘于此,亲爱的张枣,我才又坐下来,要以给你写信的方式再跟你打一架——这回,我的架势是扭打,你呢,又去躲起来操纵木偶?

你当年躲着不见面则出于很多无奈,很多艰辛,像你在来信里透露的那样。有一次你打电话给我,说到自己在那儿的窘困:"几乎就不能动,不能旅行,甚至不能出门,因为我现在每个月能用的钱,只相当于你们这里的人民币七十多块……"那时大概是一九九一年。

还好你有个几乎是信仰的诗歌信念,这也是我们对话的基础和前提。有人说你的幸运在于远在国外,避过了国内物欲冲击诗意理想和诗歌写作的时期,你的诗才,像是得到了神的保护。但在我看来,正相反,是诗歌把你从远在国外的孤寂难挨里拯救出来了。要是你不写诗,你在德国会怎么过下去呢?有好几次,半夜里我这儿突然就来了德国长途,你在那头的语气振奋:"我正在写一首新诗,很重要,现写了四句,你听听……"也许过了一刻钟,也许过了两个小时,电话铃会又一次响起,你的语调还一样振奋:"又'科研'了几句,你听我念……"

一般而言,你对自己的才能、聪明劲儿、说话的甜蜜程度有相当的自信,表现得最自信的,当然是你的诗歌。尽管"我们要干的是我们自己的事……"不过我知道,对此你也总是有一层担忧,其表现形式,则稍稍有点儿自恋。一九九〇年的时候,你在一张明信片上写:"我今年的写作数量锐减,不知何故,莫不是江郎才尽了吧?"差不多二十年后,在上海莫干山路的一间画廊外面,你蹲进暮色,讲起自己近来写不出什么诗来:"我一向很胆小,写东西可以说是如履薄冰。"不过,然后,你说了一句对自己写作成果的评价:"就我写诗的这个向度而言,我可以说,五十年内没有人能赶上来超过我……"这句话,谁会不同意?我想你其实期待着不同意。

东东
二〇一〇年三月十八日　上海

五

东东近好：

　　谢谢你的及时来信和诗作。这两首我相当喜欢，认真看了多遍。我认定你正在进步，一些陌生的东西，尖锐的东西，蛇的和鹰的东西在进入它们。作品一下子显得十分集中和丰富。显得很真。我衷心地祝贺你。有机会不妨多寄来些近作。我的时间稍多一点就想跟你最具体地讨论一番。

　　但你还不够，我们都不够。

　　你逐渐认识了我的一些朋友是件很令人鼓舞的事。他们都是精英。尤其是来自四川——那个中国最神秘的省份。一般说来四川诗人应该多走走江南，而江南诗人也得找机会入川。中国古代的文人都这样做了。比如陆游就说过：

　　　　衣上征尘杂酒痕，
　　　　远游无处不消魂。
　　　　此身合是诗人未？
　　　　细雨骑驴入剑门。

　　本质上说的就是诗人不入川还难做诗人。跟四川诗人交游并入川看看对你都是相当重要的。

　　"第三代人"这个名称如大家都不赞同，我当然不能勉强。不过我认为你们的考虑不一定成熟。诗人的社会生存实则是一种策略。不知你跟柏桦认真谈过没有。可惜我没时间去信，请向他转达我的考虑，并问候他祝福他。我是十分思念他的。我在海外是极端不幸福的。试想想孤悬在这儿有哪点好？！不过这是神的意旨，我很清楚。这个牢我暂时还得坐下去。但过三五年一定回来。我想去成都开辟"红色根据地"，建立我们的"巴黎公社"。不知你会不会来。我认定本世纪末中国的诗人艺术家应重点聚在一个城市。大家不妨从现在起就积极筹备。

"诗论"我没有交。我在准备一个大论文曰："论正午的抒情诗和统领者"。我需要时间。我不能说一些还不成熟的意见。请一定转告出版社我的处境。我还有一个请求：非经我许可的我的私人言论书信不能引作我的诗论。因此此书出版时我缺诗论。不一定要统一。我的诗已经说了很多。我希望能被你和出版方面理解。唯一可能救急的办法是：四年前（我在川时）我曾给柏桦一封英文信谈我的《早晨的风暴》等。但柏桦辗转流徙，此信可能不存。你若有耐心不妨问一声。此信也只能请柏桦转译中文。之后我和柏桦曾谈过这封信的意义。他可能还记得。

我目下正在创作一部长篇小说，《蝴蝶的传说》，说的是一个中国诗人在欧洲。有自传的成分。我最近才发现我身上非凡的小说天才。可惜时间不多，我得牺牲其他的许多，白天抽一个小时写。我迷上了这部小说，计一年内完成。

谢谢你代劳一切。你现在几乎是我国内唯一通信的朋友。我太没时间了。代向大伙问候。请原谅我。神给了我其他任务，我必须完成。

最后，大家能否推荐陆、黄、钟鸣入集？为什么就十人，如果不止十人的话，这又不是"选美"。一个选集要诚实，去伪存真。我们应该奋力推荐，必要时大家可以一致抵制。艺术家应该为自己的权益斗争，不能让他们错过这个机会，我请求！！！请转达我的意见给出版者和在集的朋友。切切！

祝好！

我非常盼你给我写信。

你的张枣
一九八九年三月

国内还出了哪些诗选？我有哪些在集？盼告。

作品分别是什么？能否给我弄一本钱钟书的《围城》（借用），还有《中国当代实验诗选》（切！切！）。

六

张枣，亲爱的：

这么多年来，我一直记着你在给我的信里抄录过那首放翁的绝句。我曾写过一篇小文谈剑门，其中还提到你，说是"有一天，天将擦黑，弄堂里响彻孩子们的喧闹和大人招呼那些意犹未尽于游戏的孩子回家吃饭的叫唤，邮递员送来了晚报和一封寄自德国的信。来信者张枣，才从成都去德国的诗人。那时候，我已读过他几首敏感混合着曼妙的短诗，却还并没有跟他见过面。就在他给我的这第一封信里，一个象征性的魔法入口被专门提及了——他描述一番四川的风物，宣扬过'蜀雄李杜拔'之后，引了放翁的剑门诗……"这回找出你的信来重读，才知我一向的记忆有误，羼进了想象。不过当时读到你来信的那个氛围，我讲述得并不错。

现在又是天将擦黑的时候，上海的喧响比当初更甚。我想起我们坐进一辆出租车，朝上海喧响的纵深驶去。每当这种时候，你就兴致勃勃，会有些好玩的提议。不知为什么，你突然谈起了巴金，转过头来问我："巴老家在哪儿？要不我们去拜访他吧？"我说似乎我们正经过他家。你咯咯地笑起来，说："那巴老会不会给我们题词咧？——对，他会写'诗歌也要讲真话'……"说完你笑得更厉害了。

你的念头转了又转，这会从你略显调皮的眼神传达出来。你咯咯地笑，而这已经是另一个场景，要么我们已经坐在了另一辆出租车上，你念徐志摩的诗，一字一顿："这是一个懦怯的世界：容不得恋爱，容不得恋爱！"然后也是一阵大笑。

另有一次，我注意到你憋着一个爆笑很久很久了，不免好奇起来。结果，你说："令人气闷的朦胧……"这下，我的确被逗得笑弯了腰。

你是湖南人，但大家都把你当成四川诗人，你自己或也是这么觉得的，因为你的诗歌写作和早年经历，跟四川都颇有渊源。所以，在你跟我说"一般说来四川诗人应该多走走江南"之后许多年，我还真带着你在江南转了好多地方。我觉得，第一次，你那种诗意的敏感就真正进入了江南。

在一篇类诗话的随笔里，我这样讲述："……张枣曾跟我从上海到杭州一游。这个二十出头就去了德国，三十大几才得以回来探看，对所谓江南虽有个概念，但还没什么体会的诗人，在白堤上走了一程，过断桥，过锦带桥，站到平湖秋月三面临水的茶室石台前，置身于波澜初收，千顷一碧，而又旁构轩檐，装饰着曲栏画梁和樱花烟柳的境地，不免叫道：'啊呀我知道了……我知道那是怎么回事了！'后来我们又上了游船，渡向湖滨，其间时而谈景论诗。上岸那会儿张枣问我：'你觉得现代诗最难的会是什么？'我一时不知如何设想，也不打算把玩乐途中的话题拽离眼前形胜，就随口答曰：'最难的大概是用现代诗去写这一泓西湖。'略想了一下，我记得张枣浑身一凛……"

我知道你时时萦想着一些诗之事，也不断试着去做那件对现代诗来说难弄的事，那个梦想——还是在车上，在一辆驶进了幽静深夜的出租车里，你谈论怎么从洋气里写出古意，那也不妨是从古意里写出洋气。——西湖之于现代诗是一个说法，一个比方，一个侧面；就像有一回，在谈到用现代诗重新发明汉语的时候，我们说，要写出一种让那些汉学家束手无策没办法翻译的汉语——那也是一个说法，一个比方，另一个侧面。后来你写了《到江南去》，写了《大地之歌》，写了我跟你在一个古镇请发廊小姐及她们的老板吃饭的情境诗。我注意到你开始谈论诗法的"因地制宜"。你对我说，江南带来了新的诗意和诗艺的触动。

东东
二〇一〇年三月十九日　上海

七

东东近好：

　　……

北岛来我这儿住了一段时间。我认真全面地谈了你和上海的陆忆敏、王寅。王寅的信我一直未回，因他忘标他的地址（除了汉语拼音）。上海我不熟，不知地名如何。你们上海师大的一个女孩在这儿，我老喜欢她的。我现在可以讲一些上海话了，至少大都听得懂。今后我见到你时，很想用上海话交谈。你的国语讲得如何？很奇怪，我的各门外语讲得呱呱叫，就是国语讲不好。我想是从前受了一次刺激。六年前那次我当翻译，要求用国语，我无准备，结果"丢人现眼"。此后国语就讲不好了。当然也不是很糟。比一般上海人要好一点。

我心里很难受，感到真正失去了家。老喝酒，直到现在仍无好转。现在放暑假（7—10月），我想去本地找一个工作干活，分散一下注意力。中国苦，这儿更苦，你们不要认为我去天堂。谣传我离婚是假的，但我跟我太太分居了。我有成群的女友，最美的是那个巴登巴登市长的女儿。我写了一些中文诗给她。你的作品一定又有进步吧，寄来看看。你从不谈你的私事，我也想听听。我寄给钟鸣一批近作。如感兴趣可去索取，我打了一声招呼。

另，《色米拉恳求宙斯显现》那首第一句的"求"，改成"求求"。如"十人诗选"能印，请去吩咐一句。谢谢。

盼信！

你的张枣
一九八九年八月二十五日

东东如见：

来稿收悉，谢谢。因你早期作品我们译了四首，现主要是译你的近作。这些诗都不错，加上你前次给我的那些，我再好好选一下；中文的佳作往往译完不一定好，况且这些主要是针对西方口味，因而怎么选好，得好好地与Larson（拉森）教授商量。

托人带来我的一些近作（还有一些这次实在没时间抄了），给你编书用。你最好复印一份，将手稿再寄给钟鸣，因他也在编书。钟鸣写有我的一篇专论，不知你读否，意见如何，盼告！还有《卡夫卡致菲丽丝》

一诗不知你看了否？我最近的风格在变，忽儿觉得好，忽儿拿不准。海外有不少同行，可基本上找不到知音。

十一月底左右我的一位女友将返沪省亲。我想你带她去逛逛书店，买一些翻译小说，理论，中国古典文化好的读本，总之社科方面，也是你们近来爱读的。这些我至少是可以好好补习一些中文阅读。一有佳作就邮我，盼复！

祝安！

张枣
一九九二年十月二十二日

东东：

这回是真要见面了，我很是激动。这么多年来我们只是一种乌托邦似的交流。很多问题好好谈谈。兄亦可安排见一些值得见的人物。总之会愉快的。我二月十二号抵沪，来了马上就会与你联系。李凡的电话你知道的。

祝好！

张枣
一九九六年一月二十一日

八

枣：

侬老喜欢的女孩，那个叫李凡的女友，后来成了你的第二任妻子。一九九二年冬天，她带着你送给我的一盒巧克力跟我见面，我称之为跟你见面的前奏。这个前奏之后的间隔有点长，三年多。

一九九六年快要过春节的时候，一个下午，我站在南京路和平饭店门口等着跟通了十年书信的张枣初识。约定的时间到了你却还没有出现。突然，从马路对面一辆缓缓驰来的20路电车里探出一个人来，一边挥手一边喊叫我的名字。我知道那定是你，不免惊奇——之前你只见过我的照片，却能在南京路的人流熙攘里认出我来，而且，这么旁若无人，在冬天里大呼……20路电车拐向外滩，没过多久，你出现在面前：微胖，却透着英气，板材镜架框起的眼神灵活，说话含笑，略显激动。你的话题也正是激动——漫步在南京路上，你说你激动于又见到了少女，而"在德国，街上哪里会有少女啊……"你念着少女，左顾右盼着经过我们身边的少女，激动里甚至有一丝颤悠。我心想，此人可真够八十年代的……

两三天后你去长沙老家过年，然后你去四川，去北京，会见新朋旧友，到过各种场所，东吃西吃了一堆好吃的。一个多月后你再到上海，我跟你再到南京路上闲逛。有一阵子，你又激动起来，带着一种惜伤，"……东东我跟你说，我痛失中国啊，真是痛失……你知道吧，现在我看出去，满眼，全是鸡，只是价格问题……"

不过时而你转为振奋，对眼前的上海啧啧赞叹："真像，做得真像，简直一模一样……"接着说："在别的地方你会觉得那些东西做得很歪，我回长沙，每天要经过的一个高架路的拐弯，竟然是锐角度的，司机每次开过都要骂娘，把我给笑死了……可是上海真的做得好，很现代……开始的时候会觉得中国的现代化很难成功，现在让人相信它不可逆转，肯定要成功了……"

没过多久，你就声称自己已经从一个上海的女婿成长为一个"上海主义"者。遇到关于上海和上海人这种早已了无新意的是非争论，你会从一个貌似客观的角度，发表一些颇具新意的上海辩护词。赠给我的《大地之歌》里你写道："如何重建我们的大上海，这是一个大难题：首先，我们得仰仗一个幻觉……"因为，"没有幻觉的对位法我们就不能把握它"。你告诉我，在德国，有一次，你把你跟北京一个诗人的朗诵会，最后变成了一场"上海好还是北京好"的大讨论。每当说起这事你就咯咯地笑，那种开心程度，不亚于当年评委团纠缠你的打字错误，却不知道你的整篇论文都是抄来的吧……

你一次次来上海，渐渐就有所融入，甚至也袭得了一些上海"地段主义"的意识形态。但你还是讲一口你的湖南普通话，说不来几句上海话。终于，你发明了一种逗乐的人造革上海话，那种软和耐磨的语感质地全是假想出来的，好笑，但跟你声调的甜蜜相配，还真是亲切。用这种人造革上海话，有时用带着点儿沉吟的湖南普通话，你说上海这座大都市里一定会有一个真正的去处，一个真正接纳诗人的去处，然而这么个去处在哪里呢？就这样想着，讲着，面对着夜上海，你继续在热闹的街头漫步。接近零点，要回岳母家的时候，你就会去一家便利小店，买四罐啤酒。没这四罐啤酒，你说，你过不了夜。这是从你信里所述"心里很难受，感到真正失去了家"的时候开始的吧？你要的总是青岛啤酒。你会说："它是全世界最好的啤酒。"

东东

二〇一〇年三月二十日　上海

九

张枣：

一九九〇年以后你做起了《今天》的诗歌编辑，而我呢，一九八九年初曾参与上海文艺出版社一本"十人诗选"的编选……于是在书信里，跟你多了一层"工作往来"。那个"十人诗选"拖了很多年，后来我不再参与。以全非于初衷的面目出版的时候，我发现，它最终竟没有选入你的诗。

你做海外《今天》诗歌编辑期间选用的那些诗，在我看来，代表你一种诗歌眼光和对当代汉语诗歌的看法，这种眼光和看法，你很想以一部汉语现代诗精选集来强调和总结。我跟你第一次见面，你即提到了这个计划，你的一些研究和在课堂上讲授诗歌的工作，也都会指向这个计划。但是你拖着，直到去年十一月五号我跟你的最后一次见面，你还是一样提及，要编一部从胡适以来的汉语现代诗精选集。那天下午在上海巨鹿路的文学会馆，当你一阵咳嗽后又说起这部在空中飘浮了至少十五年且仍然在飘浮的书，我不禁闪回了一下你那些曾经想做而没有完成的事情：那部名为《蝴蝶的传说》的小说，诗论，几种译作……我甚至还想起了你那个后来并非只被当成一个玩笑去回忆的计划——诗人公社。

那个"诗人公社"的念头，我认为，一直没有完全被你忘记，它会以一些别的方式冒出来，连你自己也没怎么察觉。譬如你一再跟我讲起北京黄珂家那接纳天下所有朋友的黄门宴流水席，并热情地投身其中，还专门编了一本叫《黄珂》的书；譬如你曾动念头想跟几个朋友一起在乡下买个农舍；譬如你不止一次开玩笑说，以后我们就自己做一些结婚证发一下，不要再去民政局登记了；譬如你突然提议，我们比赛吧，看谁更能熬夜，看谁能永远不眠；譬如一九九六年你回来后跟我说："我要去弄清楚为什么八十年代的许多诗人到九十年代竟然就不写诗了，我要去鼓动他们重新写……"甚至，最近这几年你故意躲着不去参与许多诗人圈子里的活动，故意边缘化自己，认为诗人的胜利在于成为一个"传说"，不也是出自"诗人公社"那个念头的侧面或反面？

总的来说，你写得不多，近三十年里自己只存下不到八十首诗，简直可说是寡作。而且你翻译也很少，你讲过为何译得那么少的道理，但我还是觉得这有点浪费你谙熟多种语言的才分了。还好由我的策动，两年前你又翻译了一些史蒂文斯，但那个翻译里尔克晚期诗作的计划，来不及了……

我想起那时候，你拿着一叠自己诗作的打印稿给我看，然后站在一边说："我是个大诗人，我跟你说，我绝对是个大诗人……"窗外，远处，有隐约的火车鸣笛和汽车急刹车的声音。一九九九年，那叠打印稿成了《春秋来信》，你在国内出版的唯一一本诗集，薄薄的，只有六十三首诗外加一辑"译诗选萃"。你说你舍弃了许多自认为不够格的诗稿，此诗集或可以"宁为玉碎，不为瓦全"名之。不过，说到旅居英国的诗人胡冬看了《春秋来信》后认为足够完满，你该"保持晚节"，不要再写的时候，你却表现得极不甘心。你说你一定要去写另一种好诗——不同的却同样好的诗……于是，在后来的十年间，我读到了《到江南去》《大地之歌》《醉时歌》以及《父亲》。跟你先前的诗不同，并且写得好，因而尤其觉得少，写得太少了。你把很多时间和工夫花在了你称之为"琐碎"的事情上。对这类"琐碎"，你有时候的确过意不去，就跑来我这儿自嘲："大师是琐碎的。"

东东

二〇一〇年三月二十一日　上海

十

亲爱的张枣：

你在我的记忆里呈现，现在更多也是那些"琐碎"——我把它们写给你，是想塑造出一个名叫张枣的诗人形象吗？然而你实在过于多面，像你在《醉时歌》里所云，至少有那么"七八个你"，而且时常"近得这么远"。那么我能做的就只是继续呈现记忆中的你，"近得这么远"的片断，"七八个你"的侧影。这反而是最为真实的纪念，你说咧？

"你说咧"是你跟我说话的一句口头禅。提出你的诗歌观点后你要如此问一下；想去吃个肉包子你也要如此问一下。如此问得最多的时候你或许在一家小餐馆里点菜，或许在街角某个光线黯淡的外贸物资内销门市部里东挑西捡。有时候你站在书报亭前，就这么问了一声，因为你在找最近的一期军事杂志。

你始终是个军事迷，讲起各种歼击机、核潜艇、航母和导弹的型号、性能、杀伤力、各大国拥有和配置这些武器装备的详情（你的用词），简直头头是道，仿佛了如指掌。你也总是热衷于去影碟摊上淘那些表现"我军"的军事盗版片，从《万水千山》到《辽沈战役》，再到《淮海战役》和《开国大典》。阅兵式你当然更不会放过，去年十月四号到七号我在北京，住在你那儿，我们还专门去街上找三四天前那场阅兵式的碟片。

十年前，有一天，你跟你夫人李凡走进南京路上的一家大商场。很快，你被玩具柜台里一具做得极为精细的驱逐舰模型深深地吸引，蹲在它面前看了好大一会儿。你很想要这具模型，可是得有个说法，于是，你试着找借口："我们给张彩（你的小儿子）买这个驱逐舰吧……"李凡一下就猜透了你："给他买个塑料哨子就可以啦……"

两个儿子的到来带给你做父亲的体验，你老是想要把这种体验传达给我，可是对此，我像是绝缘的，对你讲述的那些感觉毫无感觉。不过我感觉到你的另一方面，一种属于上有老下有小的中年男人的怅惘。有时候正喝着茶，你默然，要么就半开玩笑地说："东东你多好啊，无牵无挂的，玩了一辈子……哪像我啊，活得多累啊……"

你另一个常挂在嘴边的说法是"生活没意思"。要么能写诗，要么有爱情，否则，生活就没意思，你的想法大概如此。你还说"健康"是一个伪概念——"健康有什么意思呢？人为健康活着有什么意思呢？"你从来不去做体检，是要以这种拒绝驳斥"健康的人生观"吧？极端的，有一回，你一脸严正地说："我告诉你，这个人间的本质，只有两个字：残酷！"说完此句的那个坚定的眼神，我记忆尤深。不过，你一直乐于找寻一种有意思的生活方式。那种有意思的生活方式，你还没有找到。我们谁都还没有找到。

几年前，你作为"黄河学者"被引进河南大学，打电话让我一定到开封玩几天。我到的那天开封大雨，满城积水，泥泞不堪。好不容易到了你的房间，你马上说："不要看外面，不要朝窗外看，就这么待着……"可是我忍不住透过后窗朝外面看，雨中如鬼片外景的那种环境……室内，窗下，写字桌上，摊放着几种诗学专著。深夜临睡前，你从冰箱里拿出啤酒，坐到后窗那边，沉浸在一片蛙声里面。喝着啤酒，你喃喃道："就是这片蛙声……还好有这片蛙声……靠着这片蛙声，我们就可以过下去了……"

二〇〇七年后，你到中央民大教书，在北京买了房子。你把一本毛泽东的书法集子拆开，找出喜爱的几幅，装进镜框，在你的房子里挂起。你说，有好多个夜晚，你就喝着啤酒，坐在那几个镜框前面凝视。去年十月那几天，有时候我就也坐在那几个镜框前面看。我喜欢毛泽东录两句李白诗的那幅："长风万里送秋雁，对此可以酣高楼。"而你更喜欢他那幅录两句贾岛诗的书法："秋风吹渭水，落叶满长安。"又喝一口啤酒，你说："看到这幅字我就会想，什么时候我可以写出一首诗，有这样的滋味。"

东东

二〇一〇年三月二十二日　你的二七忌日，上海

（原刊于《收获》2010 年第 3 期）

舞台旋转

李 辉

题 记

　　二十年前，八十年代已是历史；二十年后，八十年代重新拾起，成为众多亲历者的回忆。

　　一位"六〇后"年轻朋友，为他的回忆起了一个很动感也很妙的书名——《闪开，让我歌唱八十年代！》

　　二十年过去，每位追寻往事者，各有各的记忆，各有各的故事，各有各的叙述指向。怀旧情绪中，远景里点点滴滴闪动时代光影。

　　许多文化老人，从"五四"走来，从三十年代走来，又与我们一同走进八十年代。然后，他们渐行渐远，身影从此消失，不可能加入到集体回忆的行列。可是，八十年代的记忆中却不能没有他们。

　　没有那些旋转不定的苍老身影，八十年代不会呈现千姿百态的景象；没有那些高低起伏明暗互现的声音，八十年代也不会浑然而成一曲历史交响；没有那些走在前面的跌跌撞撞，不会有后来者头顶上渐次扩展的天空……

一切都是遗产，一切均成绝响。

每个历史亲历者，都是山中樵夫江上渔翁，看春花秋月，听潮起潮落。

八十年代拉开帷幕时，我二十四岁，一名复旦校园的学生。一九八二年毕业后前往北京，以文艺记者和副刊编辑的身份，亲历文化界的风风雨雨。如今，我愿意在记忆里，在纷繁史料里，重拾亲历，以自己的方式走进八十年代的集体回忆——再看那些老人的身影，再听嬉笑怒骂长吁短叹，再触摸那些丰富而复杂的内心……

黄庭坚诗云："桃李春风一杯酒，江湖夜雨十年灯。"举自己的酒杯，我邀空中的袅袅余音。

还能听到绝响吗？还有人愿意听吗？

二〇一〇年十一月二十九日，北京

一　那一声自责

奇怪，自一九八二年走进北京之后，我遇见曹禺先生的次数很多，却连一次访谈也没做过。

走进北京之前，曹禺的名字与戏剧对于中文系的学生当然不算陌生。一九七九年下学期，我们复旦大学现代文学史课程讲到了曹禺戏剧。时代转换之际，文学史课程还沿袭旧有的研究思路和评判标准，但已一点一点地有了改变。我的课堂笔记里，《曹禺及〈雷雨〉〈日出〉》小标题下面，简单记录了老师的授课：

曹禺《雷雨》经巴金之手在《文学季刊》上发表。

《雷雨》——《日出》：由家庭悲剧——社会悲剧。

一九三六年的《原野》是个失败的作品，充满恐怖的悲凉的气氛，模糊了当时的社会上（农村）的矛盾。

一九四〇年《蜕变》、一九四一年《北京人》、一九四二年改编《家》，独幕剧《正在想》，电影剧本《艳阳天》。

《雷雨》《日出》写作特点：善于从生活现象中集中提炼复杂的戏剧冲突和紧张复杂的情节。

课堂记录，只有这寥寥数行，老师虽对《原野》评价不高，但仍勾勒出了一位天才剧作家最初十年的辉煌。

临近期末考试，授课老师再做现代文学史的复习辅导。于是，一九八〇年一月十六日的笔记中，留下这段与曹禺相关的文字：

《雷雨》《日出》

思想上：鞭挞旧制度，反映生活中的矛盾、斗争，指出旧制度崩溃的必然性，表达人民对创造新生活的强烈愿望。

艺术上：戏剧冲突强烈，情节紧凑曲折，形象个性鲜明，语言个性化。

大约在此前后，上海戏剧学院的学生排练了《雷雨》。演出那天，我和几位同学骑着自行车，从复旦奔向位于城里的戏剧学院。这是我第一次观看曹禺话剧。男女主演们的名字如今已不记得，印象中，四凤的扮演者很漂亮，表演也出色。获知身世真相后，四凤那一声惊天动地的绝望嘶喊与电闪雷鸣同时出现，整个剧场顿时一片寂静。我第一次感受到曹禺戏剧穿透人心的舞台震撼。

一九八二年二月，大学毕业后我来到北京，在《北京晚报》当文艺记者和副刊编辑。在大学开始研究巴金，于是，我几乎遍访了他的在京友人，与他关系最为密切的几位，如冰心、沈从文、萧乾等，后来有的是副刊的主要作者，有的是我的传记写作对象。可是，我唯独漏掉了他的另一位挚友曹禺。翻阅八十年代笔记本，我记录了一次又一次大大小小的会议，曹禺除了名字在出席者名单中出现过，他的片言只语我也没留下。

为何如此？是初到北京后受某些传闻所误，还是受其他个人因素影响？难想明白，却又总想理出个头绪。

一旦错过，永远错过了。

笔记本上虽无曹禺的片言只语，记忆中的两个场景，印象却一直清晰无比。

第一个场景，凝固在我拍摄的一张照片上。时间：一九八四年年底；地点：北京崇文门新侨饭店。

"文革"后复出的丁玲，在与周扬等人经过几年摩擦与冲突后，雄心不已，终于独立创办一本文学杂志——《中国》。为庆贺《中国》创刊，丁玲特意在新侨饭店举行大型招待会。那一天，几代作家三四百人，不论亲疏与否，也不论当时习惯按照思想倾向划分的"左、中、右"，齐聚一堂。在这一场合，作家们一时间似乎都忘记了差异区别，为堪称"同人刊物"的《中国》庆生。记忆中，这也是那一年北京最为热闹而自由的文坛聚会。

那一次，曹禺也来了。看到他与萧乾、吴祖光三人在一起寒暄，我赶紧按下快门。巴金一再说过，他的朋友中，三个人最有才气，即沈从文、曹禺、萧乾。这张照片能够同时留下萧乾与曹禺的身影，对我而言，自然有着特殊的纪念意义。

照片上，萧乾正弯腰与曹禺握手，曹禺戴一副太阳镜礼貌而平静地与之相对，吴祖光站在中间，看着萧乾，笑得爽朗。三人之间，有着特殊的历史关联——一九五七年的"反右运动"曾把三人连在一起。当年局势下，站在运动前列的曹禺，分别发表檄文严厉批判萧乾、吴祖光。历史已翻过一页，新侨饭店的这一瞬间，欢笑早把阴影驱散。（曹禺与萧乾两人之间的故事，开始得很早，也颇为复杂，从三十年代一直到八十年代，半个世纪的亲疏恩怨且留以后另作叙述。）

第二个场景，刻在我的记忆里。时间：一九八八年四月；地点：北京北太平庄中央新闻纪录电影制片厂。

这一年，新影厂完成了"彩色长纪录片"《巴金》的拍摄。纪录片解说词始由黄裳先生执笔，后改由编导张建珍统筹，周俊德、钱厚祥摄影。《巴金》计划由中国电影发行公司向全国发行，故在新影厂举行小型看片会。我曾数年负责报道新影厂，且是研究巴金的年轻人，也在被邀请之列。

那天，看片的人不多，座谈时，人更少，约十多位，曹禺与夫人李玉茹从始至终参加。这一次，曹禺显得格外兴奋，或许人少的缘故，也与当时思想界气氛正处在极为活跃之际有关。座谈时，他的即兴发言轻松，洒脱，他一开口，便引起一阵欢笑。

"我与巴金是老朋友了。我的几个老婆也都与他关系很好。"

李玉茹老师在一旁立即纠正："你只有一个老婆啊！"

曹禺一笑，赶紧说："不，我的前后几个老婆都与他关系好。我们两家一直很好。"

谈友谊，谈电影，谈得最多的是"文革"后写作《随想录》的巴金。曹禺充分肯定巴金的独立思考和提倡讲真话，忽然，他的声调高亢许多："与巴金相比，我简直是个混蛋！我简直不是人！"

一字一顿，响如洪钟。许多话我都记不确切了，但这两句话，用词之严苛，语气之激烈，超出我的想象，一经听过，再也难忘。我来到北京的几年时间里，听说过他的一些传言，也亲历过他在不同场合的表态，知道他在八十年代文化界的反思潮流中，与写作《随想录》的巴金有相当大的差异。此刻，绝对没有想到他竟会用这样一种无情贬斥自己的方式，来表达对老朋友巴金的爱戴与敬重。顿时，会议室里鸦雀无声。听余音回荡，我感到震惊。

看片会当天晚上，曹禺这样致信巴金：

玉茹回家，便告我一同看罗荪。昨晚，开会完毕，今天下午便同到罗荪家。他现在仅走路迟缓，说话不多，但头脑清楚。我告他今天上午在新闻电影制片厂看了你的纪录片。我认为片子很好，把你的主要大事、重要的思想、感情如实纪录，很使人感动。我和玉茹都很喜欢。罗荪听了，也很高兴。此片尚未给你看，我们少数几个人先看了，不久，一定会给你看的。

　　……

　　我看你的纪录片后，感情激动，大家要我谈，我就说了几句。也许说过了一点，但却是我的真心话。（一九八八年四月十一日）

　　最激烈的言辞与最真切的震惊，一直无法忘记。近期阅读《收获》新发表的曹禺与巴金的通信，二十几年前的那一场景在我的眼前反复浮现。

　　印象中，纪录片《巴金》后来在上海、北京、成都三座城市放映过，并没有按计划在全国公映。电影海报上，选用高莽先生画的一幅巴金低头思索缓步而行的素描。如今，再看海报，耳边又响起曹禺的高亢声音。这自责，让我至今感怀那个激动的老人，哪怕不久之后，他又如同以往一样，身影不断闪动在此起彼伏的各式各样的表态活动中，一直到一九九六年告别这个世界……

二　何处再启程

　　面对老朋友巴金，曹禺在一九八八年春天迸发而出的自我鞭挞，虽然颇有戏剧效果，却又并非没有内在的必然。可以说，他对近十年间的自我反省，浓缩在那一两句的迸发中。

　　曹禺与巴金在"文革"之前的经历与境况大致相似，一次又一次的政治运动中,他们走过的无外乎也是自我批判、明哲保身、人云亦云、批判他人等这样几个阶段,在被动地批判自己和参与批判他人的过程中,在精神不断被扭曲的状态下,以积极配合而求安稳。"文革"突兀而来,他们再也无法逃避开去,只能在精神受折磨、人格受凌辱的日子里默默走过。

写作《老师曹禺的后半生》的剧作家梁秉堃,自五十年代中期起一直在北京人民艺术剧院(简称"北京人艺")工作。他回忆说,"文革"期间,北京人艺一度被改为部队的编制,他与院长曹禺正好分在一个班,他担任班长,还偷偷为曹禺代写"认罪检查"。梁秉堃叙述了这样一个故事:

> 就在这个时候,"军宣队"带领我们全体"革命群众"和"牛棚"里的"一小撮""革命对象",都下放到南口林场,一边继续搞运动,一边参加劳动。
>
> ……
>
> 在我们给苹果树"扩坑"的劳动当中,曹禺师笨手笨脚地被一根杉篙碰破了头皮,幸好不太重,只在医务所缝了几针。受伤以后,他躺在宿舍里休息。一天,"军宣队"政委来到班里,我们以为是来表扬一下,起码是来慰问一下,谁想到他竟然当众对曹禺师说道:"曹禺啊,你光碰脑袋外边儿可不行,要狠狠地碰里边儿,那才叫'灵魂深处闹革命'嘛!"面对着这样一句既不讲理又不讲情的话,曹禺师虽然表面上笑着,点头称是,实际上却受到了很大的打击。很快,他又变成一个长时间"面壁"的"无言者"了,似乎是望着自己活生生的痛苦沉思。
>
> (《老师曹禺的后半生》140页,作家出版社,2010年)

承受这一屈辱时,曹禺已年过半百。一位早在三十岁前就写出《雷雨》《日出》等作品的天才剧作家,不得不一日日在这样的处境中"面壁"沉默,度日如年。他曾说过"我什么也不等待",但他还是和许多朋友一样,等到了"文革"结束,等到了生命的重新开始。

一九七九年，对曹禺、对巴金而言，都是具有转折意义的一年——前者，婚姻生活的重新开始；后者，写作《随想录》高潮的到来。

巴金的《随想录》，在一九七八年十二月开始动笔。与此同时，他准备着一九七九年四月的重访法国。不少巴金研究者都非常看重巴金早年思想和道德观与《随想录》的关系。我甚至认为，准备重返法国以及随后的重返法国，为开始独立思考、提倡说真话的巴金，提供了一次直接感受历史的机会。在现实生活中产生的一些疑惑、思虑，有可能因重返法国而得到廓清。

刚开始写作《随想录》时，巴金在家里接待了几位法国汉学家。一九七九年二月三日，他写下《把心交给读者》，文章开篇记叙他和友人黄裳的对话。巴金说，他要把《随想录》当作遗嘱来写，要把心交给读者。正是在这篇文章里，巴金深情地回忆起自己一九二七年的巴黎生活，一个又一个地提到他所敬重的法国伟人：卢梭、伏尔泰、雨果、左拉，而他特别强调伏尔泰、左拉为冤屈者发出抗议之声的举动。就是在这样的回顾中，巴金开始了自我解剖的工作。巴金虽然只提到了以上几位法国作家，但他心里应该没有忘记克鲁泡特金、巴枯宁、妃格念尔，没有忘记他年轻时的"精神上的母亲"——流亡法国的俄罗斯革命家高德曼女士。当年他赞美他们对自由的向往和牺牲精神，认同他们关于奉献生命的道德主张，现在仍内在地促使他对自己进行无情反思。毫无疑问，如果没有这种历史关联，巴金是不可能对自己身上曾经有过的软弱、人云亦云、违心地批判自我和批判友人等，有那么深深的内疚和痛苦。

一九七九年四月，巴金再次走进巴黎，距一九二八年年底他离开巴黎已过五十年。同行的有文艺批评家孔罗荪、作家徐迟、女儿李小林，担任代表团翻译的是高行健——两年后，一九八一年，他将被曹禺调入北京人艺。

高行健发表过一篇《巴金在巴黎》，记叙巴金重返巴黎的行程。身份变了，巴金对法国的那份情感依旧。高行健写道："巴金的话不多，却总是朴实诚挚而谦逊，他谈到他来到法国寻找他旧日的足迹，谈到他是在法国学会写小说的,谈到痛苦而悲哀的时候,法国作家卢梭、伏尔泰、雨果和左拉曾给予他精神上的支持,他是来向法国老师们致谢的。"说得不错,重返巴黎,正可以看作是晚年巴金与青年巴金之间精神行程的一次连接。旧地重游带给他的不只是兴奋、亲切,更是对历史的反思。

经过一九七九年的写作,一个开始反思的、有着全新精神面貌的巴金,出现在人们面前。此时的巴金,多么希望老朋友曹禺,能够与他一样投入到独立思考的行列,以新的创作、新的面貌告别历史。

巧的是,巴金《随想录》的写作,一开始就与曹禺有着直接关联。

一九七八年邓小平访问日本,作为中日文化交流的一项内容,是在中国公映三部日本电影:《追捕》《望乡》《狐狸的故事》。描写日本妓女阿琦婆一生故事的《望乡》,在中国公映后,引发激烈争论,有的批评者甚至将之归为"黄色电影",主张禁演。一位当年在部队服役的军人回忆说,当时他们突然接到更改休息日的通知,其内容是:"本星期日更改到下星期一。"其目的是要避开影片《望乡》的放映日,以不让军人到地方电影院观看。(郭根群《1978年邓小平访日后的日本电影热》)《望乡》引发的社会震动,可见一斑。

巴金《随想录》的最初两篇恰恰都是谈《望乡》:《谈〈望乡〉》(写于一九七八年十二月一日)、《再谈〈望乡〉》(写于一九七九年一月二日)。巴金挺身而出,公开明确表示反对删剪电影,反对禁演。可以毫不夸张地说,巴金以替《望乡》辩护为肇始,开始了晚年用写作干预现实、反思历史的双重使命。

刚写完第一篇《谈〈望乡〉》,曹禺从北京来到上海,他向巴金讲述了与《望乡》相关的内幕,这促成了巴金写下第二篇《随想录》——《再谈〈望乡〉》。巴金开篇便提到曹禺:

  曹禺最近来上海,闲谈起来,他告诉我,不久前他接待过几位日本影剧界的朋友,他们谈了一些关于《望乡》的事情。据说《望乡》给送来中国之前曾由影片导演剪去一部分,为了使这影片较容易为中国观众接受。我们最初就是根据这个拷贝放映的。过了日本电影周之后，主管部门又接受一部分观众的意见，剪掉了一些镜头。曹禺还听说，这部影片有些镜头是在南洋拍摄的，在拍摄的时候导演、演员、工作人员都吃了苦头，这说明影片的全体工作人员都非常严肃认真；还有扮演阿琦婆的演员，为了使她的手显得又粗又老，她用麻绳捆自己的手腕，至于怎样捆法我听过就忘记了，现在也说不清楚，不过因此她扮演得更逼真，但后来也因此得病促成自己的死亡。……

（《再谈〈望乡〉》

我揣摩，巴金写作此篇文章时，如此突出地提到曹禺，是否有一种愿望，欲借此激励这位挚友与他一起在新的时代并肩前行呢？

一九七九年年底，巴金给曹禺写去一封长信，既为曹禺与李玉茹女士的黄昏恋送去祝福，更以一位老朋友的推心置腹，坦率地鼓励曹禺鼓起勇气，开始新的写作。重访法国归来的巴金，甚至还寄希望于即将出国访问的曹禺，也能与他本人的体验一样，能够在外面的世界汲取新的养分。"心里有扑不灭的火"的巴金，在信中劝说曹禺：

你、你们好好地生活吧，我相信你们这次的决定，也相信你们会好好地安排一切。只要你们过得好，过得幸福，我还有什么不高兴的？应当勇敢些，高高兴兴地向前看。既然自己考虑过了，决定了，还怕别人不了解干吗？还怕别人议论干吗？

你有很高很高的才，但有一个毛病，怕这怕那，不敢放胆地写，顾虑太多。你应当记住，你心灵中有多少宝贝啊。不要说，你"感觉肚子空了"。连我也感觉到心里有扑不灭的火呢！你可以慢慢来，不用急。

你不久便要出国，出去看看，扩大眼界看看新东西，也好。你高高兴兴地、信心百倍地完成这个任务吧。回来建设你们的新家庭，以后你会写出好作品来。

（巴金致曹禺，一九七九年十二月二十五日）

这是兴奋中开始写《随想录》的巴金，对一个天才老朋友的期待。期待老朋友告别以往的止步不前；期待老朋友，如同他们四十几年前北京初识时那样，再来一次天才般的横空出世……

许多人其实都在期待。八十年代伊始，激情涌动，文化界所有人——无论取向如何，无论身在何处——都处在极度亢奋中。或许在当时的人们看来，既然年轻人写出了小说《伤痕》(卢新华)、话剧《于无声处》(宗福先)；既然中年人写出了《人妖之间》(刘宾雁)、《蝴蝶》(王蒙)、《大墙下的红玉兰》(从维熙)、《人到中年》(谌容)；既然巴金的一些老朋友，冰心、萧乾、柯灵等都在与之呼应，也开始了针砭现实反思历史的写作高潮……那么，年近古稀的曹禺，一位天才的戏剧家，不是也可以告别苍白的日子，再启程，开始晚年的辉煌？

期待，终归只成了期待。

三　在风波中

八十年代，曹禺依旧没有走出旧日阴影，现实舞台旋转不定，公开发言的姿态也随之旋转不定。最突出的例子即是一九八一年春夏之际的《苦恋》风波。

由作家白桦与长影厂导演彭宁合作创作的电影剧本《苦恋》，发表于《十月》杂志一九七九年第三期。《苦恋》主人公、画家凌晨光的原型是画家黄永玉。黄永玉曾对我说过，白桦最初准备根据他的经历拍摄一部纪录片，并完成了解说词在香港发表。但后来听从夏衍的意见，黄永玉不想以真实身份出现。在此情形下，白桦与彭宁遂在原有基础上对主人公和剧情进行再创作，纪录片变为故事片，一个人的故事，也演绎成对归国知识分子这一群体，在"文革"中受到磨难的命运描述。凌晨光的女儿反问父亲："您爱这个国家，苦苦地恋着这个国家……可这个国家爱您吗？"这句著名台词，是《苦恋》篇名的由来。

《苦恋》拍摄电影时，易名为《太阳和人》。电影尚未公映，一九八一年四月，《解放军报》等报刊发表文章，批判《苦恋》违反"四项基本原则"。一时间，山雨欲来，人心惶惶。支持或反对，批判与反批判，从庙堂到民间，几乎每一个层面都牵涉其中。受此风波影响，"文革"二字也顿时成了报刊上的敏感词。

据《走进巴金四十年》一书作者陈丹晨所述，《苦恋》风波期间，巴金与曹禺的态度颇有差异。

陈丹晨早在六十年代就已结识巴金，一九八一年时任《文艺报》编辑部副主任。《苦恋》风波尚未平息之际，他见到了途经北京再次前往法国访问的巴金。两人有了一次无拘束的长谈：

> 一九八一年九月，巴老率团去巴黎参加第四十五届国际笔会大会。住北纬饭店。
>
> 我刚坐下，巴老就问："他们倒没有叫你写批《苦恋》的文章。现在这种做法太恶劣，比过去还要恶劣！"他是指电影《苦恋》不让公开放映，却要公开批判，弄得老百姓莫名其妙！他不是从这个电影的成败得失来说的。他为我担心，怕我卷进去。
>
> 那晚，巴老还很激动地说："过去，我们从政治上相信上面，叫做什么就做什么。说胡风是反革命，我们也跟着说。这样的事情到现在也还没有一个交代！""现在又搞这样的批判，怎么可以这样强加于人呢！硬要人家改！那你来好了！有的是作品中人物说的话，怎么可以当成作家的话来批呢？"
>
> （《走进巴金四十年》107页，江苏文艺出版社，2008年）

陈丹晨还写道，他担心巴金访问法国时，国外记者可能会问到《苦恋》批判这一敏感问题，巴金并不回避。

后来，他在巴黎接受《世界报》记者的访问时，果然被问到这个问题。他回答说：

"我还没有看过这部电影，但是我认为一部文学作品引起不同的评论是正常的。虽然有些批判，这无关紧要。你永远可以进行辩护。归根结底，只应由读者作出评判。"这样的回答传回国内，又引起某些长官的不满，认为与上面的口径不一样。他说："不管他，有意见就有意见好了。随它去！"

（同上108页）

访问法国期间，一件令巴金气愤的事情发生了。出国之前，为纪念鲁迅诞辰一百周年，巴金撰写《怀念鲁迅先生》一文，文章在香港《大公报》发表时，也因为受到《苦恋》风波的影响，凡涉及反思"文革"的内容均被删节。巴金在这篇文章里曾有这样一些字句：

十年浩劫中我给"造反派"当成"牛"，自己也以"牛"自居。在"牛棚"里写"检查"、写"交代"混日子已经成为习惯，心安理得。只有近两年来咬紧牙关解剖自己的时候，我才想起先生也曾将自己比做"牛"。但先生"吃的是草，挤出来的是奶和血"。我呢，十年中间我不过是一条含着眼泪等人宰割的"牛"。但即使是任人宰割的牛吧，只要能挣断绳索，它也会突然跑起来的。

（《怀念鲁迅先生》）

巴金回国后，方从朋友处获知上述内容均遭删削。气愤中，他再写《"鹰的歌"》，倔强地发出自己的声音：

读完被删削后的自己的文章，我半天说不出话，我疑心在做梦，又好像让人迎头打了一拳。删削当然不会使我沉默。鲁迅先生不是给我们树立了很好的榜样？我还要继续发表我的"随想"。

……我的《随想录》好比一只飞鸟。鸟生双翼，就是为了展翅高飞。

(《"鹰的歌"》)

与巴金一样，曹禺在《苦恋》风波中也受到直接波及。

同年，导演凌子（叶剑英之女叶向真）将曹禺早年剧作《原野》搬上银幕，女主角刘晓庆、男主角杨在葆，均是当时最红的明星。电影《原野》参加了当年的威尼斯电影节，并获得最优秀影片推荐荣誉奖，这应是中国电影界在威尼斯电影节的首次亮相。然而，归国后电影审查未获通过，不能在国内公映。（七年之后，一九八八年《原野》最终获准在中国内地公映，并荣获该年度百花奖最佳故事片奖。）据导演凌子后来透露《原野》被禁原因：审片时有人指责女主角镜头太裸露，影片渲染暴力、复仇……

电影《原野》被禁，对曹禺无疑是一次新的打击，更是一次考验。

陈丹晨回忆说，他在九月见到巴金时，还谈到他所亲历的曹禺在一次批判《苦恋》座谈会上的发言：

于是，我又说起曹禺在一次会上的发言。他说看了《苦恋》，气愤极了，恨不得一头把电影银幕撞碎（大意）。我对曹禺从来就很崇拜，但对他跟风特别紧，批判别人用语特别激烈，直到如今"文革"以后还是这样，颇为大惑不解。我知道巴金和曹禺是几十年的老朋友，所以我问巴老："他为什么这样？难道过去的教训还不够吗？"

巴老沉吟了一会儿，说：

"嗨！一个人有一个人的想法和做法……"

(同上109—110页)

以极其夸张的表述参与批判《苦恋》，未必出自曹禺本意。后来，风波过去，他在写给巴金的一封信中，这样提到《原野》被"捆绑"《苦恋》同时押上批判舞台的事情：

《文艺报》登了唐弢的《我爱〈原野〉》，据说写得好。《原野》久不得认识，倒无所谓，只是曾与《苦恋》（该剧全国评论也是不公，我妄去评论，系旧日恶习！）同在文学家们面前共在一上午同放该电影以便批判，此一着，诚属意外，数十年前旧作，也拿出来"鞭尸"，威风凛凛，真是得意之极！

（曹禺致巴金，一九八三年一月八日）

其实，一九八一年乃至后来，曹禺内心一直痛苦。他的极具戏剧性效果的公开批判《苦恋》，想必正是为了更好地保护自己。在他，这一行为方式，早成惯性。他又并非完全麻木，相反，他清楚地看到了自己的怯弱，内心的清醒总是让他处在孤独、苦闷之中。这里，不妨摘录曹禺一九八一年的部分日记如下：

一九八一年六月十七日

巴金使我惭愧，使我明白，活着要说真话。我想说，但怕说了很是偏激。那些狼一般的"正义者"将夺去我的安静与时间，这时间，我要写出我死前最后一两部剧本。

一九八一年十月十九日

我每见巴金，必有所得。我一向无思想，随风倒，上面说什么，便说什么，而且顺着嘴乱讲。不知真理在何处。一定要独立思考，不能随风倒，那是卑鄙、恶劣的行为。既错了，便不要再折磨自己，想起没完。让过去成为过去，让自己清醒些！今后，不再上当。少说，错误少些。

一九八一年十一月二十九日

　　我应考虑重新成为一个新人，把我过去种种虚荣、赞誉与毁谤都忘记，不想有些人在我背后的话，不想过去的荒诞、疑虑、多心、胆怯，追求名声、享受、安逸。我要成一个一心为真实，为理想，为人民做好事，说真话的人！不再犹豫，不再怕人们对我的歧视、轻蔑，因为那些人的称赞，我过去太重视了，以至于迷了路。我的阳光快尽，烛火将熄，但我还有时间改我过去的种种谬误——随波逐流，赶潮流，听人们说过的话自己又重复一遍的话。我要说我的真心话。

一九八一年十二月二十一日

　　上午到人大会堂浙江厅，乔木同志接见作协理事会部分人员。巴金谈"无为而治""爱护作家"等。乔木同志大谈"有为与无为，治与不治"，实即反驳。大家谈及新华书店发行问题，有冯至、韦君宜，我也说话。我又激动万状，实不可取，今后一定改。

　　少讲话，或不讲话，言多必失。

　　要讲话就应该冷静，会好一点，万勿激动。

　　表态，就不应有意气，仍需冷静。不动感情。多考虑！

　　（转引自梁秉堃《老师曹禺的后半生》167—169页）

在一九八三年一月写给巴金的一封信中，曹禺更是坦言"十分讨厌我自己"：

　　《真话集》尚未收到，我和玉茹急等着读。你知道，有时，我们感到不愉快，尤其是我，时常有些感伤，甚至是气馁，拿你的随感文章读几篇，便快活，便振奋起来。

……

上次曾向你谈起我一生曾做过两三次彩色梦。在医院中，居然梦起孩童时游玩，走入美丽的森林里，那真是破天荒的奇迹。我写表态文章总"雄赳赳气昂昂"；卧梦中，便显出原形。一个人表起态来，可以有七十二变化。但梦中，却似被金箍棒打醒，真面目出现，我常因此十分讨厌我自己！

（曹禺致巴金，一九八三年一月十二日）

两年后，在一九八五年一月写给巴金的另一封信里，曹禺甚至发出了"希望大解脱早些到来"的感慨：

我仍在北京"混"，以你的说法，"热闹"着，大约在二月十日左右才能到上海相见。我颇不乐。一切事都想不开。希望大解脱早些到来。人生旅途走到极限，一切也只好罢了。

（曹禺致巴金，一九八五年一月二十三日）

读日记和信，我们看到的是一个在痛苦挣扎的曹禺，一个外在表现与内心挣扎绝然分裂的曹禺。直到一九九六年去世，他其实都处在这种自我折磨的精神状态而无法自拔。

最能理解曹禺性格的，是他的女儿万方。在描写曹禺的文章中，万方的《灵魂的石头》让人读后总是感叹不已。万方毕竟是一位出色的文学家，观察细致入微，她以"痛苦"概括父亲的晚年，难得的是，她不仰视，也不偏爱，其解剖冷静而客观，一种只属于曹禺的精神状态，被描述得极为透彻而具震撼力：

千真万确，我亲眼看到一种痛苦持续不断地困扰着他。这痛苦不像"文革"时期的恐惧那样咄咄逼人，人人不可幸免。这痛苦是只属于他自己的。我曾经反复琢磨这份痛苦的含义，我猜想：痛苦大约像是一把钥匙，惟有这把钥匙能打开他的心灵之门。他知道这一点，他感到放心，甚至感到某种欣慰。然而他并不去打开那扇门，他只是经常地抚摸着这把钥匙，感受钥匙在手中的那份沉甸甸、冷冰冰的分量。从某种意义上说，这甚至成为一种独特的游戏。真正的他则永远被锁在门的里面。也许里面已经人去楼空，他不知道，也并不真的想知道。但是痛苦确实是痛苦，绝没有掺一点假。

（《灵魂的石头》）

这是一个戏剧天才、一个知识分子弱者的痛苦。

天才的痛苦，也有了天才的自我表述。我特别欣赏曹禺写在笔记本上的一首诗：

> 孤单，寂寞，像一个罐头抽尽空气，
> 我在压缩的黑暗中大喊，没有声息。
> 孤单，寂寞，在五千丈深的海底，
> 我浑身阴冷，有许多怪鱼在身边滑去。
> 孤单，寂寞，在干枯无边的沙地，
> 罩在白热的天空下，我张嘴望着太阳喘气。
> 孤单，寂寞，跌落在鲜血弥漫的地狱，
> 我沉没在冤魂的嘶喊中，恐惧。

（转引自《灵魂的石头》）

诗，为自己的灵魂而写。以这样的诗，曹禺在救赎自己。

四　海洋与溪流

二〇一〇年，曹禺先生诞辰百年，在相关纪念文章中，黄永玉的名字出现的频率很高。"我不喜欢你解放后的戏。一个也不喜欢。你心不在戏里，你失去伟大的灵通宝玉，你为势位所误！从一个海洋萎缩为一条小溪流……"黄永玉在信中对曹禺所说的这番话，被人们反复引用，以此来感叹和反思曹禺后半生艺术创作的苦闷与孤独。

的确，在描述曹禺后半生的思想、性格时，黄永玉一九八三年写给曹禺的信，是一个值得关注的焦点。

黄永玉回忆说，他与曹禺来往并不多，最初的见面，是在一九五〇年。当时，黄永玉从香港来到北京看望沈从文，想亲自体验一个新时代的开始，为自己是否离开香港定居北京作一番考察。恰逢巴金来北京开会，巴金、曹禺、萧乾等一行人，一起来看望沈从文，那天黄永玉正好在座。

与曹禺来往虽不多，但对曹禺的戏，黄永玉却了如指掌。抗战期间，流浪闽南的少年黄永玉，曾在演剧队数年，阅读与舞台排练，成了他熟悉曹禺作品的最好途径。

在纪念曹禺诞辰百年之际，我前往湘西凤凰，听八十七岁高龄的黄永玉，以自己的个人经历和独特表述，讲述曹禺印象。谈起曹禺剧作，他如数家珍；无限感慨，被习习秋风吹起，随黄叶飘落——

> 他的戏我不单是看，抗战时我们剧团演了很多，每一次让我演，我都不会，最终都没有成功。我演《蜕变》里大夫的儿子，在《北京人》中演孙子曾霆，我不会演。还搞一帮都是小孩演小《原野》，让我演仇虎。开玩笑！
>
> 我一直看曹禺的话剧，我都能背。那天我就对曹禺讲："你别动，我自己过来。"曹禺就哈哈大笑："你还记得我这句台词。"这是《原野》里白傻子说的。
>
> 想看的还是《雷雨》《日出》。《原野》的故事人工的多了一点，《蜕变》《北京人》也好，《蜕变》是说教，说抗战之教；《北京人》挺好的。《北京人》他也不太懂得年轻人。袁教授的女儿挺假的，也

不真实。大有可写。主要是他的人物不全面，不熟悉底层人民的生活，贴到地面的那些事儿他都不知道；他也不是在高空，站在低空飞翔，地面又不贴。还有一点，用解放后的话来说，不爱劳动。劳动里的那些乐趣都没有，登山涉水啊，他都没有。缺少生命的乐趣。后来他是怕。

曹禺软弱，没有胆量。他一直战战兢兢。其实他也不是搞政治的。他又不像沈从文那样，还和第三条道路关系那么密切，他怎么那么怕呀？不知道。

用曹禺自己的话来讲，《原野》里的那一句："你别过来了，我过去。"这是白傻子说的，仇虎从火车上跳下来，仇虎很可怕，白傻子很害怕。仇虎说："你过来，我不来。"仇虎又说："你来不来？"白傻子赶紧说："你别动，我自己过来。"曹禺他有点像白傻子。

他解放前写的一个剧本《正在想》，说一个跑江湖的班子，领班的叫做老倭瓜，老倭瓜有一个大黄铜表，这么厚的一个挂表，拿出来一看，现在是九点，九点就是十一点。那表慢了两个小时。实际上，他就是老倭瓜，但我不能写出来伤他的心。他不懂得珍惜自己。

黄永玉的漫谈，满溢感伤与惋惜，一九八三年三月致信曹禺时，他也是怀着同样的心情。当时，《苦恋》风波已过，文艺界人际往来于起伏跌宕中延续。在某一次场合的见面畅谈后，曹禺与黄永玉有了通信往来。

收到曹禺的第一封来信（可惜此信暂未找到）后，黄永玉于三月二十日回复曹禺，并随信附去他写于"五七干校"期间的长诗《老婆呀！不要哭》。这封信，用八行笺写了十页。业已公开的只是部分段落，现征得黄先生同意，全文发表如下：

家宝公：

来信收到。我们从故乡回京刚十天，过一周左右又得去香港两个月，约莫六月间才转得来，事情倒不俗，只可惜空耗了时光。

奉上拙诗一首，是类乎劳改的那三年的第一年写的，诗刊朋友问我要近作，而目下毫无诗意抒发，将信将疑从匣中取出这首给他看，却说好。人受称赞总是高兴。但这诗不是好，是公开的私事满足了人的好奇心而已。不过我老婆是衷心快意的，等于手臂上刺着牢不可破的对她的忠贞，让所有的朋友了解我当了三十六年的俘虏的确是心甘情愿。歌颂老婆的诗我大概可以出一个厚厚的集子了。只可惜世界上还没有这么一个禁得起肉麻的出版社。

说老实话，真正地道的情诗、情书、情话，怎么能见得人？伟大如鲁迅特精熟此道，说是"两地书"，买的人图神奇，打开看来却都是正儿八经、缺乏爱情的香馥之感。全世界若认真出点这种东西，且规定人人必读的话，公安局当会省掉许多麻烦。人到底太少接触纯真的感情了。

曹公曹公！你的书法照麻衣神相看，气势雄强，间架缜密，且肯定是个长寿的老头，所以你还应该工作。工作，这两个字几十年来被污染成为低级的习俗。在你的生涯中，工作是充满实实在在的光耀，别去理那些琐碎人情、小敲小打吧！在你，应该"全或无"；应该"良工不示人以朴"。像萧伯纳，像伏尔泰那样，到老还那么精确，那么不饶点滴，不饶自己。

在纽约，我在阿瑟·米勒家住过几天，他刚写一个新戏《美国时间》，我跟他上排练场去看他边排边改剧本，那种活跃，那种严肃，简直像鸡汤那么养人。他和他老婆，一位了不起的摄影家，轮流开车走很远的公路回到家里，然后一起在他们的森林中伐木，砍成劈柴。米勒开拖拉机把我们跟劈柴一起拉回来。两三吨的柴啊！我们坐在米勒自己做的木凳、饭桌边吃饭。我觉得他全身心的细胞都在活跃。因此，他的戏不管成败，都充满生命力。你说怪不怪：那时我想到你，挂念你，如果写成台词，那就是："我们也有个曹禺！"但我的潜台词却是你多么需要他那点草莽精神。

你是我的极尊敬的前辈，所以我对你要严！我不喜欢你解放后的戏。一个也不喜欢。你心不在戏里，你失去伟大的灵通宝玉，你为势位所误！从一个海洋萎缩为一条小溪流，你泥溷在不情愿的艺术创作中，像晚上喝了浓茶清醒于混沌之中。命题不巩固，不缜密，演绎、分析得也不透彻。过去数不尽的精妙的休止符、节拍、冷热、快慢的安排，那一箩一筐的隽语都消失了。

谁也不说不好。总是"高！""好！"这些称颂虽迷惑不了你，但混乱了你，作践了你。写到这里，不禁想起莎翁《马克白》中的一句话："醒来啊马克白，把沉睡赶走！"

你知道，我爱祖国，所以爱你。你是我那一时代现实极了的高山，我不对你说老实话，就不配你给予我的友谊。

如果能使你再写出二十个剧本需要出点力气的话，你差遣就是！艾侣霞有两句诗，诗曰："心在树上，你摘就是！"

信，快写完了，回头一看，好像在毁谤你，有点不安了。放两天，想想看该不该寄上给你。

祝你和夫人一切都好！

晚黄永玉谨上
三月二十日

我还想到，有一天为你的新作设计舞台。

永玉又及

我还想贡献给你一些杂七杂八的故事，看能不能弄出点什么来！

永玉又及

坦率，尖锐。最触动人心处，莫过于"从一个海洋萎缩为一条小溪流"这样一个形象的比喻。

"为势位所误"更是一个关键词。我的理解，此句所指，并非说曹禺追逐名利，而是指曹禺所处的"势位"，使他无法摆脱政治与事务的约束，无法重新拥有一个艺术家个体的精神自由状态。其实，"为势位所误"又何止曹禺一人？即便曾经清醒地劝说过曹禺的巴金本人，又焉能摆脱类似的困境与苦闷？这是一个群体希望解决却未能解决的沉重话题，总令历史回望者感慨不已。

十余天后，曹禺从上海回信黄永玉，八行笺，足足写了十五页，长达两千多字。

从回信看，曹禺是以非常快乐的心情来阅读黄永玉的来信（包括诗歌）的。他称赞黄永玉的情诗："我确没想到你会写给我这样一封长信，这样充满了人与他所爱的那样深厚的情诗，我一生仅看见这一首。……又多么是我想遇多年，终于见到的情诗。"类似的赞誉，写满前五页，曹禺如同站在舞台上激情独白一样，在信中渲染他的这种喜爱，他甚至描述自己如何情不自禁地读一段，又站起来，在客厅里"踱着轻快的步子"。

后面十页，主要写他读黄永玉批评之后的感受：

> 你鼓励了我，你指责我近三十余年的空洞，"泥溷在不情愿的艺术创作中"。这句话射中了要害，我浪费了"成熟的中年"，到了今日——这个年纪，才开始明白。
>
> 你提到我那几年的剧本，"命题不巩固，不缜密，演绎、分析得也不透彻"，是你这样理解心灵的大艺术家，才说得这样准确，这样精到。我现在正在写一个剧本，它还泥陷于几十年的旧烂坑里，写得太实，也陈腐，仿佛只知沿着老道跋涉，不知回头是岸，岸上有多少新鲜的大路可走。你叫我："醒来啊，把沉睡赶走！"
>
> 我一定！但我仍在蒙眬半醒中，心里又很清楚我迷了道，但愿迷途未远，我还有时间能追回已逝的光阴。天下没有比到了暮年才发现走了太多的弯道，更可痛心的。然而指出来了就明白了，便也宽了心，觉得还有一段长路要赶，只有振作起来再写多少年报答你和许多真诚的朋友对我指点的恩德。永玉，你是一个突出的朋友，我们相慕甚久，但真见面谈心，不过两次。后一次还有别的朋友似

乎在闲聊，我能得你这般坦率、真诚的言语是我的幸福，更使我快乐的是我竟然在如此仓促的机遇中得到你这样以诚真见人的友人。

你说我需要阿瑟·密勒的草莽精神，你说得对。他坚实、沉肃，亲切，又在他深厚的文化修养中时时透出一种倔强，不肯在尘俗中屈服的豪迈气概。

我时常觉得我顾虑太多，又难抛去，这已成了痼习，然如不下决心改变，所谓自小溪再汇为沧海是不可能的。

你像个火山，正在突突喷出白热的火岩，我在你身边，是不会变冷的。你说要写二十个剧本，如果我真像你举出的那种巨人，我是会如数写出的。不过，有你在身旁督促我，经常提醒我，我将如你所说："不饶点滴，不饶自己"。

……

我终将有所求于你的。你引过的诗："心在树上，你摘就是。"日后，我们会见面，我们将长谈，不仅是你说的"杂七杂八"的故事，更多谈谈你的一生，你的习惯、爱好，得意与失意，你的朋友、亲戚、师长、学生，你所厌恶的人，你所喜欢的人，你的苦难与欢乐。一句话，我多想知道你，明白你。当然，这要等你工作之余，你有兴致的时候。

我很想一直写下去，却也感到自己唠叨了。

有一件事想告诉你，读了你的信，我告诉我的女儿李如茹到街上买一个大照相簿来。她很快买到了，你的长信已经一页一页端正地放在照相簿里，现在我可以随时翻，在我疲乏时，在我偶尔失去信心时，我将在你的信里看见火辣辣的词句，它将促我拿起笔再写下去；在我想入歪道，又进入魔道，"为势位所误"时，我将清醒地再写下去！

确实，我还有话可讲。我可以讲到半夜。但我的老婆说我不爱惜自己，刚病好，又扑在桌上写起没完了。

你的长信来时，我正上吐下泻，体虚气短。其实只是吃坏了。

你的信给了我一股劲，我要活下去，健康地活下去，为了留下点东西给后代。但是目前这个剧本是庸俗的，可能下一个剧本要稍如意些。

……

（一九八三年四月二日曹禺致黄永玉）

这是两代艺术家的心灵对话。曹禺又一次在私人空间里无情地解剖自己。他坦然收下那些尖锐的词语，以自责与感激面对黄永玉的坦率。许多年来，尤其进入八十年代之后，曹禺在戏剧界，在自己的交际圈里，他已是一个赫然醒目的巨星，人们簇拥他，尊重他，即便有不同看法，也未必愿意与之交流。除了巴金，恐怕还没有别的人会像黄永玉如此无所顾忌地抒发己见，而且，谈得如此坦率和尖锐。巴金是一位长兄，而黄永玉则是晚辈，可是，这恐怕正是曹禺期待已久的心灵交流。至少，从他的回信中，我们可以读出他的兴奋与喜悦。他找到了艺术共鸣，找到了又一次可以剖析内心的机会。他把比自己年少十四岁的黄永玉，看作了毫无障碍的可以平等交流、可以敞开心扉的友人。

如回信所述，曹禺真的把黄永玉来信视为堪可珍惜的警示，郑重地夹在一个大相册里。此时，黄永玉信中提到的阿瑟·米勒，正在北京指导人艺排演《推销员之死》，五月四日，曹禺请他来家里做客，读黄永玉的来信，也就成了当天的一个重要内容。

一年后，阿瑟·米勒在美国出版《Salesman in Beijing》(《"推销员"在北京》)一书，其中他这样回忆当日情景：

我们今天到曹禺的住处吃午饭。曹禺总是热情洋溢，好像总要惊叹或过度赞扬某件事物。他从书架上拿下一本收藏的画册，里面是装裱的信纸，即使我这样的外行也能看出来，那上面的书法十分漂亮。这是他的老友、大画家黄永玉的来信，曹禺为我们逐字逐句地念……

他对我和英奇、英若诚和吴世良，以及他的两个小女儿读着这些尖锐无情的批评，神情激动。这情景真是令人难以忍受。我坐在他旁边的摇椅里；英若诚坐在他的另一侧，翻译出每一页竖排的龙飞凤舞的八行字。每一行，都在宣判着他的艺术生命的死亡。热情的问候之后，紧跟着对已逝才华的惋惜。我一时觉得这是个笑话，是一种中国式的智慧，在最后一秒钟把残酷转为优雅的嘲讽，变成鼓励的假设。这封信很长，曹禺感激而恭敬地把它装裱、收藏起来，又把它读给大家听，他这样做时到底怀着一种怎样的心情？

……

曹禺的英语虽然生疏了，但是仍然能用。他有时想帮助英若诚翻译，却被后者更正。他击打着扶手，对每一句都赞叹不已。结束的时候，矮个儿的曹禺手指着这本画册喊道："实话！这才是好朋友应当做的！千真万确！"他离我很近，我看见他眼含泪水，目光炽烈。

（《阿瑟·米勒手记："推销员"在北京》231—233页，汪小英译，新星出版社，2010年8月）

阿瑟·米勒到底是一位杰出的戏剧家，他以透彻观察与细致笔触，如同创作剧本一样，为我们描绘出晚年曹禺极为精彩的一幕人生演出。

曹禺对待黄永玉批评的态度堪为佳话。回信之时，他又成了写下一九八一年日记的那个自省的曹禺；他又成了在信中向巴金反反复复倾诉痛苦的那个曹禺。在晚年总是被苦闷缠绕、被扭曲左右的日子里，一个晚辈艺术家的来信引发的激动，乃至他坦然地（我甚至觉得有些自我欣赏的成分）将之公开展示在一位美国同行面前，对于曹禺，仿佛一阵清风，一抹亮色，一种快乐的释放。

今天再读黄永玉与曹禺的通信，依然不能忽略一九八三年前后这样一个特定的历史环境。遥忆当年，当不少前辈已经进入历史反思的领域时，人们很自然会对他们所尊敬的那些依然徘徊犹疑的前辈，寄予厚望。

尽管一直未能摆脱自己的苦闷，曹禺作为内心极其清醒的艺术家，却能在"为势位所误"的批评中读出自己想表达的某一种情绪。

彻底的内心清醒与精神苦闷，格外戏剧化的外在敷衍、应酬与表态——这是一个复杂的性格。怀着无法实现的"再写一个伟大的作品"的梦想，内心与外在如此分裂的曹禺，面对无法改变的自我，面对旋转不定的现实政治，他随惯性而行，他以并无情感投入的姿态站在现实舞台上，本身已具有玩世不恭的浓烈色彩。就此而言，他的戏剧创作没有结束。他的晚年本身就是一部戏。或许，这是一个戏剧天才，以另一种方式为后人留下永远可以解读的另一部大戏。

其实，曹禺的晚年还有一部大戏，在北京人艺八十年代的台前幕后一直上演着。旋转不定的局势中，他以特殊的方式、特殊的介入，延续着自己的艺术生命，从而影响着中国话剧的发展。这一点，我将在随后的文章中另加叙述。

二十几岁时，曹禺在《雷雨》序中写道："我用一种悲悯的心情，来写剧中人物的争执，我诚恳地祈望着看戏的人们也以一种悲悯的眼来俯视这群地上的人们。"年纪轻轻的他，怎么会拥有这样一种情怀呢？

看历史舞台不断旋转，回忆八十年代纷繁的人与事，我时常想起曹禺这句话。它侵染于心，将我撞击。

完稿于二〇一〇年十一月二十六日，北京狂风中

（原刊于《收获》2011年第1期）

汪曾祺的昆明

孙 郁

一

一九三九年，汪曾祺到了昆明西南联大读书，直到一九四六年才离开这座春城。关于那一段的生活，他晚年写了很多短文，都传神得很，乃至成了人们研究联大重要的感性资料。也由于他的神来之笔，昆明时代许多泯灭的故事悠然地走来，仿佛一幅幅写意的画面，贫瘠时代的一切竟有了趣味流溢。

我读他写下的那些文章，觉得年轻时代的他不是一个好的学生，起码是个不合格的学生。也因了战乱与动荡，学校显得松散，得以自由地读书。他入的是中文系，那里好的教师多多，对大家要求也并不严格，随随便便。这在今天是不可想象的。

中文系的系主任是罗常培，教师有朱自清、刘文典、闻一多、王力、浦江清、沈从文、许维遹、余冠英、陈梦家等。他们多是清华来的教师，治学颇为严谨。学生们大概可以选修别的课程，像哲学系的金岳霖的课，汪曾祺就喜欢。外语系的名家很多，钱钟书、吴宓都在，他旁听过吴宓的课，没有太大兴趣，就远离而去了。沈从文那时在中文系讲写作，这是汪曾祺最喜欢上的一门课。闻一多的也不错，给他很深的印象。但对他最好的是沈从文。沈从文开设的课程是个体文习作、创作实习和中国小说史。汪曾祺选他的这三门课，一是老师好；二是自在，没有压力；三呢，可以写点文章，自己的梦想就是做一名作家。而那时在他心目中的楷模，自然是沈从文无疑。

新学生渴望写作，在感性的世界里打转转。对于学问有点敬而远之。中文系的一些老师学问很大，那些学问显得吓人。这类老师汪曾祺有点不敢接近。有的老师的课又出奇的浅，他觉得不解渴，就不再去听了。联大的治学精神，他得到的不多，对朱自清、闻一多、刘文典的那些本领，也有隔膜的地方。这对他未尝不是好事。中国文学系培养不了作家，和感性的写作训练太少有关。他在那时候没有被枯燥的知识训练俘虏过，是那代人的幸运。现在的大学，就不易遇到类似的环境了。

从北京大学文科研究所的记事可以看到，南迁昆明的时候，教师的科研依然有古风。和胡适时期的治学理念相似。一九三九年到一九四五年油印的论文很多，其表如下：

《唐代俗讲考》（向达）

《言意之辨》（汤用彤）

《贡山俅语初探》（罗常培）

《唐代行用的一种韵书目次》（魏建功）

《隋书西域传附国之地望与对音》（郑天挺）

《王命传考》（唐兰）

《隋书西域传缘夷之地望与对音》（郑天挺）

《宋故四川安抚制置副使知重庆彭忠烈公事辑》（张正烺）

《文选序"事出于沈思,义归于翰藻"说》(朱自清)

上述名单只是其间一部分,中文系的学风也由此可见一斑。不过对一些青年学子来说,那些东西还过于古奥,不易进入。他们知道这些文章的重要,受到老师身上的旧学的熏陶是自然的。

学科的内容是丰富的,但青年人在此的压力并不大,学风严谨而空气自由,对大家都是开心的事。《西南联大中文系》是汪曾祺介绍母校的一篇有趣的文章,能够让我们这些后人嗅到当年的气息,其中有云:

> 西南联大中文系教授对学生的要求是不严格的。除了一些基础课,如文字学(陈梦家先生授)、声韵学(罗常培先生授)要按时听课,其余的,都较随便。比较严一点的是朱自清先生的"宋诗"。他一首一首地讲,要求学生记笔记,背,还要定期考试,小考,大考。有些课,也有考试,考试也就是那么回事。一般都只是学期终了,交一篇读书报告。联大中文系读书报告不重抄书,而重有无独创性的见解。有的可以说是怪论。有一个同学交了一篇关于李贺的报告给闻先生,说别人的诗都是在白地子上画画,李贺的诗是在黑地子上画画,所以颜色特别浓烈,大为闻先生激赏。有一个同学在杨振声先生教的"汉魏六朝诗选"课上,就"车轮生四角"这样的合乎情悖乎理的想象写了一篇很短的报告《方车轮》。就凭这份报告,在期终考试时,杨先生宣布该生可以免考。(《汪曾祺全集》四卷358页)

较之于老北大的氛围,这里多了一种现实感。许多老师在西南开始进行田野调查,采集民族学与语言学的标本。比如罗常培就三次对西南少数民族的语言进行调查,丰富了学术生活。沈从文还邀请诸多作家来校讲演,推荐学生的文章到刊物上,和社会互动的地方很多。这个风气对学生不能不产生影响。

昆明是个好地方。草木、街市、茶舍、书店、衣食、岁时等,都不同于内地。那里地处高原,少数民族多,城里的味道是特别的。对于有诗人气的人来说,都有可感可怀的内容。那时候是战时,空气里流着火药味。大学也是匆忙组建的。没有像样的校园,那么天地间就算即食之所,有什么比这还要快乐呢?他常去的图书馆,在他眼里是神秘又可亲的,曾说那是他一生中去过最多的图书馆。连上课也是随便的。除了朱自清过于严格外,其他的老师上课都很轻松,似乎也喜欢了悠闲的氛围,自在地讲着天南地北的事情。比如金岳霖的课,就很有意思。他回忆说:

> 金先生的样子有点怪。他常年戴着一顶呢帽,进教室也不脱下。每一学年开始,给新的一班学生上课,他的第一句话总是:"我的眼睛有毛病,不能摘帽子,并不是对你们不尊重,请原谅。"他的眼睛有什么病,我不知道,只知道怕阳光。因此他的呢帽的前檐压得比较低,脑袋总是微微地仰着。他后来配了一副眼镜,这副眼镜一只的镜片是白的,一只是黑的。这就更怪了。后来在美国讲学期间把眼睛治好了——好一些,眼镜也换了,但那微微仰着脑袋的姿态一直还没有改变。他身材相当高大,经常穿一件烟草黄色的麂皮夹克,天冷了就在里面围一条很长的驼色的羊绒围巾。联大的教授穿衣服是各式各样的。闻一多先生有一阵穿一件式样过时的灰色旧夹袍,是一个亲戚送给他的,领子很高,袖口极窄。联大有一次在龙云的长子,蒋介石的干儿子龙绳武家里开校友会——龙云的长媳是清华校友,闻先生在会上大骂:"蒋介石,王八蛋!混蛋!"那天穿的就是这件高领窄袖的旧夹袍。朱自清先生有一阵披着一件云南赶马人穿的蓝色毡子做的一口钟。除了体育教员,教授里穿夹克的,好像只有金先生一个人。他的眼睛即使是到美国治了后也还是不大好,走起路来有点深一脚浅一脚。他就这样穿着黄夹克,微仰着脑袋,深一脚浅一脚地在联大新校舍的一条土路上走着。
>
> 金先生教逻辑。逻辑是西南联大规定文学院一年级学生的必修课,班上学生很多,上课在大教室,坐得满满的。在中学里没有听

说有逻辑这门学问，大一的学生对这课很有兴趣。金先生上课有时要提问，那么多的学生，他不能都叫得上名字来——联大是没有点名册的，他有时一上课就宣布："今天，穿红毛衣的女同学回答问题。"于是所有穿红衣的女同学就都有点紧张，又有点兴奋。那时联大女生在蓝阴丹士林旗袍外面套一件红毛衣成了一种风气——穿蓝毛衣、黄毛衣的极少。问题回答得流利清楚，也是件出风头的事。金先生很注意地听着，完了，说："Yes！请坐！"（《汪曾祺全集》四卷 143—144 页）

在好几篇文章里，汪曾祺都写到了金岳霖，实在是因为他的渊博与可爱，外加其古怪的一生。在师生之间，一向平等，乃老北大的传统。加之学院里的教师多有古风，环境是美的。那简直不是智力训练，而是精神的漫游与行走。他所遇所感的生活，成了晚年写不完的题材。

学校的读书，有点传奇色彩。因为是战时，一切都有点不太正规。一是大家有时住在百姓家里，二是总要跑警报，三是把许多时间放到泡茶馆里。比如跑警报，紧张而多故事。有的因为害怕而远远逃离校舍，有的在放松地谈着恋爱。还有的毫不在乎，警报响起来的时候安然做事，泰然自若。

世上大概没有这样的大学。紧张里的愉快与苦楚，在那时候诗一般地写着青春的奇迹。国难当中，学业要继续，自然要克服种种困难。而在他们这些青年眼里，死神面前也有诗意的存在，忧戚里沉思似乎是少的。战时的生活给汪曾祺带来的是轻松的感受，他从没有去写血淋淋的场景，也许没有注意，也许根本就没有去想，联大的特别生活，也使善于读人的他，学到了书本里没有的东西。

无论从哪个角度看，西南联大有静的一面，也有动的一面。中国文化幽深的与现实的价值都在校园里有所展示。你可以选择为学术而学术的路，许多扇门在等待开启。也可以不忘情于社会，成为一个作家和社会活动家。汪曾祺最大的收获，是知道了学问的深，那是无边的海，怎么能一望到边呢？另一面是，相信了自己写作的潜能，也会创作出新奇的小说，那也其乐融融吧。

昆明乃一个神奇之地，许多人在此呼吸到了自由和爱意。晚年的时候，汪曾祺一再写昆明的记忆，几乎篇篇都好，那是对它的感激之情。我们在那些文字间除了看到他的快意的一面，也有青春期的惆怅，比如《昆明的雨》：

> 我不记得昆明的雨季有多长，从几月到几月，好像是相当长的。但是并不使人厌烦。因为是下下停停、停停下下，不是连绵不断，下起来没完。而且并不使人气闷。我觉得昆明雨季气压不低，人很舒服。
>
> 昆明的雨季是明亮的、丰满的，使人动情的。城春草木深，孟夏草木长。昆明的雨季，是浓绿的。草木的枝叶里的水分都到了饱和状态，显示出过分的、近于夸张的旺盛。
>
> ……
>
> 雨，有时是会引起人一点淡淡的乡愁的。李商隐的《夜雨寄北》是为许多久客的游子而写的。我有一天在积雨少住的早晨和德熙从联大新校舍到莲花池去。看了池里的满池清水，看了着比丘尼装的陈圆圆的石像（传说陈圆圆随吴三桂到云南后出家，暮年投莲花池而死），雨又下起来了。莲花池边有一条小街，有一个小酒店，我们走进去，要了一碟猪头肉，半市斤酒（装在上了绿釉的土瓷杯里），坐了下来。雨下大了。酒店有几只鸡，都把脑袋反插在翅膀下面，一只脚着地，一动也不动地在檐下站着。酒店院子里有一架大木香花。昆明木香花很多。有的小河沿岸都是木香。但是这样大的木香却不多见。一棵木香，爬在架上，把院子遮得严严的。密匝匝的细碎的绿叶，数不清的半开的白花和饱胀的花骨朵，都被雨水淋得湿透了。我们走不了，就这样一直坐到午后。四十年后，我还忘不了那天的情味，写了一首诗：

莲花池外少行人，
野店苔痕一寸深。
浊酒一杯天过午，
木香花湿雨沉沉。(《汪曾祺全集》三卷 376—379 页）

酒馆、友人、不绝的雨，还有微末的忧愁，这些是古代诗文里才有的心影。一个人在大学时代有这样的境遇，内心布满古典的记忆也不足为奇的。西南联大是现代的，也是乡土的。后者的氛围，对青年时期的汪曾祺而言，是诗意的底色。我们有时也能够在其文字里，读到一种昆明微雨的清爽、明快和温润之气，想起来不禁幽思暗来。

二

沈从文出现在他的视野的时候，年轻的汪曾祺有着异常兴奋的感情。许多年后，他写了多篇关于沈从文的文章，描绘入学时的心情。中文系有许多知名的教授，唯独沈从文，对他最有帮助。这个作家在大学的出现，真有点意外的效果。青年的学子喜欢感性的作家教师，因为没有枯燥的学理的障碍。也由于沈从文学识的有限，不能把学生引向更深的层面，一些教授并不看好他，甚至很有微词。不过在开明的校园，都算不了什么，汪曾祺不是不知道这些的。

民国的教育不定于一尊，许多方面满足了学生的需要。学者们不太关注创作，而青年人却对创作有着神秘感和好奇心。在没有到联大读书前，汪曾祺就喜欢上了沈从文。他自己坦言，投考联大，和沈从文隐隐约约有点关系。所谓慕名而去者正是，《自报家门》说：

在这座小庵里我除了带了准备考大学的教科书，只带了两本书，一本《沈从文小说选》，一本屠格涅夫的《猎人笔记》。说得夸张一点，可以说这两本书定了我的终身。这使我对文学形成比较稳定的兴趣，并且对我的风格产生深远的影响。我父亲也看了沈从文的小说，说："小说也是可以这样写的？"我的小说也有人说是不像小说，其来有自。

……

不能说我在投考志愿书上填了西南联大中国文学系是冲着沈从文去的，我当时有点恍恍惚惚，缺乏任何强烈的意志。但是"沈从文"是对我很有吸引力的，我在填表前是想到过的。（《汪曾祺全集》四卷286—287页）

那时沈从文正在盛年，是创作正佳的时期。在文坛上已经很有名望了。在西南联大，他是个特殊的教员，一没有大学文凭，二缺乏学术专著。要不是小说闻名于世，是难于有人看上他的。沈从文虽自称乡下人，可是审美的偏好和欧美留学的作家很是接近。胡适、梁实秋、徐志摩、巴金都喜欢他。一个自学出身的人在大学里任教，在那时候为数不多，吸收他到学校来任教，说明了校方的眼光。而这，在后来的中国大学师资队伍里，是很少见过的现象。

沈从文的课很单一，不是学问家的那一套。但细心听下去还是很有意思的。汪曾祺后来回顾说，沈的课程没有系统，随意讲些创作经验一类的东西。这些非学院派的因素让他感到新奇，有些东西正符合自己的情感状态。一些谈天式的讲授还启发了他创作的灵感。不过沈从文日常的那些状态更让他着迷。因为在文坛很有名气，就和各种作家有交往，同学们也跟着沾着仙气。这是一个纯情的人，没有教授腔与文艺腔的人，而且他的驳杂，多趣，又带有淡淡的哀伤的情感方式，是打动了汪曾祺的。

沈从文是念着社会这本大书长大的。他的写作没有受到士大夫的那些东西的深扰，一切仿佛来自于天籁。他的心性太温和，没有强烈的精神冲撞。家乡的水的清纯沐浴了他，以致文字也是清纯的。中国唯美派的理论家在思想上意识到这样纯情的文化的意义，可是他们很少遇到类似的文本。当沈从文天外来客般地出现在文坛上的时候，理论家们找到了精神的对应体。他便成了纯文学的象征符号。新月派及胡适周围的人都挺喜欢他，那些留过洋的美学家，对他的文本颇加赞扬，原因是有着儒雅的美丽和平淡的气象，和现代的静穆的审美精神相符。加之文字的清秀洗练，很快在知识界获得了认可。

在沈从文的身上，一种"美丽的愁人"的氛围，一直挥之不去，其小说与散文，都是这样。到了都市后，回忆那些生活，自己有种复杂的感受。他不忍去再现那些丑陋的场景，要留住的是纯情的瞬间。即使像《边城》这样的作品，也有淡淡的感伤。

沈从文的小说弥漫着水汽和草木的清香。协调、自然、有趣，是他作品的一个特点。而且对家乡的风貌的描摹，很有韵味。他的好处是没有中士大夫语言的毒，既不是道德主义者，也非西洋文学理念的俘虏。其作品是对人性的本然的描述，剔去了种种伦理的话题，从自然状态里找诗意的存在。《边城》是没有杂色的乡俗图，《潇潇》乃山野的笛声，《丈夫》是民间的野调，都美丽得很。他写青年男女的爱欲，看不到五四知识青年的感伤的、自恋的因素，倒像天地间的水汽，自然蒸腾着，生命在和谐间自如地运行着。这是一种现实的再现呢，还是一种神往？在左派作家那里，没有这些，在右派文人那里也殊少此风，我们在此读出的是陶渊明般隐逸的清寂和齐白石式的空。在观念俘虏着艺术的时候，这个远离各种观念的纯然的作家，把生命感从世间的囚牢里解放到原始的山林间了。

汪曾祺看到老师当年的作品，第一个印象就是亲切，唤起了早年的记忆和一种类似倾诉的欲望。也许是什么暗暗撩拨了脆弱的心，从中有所发现也未可知。沈从文的文字，是青年汪曾祺内心的神异的火，在那样的年月温暖着自己的心。和那些正襟危坐的大学教授比，他和自己的生命更为接近，他的内心何尝没有"美丽是愁人的"感叹？

在几个方面沈从文影响了汪曾祺。欣赏苦难边上的美丽的谣俗是一个因素。沈从文在乱世觅到一块精神的绿洲，虽然逃逸苦楚，但在故土上寻到的未被污染的世界，其实是对现实的对照，那里未尝不是一种挣脱和抗争。中国不乏怨怼的文字，而美丽纯情的所在是多么重要。沈从文写乡间的礼俗、情调十分耐心，他把自然与人心里最好的部分呈现给人们，并非隐逸的陶醉，也有深切的提醒。汪曾祺后来在作品里延续了这些，两人可以说在路径上是一致的。对比《边城》与《受戒》，好像是流着相似的思想与趣味，在审美的角度，是有师承关系的。另一个因素是远离社会核心地带，与政治保持距离。沈从文那些乡间故事，没有政党文化的痕迹，却含着人生的本源。在大讲阶级斗争的年代，却远离阶级的概念，也显示了他的特点。桃花源与乌托邦的故事，是苦难王国之外的存在，弱小与无力感自然是有的。可是在那个时代，连这些都没有了也是悲哀的。不错，世间存在着阶级和阶级斗争，有时甚至残酷得很。但他厌恶流血，一切死亡都是忧伤的，所有的杀戮都与人性相悖。汪曾祺后来一直生活在残酷的阶级斗争的时代，他懂得，直面人间固然不错，而在灰暗里点缀着美丽与隐逸的情思，让人知道再昏暗的年代还有人沉浸在纯粹的审美的静观，也是好的吧？还有一个因素很重要，那是对内心的感受的忠诚。他们都不去涉猎没有明白和无法知晓的现实，对记忆的记录是自然的，绝没有生硬地解释世界。因为自己不是走在时代前面的人，也没有伟大的思想要流布世间，所以甘于渺小，只去写自己知道和喜欢的东西。本乎心性，源于灵魂，按美的体验来表达自我，如此而已。后来中国的文艺是要求齐一的，不准有多样的存在，小情调更是有问题的。可是在小的世界里亦有大的境界，那里奔放着爱意的激情。在激烈与悲慨的文字四溢的时候，我们偶与这些神异安静的作品相逢，好像得到了歇息。自然，其间不乏逃逸的脆弱，躲避血色的简单也是有的。躲避未尝不是一种美，只要心没有被黑暗染过和颓废过，也是好的吧？在四面杀声的时候，我们看到了明亮的宁静，那也真的是难得的。在沙漠般的地方，见到了一点点绿色，难道不是一种惬意？中国固然需要宏大的叙事，需要超人的伟岸之神，也需要温润的爱意。在残酷的岁月保持一点安宁的美，也非一般人可以达到的境界。沈从文做到了此点，汪曾祺后来也做到了此点，我们由此看到了一个文学的传统。

三

联大有一些老师是诗人，穆旦、卞之琳都很有名气。直接在中文系授课的老师，算作诗人的也有几位。朱自清、闻一多在当时算是老资格的诗人了。大学生活比他想的要有趣得多。虽然是联大，条件亦差，而一些旧事却使之念念不忘。年轻时候遇到一个好老师，也许会一辈子在他的影子里。有的可能作为精神的前导，有的在趣味与学识上暗示着自己。西南联大的几年生活，汪氏感到可记忆的东西颇丰，沈从文大概属于前者，闻一多或许属于后者吧。像闻一多这样的人，在学识上影响了他什么都很难说，但作为一个有趣的人，总可以言之再三的。汪曾祺在《闻一多先生上课》一文中写道：

> 闻先生性格强烈坚毅。日寇南侵，清华、北大、南开合成临时大学，在长沙少驻，后改为西南联合大学，将往云南。一部分师生组成步行团，闻先生参加步行，万里长征，他把胡子留了起来，声言：抗战不胜，誓不剃须。他的胡子只有下巴上有，是所谓"山羊胡子"，而上髭浓黑，近似一字。他的嘴唇稍薄微扁，目光灼灼。有一张闻一多先生的木刻像，回头侧身，口衔烟斗，用炽热而又严冷的目光审视着现实，很能表达闻先生的内心世界。（《汪曾祺全集》六卷299页）

在西南联大的教师里，闻先生的色调很是特别。他本来是学习美术的，后来以诗名世，又对楚辞与中国神话多有研究。最初的时候，他的唯美主义倾向很重。他当年与梁实秋讨论艺术问题，都认可超功利的文学与绘画，对新出的作品是警惕的时候多。他的美学理念是古典的，那些肃穆、劲健的古诗文，才对他有深的趣味。从他写过的一篇文章能够看出他自己的偏好，那文章的题目是《电影是艺术么》，大意是，电影用声光电等技术组成，不能算是艺术。和哈佛大学的白碧德教授几乎一孔出气了。唯美的文人在某种程度上不妨说也是个保守的人。这在一定程度使他与现实拉开了距离。不过闻先生不是抱着旧理念过活的人。早期虽和新月派关系很深，可在国难当头，他比一般象牙塔里的人有气度，思想是灵动而激越的。他才高，有识见，对艺术的理解颇为鲜活，真的没有暮气的存在。你总能在他那里感到丝丝锐气，在被久久困扰的时候，往往冲将出来，跌宕往复，气韵是高的。听过他的课的人，对其古朴而冲荡的气韵，都很难忘。

表达这样一位先生的样子，其实有诸多难点。闻一多是诗人特征很强的人。他的诗好，画亦好，对人的心灵有敏感的悟性。读他的书，那是没有被污染的存在，萦绕着诗与神异之色，还有历史的旧影。他被历史的长长的影罩着，却又时时有着冲出旧影的激情。那些晦明不已的存在，在课堂上都有所体现，滋润着青年。汪曾祺很喜欢闻先生，大概是那种洒脱的风格所致，与人有别吧。在西南联大，名师多多，但有些汪曾祺就不敢接近，原因是刻板或严厉。比如对朱自清，他就有些疏远，朱氏的严格令青年人有点畏惧。可是闻先生没有这些，他很随意，也多趣，上课时激情四射，板书里有画，有诗，对学生而言是一种享受。汪曾祺回忆道：

  我在读西南联大时，闻先生先后开过三门课：楚辞、唐诗、古代神话。
  楚辞班人不多。闻先生点燃烟斗，我们能抽烟的也点着了烟（闻先生的课可以抽烟的），闻先生打开笔记，开讲："痛饮酒，熟读《离骚》，乃可以为名士。"闻先生的笔记本很大，长一尺有半，宽近一尺,是写在特制的毛边纸稿纸上的。字是正楷,字体略长,一笔不苟。他写字有一特点,是爱用秃笔。别人用过的废笔,他都收集起来,秃笔写篆楷蝇头小字,真是一个功夫。我跟闻先生读一年楚辞,真读懂的只有两句:"袅袅兮秋风,洞庭波兮木叶下。"也许还可加上几句:"成礼兮会鼓,传葩兮代舞,春兰兮秋菊,长毋绝兮终古。"

闻先生教古代神话,非常"叫座"。不单是中文系的、文学院的学生来听讲,连理学院、工学院的同学也来听。工学院在拓东路,文学院在大西门,听一堂课得穿过整整一座昆明城。闻先生讲课"图文并茂"。他用整张的毛边纸墨画出伏羲、女娲的各种画像,用按钉钉在黑板上,口讲指画,有声有色,条理严密,文采斐然,高低抑扬,引人入胜。闻先生是一个好演员。伏羲女娲,本来是相当枯燥的课题,但听闻先生讲课让人感到一种美,思想的美,逻辑的美,才华的美。听这样的课,穿一座城,也值得。

能够像闻先生那样讲唐诗的,并世无第二人。他也讲初唐四杰、大历十才子、《河岳英灵集》,但是讲得最多、也讲得最好的,是晚唐。他把晚唐诗和后期印象派的画联系起来。讲李贺,同时讲到印象派里的pointlism(点画派),说点画看起来只是不同颜色的点,这些点似乎不相连属,但凝视之,则可感觉到点与点之间的内在联系。这样讲唐诗,必须本人既是诗人,也是画家,有谁能办到?闻先生讲唐诗的妙语,应该记录下来。我是个大大咧咧的人,上课从不记笔记。听说比我高一班的同学郑临川记录了,而且整理成一本《闻一多论唐诗》,出版了,这是大好事。

我颇具歪才,善能胡诌,闻先生很欣赏我。我曾替一个比我低一班的同学代笔写了一篇关于李贺的读书报告——西南联大一般课程都不考试,只于学期终了时交一篇读书报告即可给学分。闻先生看了这篇读书报告后,对那位同学说:"你的报告写得很好,比汪曾祺写的还好!"其实我写李贺,只写了一点:别人的诗都是画在白底子上的画，李贺的诗是画在黑底子上的画，故颜色特别浓烈。这也是西南联大许多教授对学生鉴别的标准：不怕新，不怕怪，而不尚平庸，不喜欢人云亦云，只抄书，无创见。（《汪曾祺全集》六卷299—301页）

自由的环境里的互动，我们今人已难以感到，那是联大历史里不灭的一页。闻一多那类教学的方式，在今天未必能被校方认可，所谓野狐禅者正是。在青年的学生看来，也恰恰是有趣的地方。一是有感情，能从枯燥里得到赏心悦目的刺激，把沉睡的思想激活了；二是益智，由趣味这条路，把人引进新奇的世界，精神是飞起来的。青年初入学校，接受大学教育，固然有程式化的一面，但最终还是精神的自然游走，知道思想的亮点在哪儿，美丽的闪光何在，而自己也能进入那个有趣的创造里，其乐也是融融的。

应当说，闻一多的授课，不属于什么教育的流派。他在学生面前呈现的是诗人与思想者的本然。因为内心是热的，又能理解历史间的明暗，引起共鸣是必然的。久在书斋，未必就不谙现实，情怀总是在的。学问家如果是个诗人，就有飞起来的冲动，创造性也含在其间。对此，中文系的同学多有感触。联大的风气，在古朴中还有灵动的情思的漫游，就拥有了美的光环。

今人谈那段历史，也能体察出那时候的办学的仓促，教师队伍的短缺，及知识结构的不平衡。坦率说，闻一多授课的方式，可能受古人影响甚深，陈述的理论似乎有些问题。那时候的中国诗人教授们，精神大抵还没有鲁迅的境界，对域外小说与诗学的理解都还单面，不能从各个学科来对比为之。连后来在别的大学授课的冯至，阐释诗学的文字都有点平淡，甚至不及他崇拜的里尔克、雅斯贝尔斯那么丰富，不知道是审美的问题呢，还是价值观的问题。我们看海德格尔的阐释诗歌时的冲动，哲学与诗意都得以攀升，是有大眼光的。西南联大为中国文学教育最好的时期，而空白点却是明显的。像朱自清这样的懂诗、为诗的人，学术著述则有些平淡，都属于这样的问题。青年人那时候未必认识到这一点，有几个诗人气质很强的人，大家已经很是兴奋的。汪曾祺后来对联大独说佳处，鲜提遗憾，大约是过度爱怜自己母校的缘故。

教育学理论讲到师生互动的时候，使用了许多概念和事例，意在讲知识与精神的传承的最佳途径。就中文系而言，讲文学史与作家作品，没有文学的体验，或说缺乏审美的经验的演绎，则会使文学的意味遗失，很是可惜。诗人教授们大概可以避免这些，如果他们真有学问的话。研究文学史要有知识，还要有诗意的体验，这后者，闻一多这样的人容易完成，当知识无法抵挡诗意的袭来，师生的互动一定是美的。许多回忆闻一多的文章，给人的印象差不多都集中于此。

闻一多在西南联大是个受人尊敬的人，宗璞在《东藏记》里就以他和一些教授为原型，写了一个丰富的年月。不管是儒家者流，还是现代派的追随者，都不排斥闻一多。近读何兆武《上学记》，内中有关于闻一多的片断，与汪曾祺的回忆庶几近之。文章不仅写了唯美主义的闻一多，也写了反传统的闻一多，他说：

> 闻先生晚年讲诗（其实那时候他还不到五十岁），有一首初唐诗人张若虚的《春江花月夜》他特别欣赏，在他的《宫体诗的自赎》一文中，曾把这首诗评价为"诗中的诗，顶峰上的顶峰"。当然这首诗写得的确很美，我也非常欣赏，不过除了浓厚的唯美倾向，却带有几分人生幻灭、虚无颓唐的味道，好像和他民主斗士的形象不大合拍。所以我以为，闻先生的思想主潮早年和晚年是一以贯之的，本质上还是个诗人，对美有特别的感受，而且从始至终都是一包热情，一生未曾改变过。现在不是有很多人在讨论：如果鲁迅活着会怎么样？其实同样可以问：如果闻一多活着会怎么样？仅凭一包热情，恐怕也不会畅行无阻的吧，我这么想。

闻先生那一辈人的旧学根底非常之好，可他同时又是极端反传统的。社会转型时期，有的人惟恐中国的旧文化不存在了，拼命维护；还有一种人，认为传统的东西束缚中国人太久了，中国要进入新的时代，就要彻底抛弃，全面创造新文化，闻先生、鲁迅、胡适都属于这种人。鲁迅激烈反对中国的旧文化，甚至提出不看中国书，《狂人日记》里宣称：什么"仁义道德"，满书都写着血淋淋的"吃人"两个字。闻先生在这一点上跟鲁迅非常相像。在搞民主运动的时候，他在课堂上对我们说："你们从外面打进来，我从里边杀出去，我们里外合应，把传统的腐朽文化推翻！"意思是说：青年学子没有受过中国传统文化的毒害，所以你们须从外部推翻它；我是受过这个教育的，所以我现在要反对它，从里边杀出来与你们合作。我想这代表他当时真实的思想情况，虽然他研究的是中国传统文化，但他并不认同。（何兆武《上学记》142页，三联出版社2006年版）

何兆武的回忆比汪的文字要有思想的力度，不愧是学过哲学的，思考问题就深切得多，与张中行颇为相似。只是没有汪曾祺的文字传神，少的是其间的趣味。汪曾祺看人还是诗的因素多，不太从精神的层面讨论问题，这就和明清文人的样子相似，士大夫的因素也是有的吧。汪先生对闻一多的反传统的一面不是不知道，却不愿意深谈，大概对此有所保留也未可知。不管闻一多那代人看人看事如何怪，总还存有真的诗意，那就大不容易。至于对旧的遗产的看法不同，在汪氏眼里，则多非怪事。西南联大本来就是思想多元的地方，那个并不齐一的时代，总还是趣多苦少的。

四

业余生活中值得一提的是与昆曲的结缘。我们看他自己的回忆，当可想那时候的乐趣。

先前听到拍曲这个词，不知道是什么意思。我出生在东北，那个地方乃荒野之地，不谙京剧，遑论昆曲？后来读前人的书，才知道一点旧学里的趣味，恍然悟出：士大夫们喜欢戏曲，乃一种文化的血缘，彼此关系太深。诗文和戏曲在读书人那里，乃快慰的两种表达。翻阅汪曾祺读书时期的资料，发现在西南联大还有些人在拍曲，沉浸在古典的审美快慰里，那是知识群落的乐趣。

昆曲太古雅，到了民国已经有些衰微了。汪曾祺的家乡离昆山不远，那是昆曲的发源地，在乡间受到旧音的熏陶是自然的。大凡喜欢昆曲者，对传统文化的典丽的一面都有依恋。其间的从容博雅是引人的。在士大夫们的眼里，昆曲是文人唱才有意思的，舞台间的演员来演绎就有点向俗的方向滑动。明清以来，文人拍曲，大概有点传统，这余绪现在不易看到了。联大这个地方还残存着古风，实在是有趣的。汪曾祺自觉地加入其间，喜欢的就是古风里的美质。他后来的文字在什么地方能让人想起古曲的悠扬，真的绕梁三日，不绝于耳。在那个世界里，纯净得没有杂质，在曲调与词汇里流的是清丽的旋律。汪氏《晚翠园曲会》写道：

> 每次做"同期"（唱昆爱好者约期集会唱曲，叫作同期）必到的是崔芝兰先生。她是联大为数不多的女教授之一，多年来研究蝌蚪的尾巴，运动中因此被斗，资料标本均被毁尽。崔先生几乎每次都唱《西楼记》。女教授，举止自然很端重，但是唱起曲子来却很"嗲"。
>
> 崔先生的丈夫张先生也是教授，每次都陪崔先生一起来。张先生不唱，只是端坐着听，听得很入神。
>
> 除了联大、云大师生，还有一些外来的客人来参加同期。
>
> 有一个女士大概是某个学院的教授或某个高级职员的夫人。她身材匀称，小小巧巧，穿浅色旗袍，眼睛很大，眉毛的弧线异常清楚，神气有点天真，不作态，整个脸明明朗朗。我给她起了个外号："简单明了"，朱德熙说："很准确。"她一定还要操持家务，照料孩子，但只要接到同期通知，就一定放下这些，欣然而来。

有一位先生，大概是襄理一级的职员，我们叫他"聋山门"。他是唱大花面的，而且总是唱《山门》，他是个聋子——并不是板聋，只是耳音不准，总是跑调。真也亏给他撒笛的张宗和先生，能随着他高低上下来回跑。聋子不知道他跑调，还是气势磅礴地高唱："树木叉桠，峰峦如画，堪潇洒，喂呀，闷煞洒家，烦恼天来大！"

给大家吹笛子的是张宗和，几乎所有人唱的时候笛子都由他包了。他笛风圆满，唱起来很舒服。夫人孙凤竹也善唱曲，常唱的是《折柳·阳关》，唱得很宛转。"叫他关河到处休离剑，驿路逢人数寄书"，闻之使人欲涕。她身弱多病，不常唱。张宗和温文尔雅，孙凤竹风致楚楚，有时在晚翠园（他们就住在晚翠园一角）并肩散步，让人想起"拣名门一例一例里神仙眷"（《惊梦》）。（《汪曾祺全集》六卷210—211页）

这段生活记忆对汪曾祺后来的戏剧创作很有影响。他对拍曲的队伍里的人也产生了诸多兴趣。有的成了他后来朋友圈子里的人物。京派的作家喜欢昆曲的很多，俞平伯、浦江清都拍过曲。在北平的教授圈子里，颇有名声。拍曲子的人对民间文化多少有些感情，但毕竟还是缺少泥土的精神，境界停留在士大夫的层面。现在北京的读书人已难以见到这样的精神群落，想起来那些吟唱真的去而难返了。在喜欢昆曲的群落里，沈从文的夫人张兆和及张家姐妹是个重要的部落，汪曾祺对此颇为亲切。他回忆说：

有一个人，没有跟我们一起拍过曲子，也没有参加过同期，但是她的唱法却在曲社中产生很大的影响，张充和。她那时好像不在昆明。

张家姊妹都会唱曲。大姐因为爱唱曲，嫁给了昆曲传习所的顾传玠。张家是合肥望族，大小姐却和一个昆曲演员结了婚，门不当，户不对，张家在儿女婚姻问题上可真算是自由解放，突破了常规。

二姐是个无事忙,她不大唱,只是对张罗办曲会之类的事非常热心。三姐兆和即我的师母,沈从文先生的夫人。她不太爱唱,但我却听过她唱《扫花》,是由我给她吹的笛子。四妹充和小时没有进过学校,只是在家里延师教诗词,拍曲子。她考北大,数学是零分,国文是一百分,北大还是录取了她。(《汪曾祺全集》六卷212页)

沈从文先生后来的精神的雅化,与张家的结缘是否有关不太好说,但他们的超俗的气韵相近那是无疑的。昆曲是古曲里有意味的存在。诗词、绘画、音乐里的东西很好地结合在一起。士大夫者流欣赏昆曲,乃旧文人的心绪诗意的表达。那里有静穆的东西,感伤与激愤,无奈与欣喜都有。这很易被读书人所接受。它后来的衰败,乃社会变迁所致,文人的情调毕竟太窄,遂被别的大众艺术所取代了。

查俞平伯日记,关于拍曲的记载很多,这成了他的生活的一部分。汪曾祺的老师浦江清常和俞平伯一起拍曲,彼此的乐趣是多的。浦江清在联大的时候是否参与过类似的活动,不得而知,但在战前是频繁的。比如一九三六年十月的俞平伯日记云:

前晚之文始脱草。趁九时公车偕江清、延甫进城,在公园下车,在柏斯馨茶点。出时遇陶光。至景山东前街许潜庵宅,曲集于十一时始,唱《赐福》《拾画》《叫画》《玩笺》《借饷》《藏舟》。饭后唱《盘夫》《议亲》《茶叙》《琴挑》《痴梦》《佳期》《游园》《折柳》。五时半毕返舍。侍二亲讲《论语》。父讲"吾日三省吾身"章,旨云圣贤心迹在人我之间,忠恕之道与禅门止观不同,所谓一以贯之者是也。(《俞平伯全集》十卷233页,花山出版社1997年版)

昆曲的词与曲,都很美。旋律之中有古奥的因素。京派文人喜欢昆曲,自然也把感受写到学术文字里去。俞平伯研究词,就有拍曲的经验在,那是很有意思的。浦江清谈中国的戏曲与小说,不乏独有的感受。

年轻时期的汪曾祺接触昆曲，还没有老师们理解得那么深。但其间的形式的美感动了他，对他来说是有趣的经验。汪曾祺回忆说，参加拍曲的结果，是学会了吹笛子，这对他是意外的收获：

> 参加了曲社，我除学了几出昆曲，还酷爱上吹笛——我原来就会吹一点，我常在月白风清之夜，坐在联大"昆中北院"的一棵大槐树暴出地面的老树根上，独自吹笛，直至半夜。同学里有人说："这家伙是个疯子。"（《汪曾祺全集》三卷 432 页）

民国的读书人业余时间在剧场或沙龙里，和梨园亲近。这种旧式的生活方式，保留了士大夫的某种精神。后来汪曾祺进入梨园行，以写戏谋生，一下子进入角色，是有长久的训练的缘故。

士大夫喜欢昆曲，有一个很长的传统。明代的袁宏道、张岱在文章里都有记载，钱谦益、吴梅村的诗文也偶有谈及，袁宏道《锦帆集·尺牍·龚惟长先生》云：

> 然真乐有五，不可不知。目极世间之色，耳极世间之声，身极世间之鲜，口极世间之谭，一快活也。堂前列鼎，堂后度曲，宾客满席，男女交舄，烛气薰天，珠翠委地，金钱不足，继以田土，二快活也。箧中藏万卷书，书皆珍异。宅畔置一馆，馆中约真正同心友十余人，人中立一识见极高，如司马迁、罗贯中、关汉卿者为主，分曹部署，各成一书，远文唐、宋酸儒之陋，近完一代未竟之篇，三快活也。千金买一舟，舟中置鼓吹一部，妓妾数人，游闲数人，泛家浮宅，不知老之将至，四快活也。然人生受用至此，不及十年，家资田地荡尽矣。然后一身狼狈，朝不谋夕，托钵歌妓之院，分餐孤老之盘，往来乡亲，恬不知耻，五快活也。士有此一者，生可无愧，死可不朽矣。（《袁宏道集笺校》上卷 205—206 页，上海古籍出版社 1979 年版）

读此段文字，能感觉到明代文人的潇洒。审美之乐，亦生命之乐。此间只有感官与心理的愉悦，道学的东西是看不到的。宋代以后，理学渐胜，但文人驻足词曲之间，竦身一动，遂有超凡入圣之欢。此间戏曲给人的享受是巨大的。人的肢体语言与声音绘画，倘和诗文杂糅起来，有着不可小视的快感。此风流荡多年，直到民初依有文人游于此间。到了洋人的文化传来，新文人开始嘲笑于此，才一点点没落了。

五

  一个人如果遇到一位好的老师，影响自然是不能忘却的。联大的老师优秀者甚多，有的气味与汪氏相同，有的较远。年轻时候不谙世事，对一些老师说不出好来，阅历与见识都不够，失去治学的机会都是自然的。不过耳濡目染之间，还是有些心得，有的到后来倍觉珍贵。老年忆及旧人，对一些人则感念再三。比如在所佩服的学人里，浦江清算是一位吧。

  大约是八十年代，汪曾祺写了篇《关于八仙》。文章很有见识，文气直逼古人，有清爽悦目的感觉。这文章受了浦江清的影响是无疑的。汪曾祺都听过浦江清什么课，我们不得而知。我猜想他的文采及考据之功，是征服过汪氏的。

  浦江清生于一九〇四年，江苏松江县人。毕业于东南大学外语系。后受吴宓赏识，到清华做陈寅恪的助手。抗战时期到西南联大。他授课的内容多系文学史的，很多文字留下了讲课的心得。他在许多地方像周作人周围的那类人物，和俞平伯、朱自清、吕叔湘、江绍源等人关系不错。在文风上，走的是顾炎武或张岱的路子，古朴深切，善于考订旧迹，熟读野史札记。读他的论文，在看似枯燥里有诸多可玩味的气息。

  如果得以中寿以上，他会留下很多著作。可惜五十年代后多病缠身，一九五七年就辞世了。他去世后,杨晦、游国恩、吕叔湘等颇为感伤,觉得学界逝去了一个重要人物。后来《浦江清文录》问世,收有《八仙考》《宫蕊夫人宫词考证》《词曲探源》《词的讲解》《评王著〈元词律〉》《论小说》《谈〈京本通俗小说〉》《〈逍遥游〉之话》《评江著〈中国古代旅行之研究〉》《屈原》《屈原生年月日的推算》等文。尤以《八仙考》引人,文笔之好与见解之深,可谓古调独弹。

汪曾祺谈八仙,在资料使用上受到了浦江清的影响无疑。观点也有接近的地方。他说:

> 八仙是反映中国市民的俗世思想的一组很没有道理的仙家。
>
> 这八位是杂凑起来的班子。他们不是一个时代的人。张果老是唐玄宗时的,吕洞宾据说是残唐五代时人,曹国舅只能算是宋朝人。他们也不是一个地方的。张果老隐于中条山,吕洞宾好像是山西人,何仙姑则是出荔枝的广东的增城人。他们之中有几位有师承关系,但也很乱。到底是汉钟离度了吕洞宾呢,还是吕洞宾度了汉钟离?是李铁拐度了别人,还是别人度了李铁拐?搞不清楚。他们的事迹也没有多少关联。他们大都是单独行动,组织纪律性是很差的。这八位是怎么弄到一起去的呢?最初可能是出于俗工的图画。
>
> ……
>
> 八仙后来被全真教和王重阳教拉进教里成了祖师爷,但他们的言行与道教的教义其实没有多大关系。他们突出的事迹是"度人"。他们度人并无深文大义,不像佛教讲精修,更没有禅宗的顿悟,只是说了些俗得不能再俗的话:看破富贵荣华,不争酒色财气……简单说来,就是抛弃一切难于满足的欲望。另外一方面,他们又都放诞不羁,随随便便。他们不像早先的道家吸什么赤黄色,饵丹砂。他们多数并非不食人间烟火,有什么吃什么。有一位叫陈莹中的作过一首长短句赠刘跛子(即李铁拐),有句云:"年华,留不住,触处为家。这一轮明月,本自无瑕。随分冬裘夏葛,都不会赤火黄芽。

谁知我，春风一拐，谈笑有丹砂。"总之是在克制欲望与满足可能的欲望之间，保持平衡，求得一点心理的稳定。达到这种稳定，就是所谓"自在"。"自在神仙"，此之谓也。这是一种很便宜的，不费劲的庸俗的生活理想。(《汪曾祺全集》四卷86—87页)

汪曾祺谈八仙，还显得简单，浦江清则是深切的，考据与思想都有，确有跨俗的气象。《八仙考》云：

> 此八仙的构成，有好多原因：(一)八仙空泛观念，本存在于道家。(二)唐时道观有十二真人图等，为画家所专工，此种神仙图像可移借为俗家祝寿之用，因此演变成此八仙图，至久后亦失去祝寿之意，但为俗家厅堂悬画。改为瓷器，则成摆设。其用意与"三星"同，祝主人吉祥长寿之意。(三)戏剧本起于宴乐，《蟠桃会》等本为应俗家寿宴之用的，神仙戏亦多用以祝寿。其中八仙排场最受欢迎，适合戏剧的组织。(四)此八人的会合，约略始于宋元之际。(五)此八人的会合并无理由，在绘画方面，犹之唐宋道家画《十二真人图》，南宋板画雕四美人，宋元俗画《七贤过关图》的随便组合。戏剧方面，名录颇有出入，也从演变而渐渐固定的。从这样看来，八仙的组成与真正的道教的关系很浅。只有钟、吕两人有两重人格，一是神仙，二是教主。所以他们一边加入为民俗艺术所采用的神仙集团，一边被全真教推尊为祖师。然则全真教应该只尊钟、吕为祖师了，但后来又容纳另外数仙，而认为别派。此是晚起，显系化于民俗。(《浦江清文录》14—15页)

大凡对八仙感兴趣的，都是民俗意味浓的人，而且对民俗学有所研究者，能悟出诸多话题来。在这个意义上说，汪曾祺和自己的老师很有接近的地方。不过浦先生毕竟是学者，从他的文章能看出受到陈寅恪的影响很大，也多少受到王国维的暗示。但文章的写法却是周作人式的古雅。只是他不是像苦雨翁那样小品心态，其考据与作品解析走的是陈寅恪的路子。浦江清的学问没有虚幻的那一套，乾嘉学派的东西是有一些的。在文章的格局上，他比周作人要大气，史学与诗学的因素结为一体。思想上不及周氏深远，多少能看出俞平伯式的韵致。所以，我猜想汪曾祺注意到这位前辈是自然的。

在某种意义上说，浦江清是个有文体意识的人物。他对文言与白话的关系有着独到的理解，是少有的文学史家。他在《词的讲解》中说：

> 何以中国的文人习用文言而不用他们自己口说的语言创造文学，这一个道理很深，牵涉的范围太广，我们在这里不便深论。要而论之，中国人所创造的文字是意象文字而不用拼音符号（一个民族自己创造的文字，应该是意象文字，借用外族的文字方始不得不改为拼音的办法），所以老早有脱离语言的倾向。甲骨卜辞的那样简短当然不是商人口语的忠实的记录。这是最早的语文分离的现象，由意象文字的特性而来，毫不足怪。以后这一套意象文字愈造愈多，论理可以作忠实记载语言之用，但记事一派始终抱着简洁的主张，愿意略去语言的渣滓。只有记言的书籍如《尚书》《论语》，中间有纯粹白话的记录。而《诗经》是古代的诗歌总汇，诗歌是精炼的语言，虽然和口头的说话不同，但《诗经》的全部可以说是属于语言的文学。所以在先秦的典籍里实在已有三种成分：一是文字的简洁的记录，二是几种占优势的语言如周语、鲁语的忠实的记录，三是诗歌或韵语的记录。古代的方言非常复杂，到了秦汉的时代，政治上是统一了，语言不曾统一，当时并没有个国语运动作为辅导，只以先秦的古籍教育优秀子弟，于是即以先秦典籍的语言作为文人笔下所通用的语言，虽然再大量吸收同时代的语言的质点以造成更丰富的词汇（如汉代赋家的多采楚地的方言），但文言文学的局面已经形成，口语文学以及方言文学不再兴起。（《浦江清文录》110页）

浦江清对文言与白话的理解，很是透彻。他看到了汉语的意象性，看法颇为有趣：

> 文言的性质不大好懂。是意象文字的神妙的运用。中国人所单独发展的文言一体，对于真实的语言，始终抱着若即若离的态度。意象文字的排列最早就有脱离语言的倾向，但所谓文学也者要达到高度的表情达意的作用，自然不只是文字的死板的无情的排列如图案画或符号逻辑一样；其积字成句，积句成文，无论在古文，在诗词，都有它们的声调和气势，这种声调和气势是从语言里模仿得来的，提炼出来的。所以文言也不单接于目，同时也是接于耳的一种语言。不过不是真正的语言，而是人为的语言，不是任何一个时代或一个地方的语言，而是超越时空的语言，我们也可以称为理想的语言。从前的文人都在这种理想的语言里思想。至于一般不识字的民众不懂，那他们是不管的。（《浦江清文录》111页）

这篇文章写于四十年代，考虑的问题之深不亚于胡适当年的论断。四十年后汪曾祺谈论语言的问题，和浦江清多有相似的地方，更有作家的意味，体味很深。只是没有老师的深切周密，意思大体相近。所以，汪曾祺在八十年代横空出世，不是空穴来风。他的前辈的卓识，比他要深厚一些，那是自然的了。

民国以后，在白话文里体现出明清笔记风韵的人很多。文人随笔大致有几种写法。一是周作人式的学术小品。一是浦江清那样的随笔式的考据论文。前者有点思想的漫步的意味，后者是纯粹的学术文章。汪曾祺是介于两者之间，多的是作家的风采。现代以来的作家在文学的路上走得很远，文体越来越白，似乎少有风采。浦江清那样的文字，因为太深，读者知之甚少，殊为可惜。倒是汪曾祺把文学意味和古雅的学问运作在一起，影响扩大了。周作人那样的小品要有智慧才行，浦江清的文字是逻辑与诗的，都不好学。汪曾祺得其一点，点染成片，遂成大势。

但一面也弱化了思想，不及周氏多致，也无浦氏深厚。他兼得前人的神采，自成一路，中断的传统在此被衔接上了。

周作人、俞平伯、浦江清写文章喜欢引用野史杂记里的东西。浦江清对非正宗的文化颇多兴趣。这是五四后的文人的新眼光，把内容搞得美妙回旋，而叙述上不失古人的雅态。在许多地方，汪曾祺和这位老师有相似的一面，都喜欢民间的谣俗，对野史杂记颇有心得。浦江清论文里引用的明清文人杂书，汪氏也爱看，经常入眼，且幻化于文中。彼此在趣味上很是接近。近来谈汪曾祺的文章渐多，比较两人的关系者却少，这是个题目，我们细细体味，还有不少趣谈呢。

西南联大的岁月往矣，连汪曾祺的墓木都已拱，早已草色渐萎了。但那些因汪氏的描述而留下的历史片影，却那么深地留在我们的记忆里。汪曾祺的昆明是柔美的色调建筑的，他把那段生活拉到了一块精神的高地上，让我们知道知识分子还可以那样地生活，青年学子也可以散漫地游泳于思想之海。不迷功利，鲜及厉害，无伪地沐浴于智慧的光泽里。有时候忆及他笔下的昆明，我就想，今天的学生，所入学校很是气派，走到舒适之所了。而就精神的快慰而言，与那时候的人比，在有些地方，真的是退化了。

（原刊于《收获》2011年第5期）

傅雷致刘太格

傅 雷

第一通 一九六二年四月二十八日

太格贤侄：

　　尊札在星耽搁近月，至本月十七日方始收到。愚体力目力均苦不济，未能早复，歉歉。吾侄自幼生长海外，而思想感情仍远接祖国传统，来信文字书法又皆胜于国内一般青年；足见令尊教育之成功，而吾侄之天赋学力亦皆非寻常可比，且佩且慰。闻三月一日航寄澳洲建筑书式包已达尊处，唯同日尚平寄美术书数种（一包），由吾侄收转令尊及令舅，三月三日又航寄建筑书一包，未悉均已收到否？

　　吾国建筑与自然界之关系，前人虽偶有论及，奈语焉不详，且涉玄理，近于形而上学；欲据以作科学探讨，殊匪易易。唯古人之自然观念，则于礼记及孔孟言论以及诸子（特别是老、庄、列子）百家中流露较多。古诗中（汉魏六朝）

亦表现不少。大抵吾先哲脱离自然神教及偶像崇拜极早；所谓天道天意，无非为寄托人类最高理想之代名词，亦为至善至美之极度和谐之代名词。谓"天"代表永恒真理也可，代表永久和谐也亦可。违反天道天意，实指违反自然规律，破坏和谐而言。与古希腊之神明喜怒无常固不相侔，与希伯来宗教中之上帝（《旧约》中之耶和华）尤无丝毫共同点。中国民族性之中正和平，恬静安详，不若西方人之心情骚乱，常为天堂地狱、灵魂永劫等等问题所苦，均可于早期（先秦）哲学中窥迹象。

中土建筑往往予人以平静、博大、明朗，与环境融和一片之感，既不若西欧中世纪哥德式建筑之荒诞怪异，又不若古希腊庙堂之典雅华瞻，又绝非幻想气息特浓、神秘意味极重之印度建筑风格。反言之，在形式之变化，富丽，线条之复杂方面，吾国建筑均不及希腊、印度。早期建筑偏于朴素淡雅（当然，据文学家描写，秦之阿房宫似已臻于豪华富丽之高峰，但既无遗迹可寻，殊难判断文人夸大手法与实物有多少距离。）后期虽亦趋于繁琐精工（例如苏州园林），但仍可见出中国人之艺术，处处求与自然协调而非欲与自然争雄。即缕刻精工之亭台楼阁，艺术家所表现之意境仍然是安宁恬静，仿佛在享受生活之余，尽量在生活中游戏。而其游戏仍以中正和平，不失理性为主。窃尝谓吾国之传统观念，从来不以人为万物之王，宇宙之主，而只自认为与众生万物在大千世界同占一席地。此可皆于绘画及建筑中复核。敦煌壁画、云冈及龙门之石刻皆受佛教影响，不能指为纯粹汉族艺术；但即以此等作品而论，其宗教气氛已远较印度为淡薄，而世俗气息则特浓。

建筑既非模仿实物之艺术，与民族天赋之幻想种类及倾向关系自更密切。但与社会发展之迟速，科学工艺之盛衰，尤其经济生活之演变，自然条件（如山川河流之分布，平原与陵谷池沼之面积比例，土石砖木之生产条件等）之限制，关系亦不为不小。数千年农业社会在科技方面进步极少极慢，因而人民对生活舒适之要求不高，中国人尤以刻苦耐劳著称，更不重视物质享受；而帝皇卿相，名公巨富大兴土木，亦以追求美的成分为远过于追求舒服之成分。

唯另有一点，愚始终大惑不解。荷兰为一沼泽平原地区，不产石，而用砖瓦，但其建筑用木不多。吾国无论华北华中华南，平原沼泽固不少，产山亦不少，何以数千年来专重砖木结构？且用木料之部分，比例上比任何民族为多，致损害建筑物之耐用与持久。日人所著之中国建筑史对此点虽有论列，亦未有多大说服力。

愚于建筑为门外汉，以上仅就常识及平日感想拉杂写来，不足为贤侄写作之助。国内建筑书籍，除前寄及尊翁原有收藏者外，已无他种出版物。

课余来信，不妨迳寄上海，以免稽延时日。草草奉复，即颂

进步

愚怒庵手上
一九六二年四月二十八日

第二通　一九六二年九月十日

太格贤侄：

来信接到将近一月，事冗迟迟未复为歉。从艺术观点研究吾国建筑，国内人士亦极少从事；过去留学生习此一科，徒重土木；近顷大学建筑系亦尚乏对传统风格及古代美学作系统探讨。吾侄远在海外，平生未睹祖国一草一木，欲求短时期内对吾国建筑有一明确概念，自属困难。即国内美术学校，对过去绘画雕塑等等之风格亦复茫然，遑论对古代审美观念之理解。吾侄似应以此为终生事业，目前仅仅为开端。将来若能遍游欧陆，自希腊罗马中古时代（罗曼式哥德式）文艺复兴以至现代艺术风格有一综合研究，于各种美学流派有一大概认识之后，再来中土，遍访各地遗物，再于古籍中爬剔材料，不难为吾国建筑美术作一番铺路筑基工作。

来信提及色彩华丽一点，鄙意先须廓清两个先决问题：一、近人重修古建筑所用之色彩，在调子方面往往过火；二、彩印图片几全部失真。故吾人不能以所见彩印建筑图片为判断色调之根据，即在国内亦不能以新近重修之建筑物色调为准。其次，所谓清雅，不一定排斥工细，亦未必与华丽冲突；要在如何配合成为一个 taste 极高的总体。中国园林格调繁多，清雅不过其中之一；真正朴素清淡，如《红楼梦》所写大观园中之"稻香村"，纯粹田舍风味，林下气息者，实亦居于少数。鄙意中国艺术的特色之一，即在于工细而不沦于琐碎，富丽而不沦于恶俗，豪华中保持雅，保持书卷气。且中国之单色强烈对比，除近人所谓富于装饰意味外，尚予人以梦幻境界，令人如读童话神话，有身入仙山楼观，缥缈出世之感。（此恐与道家求长生之享乐哲学有关）若能见到古代最佳之界尺画、青绿山水，即可对此略具概念。当然，任何艺术流派皆有成熟过度，入于颓废之阶段，如文艺复兴以后之洛谷谷、巴洛克；中国建筑亦难免有过于繁琐雕琢之弊。但中国人尽管繁琐，亦不致流于哥德式教堂装饰之琐碎凄迷，此则吾民族之中庸和平，理性特强之天性有以致之。至利用空间一点，如配合真山水作屋舍布置之大环境，仅能于宫殿桥梁陵墓寺庙等等大建筑物上实现。民间利用空间，以人力物力环境之限制，只能尽量以曲折幽深，藏头露尾之手法，达到于小天地中见出大千世界，以回味不尽，览之不足的感觉，构成一个无穷与神秘的幻境。——苏州小型园林可为此种建筑之典型。唯其欲于有限中达到无限，故不独假山洞壑极尽变幻，一切窗棂门洞之形态雕刻，游廊之高下曲折，皆力求变化，因处处变化，故少者见多，小者见大。园林布置往往以奇为尚，盖"出其不意"最能造成无穷的 illusion，旧诗所谓"山重水复疑无路，柳暗花明又一村"，中国建筑即尽量发挥此意。

从另一角度言，中国艺术可谓最长于与自然游戏。Play with nature。英国园林以野趣见胜，法国园林以人工见胜，且局限于对称、明朗、条理分明（纯是拉丁民族的特性）。中国人则于非模仿性的建筑物（建筑大都非模仿实物，故言）中尽量搬运实物，具体而微，置于耳目可触的范围之内。自然界之真山水，移诸国内为假山池塘，甚至叠石筑树为小盆景，置于亭榭几案之间，晨夕欣赏，以作桂林阳朔天台雁荡峨嵋华岳等等名山大川之卧游。英国人追求原始朴素之自然，只有极少数之人工略加整理，纯是浪漫派的意境；法国人追求整齐堂皇，竭尽人工，纯是古典派的理想；中国人则是走的中间路线，以极端的野趣与高度的人工结合为一：一方面保持自然界的萧散放逸之美，一方面发挥巧夺天工的艺术之美，而最成功的在于能将二者统一，成为一和谐之整体。

以上所云，皆系愚个人一偏之见，常识之谈，未必合乎事实，聊当与贤侄闲话片刻耳。国内所出建筑图书，已尽见尊公抄示书目，及敝处前寄各包；倘吾侄有意作终生研究，今后对一切新出建筑图籍当代为留意搜购，但非为缮写论文资料矣。鄙意今日从事任何学问，均须具备世界眼光。闻台从毕业后将遍游旧大陆名城古邑，行见三五年后目光阅历必有猛晋，届时回国观光，收获必多。平时若有感想疑问，得暇通函，愚当竭尽所知共同商讨。倘今后能对建筑以外其他艺术更多注意，尤有裨益。

来书文字有误书者，特为指出于后，吾侄鲜写中文，错误自是难免，幸勿介意，千万千万！草草即候

近好，并祝

进步

愚怒庵手上
一九六二年九月十日

珍贵误作"晶贵"。野心勃勃误作"悖悖"。

穷出不绝非成语，应作"层出不穷"。

日人原著《中国建筑史》二册，用毕请挂号寄还为幸。

（原刊于《收获》2016年第5期）